这是一条富含黄金的河流，

在遭遇大海咸涩的边缘时化作一片泡沫。

明

（又译名：发光体）

THE LUMINARIES

下

〔新西兰〕埃莉诺·卡顿 著
Eleanor Catton
马爱农 于晓红 译

译林出版社

目　录

献给爸爸，他看到了星星

献给嘉德，他听到了他们的音乐

第二章

占　卜

1866年2月18日

南纬42° 43'0"/东经170° 58'0"

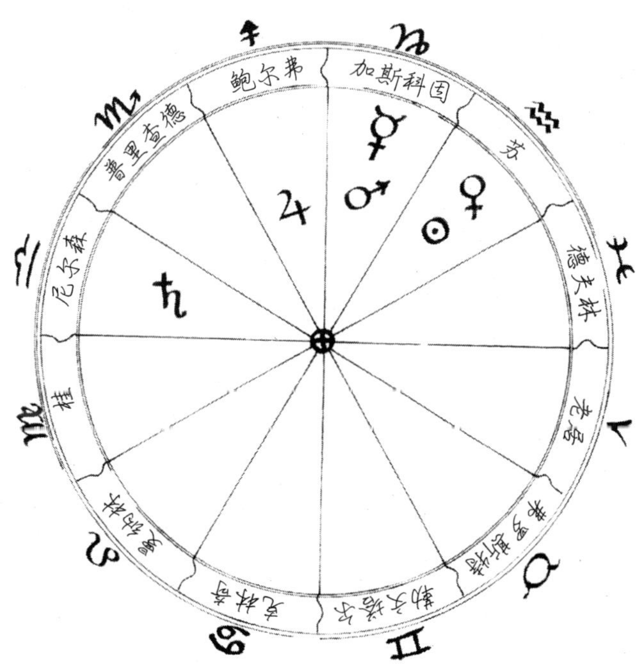

黄道

我们的忠诚已经转移，如我们的面容所昭示。

自从沃尔特·穆迪首次踏上沙滩，皇冠旅馆会议秘密召开，以及三桅帆船“一帆风顺号”加入浅滩沉船的行列之后，已经过去三个星期。现在，十二个男人每次互致问候，心中均怀有灵犀——正如一个石匠在日光下遇见其行会成员时，会向对方投去严肃而意味深长的目光。迪克·曼纳林在卡尼里的大路上冲着考埃尔·德夫林点头；哈拉尔德·尼尔森两次对托马斯·鲍尔弗脱帽致礼；查理·弗罗斯特与约瑟夫·普里查德在六便士酒吧排队吃早餐时，互致早安问候。对于新生的友谊，心照不宣的秘密总会产生加强的效果，大家会将怀疑的矛头指向圈外人：我们观察到，皇冠会议的男人们团结一致，与其说是因为共同的信念，不如说是因为共同的疑虑——这主要是针对圈外人的。在他们五花八门的分析中，谈到阿利斯泰尔·劳德柏科、乔治·谢泼德、莉迪娅·韦尔斯、弗朗西斯·卡弗、安娜·韦瑟雷尔，以及埃默里·斯坦斯，参加了皇冠旅馆会议的男人们话里的提示性越来越明显，虽说事实上没有任何确证，没有人被提审，没有任何新的信息再曝光。他们的信念更趋于幻想化，假设变得更不切实际，咨询变得更不贴题。未经证实的怀疑，随着时间的流逝，往往变得执拗、荒谬，成为情绪波动的牺牲品——沾染了普通迷信的所有特性——参加了皇冠旅馆会议的男人们被忠诚的纽带连接在一起，毕竟，在时间和运动的闪亮丝线内，他们如同所有的人一样，没有抵御影响的免疫力。

因为行星已经改变了在旋转星图中的位置。太阳已经沿着它在黄道路径的倾斜滚轮前进了十二分之一，随着这种运动而来的是一个崭新的世界秩序，一个崭新的总体视角。随着太阳进入摩羯座，我们沉吟着、精算着，保持着我们的高远距离。当我们注视人类时，我们寻求修复他：我们为他的失败感到悲哀，衡量着他的天赋。我们无法想象他会是什么状况，他是否受到诱惑而背叛了本性——或者，更糟糕的是，他无须诱惑就主动地背叛了自己。但绝对的真相是不存在的，只有相对的真相，而天际的相对关系是由运动中的轮圈、倾斜轴和转动刻度盘组成的；它是一种发条编排，每分钟都在改变，绝不重复，永不静止。我们不再受庇于与世隔绝的往事回忆中。透过自己信念的幻象，我们现在向外观望：以希望完善这个世界的眼光看世界，想象自己住在里面。

白羊座在第三宫

泰老·老居寻找工作；勒文塔尔的建议被拒绝。

到了焊缝街的报社办公室，泰老·老居发现房门被帽架撑开着，里面传出口哨声。老居没有敲门就进了屋，穿过作坊进入后面的工作室，报纸编辑本杰明·勒文塔尔正坐在他的工作台旁，为星期一的《西海岸时报》排设版面。

勒文塔尔左手握着一方约为学童直尺大小的不锈钢排字盘，他用右手选择微小的字块，麻利地将它们拼在一起，刻字面朝外，沿排字盘的边缘摆放——这项任务不仅需要他能从右往左阅读，而且要会看反着的字，因为小样文字既是反着的又是逆向的。一行文字被摆设好之后，他就将它们置入印版中，这是一个比大张报纸稍大一点的扁平不锈钢活版托盘；他在每一行字的下面塞入一条条细铅条，形成每行字之间的空隙，偶尔使用凸起的黄铜直尺，印刷出来便是字下面的实线。当最后一行字置入印版后，在活版托盘的四周插入版楔，再用一把木槌敲击它们，确保每个字块紧贴在一起；然后他用一块二英寸宽四英寸长的平板拍平印版表面，保证每个字块高度相同。最后，他将手压辊在墨盘中蘸上油墨，将整个印版滚上一层乌亮的薄膜——操作迅速，使油墨来不及变干——然后将一张颤巍巍的新闻纸平铺在上面。勒文塔尔总是手工印制他的首样，以便能在将印版交付印刷之前检查是否有错误——他极少出现疏漏和错误，因为他生性是个追求完美的人。

他非常热情地与老居打招呼。“我相信自从‘一帆风顺号’搁浅的那夜起，我就没再见过你，老居先生。”他说，“果真如此吗？”

“是，”老居说，一副漠然的神态，“我一直在北面。”他将目光投向对方的工作台：活字盒、油墨罐、碱液罐、刷子、镊子、木槌，各式各样的铅模块和铜模块，一碗有斑点的苹果，还有一把削皮刀。

“刚回来，是吧？”

“今天早上。”

“嗯，好，我相信我能猜出你为什么要回来。”

老居皱起眉头，“你怎么能猜出来？”

“怎么——因为寡妇的通灵会呗！我猜中了吗？”

老居一时间什么都没说，但依然皱着眉头。然后，他带着疑惑的口气问：“什么是通灵会？”

勒文塔尔呵呵一笑，放下手里的排字盘，穿过房间，从盥洗台旁边拿起一份折叠好的星期六的报纸。“这儿。”他说，将报纸翻到第二版，用染着墨渍的手指点着一则广告，然后将报纸递给老居。“你应该一起去。通灵会去不了——那个你需要特殊的门票——只是去参加场前聚会。”

这则广告占用了两栏多的版面。选用了十八磅的粗体字——那本是勒文塔尔专门为刊头和重磅头条保留的字号——四周为宽粗的黑边。游人好运楼将于当晚首次对外开放，楼主及经营人是达尼丁市前居民、克罗斯比的遗孀莉迪娅·韦尔斯夫人。为了纪念这一盛事，赫赫有名的通灵人韦尔斯夫人将屈尊举办霍基蒂卡的首场通灵会。这场通灵会仅限于精英观众，遵照“先来先得”的原则售票。正式开场前的晚上将举办“预测酒会”，向眼睛雪亮的公众开放——鼓励大家共同以解放思想的心态参加。

最后这项训谕恐怕说起来容易做起来难，因为正如报纸上所说，这次通灵会的目的是通过韦尔斯夫人这个格外敏感的载体，探测灵魂的某种震颤，并对其进行研究，以打开这个时空境界与另一个时空境界之间的通道，从而建立与过世者的某种联络。韦尔斯夫人做出她的选择时，面对数目庞大的过世者人选，既过分挑剔，又过于自信：她计划召唤埃默里·斯坦斯先生的阴魂，斯坦斯先生至今没有返回霍基蒂卡，他的肉身，在缺席了五个星期之后，依然未被发现。

寡妇还没有明说她打算问斯坦斯先生的阴魂一些什么问题，但人们普遍认为，她肯定会问他是如何死亡的。任何一个值得尊重的通灵人都会告诉你，一个被谋杀的冤魂比一个平安离世的人的灵魂更令人津津乐道——莉迪娅·韦尔斯夫人是一位声名显赫的通灵人，这个自不必说。

“什么是通灵会？”老居再次问。

“是一个愚蠢透顶的把戏。”勒文塔尔兴致勃勃地说，“莉迪娅·韦尔斯向整个霍基蒂卡宣布，她要与埃默里·斯坦斯的灵魂交流，一大半的霍基蒂卡人竟然相信了她的话。通灵会本身只是一种表演。韦尔斯夫人会进入一种恍惚状态——仿佛是歇斯底里，或者癫痫发作——然后她会用一个男人的声音说几句话，或用你意想不到的方式使窗帘晃动，或给一个男孩一分钱让他爬上烟囱，冲着管道向下喊话。都是廉价的把戏表演。当然，每个人回家的时候都相信自己与幽灵有了接触。你刚才说你去过哪里？”

“亮水河，”老居说，“格雷茅斯。”他依然冲着报纸皱眉头。

“我猜，那里没有关于斯坦斯先生的消息吧？”

“没有。”

“这里也没有。说来遗憾，我们都快失去希望了。但也许今天晚上会得到一些线索。使我们产生怀疑的真正原因，你看，就是韦尔斯夫人一口咬定斯坦斯先生已经死了。既然她知道这点，那么她还知道些什么呢，她是如何知道的呢？啊，在过去的这两个星期里，众说纷纭，谣言四起，老居先生。说什么我也不会错过这场聚会。多么希望我手头能够有一张入场券啊。”

因为寡妇决定将通灵会的参加者限制在七个人——七是一个具有魔力的数字，听上去充满黑暗的神秘韵味——早上大约九点差一刻，勒文塔尔来到游人好运楼，极为遗憾地发现七个位置均已售罄。（在皇冠会议的男人中，只有查理·弗罗斯特和哈拉尔德·尼尔森成功地争取到了入场券。）勒文塔尔和另外几十个失望的人一起，只能满足于出席“预测酒会”这个前期聚会，不得不在通灵会正式开始之前离开现场。他企图花双倍的价钱从七位幸运者之一的手中买票，但无济于事。弗罗斯特和尼尔森均断然拒绝他的提议，事后，弗罗斯特提议，勒文塔尔或许愿意协助他事先制定一套侦查策略。

“门口要收取三个先令的门票。”勒文塔尔明确地说，生怕老居不识字，并隐瞒自己是个文盲。

“三个先令？”老居说，抬头望了望。这么一大笔钱，就为了一个晚上的娱乐。“为什么呢？”

勒文塔尔耸了耸肩，“她知道她能随心所欲地漫天要价，这就是她的做派。如果你喝酒喝得快，喝掉的白兰地或许能把本捞回来：她实行无底杯的做法，不按杯计价。可你说得对——这是强盗行为。当然，每两个人里面就有一个按捺不住想跟安娜说话的。安娜才是真正的卖点——真正的吸引力！你要知道，她在这三个星期内，就几乎没有在游人楼大门外露过脸。天知道那里面到底发生了什么。”

“我希望在你的报纸上刊登一条广告。”老居说。他将报纸扔在办公桌上，动作颇为粗鲁，报纸滑到了勒文塔尔的印版上。

“没问题。”勒文塔尔说，心中隐隐不快。他伸手拿起铅笔。“你把广告词准备好了吗？”

“‘毛利向导，经验丰富，英语流畅，当地知识渊博，为测量师、淘金汉、探险家等提供服务。保证成功，保证安全。’”

“测量师、淘金汉、探险家，”勒文塔尔一边重复一边记录，“成功与安全。是的，非常好。然后，我写下你的名字，对不对？”

屋就是他的子午线。然而，老居不能宣称这土地是属于他的；他的家庭[①]不能宣称这是属于他们的，他的部落不能宣称这是属于他们的。早在克罗斯比·韦尔斯的尸体被安葬之前，绿玉神舟谷这上百亩起伏的大地就被一个利欲熏心的帕克哈购买了，此人曾以他的荣誉发誓，他是诚实地获得这片土地的，没有违反任何规则，他说，他敢肯定没有破坏任何法律。

“一家旅馆？”勒文塔尔说，“或一个小客栈？只要一个名字就成。”

“我没有地址。”老居说。

“嗯，这样吧，”勒文塔尔说，想法子帮助他，“我就写‘查询由焊缝街的编辑转交’。怎么样？你可以在这个星期的晚些时候来找我，看是否有人询问过。”

“那好。”老居说。

勒文塔尔等着对方表示感激，但老居什么都没说。“很好。”在一阵停顿后，勒文塔尔声音冷漠地说，“六便士，登一个星期。十便士两个星期，一先令六便士一个月。当然是要预付的。”

“一个星期。”老居说，把他钱包里的东西小心翼翼地抖进手心。一小堆零散的小钱，形象地说明他需要工作。自从皇冠会议那天晚上起，他唯一的收入就是一枚银先令，还是在两个星期前的一次搏力游戏中赢来的。付完了勒文塔尔的广告费，他就所剩无几，连第二天吃饭的钱都不够了。

勒文塔尔看着老居数便士，看了一会儿之后，他用更和气一些的声音说：“我说，老居先生，如果你手头缺钱，也许愿意走下沙嘴去。吉布森码头正在招劳力呢。你可能还没有听见——一小时前响起的铃声。‘一帆风顺号’终于要被打捞出水了，你看，他们需要人手清理货物。”

在过去的三个星期里，这条三桅帆船已被两条大拖船拖到较浅的水域。在浅水区，船体被拖到滚轮上，与岸齐平。早上退潮时，船终于被一组格士德大马和绞车拖出了海浪冲击区。它现在停靠在干沙嘴上——

① 家庭（hapu，毛利语）。

沉船被毁坏得如此严重，与其说像是一头躺在沙滩上的水怪，不如说更像是一头从天而降的妖兽。勒文塔尔早上绕道路过沙嘴；他觉得这条船是从高处掉下，被摔散在那里的。三根桅杆全部在根部断掉，没有船帆与索具的船身几乎像是被剃净的光头。在继续上路前，勒文塔尔盯着它看了好一会儿。一旦船上的货物被搬下来，配件被拆除，船身就将被化整为零地一件件卖掉，用于回收利用和零件修复。

“既然说起这事儿，我告诉你，”勒文塔尔继续说，“在货物被清理期间，如果我们中间有个人在现场，可能会对我们大有好处。我的意思是，关于汤姆的货运板条箱——不管穆迪先生认为他在船舱下面看见的东西是什么。你可以充当我们的耳目，老居先生。你有完全站得住脚的借口，如果你缺钱，就需要诚实的工作。没有人会质问你任何前因后果。”

但老居摇了摇头。他已经暗自发誓，永远不再跟弗朗西斯·卡弗打交道，无论在什么样的情况下。“我不干杂活。”他说，将六枚一便士硬币放在台面上。

“去吧，去‘一帆风顺号’那里看看吧。”勒文塔尔坚持道，“没有人会问你任何问题。你有完全站得住脚的借口。”

但老居不喜欢采纳别人的建议，无论是多么好的意图。“我要等测量的工作。”他说。

“你可能会等很久的。”

老居耸了耸肩，“可能吧。”

勒文塔尔感到恼怒起来，“你怎么不明白道理呢，除了为你自己考虑，这还是你给大家帮个大忙的好机会。如果你没有入场券，就没法参加寡妇的聚会，如果你钱包空空，就买不起入场券。到吉布森码头去吧，干一天活，为我们大家行个方便。”

“我不想参加那个聚会。”

勒文塔尔感到难以置信，“究竟为什么呢？”

“你说过那是愚蠢的。不过是一场耍把戏的表演。”

鲍尔弗大笑，“原谅，也许吧，但不会忘记。我可忘不掉。”

“真是山河壮丽。”劳德柏科说，“看看这些颜色吧！这是新西兰的颜色，经过新西兰甘雨的洗礼。”

“而我们是新西兰的爱国者。”鲍尔弗说，“这景色都是我们的，劳德柏科先生。尽收眼底。”

“的确是的，”劳德柏科说，“大自然的爱国者！”

“没有必要打出一面旗帜。”鲍尔弗说。

“我们是多么幸运啊，”劳德柏科说，“想一想，有多少人见过这幅风景。想一想，有多少人踏上过这片土地。”

“我相信多于我们的预料，”鲍尔弗说，“因为这些鸟儿已经学会了看见我们就飞向四方。”

“你过高评价它们了，汤姆，”劳德柏科说，“鸟是非常愚蠢的。”

“我应该记住你的话，留着你下一次提着一对鸭子回家，长篇大论地描述你是怎样诱捕它们时用。”

“你随便说，不过我依然会给你讲整个故事。”

对于托马斯·鲍尔弗来说，他非常欢迎如此有趣味的交流。在过去的三个星期里，劳德柏科一直是个过分的损友，鲍尔弗早已厌倦了他那反复无常的情绪，时而脆弱，时而凶狠，时而尖酸刻薄。每当希望破灭时，劳德柏科便退回幼稚的行为模式，“一帆风顺号”的失事使他身上出现了不雅观的变化。他变得非常嫉妒有众人陪伴的人，总是需要前呼后拥，受人照顾。他不愿独自一人待着，无论时间长短，总要设法阻挠独处的场合，即便是在不得已的情况下。他的公开举止没有变化——依然精力旺盛，在讲台上演讲时充满说服力——但他的个人行为变得十分暴戾。最轻微的刺激都会令他立刻大发脾气。他公开蔑视他的两个忠实助理，而他们认为他的性格变化是因为政治生活令人心力交瘁，没有提出抗议。这个星期天，多亏了来复枪的短缺，也多亏了劳德柏科不愿将自己的好处与人分享，两个助理暂时无须陪伴劳德柏科了，遵照劳德柏科的指示，主人不在时，他们要待在红薯镇小教堂里，思考他们的罪孽。

阿利斯泰尔·劳德柏科是个极端迷信的人，他感觉自己的运势突变应该追溯到他抵达霍基蒂卡的那天晚上，从他撞上隐士克罗斯比·韦尔斯的尸体时算起。当他纠结于从那天起他遭遇的所有不幸时——尤其是“一帆风顺号”的失事——他对整个韦斯特兰都感到寒心，仿佛这整个荒凉地区都在同谋策划跟他作对，阻挠他实现愿望。“一帆风顺号”的残骸就是一个证据，在他的脑海里，这个地方正在诅咒他。（这个想法并非假设的那么不理智，因为霍基蒂卡浅滩移动的主要原因，是霍基蒂卡河从上游认领区冲下来的淤泥和砾石，现在堆积在河口，肉眼无法辨别，只因潮汐而永恒变化的模式：从本质上讲，“一帆风顺号”的葬身之地就是数千个认领区的废渣堆，每一个霍基蒂卡人都会说，它是沉船的部分原因。）

“一帆风顺号”毁灭的几天之后，托马斯·鲍尔弗向劳德柏科坦白，事实上包含劳德柏科文件及个人财务的货运板条箱已经从吉布森码头失踪，由于提货单的错误，似乎找不出一个被问责的人。劳德柏科无精打采地接受了这个信息，但并无真正的兴趣。反正“一帆风顺号”已经毁了，他没有理由敲诈弗朗西斯·卡弗，之所以想那样做，也只是为了赢回他心爱的帆船：那条三桅帆船的销售票据，连同他的其他财物一起，存放在那只箱子里，这对于他来说已经失去了影响力。

最近每天晚上，劳德柏科都在掷骰子，赌博是他的一个弱点，每当他感到耻辱或倒霉的时候，便经常沦为赌博的牺牲品。很自然地，他同时要求乔克和奥古斯都染上这种恶习，因为他无法忍受独自坐在赌桌旁。两个助理尽职尽责地履行义务，但下赌注的时候总是小心翼翼，而且早早就退场。劳德柏科下注时脸色严峻，对于他来说，获胜意味着异乎寻常，他对待他的筹码如同他的威士忌一样小心谨慎，他缓慢地饮酒，只为了撑过一夜，坚持到黎明。

“你没打算今天下午就骑马回去，对吧？”此刻他对鲍尔弗说，带着表示遗憾的强烈口吻。

“我本打算如此，”鲍尔弗说，“是的——确实如此。我打算在下午茶之前回到霍基蒂卡。”

“推迟一天吧，”劳德柏科恳求道，“今晚一起去根西楼玩花旗骰吧。你自己骑回去没有意义。我必须住下来，因为明天早上要剪彩——而明天正午前我就会回到霍基蒂卡。确切地说，是中午。”

但鲍尔弗摇了摇头，“没办法。我明天早上的第一件事就是接收货物。星期一准点准时。”

“你肯定没有必要在场——为了接货！”

“哦——但我需要时间处理财政验收。”鲍尔弗露齿一笑，“跟上个星期三比，我的赤字又多了十二英镑——也就是说十二英镑落入了你的腰包，你知道。骰子的每一面都是一英镑。”

（鲍尔弗隐瞒了他匆忙离开的真实原因，那就是他希望出席当晚寡妇在游人好运楼前厅举办的“预测酒会”。自从政治家在宫殿旅馆的餐厅中坦白之后，他就没有跟劳德柏科提过韦尔斯夫人，他决定为慎重起见，最好让劳德柏科自己在他认为适当的场合下，主动提起这个话题。然而，劳德柏科也一直避免提到韦尔斯夫人，不过鲍尔弗感觉他的沉默中带着紧张甚至绝望的性质，仿佛任何时刻都可能号啕大哭，呼唤她的名字一般。）

“这使我想起我的学生时代，”劳德柏科说，“我们要为骰子上的每一点挨一鞭子——如果被他们抓住的话。每一枚骰子上有二十一点。这个琐细的事实我是永远不会忘记的。”

“我不会一直待到丢掉我的二十一英镑，如果那就是你的愿望。”

“你应该住下来，”劳德柏科坚持道，“只是多住一夜。应该住下。”

“瞧这美妙的蕨叶。”鲍尔弗说——的确美妙极了：完美的曲线，如同小提琴的琴头卷轴。鲍尔弗用枪口触摸它。

最近劳德柏科脾性的改变，已经对他与托马斯·鲍尔弗的友谊造成了非常有害的影响。鲍尔弗相信，劳德柏科没有将他与弗朗西斯·卡弗和克罗斯比·韦尔斯曾打过交道的真相告诉他，这种排斥使鲍尔弗非常不愿意盲从劳德柏科。当劳德柏科表达自己的不满时，无论是针对韦斯特兰方面的，还是针对浅滩、冷盘晚餐、一次性衣领、假冒产品、德国芥末、首相、鱼肉中的鱼刺、吹牛、劣质靴子，还有雨，鲍尔弗的反应与一个月之前相比，都缺乏了一些热情与崇拜。直截了当地说，劳德柏科已经失去了他的优势，这点他们俩都心知肚明。政治家不愿意承认他们的友谊已经降温，他坚持用与过去完全一样的方式对鲍尔弗说话——也就是说，语气总是慷慨激昂，偶尔带着白眼，极少卑微谦逊——而鲍尔弗呢，只要一心一意认定一个目标，他本人也能做到目空一切，那个目标就是坚持怨恨着劳德柏科。

此刻，他们取回了马，备鞍上马，马儿缓慢小跑，前往红薯镇。他们骑马上路没有多久，劳德柏科再次挑起话头。

“我们说过一起到海景停一停——在回去的路上，”他说，“看一看监狱的地基。”

“是啊，”鲍尔弗说，“你得把你看见的一切告诉我。”

“看来我只好独自一人去了。”

“独自一人——跟乔克和奥古斯都一起！三人行中的独自一人！”

劳德柏科在马鞍上挪动了一下，似乎感到不满。随后他说：“那个狱守叫什么名字来着——谢菲尔德？”

鲍尔弗目光锐利地瞥了他一下，“谢泼德。乔治·谢泼德。”

“谢泼德，是的。我想知道他是否瞄准了裁判官的职位。他把特派专员的预算做得非常好——一切都进展得如此巧妙。他的确干得很漂亮。”

“我想是的。你瞧这个！”鲍尔弗用马鞭的一头指着另外一片蕨叶，比第一次指的那片带着更多橙色，更加毛茸茸。“多么可爱的形状啊，”他补充道，“它在运动——呃？仿佛在运动中静止定格了。奇妙的想法！”

但劳德柏科没有被形状可爱的蕨叶分心。“他瞄准了特派专员的口袋，当然，”他说，依然谈论着乔治·谢泼德，“我猜想他是裁判官的老朋友。”

“那么，也许他们是肥水不流外人田。”

“他的野心很令人怀疑。你不觉得吗？我指的是那个监狱。谢泼德对这个项目的奉献，对整桩事情的投入。他干得真是十分出色。”

劳德柏科，作为一个有野心的人，十分怀疑别人的野心。然而，鲍尔弗只是哼了一声。

“什么？”劳德柏科说。

“没什么。”鲍尔弗说。（但其实不是没什么！当某个人在道德方面获得赞誉——无论多么不相干——又不相配，都会令他感到讨厌。）

“什么？”劳德柏科追问道，“你发出了一点声音。”

“嗯，算一算开销，”鲍尔弗说，“绞刑架的木材。栅栏的铁料。地基的石头。每天都开工资的二十个壮劳工。”

“什么？”

“特派专员的预算鬼才信！”鲍尔弗大喊，“那笔钱一定是来自另外某个地方——另有来源！你在心里算一算吧！”

劳德柏科侧头看着他，“私人投资？你的意思是？”

鲍尔弗耸了耸肩。他完全知道乔治·谢泼德建造监狱的资金来自哈拉尔德·尼尔森处理克罗斯比·韦尔斯遗产所获得的佣金——但他在皇冠旅馆的会议上已经发誓要保密，他不喜欢食言。

“你是说私人投资？”劳德柏科又追问道。

“听着，”鲍尔弗说，“我不想打破我的誓言。不想踩任何人的脚指头。但我告诉你，你应该在海景停留一下，应该四处嗅一嗅。这就是我要说的一切。四处嗅一嗅，你可能就会搞清楚一些名堂。”

“这就是你要早回家的原因吗？”劳德柏科质问，“为了回避谢泼德？你们两人之间有什么猫腻吗？”

“不！”鲍尔弗说，“不，不。我得到了小道消息，仅此而已。”

“小道消息？谁呢？”

“我不能说。”

“得啦，汤姆！不要拿骄傲的态度对付我。你到底是什么意思？”

鲍尔弗想了一下，眯起眼睛，越过谷底朝东面起伏的山坡上眺望。鲍尔弗的坐骑比劳德柏科的黑牡马稍微矮一点，而且自己的个头也比劳德柏科略矮，因此，他的肩膀比对方整整矮了一英尺——即便此刻他挺直了腰板。“这只是常识，不是吗？”他说，“二十个壮劳力同时打地基？所有的材料都是现金支付？那不是政府议会资金的支付方法。你自己知道这个！谢泼德一定在跟现款打交道。”

“到底是什么？”劳德柏科说，“是常识，还是小道消息？”

“常识！”

“这么说你没有得到小道消息喽。”

“有，我有。”鲍尔弗激烈地说，“但我同样可以琢磨出来。这就是我要说的，我同样能够自己琢磨出来。”

“这到底能起到什么作用呢？”

“指什么？”

“给你提供小道消息！”

鲍尔弗皱着眉头，“我不知道你在说什么，你的话没有任何道理。”

但劳德柏科说得完全有道理，对此鲍尔弗心知肚明。“没有任何道理，汤姆，”劳德柏科说，“关键是那个泄露有关监狱事务的人就是你！鲍尔弗货运怎么会在乎什么公共基金的花费？你又怎么会在乎什么私人投资？除非这种投资被包在其他的包裹中。”

鲍尔弗摇了摇头，“你错怪我了。”

“也许与其中的一个重犯有关，”劳德柏科说，“私人投资——用来交换——”

“不，不，”鲍尔弗说，“不是那样。”

“那是怎样？”

看鲍尔弗不能立刻回答，劳德柏科又说道：“听着，如果这与私人基金有关，那就是竞选运动的事了，而我有必要搞清楚。马上就要选举了，匆忙交到特派专员办公桌上的任何东西都值得搞清楚——显然这个名叫谢泼德的人正在匆忙干着什么。在我看来，他似乎有一套政治蓝图，我想知道那究竟是什么。如果都是常识问题，那么你为什么不干脆把你知道的都告诉我呢——如果有人问起，我就假装都是我自己琢磨出来的。”

对于鲍尔弗来说，这似乎足够合理。他对劳德柏科的情谊在过去一个月中还没有完全烟消云散，尽管他脑海里可能已经产生了一些新的看法，但仍然想保留这位政治家对他的好感。把谢泼德钱款的来源告诉劳德柏科，也不会有什么害处——如果劳德柏科假装是他自己琢磨出来的，那就没事！

劳德柏科话语中突然呈现出的敏锐，这个年长者为了获取消息而表露出的热情，也使鲍尔弗为之感到高兴。他不喜欢劳德柏科闷闷不乐，政治家情绪的这种突然变化，令鲍尔弗想起昔日的劳德柏科，达尼丁岁月的劳德柏科，言如将军，行如国王。他发了大财，然后又再加倍发财，进入首相的社交圈。他绝对不必哀求一个人在红薯镇多住一个晚上，那样他就不会孤身一人将悲哀带到赌场了。鲍尔弗同情眼前衰老的劳德柏科，依然非常喜欢他，此刻劳德柏科恳求从他这里得到消息，令他感到受宠若惊。

所以，在长长的停顿之后，鲍尔弗把他所知道的关于监狱的事情告诉了这个老相识：监狱的建造得到了克罗斯比·韦尔斯小屋中发现的一部分横财的资助。他没有说这种安排的前因后果和操作过程，也没有说是谁告诉他的。他说这项投资是在乔治·谢泼德的教唆下发生的，在克罗斯比·韦尔斯死亡两个星期之后，而且狱守十分希望对此事保密。

但劳德柏科的法律修养也是相当了得：他是一位精明的检察官，如果对方没有完全说出真相，他是从来不会被蒙蔽的。他问了款项的数额，鲍尔弗回答投资总额略多于四百英镑。劳德柏科迅速质问为什么这项投资是小屋中发现的总价值的十分之一，当鲍尔弗保持沉默时，他以更加惊人的速度猜中了，百分之十是标准的佣金利率，也许这笔投资代表了代理商的所得。

劳德柏科如此迅速地琢磨出其中的奥秘，令鲍尔弗感到震惊，他抗议说，这不是哈拉尔德·尼尔森的错。

劳德柏科大笑，“他同意了！他交出了他的佣金！”

“谢泼德把他逼到了死角。他不应该受到责怪。那种提建议的方式，只差一点就算是敲诈勒索了——真的。你不该落井下石。你不该，看在尼尔森先生的分上。”

“一笔私人投资，在最后一秒冒了出来！”劳德柏科惊叹。（他对哈拉尔德·尼尔森没有什么特殊兴趣，只是一个多月前在霍基蒂卡的明星旅馆遇见过一次。尼尔森给他的印象是井底之蛙，满足于三四个忠实听众，一喝起酒来就废话连篇。劳德柏科将他简单地归类为一个讨厌的人，总是自我满足，永远成不了大器。）他在马镫上站起来，“这是政治，汤姆——啊，这是政治，好吧！你知道谢泼德想干什么吗？他想在韦斯特兰获得席位之前就把监狱建造起来，他一直在用私人投资发展他自己的事业。啊哈！对此，我有话要在《时报》上说——放宽心吧！”

然而，鲍尔弗对此忧心忡忡，怎么也无法感到安宁。他提出抗议，经过简短的谈判后，劳德柏科同意略去尼尔森的名字不提——“但我不会给乔治·谢泼德同样的礼遇。”他补了一句，再次放声大笑。

“我猜，你认为他担任区裁判官的希望不大。”鲍尔弗说——他想知道劳德柏科本人是否计划谋取这个显赫的职位。

“我对区裁判官的职位不屑一顾！”劳德柏科回答，“这是个原则问题：这就是我所坚持的立场。”

“原则在哪里？”鲍尔弗说，一时被搞糊涂了：劳德柏科其实是在乎区裁判官这一职位的。是他首先提及这件事，而且带着一种非常粗暴的态度。

“那家伙是个贼！”劳德柏科大喊，“那笔钱属于克罗斯比·韦尔斯——无论是死还是活。乔治·谢泼德没有权利按照他的个人喜好去花别人的钱，我不管他用来干什么！”

鲍尔弗没有作声。在此之前，劳德柏科从来没有提到过韦尔斯小屋里发现的那笔横财，或表示出对于如何处置它有过任何兴趣。他也从来没有提及围绕寡妇认领亡夫遗产的法律混战。鲍尔弗假设这种沉默是因为牵涉到莉迪娅·韦尔斯的缘故，因为劳德柏科依然为过去的耻辱而感到尴尬，不愿提到莉迪娅的名字。但是现在看来，劳德柏科几乎是跳起来为克罗斯比·韦尔斯辩护。仿佛劳德柏科一直把克罗斯比·韦尔斯横财的问题深深地藏在心里，有着自己尖锐的看法。鲍尔弗瞥一眼对方，然后扭过头去。莫非劳德柏科已经猜到，在韦尔斯小屋里发现的那笔横财就是一年前他遭敲诈勒索的那笔钱？鲍尔弗的兴趣被激起来了。他决定刺激一下对方。

“这到底有什么关系呢？”他轻描淡写地说，“嗨，很可能那笔财富一直是从别人那里偷来的，根本不属于克罗斯比·韦尔斯。像他这样的人，拿着四千英镑干什么呢？他是个废物，这不是什么秘密，废物与贼，确实只是一步之遥啊。”

“那没有证据——”劳德柏科开口道，但鲍尔弗打断了他。

“如果有人在他死了之后再把横财偷回去，这又有什么关系呢？这就是我要问的问题。说不定这钱一开始就是肮脏的呢。”

“有什么关系？”劳德柏科暴跳如雷，“这是个原则问题——正如我说的，这是原则！你不能通过犯罪来破获罪案。从贼那里偷窃——这依然是犯罪，无论你说得怎样冠冕堂皇！不要太荒唐了！”

如此说来，劳德柏科是克罗斯比·韦尔斯的辩护人——看样子还是个丧心病狂的辩护人。这很有趣。

“可你会得到你想要的公立救济院。”鲍尔弗说——口气依然轻描淡写，仿佛他们在讨论非常微不足道的小事，“那笔钱又没有被挥霍掉。它被用来建设公共设施。”

“我不管谢泼德监狱长是把钱揣进自己腰包，还是用来建设祭坛，”

劳德柏科断然地说，“那是一个借口，那是——用目的为他的不择手段辩护。我不能接受那样的做法。”

“不是随便哪项公共设施，”鲍尔弗继续说，仿佛劳德柏科什么都没有说似的，“你毕竟会得到你的救济院的！好啦，你还记得我们在宫殿旅馆的谈话吗？‘女人的出路是什么’？‘对另一种生活的自由选择’——以及所有那些谈话？嗯，我们很快就会有一次自由选择！乔治·谢泼德已经这样行动了！”

劳德柏科看上去怒气冲冲。三个星期前他谈论救济院的功绩时曾经说过的话，他记得非常清楚，但不喜欢别人将他的话引用给他自己听，除非是出于赞同的目的。

“这是不尊重死者，”他断然地说，“这就是我要表达的意思。”

但鲍尔弗不是那么容易被劝阻的。“我说，”他突然惊呼起来，仿佛一个念头刚刚闪过他的脑海，“弗朗西斯·卡弗用来要挟‘一帆风顺号’的那些金子——还有被缝进衣服衬里——”

“怎么讲？”

“嗯——你再也没有见到那些金子，是不是？杳无音信。然后，仅仅一年之后，同样一笔钱——差不多的数额——在韦尔斯的小屋里冒出来。四千英镑多一点。也许那是同一堆金子呢。”

“非常可能。”劳德柏科说。

“人们不禁要问它是怎么跑到那里去的。”鲍尔弗说。

“的确如此。”劳德柏科说。

他们在金狮旅馆分手——劳德柏科显然放弃了让鲍尔弗在红薯镇多待一天的愿望，他跟他的朋友草草道别，内心毫无遗憾。

鲍尔弗在十分不舒服的状态下朝霍基蒂卡出发。他代表皇冠会议的每个人，承诺过为尼尔森保密，可现在他打破了这项承诺。所为何来？他背弃了自己的誓言，获得了什么呢？鲍尔弗为自己感到恶心，用脚跟踢母马的侧腹，刺激它慢跑起来。他让马儿一路小跑，一直来到绿玉神舟河口，在这里他必须下马，牵着这头生灵走下海滩，小心翼翼地蹚过浅水，湍急的河流在这里如同扇子般流散在沙滩上。

劳德柏科没有停下来目送朋友策马离开。他已经开始在心里酝酿自己要写的信。他集中精力，噘着嘴，眉头间竖起一道皱纹。他把马牵到马厩，塞给养马人一枚六便士，旋即退回楼上自己的房间里。他进屋后，立刻锁上门，将写字桌拖进窗户下一片菱形的阳光里，取来一把椅子，坐下，掏出一张白纸，然后将笔压在嘴唇上，经过最后一番沉思，胸有成竹之后，倾下身子写道：

一笔死后的投资？——给《西海岸时报》的编辑

阁下：

乔治·谢泼德先生最好在该报公布在海景高坡建设霍基蒂卡监狱所任命的人员名单，同时发表一份声明，公开签订建筑合同的双方，揭示投入每项工作的资金数额、至今垫付补贴的款项，以及完成各项施工或各项设施所需的额外费用（若有发生）。

笔者相信谢泼德先生有严重的违规行为，这份报告有助于澄清我的认识。我认为，霍基蒂卡监狱的初级建设由私人捐款资助，未经省议会、韦斯特兰公共工程委员会、市政委员会的同意，甚至实际上未经投资者本人的同意——因为这笔投资是在他死后约两个星期完成的！我在这里略微提一句，克罗斯比·韦尔斯先生的房地产一直是贵报频繁炒作的题材。根据我的理解，这笔资金（如果可以这样称呼这笔钱）是在韦尔斯先生死后从他的住所提取的，未向公众披露，便被部分用来营造未来监狱。如果这种理解是错误的，我愿接受纠正。与此同时，我要求谢泼德先生本人立即对此事予以澄清。

我认为，谢泼德先生最好在这件事情上保持其行为的透明度，这不仅因为他希望建造的设施具有特殊性，这笔资金的起源存在问题；而且因为公共资金管理的财务透明度极其重要，尤其是我省拥有如此丰富的黄金，却是个发展欠缺的地区，容易悲哀地沦为腐败原始诱惑的牺牲品。

阁下，我对谢泼德先生的意图保持高度重视，在发起这个建设项目时，我相信他的行为依然是怀着对殖民地法律应有的尊重，出于为普通移民谋利益的初衷。但为了广大人民的利益，我只恳求重申我的信念，所有私人支持的公共工程必须具备透明度。

向阁下以及韦斯特兰省的广大人民顺致敬意——

阿利斯泰尔·劳德柏科，省议员，国会议员

一八六六年二月十八日

他身体后倾地坐着，将文件朗读了一遍，用的是清晰的共振声音，仿佛在为一个重要的公共演讲做彩排；然后，他满意地折好信纸，把它滑入信封内，在信封上写下《西海岸时报》编辑的地址，注上“收后即阅”和“紧急”两个标记。当信被封好以后，他伸手摸马甲，查看时间，现在差不多两点钟了。如果奥古斯都·史密斯立刻出发，直接去霍基蒂卡，可以在星期一版《时报》出校样前赶到勒文塔尔那里。赶早不赶晚，劳德柏科想，便起身去找他的助理。

水星在摩羯座

加斯科因重复他的理论；穆迪谈论死亡。

沃尔特·穆迪接到通知，说“一帆风顺号”的货物已经清理完毕，他的箱子已被送到皇冠旅馆他的房间里，他当时在麦克斯韦餐厅，刚要吃完午餐。

“好！”他感叹，递给信使两便士的小费，那个男孩蹦蹦跳跳地跑了。“这终于给我那个所谓的幽灵画上了句号——是不是？如果埃默里·斯坦斯的确在船上，他们肯定已经在货物中发现他的尸体了。”

“我不相信一切会是这样直截了当。”加斯科因说。

“你的意思是他的尸体可能尚未被报告？”

“我的意思是他的尸体可能还没有被发现，”加斯科因说，“一个人——哪怕是一个受伤的人——都有可能挣扎着走向舱门……沉船可能没有完全被水淹没。我认为更有可能的是他被海浪卷走了。”

在过去的三个星期里，穆迪与奥贝尔·加斯科因结下了非常亲密的友谊，随着逐次面谈，穆迪在后者的性格中发现了越来越多的优点——因为加斯科因非常善于调整自己，适应各种各样的社交场合，一旦他下定决心，锁定目标，就能够成功地获得他人的青睐。加斯科因决心笼络穆迪，他的野心很大，如果穆迪知道是这样的话，可能会引起警觉。但穆迪认为自己是一个久经世故的人物，很高兴能遇见一个智慧相当的人，一个他可以从容交谈的人。他们几乎每天都在一起吃午餐，晚上在明星和吊袜带抽雪茄，在那里玩惠斯特牌戏时做搭档。

“你坚持你最初的看法，”穆迪说，“抛入海里，无影无踪。”

“要么如此，要么他的遗体已被销毁。”加斯科因说，“也许他曾呼救，却招致被害，绑在重物上，被扔进大海里。卡弗已经摇轻舟到残骸那里去过好几次，正如你知道的——溺水的机会多得很。”

“也有这种可能，”穆迪说，将收到的通知对折起来，然后再对折，用拇指的指甲将它的折缝捋平，“但问题仍然是，我们无法确切地知道是哪一种情况。即使你是对的，斯坦斯已经溺水身亡，无论是偶然，还是有预谋，我们也永远不得而知。这是多么差劲的犯罪案件啊——既没有尸体，也没有杀人凶手！”

“这的确是非常差劲的犯罪案件。”加斯科因同意。

“而我们都是非常差劲的侦探。”穆迪说，打算以此作为某种结束语，但加斯科因正在伸手拿起船形的卤肉碗，丝毫没有希望谈话到此为止的迹象。

“我敢说，如果斯坦斯被发现躺在一条山沟里，脖子断了，身体其他部位丝毫无损，我们会感到极其荒唐。”他说，将卤汁浇在还没有吃完的菜上。

穆迪将他的刀推得更靠近叉子，“恐怕我们都非常愿意斯坦斯先生已被谋杀——包括与此人素昧平生的你我。我们不会满足于摔断脖子之说。”

穆迪的夹克依然挂在他的椅子背上。他知道伸手拿夹克穿上有失礼貌，因为他的朋友还没有吃完午餐，但他知道自己的箱子终于被追了回来，就迫不及待地想离开这里，去查看箱子。他不知道自己的物品是否在沉船时遭到损坏，而且，他已经三个星期没有换过外衣和裤子了。

加斯科因呵呵一笑，“可怜的斯坦斯先生，”他赞同道，“韦尔斯夫人该如何嘲弄他啊！如果我的灵魂被传唤到一个廉价的通灵会上……哎呀，我准会惊得目瞪口呆的。我不知道应该如何应付这样的邀请。”

“如果我的灵魂被传唤，我应该感到被解放了。我会立刻接受邀请。”穆迪说，“我敢说，来世是个很沉闷的地方。”

“你怎么会有这样的想象呢？”

“我们花费毕生精力思考死亡。如果没有这个话题给我们解解闷儿，恐怕我们都将不胜无聊。无可逃遁，无可预防，也没有什么可以令我们感到好奇。时间不会产生任何结果。”

“然而，窥探活着的人将是一种消遣。”加斯科因说。

“正好相反，我认为那会是非常孤独的图景。”穆迪说，“俯视世界，知道历来如此的一切，过去曾经的一切，却无法触及它，无法改变它。”

加斯科因往他的盘子里撒了点盐，“我听说在新西兰的本土习俗中，当一个人死亡后，灵魂就变成一颗星星。”

“这是我听到过的最佳建议——皈依本土人。”

“你会在你的脸上刺青——穿上草裙吗？”

“也许我会。”

“那我很想看一看。”加斯科因说，再次拿起他的叉子，“我想看到你的那副样子，甚至胜过我想看到你戴上宽边软帽，穿上过膝长靴，搜寻黄金！我连这个都还不相信呢，你要知道。”

穆迪已经买了一只帆布行囊，一个摇臂洗砂床，一套淘金汉穿的鼹鼠皮和哔叽的工装，但他只是在卡尼里漠然地尝试了几次，并没有真正将心思花费在淘金的计划中。他还没找到当淘金汉这种新生活的感觉，决定暂缓行动，直到埃默里·斯坦斯和克罗斯比·韦尔斯的案件水落石出——他打着有这种必要的幌子做出了决定，但在现实中，除了像加斯科因一样等待新信息，继续对已经拥有的信息进行臆想猜测，他根本无所事事。

他在皇冠旅馆的住宿已延长了两次，到了二月十八日下午，他准备再做第三次延期。埃德加·克林奇已经邀请他迁至烤架，建议他住在安娜·韦瑟雷尔曾经住过、现在空着的那个房间。房间朝东的窗户景色优美，目光越过霍基蒂卡的屋顶，可将阿尔卑斯山脉的白雪群峰尽收眼底，这对普通淘金汉来说算是浪费了，而穆迪作为一位绅士，能够在自然的和谐中找到其他人或许领会不到的快感。但是穆迪毕恭毕敬地谢绝了。他已经开始喜欢上皇冠了，虽然旅馆略显寒酸，但他无论如何不喜欢与埃德加·克林奇过于亲密地打成一片，因为克罗斯比·韦尔斯窝藏黄金一案仍有很大的可能性对簿公堂，如果那样的话，克林奇——连同尼尔森、弗罗斯特，还有形形色色的其他人物——肯定会被提审询问。在皇冠会议上，虽然十三个男人均以自己的名誉宣誓保密，但穆迪不喜欢依赖其他人的名誉，不管别人怎样表达他们的诚信，他都不抱太大的信心。他预料，随着时间的流逝，另外的十二个人中至少有一个会食言，考虑到这种可能性，他决定与他们保持若即若离的关系。

穆迪把自己介绍给阿利斯泰尔·劳德柏科，由于双方在法律方面的背景，他们发现了共同认识的几个熟人：在伦敦的数位律师和法官。劳德柏科对他们逐一抒发了敬仰、谴责或不满的评论，当他就这些自信的观点夸夸其谈时，既不愿被打断，也无须对方回答。穆迪礼貌地听着，但对劳德柏科的印象很差，当他离开他们第一次会见的地方时，就打定主意，不想再见到此人。他发现，劳德柏科这种人一旦认为某人对他没有益处，就不在乎是否获得这个人的好感。

令穆迪感到十分意外的是，他发现自己内心对监狱长乔治·谢泼德的同情，实际上竟然远远超过了对政治家劳德柏科的同情。穆迪只是在雷维尔街的公众集会上偶尔碰到谢泼德，但他由衷地敬佩这位狱守，作为一个有自制力的男人，他总是恪守礼节，不过他的礼貌可能会表达得冰冷而僵硬。皇冠旅馆会议对谢泼德人品的总结一直是带有批评性的，对劳德柏科则始终怀有同情之心——穆迪想，这一切只能表明，永远不能信任其他人对第三者的品行评估。因为人类气质是一种因观念和环境而改变的挥发性化合物，穆迪现在明白，他不能根据尼尔森的观点而提炼出一个真正的谢泼德，反过来，也不能从谢泼德的人物描述中得到一个真正的尼尔森。

“你知道吗，”此刻他说道，用手指弹了弹叠好的信纸，“直到今天下午，我都隐约怀疑斯坦斯还活着。也许我很愚蠢……但我的确相信他在沉船上，的确相信他会被发现。”

“是的。”加斯科因说。

“但现在看来，他只能是死了。”穆迪弹着手指，陷入了沉思，“一去不复返，毫无疑问。蒙在鼓里的感觉真别扭！我愿意出任何价钱买今晚寡妇通灵会的一个座位。”

“不仅是寡妇的呢，”加斯科因说，“别忘了她还有一个助理。”

穆迪摇了摇头，“真难以相信这种营生是韦瑟雷尔小姐的本意所为。”

“她的名字都登在报纸上了。”加斯科因指出来，“不仅仅是名字，还特意指出了她扮演的角色。她是寡妇的助理。”

“嗯，她的见习期可真够短的，”穆迪说，语气里带着一些尖酸刻薄，“令人十分怀疑训练的质量——或者科目的质量。”

加斯科因对此露齿一笑，“难道妓女的生活实践不具备原始的神秘性吗？也许她一直在生活中接受训练呢。”

穆迪总是为这类谈话感到尴尬。“说实在的，她以前的生活实践确实是神秘的。”他坦承，同时挺直了腰板，“但女性的魅力是天然的，不能与幽灵召唤术相提并论。”

“哦，我相信这两种职业多少有异曲同工之妙。”加斯科因说，“妓女掌握着蛊惑别人的秘诀，而女巫也必须具有说服力，如果想要对方信以为真……你千万不要忘记美丽与自信总是具有说服力的，放之四海而皆准。是啊，安娜的状态没有发生多大的变化。你完全可以继续叫她玛格达莱纳！”

“玛丽·玛格达莱纳没有千里眼。”穆迪僵硬地说。

“是的。”加斯科因赞同道，脸上依然笑嘻嘻的，“然而，她是第一个来到被打开的墓穴的人[①]。她是第一个发誓那块大石头被推开了的人。值得一提的是，复活升天的消息首先来自一个女人的誓言——而这个誓言刚开始是遭人质疑的。”

“嗯，今晚安娜·韦瑟雷尔将在另一个人的坟墓上发誓，”穆迪说，“而我们无法到场提出质疑。”他抖动着刀叉，把它们摆放得更整齐一些，希望侍者会过来清走他的餐具。

“我们可以期待那个开场前的聚会。”加斯科因说，但声音里兴高采烈的情绪荡然无存。他一直感到十分失望，自己竟然也被寡妇排斥在即将举行的与死人通灵的圈子之外。这种排斥激怒了他，令他比穆迪更加感到苦涩，作为莉迪娅·韦尔斯在霍基蒂卡的第一个朋友，他感觉应该有一个位置保留给他。可是莉迪娅·韦尔斯自从一月二十七日起，就再也没有来拜访过他，也从来没有邀请过他，哪怕只是喝喝茶呢。

穆迪至今尚未正式会见过这两个女人中的任何一个。他只是瞥见她们在先前旅馆的窗户后面挂窗帘那幽暗的侧影，仿佛是贴在纸后面的剪纸娃娃。他观察着她们，感到一种莫名其妙的渴望的激情——这对他来说异乎寻常，因为他没有羡慕女人之间关系的习惯，甚至没有抱很大的兴趣去考虑她们。但是当他在游人好运楼门前的阴影前走过，看见她们因窗格而变得扭曲的身体在移动时，他非常希望能够听见她们在说什么。他希望知道是什么令安娜脸颊绯红，令她咬住嘴唇，举起手掌跟去抚摸自己的颧骨，仿佛在试探脸颊的温度；他希望知道是什么令莉迪娅面露微笑，拍一拍手上的灰尘，转身离开——将怀抱窗帘布料的安娜留在那里，安娜的衣服前面别满了圆头别针。

“你怀疑安娜在这里面扮演的角色——至少想知道其中的蹊跷，我认为你是对的。”加斯科因继续说道，“当我第一次跟安娜谈起斯坦斯的时候，我得到一种印象，似乎她对这个小伙子怀着极大的尊重。我甚至幻想安娜可能喜欢他。可是现在根据种种迹象来看，安娜居然要利用他的死亡

① 这里援引的是耶稣复活的圣经故事。

牟利！”

“我们不能确定韦瑟雷尔小姐在多大程度上充当了同谋，”穆迪说，“这完全取决于她对藏在衣服里的财富是否知情——以及，对劳德柏科遭到敲诈勒索的事是否知情。”

“没有人再提到橙色衣服的事——无论哪一方。”加斯科因说，“按理来说，如果安娜告诉韦尔斯夫人衣服就藏在我床底下的话，韦尔斯夫人应该更加积极地追回它才是。”

“假设韦瑟雷尔小姐相信那些金子已经遵照指示，支付给了曼纳林先生。”

“是的——假设，”加斯科因说，“但是在那种情况下，难道你不假设韦尔斯夫人会去拜访曼纳林先生，询问追回金子的事情吗？他们之间绝无爱意，韦尔斯夫人和曼纳林从赌博时代起就是老朋友了。不，我认为更有可能的是韦尔斯夫人对橙色衣裙全然不知情——对其他衣服也一无所知。”

“唔。”穆迪说。

“曼纳林不会去动它，”加斯科因说，“害怕招至后果——而我肯定它不会被交到银行去。所以就一直待在那里。在我的床底下。”

“你有没有给它估估价？”

“估过，但不是正式的。弗罗斯特先生过来看过。他认为在一百二十英镑左右。”

“嗯，为了韦瑟雷尔小姐的缘故，我希望她还没有告诉过韦尔斯夫人。”穆迪说，“想想都害怕，在关着的门背后，韦尔斯夫人得知了这样的事情会做何反应。她会因为丢失的财富而责怪安娜的——我敢肯定是这样。”

加斯科因突然放下叉子。“我刚闪过一个念头。”他说，“衣服里面的钱变成了小屋里的钱。所以，如果寡妇的申诉成功了，她将以遗产的形式获得那笔财富，讨回所有的一切——当然要减去橙色衣服里的。她终究会回到她的起始点上。”

“根据我的经验，人们回到起始点后极少有感到满足的。”穆迪说，“假如我对莉迪娅·韦尔斯的印象是准确的，我认为她对安娜拥有这些衣服的事，一定会耿耿于怀，不管安娜是什么意图，不管结果如何。”

“但我们相当肯定，安娜甚至不知道自己一直携带着金子——至少到最近都是如此。”

“加斯科因先生，”穆迪说，举起了他的手，“尽管我年轻，但我对异性还是有足够的见解，我可以断然地告诉你，女人不喜欢别的女人未经允许就穿她们的衣服。”

加斯科因大笑起来。他为这个笑话欢呼，然后带着新的能量，以及良好的心情，精神抖擞地吃完自己的午餐。

穆迪道出这个真理，虽然如他说的那样必须归功于他所拥有的见解，但实际上只能说来自经验，也就是凭借密切观察他的亡母、继母，还有他的两个姨妈所获得的经验，说白了就是这些，穆迪从来没有找过情人，对女人也不是很了解，只知道如何恰当地称呼她们，如何作为一个外甥和儿子去溺爱她们。穆迪尽管青春年少，血气方刚，但仍像个井底之蛙，世俗经验不比一个钥匙孔大多少，他透过这个小孔窥视，打个比方说，他只瞥见未来成年之后布满阴影的卧室。事实上，他有充足的机会拓宽他的视野，是的，甚至推开这扇大门，跨过门槛，进入最隐私和孤独的房间……但是他拒绝了这些机会，带着别扭与僵硬的礼貌，如同他应付加斯科因花言巧语的调侃时一样。

他二十一岁那年，一次深夜在伦敦狂欢作乐，按照通常的习惯和路径，来到距离史密斯菲尔德市场不远的一个灯火通明的庭院里。这个庭院，根据穆迪大学密友的权威介绍，经常有最时髦的妓女光顾——她们的识别标志是加里波第红色夹克，黄铜纽扣，这是当时巴黎时尚的最高标配，因此引起了英国淑女们的警觉。虽然妓女们的夹克带着军事范儿，却使她们有了一种蓄意的厚颜无耻的做派，她们假装羞怯，转身而去，然后回眸一瞥，踮着脚尖，从曲线柔美的酥肩上扭头看着男人，送出秋波，媚笑。看着她们，穆迪突然感到心酸。他禁不住想起自己的父亲——少年时期的穆迪，曾经多少次，撞见房间某个阴暗角落里的父亲，意识到在父亲的腿上，不是也坐着一个完全陌生的人吗？她会不自然地喘息，或像猪一样尖叫，或假模假样地尖声说话，她的身后总会留下同样的脂粉味儿：剧院的气味。穆迪的大学密友总是将他们的零钱凑在一起，然后切秸秆抽签，决定谁第一个挑选。他默默地退出庭院，叫一辆恒盛出租马车，回去睡觉。对他来说这是一件引以为傲的事，他不愿步父亲的后尘，不愿沦为父亲的罪孽的牺牲品，他要做一个更完善的人。然而，那一切是多么容易啊——掏出一枚一英镑的金币，抽一根麦秸，挑选一个红衫女人，跟着她走进教堂暗处鹅卵石铺地的凹室！他的大学密友还以为穆迪已经将目光瞄准了神职。数年之后，当穆迪就读于内殿法学院开始学习法律时，他们都感到非常惊讶。

因此，当穆迪与加斯科因、克林奇、曼纳林、普里查德等人谈话时，当他们谈论起安娜·韦瑟雷尔，把她当作妓女百般推崇时，他都巧妙地掩饰了自己的无知。穆迪恰到好处地轻声附和着，"当然""那是自然""完全如此"，每当安娜的名字被提及，他都会出现全身僵硬的姿势，而这在其他男人看来，只是暗示穆迪对更加赤裸裸的人性本质感到别扭，如同大部分社会地位较高的人一样，他宁愿将自己的世俗隐私秘而不宣。我们观察到，谨言慎行的一人好处就是它能掩饰一切最普通、最低俗的无知，而沃尔特·穆迪是绝对可以做到谨慎的人。事实上，他从来没有跟安娜·韦瑟雷尔这一行的女人说过一句话，几乎不知道该如何称呼这种女人——或和她们谈论什么内容——即便有这样的机会。

"当然，"此刻他说道，"有一个事实我们应该感到高兴，就是安娜·韦瑟雷尔的箱子没有跟着她一起去游人好运楼。"

"没有吗？"加斯科因说，感到惊讶。

"没有。那些缝入铅条的衣服依然在烤架旅馆，还有她的烟枪、她的鸦片灯和其他杂物。她一直没有派人去取。"

“克林奇先生也没有提过这事？”

“没有。”穆迪说，“我认为，这是令人高兴的。无论韦瑟雷尔小姐在斯坦斯先生失踪案中扮演的是什么角色，无论她在今晚荒唐的通灵会上将要扮演什么角色，我们至少可以断言，她绝对没有向韦尔斯夫人坦白一切。对此我深信不疑。”

他四处张望，寻找侍者，因为加斯科因已经吃完午餐，他希望尽快付账，返回皇冠，他终于可以打开他的箱子了。

“你急于离开。”加斯科因边说边用餐巾擦着嘴。

“请原谅我的无礼。”穆迪说，“我不是厌倦了与你为伴——而是迫不及待地想去整理我失而复得的东西。我有几个星期没有换衣服了，而且不知道我的箱子经受暴风雨后的情况如何。很可能我的衣物和文件都已完全毁坏了。”

“我们还等什么？快走吧，马上。”加斯科因说，在他听来，这个解释不仅完全合理，而且令他松了一口气。加斯科因十分担心自己的社交能力令别人感到疲倦，每当他尊重的人跟他在一起时表现出无聊，他就会十分焦虑。他坚持独自一人付账，像一个霸道的女家庭教师一样发出嘘声阻止穆迪。结完账后，两个朋友步入喧嚣的雷维尔街，一群淘金汉兴高采烈地蜂拥而过。他们身后响起一声大喊，一个骑马的测量师紧勒缰绳；他们上方是卫理公会教堂的孤钟，正在敲响报时的钟声，一声，两声。四下里一片喧嚣——双轮马车轮子吱吱作响，帆布在风中猎猎鼓动，笑声、锤子声、一个女人呼喊男人的尖叫声——两个朋友提高嗓门互致午安，非常热情地握手，各自上路。

小凶星

某些关键事实存在争议；弗朗西斯·卡弗失礼；勒文塔尔被激怒，抒发己见。

根据勒文塔尔的惯例，如果《西海岸时报》接到一封具有煽动性的指控信，他会在报纸付印之前接触有关各方。他认为，正确的做法是向那个将被骂得狗血淋头的人提出公平的警告，因为霍基蒂卡公众舆论法庭是一个严厉的审判法庭，一个人的声誉可能会因此毁于一旦，不管是谁受到这样的威胁，他都会邀请对方做出回复。

阿利斯泰尔·劳德柏科那篇有关谢泼德监狱长渎职行为的杂乱无章的长信，也毫无例外要遵循这个规则，勒文塔尔读完这封信后，立刻坐下来，抄写了一份副本。他将副本用于排版，把原件带到警察营地，亲自交给狱守过目——因为谢泼德肯定希望在诸多方面为自己辩护，时间还早，仍来得及把谢泼德的答复作为对劳德柏科的回应，一同刊登在星期一的《时报》上。

勒文塔尔摆出他的书写工具，紧皱着眉头。他知道，有关谢泼德的私人投资的信息，只能是由皇冠会议十二个男人中的一个泄露的，这意味着某人——可耻地——打破了保密的誓言。据勒文塔尔所知，唯一与阿利斯泰尔·劳德柏科有交情的，就是他的朋友托马斯·鲍尔弗。这位报人怀着沉重的心情，取出一张白纸，拧开墨水瓶，将笔尖蘸上墨水。汤姆，他想，带着些许责备，汤姆。他摇摇头，叹了一口气。

勒文塔尔抄写完劳德柏科信件最后一个段落时，门铃突然响了。他立刻起身，将笔放在吸墨纸上，穿过工作间，脸上已经放松地露出欢迎的微笑——可是当看见站在门口的人是谁时，他的笑容凝固了，不过这变化非常轻微，几乎不易察觉。

来人穿着一件灰色长大衣，衣服上有配套的天鹅绒翻领和天鹅绒外翻袖口。大衣是用一种有光泽的密织面料制作的，当他转动方向时，衣服会像海豹皮一样闪烁着一种油性色泽。他的领巾在脖子上堆得很高，披肩领坎肩的翻领直立在两侧，使他的肩膀显得浑厚滚圆，脖子显得格外粗壮。他的面相中带着一种沉重的气质，仿佛他是用某种矿物凿成的，因为材料原始、颗粒粗糙而无法擦亮抛光。他的嘴很宽大，鼻子扁平，额头方正而前突。在他的左脸颊上有一道细细的、弯弯的银色伤疤，从外眼角一直弯到下巴颏。

勒文塔尔只犹豫了一刹那。在接下来的瞬间，他连忙迎上前，用围裙擦擦手，张开大嘴微笑着。手擦干净后，他向客人张开一双手掌，说道："韦尔斯先生！非常高兴再次见到您。欢迎回到霍基蒂卡。"

弗朗西斯·卡弗眯起眼睛，但没理会这些。"我要登一条启事。"他说。他没有步入另一个男人手臂可以触及的范围内。他停留在门口，使两人之间保持着八英尺的距离。

"当然，没问题。"勒文塔尔说，"而且我可以说，您第二次寻求我的报纸为您服务，我是既荣幸又感激。如果因为我个人的错误而失去任何业务，我将感到万分遗憾。"

卡弗依然没有说什么。他还没有摘掉帽子，看来也没有这种打算。

但是勒文塔尔并没有被卡弗的傲慢吓倒。他带着灿烂的微笑，说："但是让我们不要谈论过去了，韦尔斯先生，说说今天的事吧！您一定要告诉我如何为您效力。”

卡弗感到一阵恼怒，使他终于沉下脸来。“我的名字是卡弗，”他纠正道，“不是韦尔斯。”

勒文塔尔十指交叉，感到心满意足。他右手的拇指和食指被墨水染得很黑，当他将双手的手指交织在一起时，产生了一种奇怪的条纹效果——仿佛两只手属于两个不同的生灵，一只是黑色的，另一只是驼色的。

“也许是我的记忆出了问题，”他说，“但我感觉我对您的记忆十分清晰。您大约在一年前来过这里，是不是？您有一份出生证明。您刊登了一则关于遗失的货运板条箱的启事——还为它提供了悬赏。我记得您的名字出了一点纰漏。我在印刷中犯了个错误——省去了您的中间名——您第二天早上返回来，指出错误。我相信您出生证明上的名字是克罗斯比·弗朗西斯·韦尔斯。但是——我是不是错把您当成另外一个人了？”

卡弗依然不予回答。

“我一直听别人说，”勒文塔尔片刻之后补充道，“我的记忆力超强。”

他冒着风险，出言不逊……但这也许会把卡弗引出蛇洞。勒文塔尔的表情依然是愉快和自然的。他等待着对方说话。

勒文塔尔知道卡弗目前住在宫殿旅馆，在那里安排把“一帆风顺号”残骸拖上岸的烦人事务。如果卡弗想隐瞒沉船上某个被谋杀的人，一定会谨慎行事，拖船计划就必须在暗中进行，局限性很大。但是根据所有的报告——包括船运商托马斯·鲍尔弗的——卡弗对自己的项目是完全公开的。他向港长递交了货物清单，会见了霍基蒂卡每个船运公司的代表，与他们结账，有几次还亲自摇轻舟去查看沉船，身边伴有造船商、打捞厂商等行业人士。

“我的名字不叫韦尔斯。”卡弗终于说，“以前我是代表别人。现在没关系了。”

“很抱歉，请您原谅。”勒文塔尔圆滑地说，“那么说，克罗斯比·韦尔斯先生丢失了一只货运板条箱——您是在帮他把它找回来。”

对方停顿片刻，然后说道："是的。"

"哦，那好，我真心希望您成功实现了目的！我相信那个板条箱最终归还给他了吧？"

心绪烦乱的卡弗抽搐般地摇了摇头，"那事不重要了，我告诉你了。"

"我可能怠慢了，"勒文塔尔说，"还没有向您致以深切的慰问，卡弗先生。"

卡弗仔细地打量着勒文塔尔。

"我非常悲痛地得知韦尔斯先生已经去世。"勒文塔尔继续说道，"我从未与他谋面，但根据所有的报告，他是一位正派的公民。啊——我真希望不是我将这个噩耗告诉你的——你的朋友不幸去世了。"

"不是。"卡弗又说了一遍。

"我很高兴是这样。你们是如何相识的？"

对方再次显露出恼怒的神情，"老朋友。"

"也许是在达尼丁认识的？或许更早？"

卡弗看上去不想回答这个问题，于是勒文塔尔继续说："嗯，他死得非常平静，想必这对您来说是一个很大的安慰。"

卡弗嘴巴抽搐。片刻之后，他突然质问："什么是平静？"

"寿终正寝——在自己的家中？我敢说这是我们任何人都希望的最佳方式。"勒文塔尔感觉自己略微占了上风，又说道，"不过他去世时妻子不在身旁，这是极大的遗憾。"

卡弗耸了耸肩。刚才不知是什么刺激他突然发火，现在这股火气又迅速地熄灭了。"婚姻是一个人的私事。"他说。

"我非常赞同您的意见。"勒文塔尔说，脸上露出微笑，"您认识韦尔斯夫人吗？"

卡弗嗓子里发出了一点神秘莫测的声音。

"我有幸见过她，但时间仓促。"勒文塔尔无所畏惧地继续说，"今晚，我打算附庸风雅地到游人好运楼去——作为一个怀疑论者，当然，带着解放思想的心态。我会在那里见到您吗？”

“不，”卡弗说，“你不会。”

“也许您对通灵会的怀疑甚至超过了我呢！”

“我对通灵会没有任何看法，”卡弗说，“我有可能去，也有可能不去。”

“无论如何，我相信韦尔斯夫人会十分高兴地欢迎您回到霍基蒂卡。”勒文塔尔说——他的对话开始变得含糊，“是的，我相信，她知道您已经回来了，一定非常高兴！”

卡弗现在似乎已经不再掩饰他的恼怒了，“为什么？”。

“为什么？”勒文塔尔说，“当然是因为有关死者遗产的一切纷争！法律程序暂停的确切原因正是韦尔斯的出生证明！它不翼而飞了！”

勒文塔尔的声音很高，超过了自己原本的打算，他稍微有点担心戏演得过火了一点。他说的全是事实，再说，这些都是众所周知的。韦尔斯夫人要求撤销韦尔斯遗产销售的申诉，一直没有被裁判法院听证，因为死者没有留下任何文件作为他真实身份的证据。莉迪娅·韦尔斯是在亡夫下葬的数天之后才来到霍基蒂卡的，没有辨认他的尸体，似乎没有别的办法证明死在绿玉神舟谷的隐士与签署韦尔斯结婚证书的克罗斯比·韦尔斯是同一个人，除非开棺验尸（裁判官恳求寡妇放弃了这一要求）。考虑到有疑问的遗产数额巨大，裁判官认为稳妥之计是延迟法院诉讼，直到得出更加明确的结论——听了裁判官的话，韦尔斯夫人恰如其分地感谢了他。她向裁判官保证，她的耐心是女性中最坚定的那种，无论需要等多久，她都会等待欠她的债务（她这样形容这笔遗产）最终归还给她。

但是卡弗没有被激怒，只是上下打量着这位编辑，然后开口说话，声音粗暴而冷漠，“我要在《时报》上登一条启事。”

“是的，当然。”勒文塔尔感到心脏剧烈跳动着，拉过来一张纸，问道，“您希望卖什么东西呢？”

卡弗解释“一帆风顺号”的船体即将被拆解，在此之前，他希望在星期五拍卖会上销售其零部件，由格拉森－罗利打捞公司负责打理。他十分生硬地提出指示。拍卖前不受理任何销售，不授予任何优先权，不建立任何通信联络。所有查询均通过邮件寄给宫殿旅馆弗朗西斯·卡弗先生。

“您看，我在仔细记录呢。”勒文塔尔说，“我不会重蹈覆辙，再省略您的部分名字了——这一次不会啦！我说——我猜您跟克罗斯比不会是亲戚吧？”

卡弗的嘴角再次抽搐，“不是。”

“弗朗西斯是一个十分常见的名字，这倒是真的。”勒文塔尔说着，点了点头。他仍然在写卡弗旅馆的名字,几秒钟没有抬头。当他抬起头时，发现卡弗的表情更加难看了。

“您的名字叫什么？”卡弗质问道，突出在此之前他竟然没有费心使用对方的名字。听了勒文塔尔的回答，卡弗缓慢地点了点头，仿佛要把这个名字牢记心中似的。然后他说：“你要闭上你他妈的嘴。”

勒文塔尔大为震惊。他收了广告费用，沉默不语地为卡弗写了收据——非常缓慢而仔细地写出每个字，笔迹稳健。这还是他第一次在自己办公室里被侮辱，他太震惊了，未能立刻做出回应。他感觉自己胸膛中积蓄起一种激愤，一种压力，一种激动、咆哮的声音。勒文塔尔是那种遭受侮辱时会变得更加雄辩的人。他感觉胸中升起一股带着火药味的冲动，这里面包含着胜利，甚至喜悦，仿佛等候已久的呐喊发自近在咫尺的某处，只有他一个人感觉到了那隐秘的共鸣，如战鼓在他的胸腔中擂响，在他的血液里敲击。

卡弗拿起收据。他既没有感谢勒文塔尔，也没有与他告别，兀自转身，要离开工作室——这个无礼的举动，使勒文塔尔胸中激增的愤怒瞬间爆发。他无法再控制自己，他发作了，“你要为自己的行为负责，竟敢在这里露脸！”

卡弗停下来，手依然握着门把手。

“在你那样对待安娜之后。”勒文塔尔说，“你要知道，我就是发现她的那个人。她当时血肉模糊。不能这样对待一个女人。我不管她是谁。不能这样对待一个女人——尤其是她当时还怀着身孕，很快就要临产！”

卡弗没有回答。

“仅毫厘之差就是双重谋杀罪。你知道这个吗？”勒文塔尔感觉自己的愤怒积蓄到了疯狂的程度，“你知道她当时看上去是什么样吗？当她的瘀伤慢慢恢复时，你去看过她吗？你知不知道她在两个星期内必须拄着拐杖，才能勉强走路？你知道这个吗？”

卡弗终于说：“她的手不干净。”

勒文塔尔几乎狂笑，“什么——她让你躺在血泊里了吗，你说？她对你拳打脚踢，打得你死去活来了吗？那句话怎么说来着——以牙还牙？”

“我没有说这话。”

“她杀了你的孩子吗？她杀了你的孩子——所以你也要杀了她的？”勒文塔尔几乎大喊大叫，“说出来呀！有种你就说呀！”

但是卡弗不为所动，“我的意思是，她不是一个懂得羞耻的女人。”

“懂得羞耻的女人！现在我想你会告诉我说是她咎由自取——是她活该！”

“是的，”弗朗西斯·卡弗说，“她罪有应得。”

“你在霍基蒂卡没有什么朋友，卡弗先生，”勒文塔尔说，用墨水染黑的手指指着对方，“安娜·韦瑟雷尔虽说是个普通妓女，但她被这个镇上的许多男人珍惜，那些男人不管是否拿着武器，人数都超过了你能对付得了的，这点你千万不要忘记。如果安娜·韦瑟雷尔受到一丝一毫的伤害——我警告你——如果受到任何伤害——”

“我不会动手的，”卡弗说，“我跟她没有关系了。我的账已经算清。”

“你的账！”勒文塔尔往地上啐了一口，“你的意思是那个胎儿？你自己的孩子——死了，还没有在世上喘过一口气！这就是你说的账！”

突然间，卡弗带着一种饶有兴趣的表情看着他。

“我自己的孩子？”他重复了一句。

“虽然你还没有问，但是我告诉你吧。”勒文塔尔喊道，“你的孩子已经死了。你听见我的话了吗？你自己的孩子——死了，还没来得及喘一口气！而且是你亲手干的好事！”

然而卡弗大笑起来——声音十分粗暴，仿佛是在清理嗓子眼里的什么东西。“那个妓女怀的孩子怎么会是我的？”他说，“这是谁告诉你的？”

“安娜本人。”勒文塔尔说，第一次感到一丝不安，“你否认这一点吗？”

卡弗再次大笑，“即使是用一根长长的钩杆，我都不会去碰那个女人一下。”他说，没等勒文塔尔来得及回答，他已经抽身离去。

头，关上门。）然而此刻，当她看见站在门槛上的人是谁时，立刻把门大开，惊呼了一声。

阿苏也感到惊讶，一时间只是盯着她看。在这几个星期的时间里，他一直在心里回忆安娜的身影——此刻她近在眼前！她真的发生了如此巨大的改变吗？还是他的记忆有了缺陷？因为站在门口的安娜，似乎完全是另一个女人。曾经与他共同度过许多销魂的下午的那个女人在哪里？那些下午，冬天清冷的光线从方形窗户斜射而入，烟雾萦绕着他们的身体，一圈又一圈。此刻，她身穿完全不同的衣裙：黑色，剪裁风格非常严肃。但不仅是衣裙的缘故，阿苏想。这是一个完全不同的女人。

她没有吸毒。她的脸颊焕发着新的光彩，眼睛更大、更加明亮，而且更加警醒。她动作中的那种暧昧特质消失了——随之一起消失的，还有她的脸上总是笼罩着的梦幻般的气息，仿佛一层轻薄的面纱。她那含混的似笑非笑、嘴角的颤抖，以及令人敬畏的困惑——仿佛她总有一些别人无法窥及的私密的小小困惑，统统都消失了。在接下来的瞬间里，阿苏的震惊变成了苦涩。这么说是真的了。安娜本人已经摆脱了鸦片的魔爪。她治愈了自己——而阿苏花了十年多的努力，企图达到同样的结果，却依然并将永远是那个无形恶魔的奴隶。

安娜伸手做出抓扶的动作，似乎希望依靠门框稳住自己。她悄声地说："可你不能进来——你不能进来，阿苏。"

阿苏过了片刻才鞠躬致意，因为他相信自己的第一印象，希望将这个印象牢记下来。安娜比他记忆中的消瘦了许多，脸颊深陷下去，他能清晰地看见她手腕的骨头。

"下午好。"他说。

"你要干什么？"安娜悄声地说，"是的——下午好。你知道我不再吸鸦片了。你知道这个吗？"

阿苏凝视着她。

"三个星期了，"安娜补充道，似乎要劝说他，"我已经三个星期没有抽大烟了。”

“怎么会呢？”阿苏说。

安娜摇了摇头，“你必须明白这一点，我已经不是从前的我了。”

“为什么你不再来卡尼里了？”阿苏说。他不知道怎样诉说对她的思念。从前，在她到来前的每个下午，他总习惯把榻上的靠垫摆成特殊的格局，把他的房间整理干净，确保自己衣服清洁，辫子扎好。当他看着安娜熟睡时，经常因为喜悦而几乎哽咽。有时他会伸出手，让手在安娜胸脯前一英寸的地方盘旋，仿佛在他们肉体之间那层充满烟雾的空隙中，他能感触到她柔软的皮肤。有时，安娜吸过大烟之后，他会等一会儿才开始吸烟，就为了能够看着她，将她的模样描绘在心里，牢牢记住。

“我不能再去看你了。”安娜说，“你不能待在这里。我不能过去。”

阿苏悲哀地端详着她，“不吸大烟了？”

“不吸了，”安娜说，“不吸大烟了，也不去卡尼里了。”

“为什么？”

“我没法解释——没法在这里解释。我已经戒了，阿苏。完全戒了。”

“没钱了吗？”阿苏说，试图理解她。他知道安娜因为欠了一大笔债而工作。她欠迪克·曼纳林一大笔钱，而且数额每天都会增加。也许她买不起鸦片了。也许她没有时间去卡尼里，无法吸大烟了。

“不是钱的问题。”安娜说。

就在这时，一个女人的声音呼唤着安娜的名字，那声音从内院的角落里传来，带着不耐烦的、居高临下的质问口气，想知道门口的来访者是何许人，有何贵干。

安娜把下巴颏转向屋里，但是眼睛没有离开阿苏的脸。“只是我过去认识的一个窄眼佬，”她大喊道，“没什么。”

“那，他要干什么呢？”

“没什么，”安娜再次喊道，“他只是想卖给我点儿东西。”

一片沉默。

“我给你送来——送到这里？”阿苏说。他双手捧成杯状，向她递去，表明他愿意亲自将烟土送来。

“不，”安娜悄声说，“不，你不能这样做。没有用。我只是——事实上是——我对它没有感觉了。”

阿苏不明白这个。“上次那块，”他说，指的是他那天下午送给安娜、差点要了她命的那一盎司烟土，“上次那块——不吉利？”

“不——”安娜话没说完，过道里就传来了快速的脚步声，紧接着，安娜身旁已经出现了一个女人。

“下午好，”她说，“你要向安娜兜售什么呢？行了吧，安娜。”安娜立刻从门口退缩回去。

阿苏也向后退了一步——他是出于震惊而不是顺从，因为这是他近十三年来第一次见到莉迪娅·格林韦。他最后一次看见她还是——什么时候呢？——在悉尼法院，她在台廊里，他在被告席上。她脸蛋红扑扑的，用一把刺绣檀香扇给自己扇凉，檀香的香味儿飘下来，钻入他的鼻孔。回忆涌入脑海，他的胸中升起无限激情，想起了他家在广州的海滨仓库，想起了战前商人们存放丝绸布匹的檀木箱子。她当时穿着一身淡绿色的衣裙——这个他记得非常清楚——戴着一顶镶饰花边的软帽。在整个审讯过程中，她都保持着一副十分严峻的表情。当她作为证人时，她的证词简短并且击中要害。阿苏一个字都听不懂，只有她用手指直接指着他的时候，才明白她是在法院上辨认他。当阿苏的谋杀指控被宣布不成立，他被无罪释放时，她依然没有显露任何表情，只是默默地起身，没有回头看一眼，就离开了法院。从那天起，时光已经流逝了十二年多！十二年多——然而此刻她近在眼前，诡异地出现，诡异地一点没变！她古铜红色的头发依然那么光亮，她的皮肤依然那么娇嫩，几乎没有皱纹。她的丰满妩媚与安娜的瘦骨嶙峋形成了鲜明的对比。

在接下来的瞬间内，她的表情也阴沉下来——这十分不同寻常，因为莉迪娅的表情通常都是非常刻意地摆弄出来的，她不喜欢显露出惊讶——可这时，她的眼睛瞪得很大。

“我认识这个人。”她说，口气惊讶，用手按着喉咙，“我认识他。”

安娜的目光从阿苏转向韦尔斯夫人，又转回阿苏。

“怎么会呢？”她说，“不会是在卡尼里吧！”

阿苏的上唇已经冒出一层薄薄的汗。然而，他什么都没有说，只是鞠了一躬。也许她们会以为他听不懂她们的话。他转身朝着安娜，感到自己不能继续与莉迪娅·格林韦对视，唯恐她回忆起以前曾经见过他。他依然可以用余光感觉到，莉迪娅正盯着他看。

安娜也皱起了眉头，“也许你在想另外一个人，”她对韦尔斯夫人说，“中国佬长相难分，这是常事。”

“是的——也许吧。”韦尔斯夫人说，但她依然盯着阿苏看。她是否已经认出他来，他无法判断。他想找点话跟安娜说，但是脑海里一片空白。

“你要干什么，阿苏？”安娜说，语气并不苛刻，但含着渴望。她眼睛里有一种几近恐惧的哀求。

“你叫他什么来着？”年纪大些的女人迅速问道。

“阿苏，”安娜说，“我该叫苏先生吧。他是卡尼里的鸦片经销商。”

“哈！”寡妇的目光立刻锐利起来，“鸦片！”

这么说她想起他来了。她已经记得他是谁了。

立刻，阿苏决定改变策略。他转身向着安娜，大声说道：“我买你。最好价。”

寡妇大笑。

“哦，”安娜说，脸色变得绯红，“不。你不能这样。大概还没有人告诉你，我现在已经不做娼妓了。我不再为娼。不卖。不出售。”

“你现在是什么？”阿苏说。

“韦瑟雷尔小姐是我的助理，”韦尔斯夫人说——但是阿苏听不懂这个词，“她现在住在这里。”

“我现在住在这里，”安娜跟着说了一句，“我不再吸鸦片。你明白吗？

不吸大烟了。我——我已经戒了。”

阿苏迷惑了。

“好啦，再见。”安娜说，“谢谢你的来访。”

说时迟那时快，韦尔斯夫人的手腕突然闪出，她用粉嫩的手抓住阿苏的前臂，掐得紧紧的，说：“你必须来参加今晚的通灵会。”

“他没有门票。”安娜说。

“一种东方气氛，”韦尔斯夫人说，没有理睬安娜，“就是这种感觉！你叫他什么来着？”

“阿苏。”安娜说。

“哦，是的，”韦尔斯夫人说，“刚刚产生的灵感：一种东方气氛，用在今晚的通灵会上！”

“通灵会是一种东方的习俗吗？”安娜怀疑地说。

阿苏不明白这些字眼——但他听懂了东方二字，猜想自己不仅是她们谈论的主题，可能也是导致莉迪娅突然显露贪婪表情的直接原因。他感到非常惊讶的是，在过去十几年中她几乎没有任何变化，而安娜在最近一个月里，则发生了翻天覆地的巨大改变。他低头看着寡妇紧紧抓住他前臂的手，震惊地发现她手指上的金戒指。

“卡弗夫人。”他说，指着那个戒指。

那个女人露出微笑——这次的笑容更灿烂些。“我幻想他的身上带点儿预言家的气质，”她对安娜说，“这个想法如何？”

“你说‘卡弗夫人’，这话是什么意思？”安娜对阿苏说，皱起了眉头。

“卡弗的妻子。”阿苏的话等于没说。

“他认为你是卡弗的妻子。”安娜说。

“他只是猜测。”韦尔斯夫人回答。

她冲着阿苏说：“不是卡弗夫人。我丈夫已经死了。我现在是个寡妇。”

“不是卡弗夫人？”

“是韦尔斯夫人。”

阿苏的眼睛瞪大了，“韦尔斯夫人。”他重复了一遍。

“他的英语这么差，真是太好了。”寡妇对安娜说，用的是聊天般的口气，“这样他就不会不集中精力。他的神态就不会出现波动。他是不是很英俊呢？我认为，他将对我们大有好处。”

“他认识卡弗。”安娜说。

“我相信是的。”韦尔斯夫人说，带着轻松活泼的口气，“卡弗船长有很多东方的关系。我猜想他们可能在霍基蒂卡做过生意。快进客厅里来，阿苏。”她把阿苏的胳膊抓得更紧些，“来吧。只待一小会儿。不要像个孩子似的。我又不会伤害你！进来吧。”

“弗朗西斯·卡弗——在广东？”阿苏说。

“或许是广州。是的，这很可能。”韦尔斯夫人说，错误地将阿苏的问题当成了陈述，“卡弗船长的总部曾经设在广州。他在那里待过许多年。快到客厅里来。”

她领着阿苏进入客厅，指着房间最里头的一个角落。“你就坐在一个坐垫上——那儿。”她说，“你将观察周围每个人的面孔，为我们神秘的通灵会增添一分裁判官般的冷静气氛。我们将称你为东方神谕——或者东方活雕像——或者王朝精神——或者这一类的名字。你喜欢哪一个，安娜？是雕像——还是神谕？”

安娜说不出喜欢哪个。她很清楚莉迪娅·韦尔斯与阿苏都认出了对方，他们有过一段与弗朗西斯·卡弗相关的历史，寡妇不愿把它说出来。安娜知道最好不要追问此事，然而，她还是问道：“用他的目的是什么呢？”

“只是观察我们！”

“是的，但要达到什么目的呢？”

寡妇挥了一下手，“你没有看过威尔士王子的舞台场面吗？稍微带点东方风格，就能让门票销售火爆。”

“他在霍基蒂卡不是没有认识的人，你知道，”安娜说，“他会被认出来的。”

“你不也同样会被认出来嘛！”韦尔斯夫人指出，“这一点儿关系都没有。”

“我不知道，”安娜说，“我心里没底。”

“安娜·韦瑟雷尔，”韦尔斯夫人说，装出一副烦恼的神情，“你还记得上个星期四，当我建议把魔术师的素描挂在楼梯顶上的时候，你反对来着，声称画像会因为阁楼的楼梯口而产生阴影，可我还是不顾一切地挂上了，结果光线正如我保证的那样完美，是不是？”

“是的。”安娜说。

“好啦——你瞧。”韦尔斯夫人说，朗声大笑。

阿苏对此一个字都没听懂。他转向安娜，微微地皱起眉头，表示她必须解释一下。

“通灵会。”安娜徒劳地说。

阿苏摇了摇头。他听不懂这几个字。

“让我试一试。”韦尔斯夫人说，“来——到这个角落来——安娜，给这个男人一个坐垫，让他坐下。也许，坐在一张圆凳上会更显得清心寡欲？不，要一个坐垫，这样他能像东方人那样盘腿坐着。是的，到这儿来——再往前——再往前。好了。”

她把阿苏按在坐垫上，快速后退几步，从房间的另一头打量他。她高兴地点了点头。

“好。”她说，“你看见没有，安娜？你不认为这样很好吗？他显得多么庄严啊！我不知道是不是要让他抽个烟斗什么的——烟雾缭绕着他的头，肯定会有蛮不错的效果。但是在室内抽烟会让我难受。”

“他还没有表示同意呢。”安娜提醒道。

韦尔斯夫人看上去稍微有点烦躁，不过，她没有对这句话提出抗议。她朝阿苏走去，脸上带着微笑，双手掐在腰上，低头凝视着阿苏。“你认识埃默里·斯坦斯吗？”她说，清晰地吐出一字一句，“埃默里·斯坦斯？你认识他吗？”

阿苏点了点头。他知道埃默里·斯坦斯。

“好,”女人说,“我们将把他带到这里来。今晚。跟他说话。埃默里·斯坦斯——到这里。”她用散发着柠檬香气的手指着地板说。

阿苏脸上显出一副恍然大悟的神情。好极了,肯定是这位探矿家终于被找到了——活着被找到的!这是个好消息。

“很好。”他说。

“今晚,”韦尔斯夫人说,“在这里,在游人好运楼。在这个房间里。聚会将在七点开始。通灵会,十点。”

“今晚。”阿苏说,盯着她看。

“正是。你要在这里。你要来。你会坐着,就像现在这样。好吗?啊,安娜——他明白吗?我简直无法判断。他的脸是一尊如此完美的雕像。你看明白了吧,我是怎么想出了这个主意的——活雕像!”

安娜慢慢地给阿苏解释,说莉迪娅要求他出席当晚与埃默里·斯坦斯的会面。她几次用了通灵会这个词。阿苏以前不可能接触过这样的字眼,只能根据上下文推断它指的是某种念稿子的聚会或会议,埃默里·斯坦斯将被邀请出席。他点头表示明白。然后,安娜又解释道,当晚要邀请阿苏回来,坐在角落里的这个坐垫上,就像现在这样。还有其他人也被邀请出席。他们会坐成一圈,埃默里·斯坦斯站在房间的中央。

“他明白这些吗?”韦尔斯夫人说,“他明白了吗?”

“明白。”阿苏说,然后向她演示,“与埃默里·斯坦斯的通灵会,今晚。”

“好极了。”韦尔斯夫人说,她弯腰朝着阿苏微笑,那模样就像人们微笑着听一个早熟的孩子朗诵一首十四行诗——也就是说,赞赏中夹杂着怀疑,有点扭捏做作。

“一个服丧的妓女和一个东方的神秘人,”她继续说,“这真是太完美了!我想想都会起鸡皮疙瘩!通灵会当然不是东方传统,”——这是回答安娜先前的问题——“但是在过去的两个星期里,我是不是每天都在说,在这一行当里,气氛是成功的一半?阿苏对我们会大有好处。”

她拉上房门时的动作如此坚定，连平纹布的墙壁都跟着打了个寒战，尼尔森刹那间恍惚如在大海上。

狱守坐在餐桌的一头，正在迅速解决他的冷餐，包括肉冻，质地均匀的各种冷布丁，某种又黑又粗、质地密实的面包。他笔直地端坐着，用叉子戳食物，没有请尼尔森坐下。

“看来，”门被关上后，他吞咽了一口饭，说道，“你向某人透露了我们的协议，你食言了。你告诉谁了呢？”

“什么？”尼尔森说。

谢泼德把他的问题又重复了一遍。尼尔森在停顿片刻之后，又提出了自己的疑惑，音调稍微高了一点。

谢泼德表情冰冷，“不要对我撒谎，尼尔森先生。阿利斯泰尔·劳德柏科明天早上要在《时报》上发表一封信，对我的人格进行攻击。他宣称他发现克罗斯比·韦尔斯地产上的财富的一部分被用于投资霍基蒂卡的监狱建设。我不知道他是怎么得到这个信息的，但我希望知道。越快越好。”

尼尔森迟疑了。阿利斯泰尔·劳德柏科怎么可能知道他的佣金呢？一定是某个皇冠与会者食言了！也许是鲍尔弗？鲍尔弗与劳德柏科是亲密至交，尼尔森从来没见过其他人与劳德柏科在一起过。但是鲍尔弗会出于什么原因背叛他呢？尼尔森从未对他起过任何歹心。有可能会是勒文塔尔吗？也许——如果那封信将在报纸上发表。但是尼尔森不相信勒文塔尔会食言，正如他不相信鲍尔弗会这么做一样。他看着谢泼德叉起一串肉冻、一块酸黄瓜，还有油炸的土豆肉丁杂烩，他自己嘴里莫名其妙地（其实尼尔森根本不饿）开始流口水。

“你告诉过谁？”谢泼德说，“请注意，我的耐心已经达到了极限，我不会再问你第二遍。”他把嘴凑近叉满食物的叉子，把食物从上面咬下来，咀嚼着。

尼尔森不知道如何回答。当然，事实上是他告诉过十二个男人——

沃尔特·穆迪，再加上十一个被召唤到皇冠吸烟室里的人。他无法承认自己已将谢泼德的秘密泄露给了十二个人！他应该谎称没有告诉过任何人吗？但是很显然，他已经向某人泄露了秘密——劳德柏科已经知道了！他的脑筋飞速地转动着。

“我想不出这是怎么可能发生的，”他在绝望中说道，“我想不出。”

谢泼德忙着又叉起另一串食物，目光炯炯地盯在他的晚餐上，“你去找过劳德柏科吗？或者去找过其他人——这个人又去见了劳德柏科？”

“我一辈子都没有跟劳德柏科说过五个字。”哈拉尔德·尼尔森说，十分愤慨。

“那么，是谁？”谢泼德抬起头，餐具松松地握在手里。

尼尔森什么都没说，开始冒汗。

“你在维护淘金汉的荣誉，我明白了。”谢泼德不以为然地说，“嗯，至少某人还能让你忠心耿耿，尼尔森先生。”

他转向自己的晚餐，一时间没有说话，这让尼尔森感觉度日如年。谢泼德穿着星期天的黑色燕尾服，当他坐着吃饭时，将燕尾后摆垂在椅子两旁，以免把衣服弄出皱褶。他的高腰裤子和无领马甲带着一种不满的、葬礼般的色彩，他的宽领巾——有些过时了，尼尔森带着一丝居高临下的优越感注意到；他自己的领巾很薄，依照最新潮流松弛地系着——而宽领巾似乎进一步强调了狱守训斥的态度。甚至连他的冷晚餐都是节制的典范。尼尔森在自己的晚餐上享用了半只水煮鸡，配餐是黄油萝卜泥和许多白酱，此外，他还喝了半罐高级葡萄酒。

从房子的某处传来一刻钟的报时声。乔治夫人在单薄的墙外面晃动，悄没声儿地在各个房间走动。谢泼德依然不紧不慢地吃饭。尼尔森等候着，直到谢泼德清理干净盘子里的每一块碎屑，他希望狱守一旦吃完晚餐，便能开始讲话。当他的这种希望显然已经落空时，他有气无力地说：“嗯——你打算怎么办呢？”

“我的第一个行动，”谢泼德回答，用餐巾擦着嘴，“就是解除你在监狱建筑方面的一切责任。我不会接受一个食言者的服务。”

“把投资归还给我？”尼尔森说。

“绝不。”谢泼德说，把餐巾扔进他的盘子里，“事实上，考虑到工作早已开展，我觉得你这是最不合理的要求。”

尼尔森嘴唇嗫嚅着，过了会儿，终于说道：“我明白。”

“你不愿破坏你的淘金汉准则。”

“是的。”

“真是难以置信。”

“对不起。”

谢泼德将他的餐盘推开，变得神气活现起来，“劳德柏科先生的信将发表在明天的《时报》上，我这里有一份预发件。”

尼尔森看见在桌上狱守的餐盘旁边有一封开口的信。他走上前，伸出手，“可以吗——？”

但是谢泼德没有理睬他。“这封信，”他继续说，稍微提高了一点嗓门，“没有对你提名道姓。你要知道，我今晚会给编辑亲自写封信，专门更正这项遗漏。我的回信将作为正式答复，发表在劳德柏科先生的来信下面。”

尼尔森又试了一次，“我可以读一下吗？”

“你可以跟韦斯特兰的每个人一起，在明天的报纸上读到。”谢泼德带着恶狠狠的强调语气说出这句话。

“好吧，”尼尔森说，缩回了他的手，“我明白你的意思了。”

谢泼德停顿了一下，又补了一句，“当然，除非你还有什么愿意告诉我的事情。”

尼尔森带着令人厌恶的沮丧口气，说道：“有。”

“有？”

“有——有点儿事。”

可怜的哈拉尔德·尼尔森！他还以为通过第二次违反誓言来重新获得狱守的信任，似乎再来一次不忠行为，就可以逆转第一次不忠这个事实！他在恐慌中缴械投降——因为被别人瞧不起打垮了尼尔森的精神。他不能忍受自己不被别人喜欢，对于他来说，不被别人喜欢和不令别人喜欢之间没有真正的区别，他遭受的每一次伤害，都是对自身人格的打击。正是出于这种自我保护的原因，尼尔森穿着最时髦的时装，说话带着热忱，把自己摆在每个故事的中心——他用为自己塑造的社会形象作为盾牌，因为他十分清楚自己的承受能力有多弱。

“愿闻其详。”谢泼德说。

“这是关于——（他的目光四处扫视）韦尔斯夫人。”

“果然。”谢泼德说，“怎样呢？”

“她曾经是劳德柏科的情人。”

谢泼德挑起眉头，“阿利斯泰尔·劳德柏科让克罗斯比·韦尔斯戴了绿帽子？”

尼尔森把这句话回味了一下，“是的，我想是的。嗯，当然，这要取决于克罗斯比和莉迪娅是什么时候结婚的。”

“继续。”谢泼德说。

“事情是——事情是——他被敲诈勒索——我说的是劳德柏科——克罗斯比·韦尔斯把赎金拿回了家。就是那笔横财，你知道——在克罗斯比的小屋里。”

“这敲诈勒索是如何发生的呢？你又是怎么知道的呢？”

尼尔森犹豫了。他拿不准狱守的表情，觉得他瞬间变得非常贪婪和激烈。

“你是怎么知道这个的？”谢泼德质问。

“有人告诉我的。”

“谁？”

“斯坦斯先生。”尼尔森说——选定一个至少短期内可能造成最小伤害的人。

“他就是那个敲诈者吗——斯坦斯？”

“对任何人都没有用？”谢泼德质问，口气是愉快的，“你为什么会这么说？”

“它是无效的，”德夫林说，“委托人没有签字。因此是不合法的。”

考埃尔·德夫林像所有不愿承认自己错误的人一样，讨厌对别人承认错误。每当他被指控做错事情时，他都会变得非常桀骜不驯，一副居高临下的气势。

“的确如此，”谢泼德说，“这是不合法的。”

“它不具有约束力——这就是我的意思。”德夫林说，微微地皱着眉头，“在法律意义上，它不具有约束力。”

谢泼德没有眨一下眼睛，“这真是相当可惜，你不认为吗？”

“为什么呢？”

“真希望埃默里·斯坦斯已经签字——啊，在克罗斯比小屋里发现的横财就有一半属于安娜·韦瑟雷尔！那就是一场重大变故，是不是？”

“但是隐士小屋里的财富从来就不属于埃默里·斯坦斯。”

“是吗？”谢泼德说，“请原谅，对这个事实你似乎比我确定得多。”

考埃尔·德夫林十分清楚克罗斯比·韦尔斯小屋里的金子来自四套衣裙，是莉迪娅·韦尔斯缝进去的，后来衣服被安娜·韦瑟雷尔购买。他知道，那些金子被金匠桂龙抽取，然后冶炼，却被斯坦斯偷走，在后来的某个时间里，隐藏在韦尔斯的小屋里。然而，他不能告诉谢泼德所有这一切。于是，他说：“没有理由认为那笔财富属于斯坦斯先生。”

“事实上，斯坦斯先生是在韦尔斯先生死亡那天消失的，而且，根据普遍的理解，韦尔斯先生不是一个有钱人。”谢泼德用他的食指戳着那份契约，“如此看来，牧师，这肯定与我们手头的案件有关。这份文件似乎表明那笔财富来自斯坦斯——而斯坦斯有意将其一半——恰好一半——送给一个普通娼妓。我斗胆猜测，克罗斯比·韦尔斯，作为斯坦斯的证人，为他保存着那笔财富，直到他死。”

这是一个合理的假设。也许谢泼德后面这个观点是正确的，德夫林想，不过他前面的观点肯定是错误的。他大声地说："你说得对，这似乎是有关联的。然而，正如我已经告诉过你的那样，这份合同是无效的。斯坦斯先生没有签名。"

"我假设你是在克罗斯比·韦尔斯的小屋里发现的这份契约，在你去为他收尸的那天。"

"正是如此。"德夫林说。

"既然你一直这样小心谨慎地保管着它，"谢泼德说，"我敢说你认为这份契约可能会非常有价值。对于某些人来说。比如安娜·韦瑟雷尔。根据这份文件的权威性，她可能会变成南阿尔卑斯山脉这一边最富有的女人！"

"不可能，"德夫林说，"这份契约缺少签名。"

"如果它被签上字的话。"谢泼德说。

"埃默里·斯坦斯死了。"德夫林说。

"他死了？"谢泼德说，"我的天。你的这个断言我也不敢苟同。"

但是考埃尔·德夫林不是那么容易被吓唬住的。"许诺巨额财富是一件危险的事。"他说，以牧师的方式将双手交叉放在肚脐前，"这种诱惑无可比拟，是一种显赫身份和极多机会的诱惑，而这些是我们所有人的欲望。如果韦瑟雷尔小姐被告知了这份契约,她就会自欺欺人地燃起希望。她就会开始梦想得到显赫的身份和极多的机会，她将不再满足于之前的生活。这就是我担心会发生的情形。因此，我决定将这条消息秘而不宣，至少保密到埃默里·斯坦斯被找回来，或者被确认已经死亡的时候。如果他被确认死亡，我将销毁这张契约。如果他还活着，我会去找他，给他看这份文件，问他是否希望在上面签字。那个选择将取决于他自己。"

"如果斯坦斯永远也找不到呢？"狱守说，"那怎么办？"

"我是本着一颗慈悲心做出的决定，谢泼德先生。"德夫林坚定地说，"我十分担心，一旦这张契约公布于众，或者落入坏人之手，可怜的韦瑟雷尔小姐可能会遭遇不测。如果斯坦斯先生永远也找不到了，那么也就不会出现希望破灭、鲜血白流、信仰丧失的情形。我认为这是个不小的慈悲。您说呢？”

谢泼德淡色的眼睛变得湿润，这是他认真思考的一个迹象。“见证人及主持人为克罗斯比·韦尔斯先生。”他咕哝着。

“不管怎么说，”德夫林补充道，“一个人将这么一笔巨款赠给一个娼妇，这种可能性是不大的。没准儿是一个玩笑，或者某种骗局。”

谢泼德似乎突然来了兴趣，“你怀疑这个女人的吸引力？”

“你理解错了。”德夫林平静地说，“我的意思只是说，任何男人送给一个妓女两千英镑，都是极不可能的事情。我是说作为礼物——一次性的馈赠。”

突然，谢泼德啪的一声将《圣经》合上，那份盗取的文件被夹在书页之间。他将圣书递还给牧师，另一只手已经伸出去拿他的笔，仿佛对这件事完全失去了兴趣。

“谢谢你把你的《圣经》借给我。”他说，点头表示德夫林可以离开了。然后他俯身看着他的账本，开始核计他的各项账目。

德夫林迟疑地徘徊了一会儿，《圣经》握在他的手里。被烧焦的文件从书页里露出一角，把书的侧面分成不等的两半。

“但是你是怎么想的呢？”德夫林终于说，“你对此是怎么看的呢？”

谢泼德没有停止书写，“你指的是什么？”

“这份契约！”

“我想象你是对的，这一定是一个玩笑，或者某种恶作剧。”谢泼德说。他把一根手指放在账本上，记住自己写到哪里，然后伸手把笔蘸入墨水瓶里。

“哦，”德夫林说，“是的。”

“就像你说的，这份契约是无效的。”谢泼德轻松随意地说。他把笔尖贴着墨水瓶口轻轻地碰了碰。

“是的。”

"证人肯定是死了，委托人对此几乎可以肯定。"

"是的。"

"如果你想得到一个权威的答案，今晚也许应该和其他异教徒们一起去一趟游人好运楼。"

"去跟斯坦斯先生说话？"

"去跟安娜说话。"狱守说，腔调中带着极端的不满，"好了，如果你不介意的话，牧师，我还有很多工作要做。"

德夫林出门并关上房门之后，谢泼德放下笔，走到书架前，拿出一本卷宗，从里面抽出一张纸：三个星期前，他与哈拉尔德·尼尔森签订合同的唯一副本，代理商曾承诺不会将四百英镑的投资透露给任何人。谢泼德在柜子边上划着一根火柴，让火苗触碰那张纸，然后轻轻地抓着纸的一角，变换着倾斜的角度，直到文件轰的一下燃烧起来，签名变得模糊不清。最后，他再也没法继续拿着，便将纸扔在地板上，眼睁睁地看着它缩成一团灰色的粉末，他用靴子头把灰烬踢向一旁。

他回到书桌后面坐下，从账本下面抽出一张白纸，提起笔，把笔尖蘸足了墨水。然后，他以缓慢而斟酌的手笔，开始写道：

一份良心馈赠——给《西海岸时报》的编辑

先生：

我提笔回应省议员、国会议员阿利斯泰尔·劳德柏科先生，他对在下恶意诽谤中伤，同时也诽谤了与他相关的所有人员，包括韦斯特兰公共工程委员会、市议会、专员办事处，以及霍基蒂卡管理部门。纠正劳德柏科先生的错误是我的职责：有理有节，用事实说话。

的确，霍基蒂卡未来监狱的建设大部分依靠一位韦斯特兰人——尼尔森合作公司的哈拉尔德·尼尔森先生的捐助，他

“保险。”卡弗说。

“是的，还有其他业务。我个人对这种业务也比较熟悉，”加斯科因一边补充道，一边掏出他的香烟盒，“因为我已故妻子的父亲是一名海洋保险人。”

“哪一家公司？”卡弗说。

“劳埃德公司——在伦敦。”加斯科因啪地打开银烟盒，“过去这几个星期，我一直在跟踪‘一帆风顺号’的进展。我很高兴看到它终于被拖离了海浪。这么浩大的一个项目！请允许我称赞全体工作人员的这种努力……还有您，先生，指挥和调动这一切，功不可没。”

卡弗盯着他看了片刻，然后将目光转回到“一帆风顺号”的甲板上。他的眼睛死死地盯着沉船，说：“你想干什么？”

“我当然不想冒犯你。”加斯科因说，轻松地将香烟夹在手指间，停顿片刻，将一双手掌朝上张开，“我绝对无意以任何方式侵犯你的隐私。我一直在观察打捞这条船的进展，仅此而已。这是一种难得的机会，在陆地上看到这样一条船。人们可以真正地感受它。”

卡弗的眼睛一直盯着帆船，“我的意思是，你是否打算对我推销什么东西？”

加斯科因点燃他的香烟，片刻之后才回答。“绝对不是，”他终于开口，扭头朝后面喷出一口白色的烟雾，“我不属于任何保险公司。可以说只是个人兴趣。好奇心罢了。”

卡弗什么都没说。

“当天气晴朗的时候，我喜欢在星期天坐在沙滩上。”加斯科因补充道，“但是如果我的个人兴趣冒犯了您，请尽管对我明说。”

卡弗猛地甩了甩头，“我刚才没有不礼貌的意思。”

加斯科因对这个道歉挥了挥手，未予理会，“人们总是不愿意看见一条精美的船沦落到地面上。”

“它很精美，没错。”

“真是美妙。护卫舰式快速帆船，是不是？”

“三桅帆船。”

加斯科因喃喃地表示赞赏，“英国制造？”

卡弗点了点头，“你也看见了，是铜制船底包板。”

加斯科因心不在焉地点了点头，“是的，精美的船……我真希望它上过保险。”

“如果没有保险，都不能在港口下锚。”卡弗说，“每一条船都一样。没有保险就不允许靠港。如果你真的对保险略知一二，我认为你应该知道这个的。”

他说话的声调平平，充满了蔑视，似乎不在乎自己的话会被对方怎样理解、记忆或应用。

“当然，当然。”加斯科因轻松地说，“我的意思是很高兴你的腰包没有遭受损失——为你着想。”

卡弗哼了一声，“等到一切都尘埃落定之后，我将损失一千英镑。”他说，“你现在看见的一切都需要钱——出自我的腰包。”

加斯科因停顿了片刻，问道：“那么保赔呢？”

“不知道。”

“保护和赔偿，”加斯科因解释道，“应对非常债务。”

“不明白。”卡弗又说了一遍。

“你不属于船东协会吗？”

“不。”

加斯科因神色沉重地低下头，“唉，”他说，“所以你不得不为这一切承担债务。”——他的手一挥，扫向面前搁浅的船身、螺旋千斤顶、马匹、拖船、滚筒，以及绞车。

“是的，”卡弗说，依然声色不改，“包括你能看见的一切。而且我必须白白地多付每个男人一几尼，出钱让他们干站着，系鞋带——解鞋带——开会讨论诸事宜，直到每个人都瞎忙得气喘吁吁时，我的一千英镑也没了。”

“我很抱歉。”加斯科因说，“你来一支香烟吗？”

卡弗看了一眼他的银烟盒，沉吟片刻后，说：“不，谢谢。我不喜欢香烟。”

加斯科因自己深深地吸了一口香烟，站了一会儿，兀自思索着。

“你看上去绝对是想卖给我什么东西。”卡弗再次说道。

“是一支香烟吗？”加斯科因大笑，“这种供应是完全免费的。”

“我估计谢绝了还是会让我更舒服些。”卡弗说。加斯科因再次大笑。

“告诉我。”加斯科因说，“你是多久以前买下这条船的？”

“你的问题真多。”卡弗说，“你问这些的目的是什么？”

“嗯，我想这并不重要，”加斯科因说，“但你必须是一年内购买的才行。请别介意。”

但他已经勾起了卡弗的兴趣。对方仔细地打量着他，然后说：“我是十个月前买的。五月份。”

“哈！”加斯科因说，“嗯。很有意思。要知道，这对你可能有利呢。”

“何以见得？”

而加斯科因没有立刻回答，他眯起眼睛，假装沉思，“那个卖船给你的人。他有没有将常规保险条款过继给你？也就是说，你有没有继承原有条款，或者你有没有主动取消什么条款？”

“我没有取消任何东西。”卡弗说。

“供应商是个专业的船东吗？比如说，他是否不止拥有‘一帆风顺号’？”

“他还有其他几条船。”卡弗说，“飞剪式帆船。包租。”

“不是蒸汽船？”

“是帆船。”卡弗说，“怎么了？”

“你当时搁浅的时候，你说你是从哪里来的？”

“达尼丁。你必须告诉我，所有这些问题都出于什么目的？”

“只是从达尼丁来。”加斯科因说，点了点头，“是的。好吧，请最后一次原谅我的鲁莽，我想知道是否可以问一下沉船发生时的情形。造成帆船搁浅的原因，我相信不存在失职之类的问题吧？”

卡弗摇了摇头，“潮水很低，但我们离岸很远。我抛下六十五英尺的链子，它固定住了，所以我抛下两只锚，又放出了二十英尺的链子。我决定让它保持在合理的范围内，等到早上再说。接下来我们才知道，我们是在沙嘴突出的一个大坡上。当时下着大雨，月亮也被乌云遮住。风把导航灯吹灭。没有人为因素。没有任何可能失职之处。都不是我所能控制的。”

这番话，对于弗朗西斯·卡弗来说，真算是长篇大论了。话说完了，他将双臂交叉在胸前，恢复了木然的神色。他眉头紧锁地看着加斯科因。

“听着，”他说，“你为什么对这个感兴趣？你最好明明白白地告诉我，我不喜欢狡猾的经销商。”

加斯科因想起这个人杀害了他自己的孩子。想起这点，他不由感到一阵莫名的心悸。他不动声色地说：“我考虑了一些事，可能对你有所帮助。”

卡弗的眉头皱得更深了，“谁说我需要帮助了？”

“你说得对，”加斯科因说，“是我鲁莽了。”

“那就说说吧。”卡弗说。

“嗯，是这样的，”加斯科因说，“正如我刚才提到过的，我已故妻子的父亲在船运保险领域工作。他的专业是保赔——保护和赔偿。”

“我告诉过你，我没有这东西。”

“是的，”加斯科因说，“但是，说不定卖给你船的那个人——他的名字叫什么来着？”

“劳德柏科。”卡弗说。

加斯科因故作惊讶地停顿了一下，“不会是那位政治家吧？”

“正是。”

“阿利斯泰尔·劳德柏科？可他目前就在霍基蒂卡——为竞选韦斯特兰席位奔波呢！”

“接着说你刚才说的。保赔。”

“好。”加斯科因摇了摇头，“嗯。如果劳德柏科先生拥有多条船舶的话，他很可能属于某种类型的船东协会。很可能已经交付了某种共同基金的年费，作为额外保险，那就是保赔，其覆盖的保险性质与你我可能知道的常规保险略有不同。”

“保护货物？”

“不。”加斯科因说，“保赔的运作更像是公共基金的集资，所有的船东都交付一份年费，如果发现自己要承担常规保险公司拒绝负担的损失，就会从保赔基金中得到赔偿。你现在面临的正是这样的亏损。比如说沉船打捞。即便船舶的所有权发生了变更，‘一帆风顺号’可能依然在保险期内。”

“怎么讲？”卡弗说这话时毫无好奇心。

“嗯，如果保赔是数年前开始购买的，而这条船是第一次遭受重大事故，那么劳德柏科先生可能依然享有‘一帆风顺号’的信用经费。你看，保赔与普通保险的运营方式不同——这里面没有股东，没有公司，真的。没有人企图从任何人身上获取利润。相反，这是一个合作集体，所有的成员都是船东本身。每人每年付一次费用，直到有足够的储备金。之后，这些船一直享受保护——直到发生了事故，然后某人不得不出于某种原因动用这笔储备金。差不多就是‘信用经费’这个概念吧。”

“对于‘一帆风顺号’来说，”卡弗说，“就像一个私人账户。”

“正是如此。”

卡弗想了想，“我怎么才会知道呢？”

加斯科因耸了耸肩，“你可以打听一下。这种协会肯定有注册，船东的名字也会列在名单上。当然，这是假设劳德柏科属于这样一个组织——恕我冒昧，我认为这很有可能。”

事实上这不仅可能，而且是肯定的。阿利斯泰尔·劳德柏科拥有的每一条船都确实拥有保赔，而且每一条船都有将近一千英镑的信用经费，卡弗在法律上有权从这笔资金中获得赔偿，帮助支付沉船从霍基蒂卡沙嘴中打捞出来的费用，只要他在五月中旬之前立案——那是购买这条船一周年到期的时间，过期之后劳德柏科对“一帆风顺号”的法律责任就会终止。加斯科因对这一切有确凿的把握，因为他事先已经做过调查，首先在鲍尔弗货运公司，然后查找了《时报》新闻档案，还有港长办公室，以及储备银行。他已经知道劳德柏科属于一个名叫加里蒂社团的船东小合作协会，这个协会是根据其最著名的成员——约翰·辛切尔·加里蒂——命名的，他是（加斯科因发现）航海黄金时代的热心推崇者，虽然这个时代目前已经日薄西山。加里蒂是来自东部希思科特选民区的现任国会议员，同时也是劳德柏科非常要好的朋友。

我们应该澄清的是，加斯科因所做的这些研究，是他调查其他项目时的副产品，那些项目与海洋保险，或与约翰·辛切尔·加里蒂没有丝毫的关系。自从一月二十七日之夜起，他便将大量时间耗费在港长办公室里，钻研旧日志和航运新闻档案。他一直和勒文塔尔一起查阅旧报纸，《社论报》《奥塔哥见证人》《南十字座日报》，以及《利特尔顿时报》上所有的政治公告。他翻遍了法院的所有档案，阅读了有关乔治·谢泼德任命、临时警察营地，以及未来监狱的所有资料。他一直在寻找一条十分特殊的线索：连接谢泼德和劳德柏科，或劳德柏科和克罗斯比·韦尔斯，或克罗斯比·韦尔斯与谢泼德，抑或连接所有这三个人的证据线索。加斯科因非常肯定，至少其中一对关系对破解眼前的奥秘至关重要。然而，到目前为止，他的研究还没有获得任何实质性的进展。

“一帆风顺号”存在非常损险这一发现，无非也属于“非实质性”的信息，因为劳德柏科的保险历史与克罗斯比·韦尔斯的案件无关，与乔治·谢泼德也没有任何关联，与眼下已经开始施工的监狱也没有关系。但是加斯科因的确在海洋保险方面有一些经验，正如他向弗朗西斯·卡弗承认的那样，而且他说自己对这个话题感兴趣也不是撒谎，这确实是他前岳父的职业，因而在过去许多年中是会客厅的谈话主题。他饶有兴趣地留意到劳德柏科与加里蒂社团的联系，将这条信息记在心里，以便日后更加详细地加以研究。

奥贝尔·加斯科因知道弗朗西斯·卡弗是个野蛮人，并不在意获取他的友谊。然而，他感到把卡弗拉拢到自己一边具有某种价值，那天他在沙嘴主动吸引此人的注意时，脑子里打的就是这个主意。

卡弗依然在思忖保护和赔偿。“我想，要申报那项索赔，我需要征得劳德柏科的同意。”他说，“我想我需要他签个字什么的。”

“也许需要，”加斯科因回答，“但是‘一帆风顺号’换船主只过了十个月，这个事实可能有价值。可能有空子可钻。（的确有空子。）你继承了劳德柏科的标准保险条款，这个事实可能也有价值，是啊，如果你继承了整个保险，也就继承了它的附加保险，对不对？”（事实确实如此。）加斯科因一边总结，一边做着手势，“只要像你说的那样，是在新西兰水域航行，你不存在失职的行为，那么就很可能有权利申领这类资金。”

他事先已经做过透彻的研究。卡弗点了点头，似乎心服口服。

“不管怎么说，”加斯科因说，感觉到他已经将好奇的种子播撒好了，“你应该查询一下。你可能会为自己省下一大笔钱呢。”他将手里的香烟头掉转过来，检查烟头上的烟灰，使卡弗有机会悄悄地把他细细打量一番。

“你从中捞到什么好处？”卡弗随后说。

“我已经告诉过你了，我绝无所求，”加斯科因说，“我在裁判法院工作。”

“也许，你有朋友做保赔这一行。”

“不，”加斯科因说，“没有。不是那么回事儿——我已经告诉过你了。”他把烟头抛到灯塔下面的石头堆上。

“你只是个告诉别人有空子可钻的人。”

“我想我的确如此。”加斯科因说。

“然后一走了之。”

加斯科因举帽致礼，“我把这话当作你对我的告别暗示。”他说，“那么午安，船长——贵姓？”

“卡弗。”前船长说，这次与加斯科因的握手非常坚定有力，“我的名字是弗朗西斯·卡弗。”

“我叫奥贝尔·加斯科因，”加斯科因提醒他，脸上带着愉快的微笑，“如果你什么时候需要我的话，到法院就能找到我。嗯——祝你的‘一帆风顺号’吉星高照。”

“好吧。”卡弗说。

“真是一条精美的船。”

加斯科因漫步而去,自己的心里不由得产生一股惊喜。他昂首向前走，没有回头张望——知道卡弗的目光会跟随着他走下沙嘴，绕过码头边缘，一直到雷维尔街的南端，他在那里转过拐角，从卡弗的视野中消失。

Φ

苏永盛在返回卡尼里的途中，想与他的同胞桂龙面谈，此刻他陷入了沉思，双手交叉背在身后，眼睛无神地盯着前方的地面。他对周围的一切几乎都视而不见，路旁经过的路人、吱吱呀呀的载货平板车，以及偶尔前往峡谷的骑马人——没人戴帽子，都穿着短袖衣服，享受着夏日苍白的阳光，因为这样的阳光很稀罕，似乎闪耀着一种天赐的、慈悲的光芒。卡尼里沿途的气氛欢快活泼，偶尔会有赞美诗的歌声穿过树林而出，无伴奏、步调一致的合唱声来自内地营地临时搭建的某一所小教堂。阿苏对周围的一切都漠然无睹。这天上午他又一次见到了莉迪娅·格林韦——现在是莉迪娅·韦尔斯了——这令他感到极度不安，为了缓解内心的焦虑，他在脑海里回顾着自己的过去——事实上，那就是他在三个星期前给阿桂讲述的故事。

弗朗西斯·卡弗第一次见到阿苏一家时，年仅二十一岁，而阿苏还是个十二岁的男孩，自然非常敬佩卡弗。卡弗出生于香港一个英国商人家庭，在海上长大，是一个性情生硬、喜欢沉思的年轻人。他说一口流利的粤语，但对中国谈不上丝毫的热爱，打算一旦拥有了属于自己的船就立刻离开——这是一个常常被他挂在嘴边的愿望。他受雇于邓特合作公司的商行在广州的分行，卡弗的父亲是总公司的高级官员，负责监督沿珠江一带中国产品与出口货栈之间的来往运输。其中一家仓库的主人就是苏永盛的父亲苏春运。

苏永盛对父亲的商业财政运转了解甚少。他知道苏家货栈是买家的联络点，那些买家绝大部分都是英国的商行。他知道邓特合作公司是当时所有这些公司中最杰出、关系网最强大的一家，父亲为这种关系感到非常骄傲。他知道父亲的所有客户都用银子为货物付款，这是苏春运感到骄傲的另一个原因。他还知道父亲憎恨鸦片，对钦差大臣林则徐有很高的评价。阿苏并不知道这些细节的具体意义，但他是一个孝顺的儿子，毫无疑问地接受了父亲的信仰和衣钵，相信它们既是美德，也是智慧。

一八三九年二月，苏家货栈成为清朝政府调查的对象——这是一种十分常规的做法，但却极度危险，因为根据当时林总督的法令，任何窝藏鸦片的中国商人都将被就地正法。苏春运亲切地欢迎清军进入他的货栈——他们发现茶叶里藏着三十至四十箱烟土，每一箱重约五十磅。苏春运的抗议毫无效果，他遭斩首处决，未经审判，立刻执行。

阿苏不知道该相信什么。他当然信任父亲是诚实的，因此认为父亲是遭人陷害了，但他同时也自然而然地信任父亲的智慧，这又使他怀疑别人的陷害是否能够得逞。他被这两种念头折磨着——但是他没有更多时间思考这个问题，就在父亲受刑的一个星期后，战争在广州爆发了。阿苏担心自己的安全，还有母亲的安全。母亲当时因为过度悲伤，精神几近失常。阿苏求助于他知道可以信任的唯一一个人：来自邓特合作公司的年轻代表弗朗西斯·卡弗。

据说卡弗先生非常高兴地将苏家生意当成自己的产业，亲自接受了所有组织与管理的任务——他说，至少管到阿苏的悲哀随时间削弱，内乱被平息或偃旗息鼓之后。为了表示对这个男孩的好意，卡弗建议他或许愿意继续从事出口贸易方面的工作，以纪念自己已故的父亲，即便对父亲的记忆已经受到了玷污。如果阿苏愿意，卡弗可以让他干一份商品包装的工作——一份体面、光荣的工作，说来是体力活，但是能帮他熬过战争期间。这个提议令阿苏感到十分欣慰。这次谈话的几个小时之后，他就成了弗朗西斯·卡弗的雇员。

在接下来的十五年里，阿苏的工作内容是把瓷器包装在秕糠里，给印花丝绸布匹裹上纸，把茶叶盒摞进箱子，上货，卸货，给货运板条箱敲进钉子封口，在纸板箱上贴标签，将那些被称为中国风[①]的精心制造但似乎并无实际用途的物件，逐项列在商品库存簿上。这期间，他很少见到卡弗，因为卡弗常常在海上，但他们之间偶尔存在的交往总是亲切的。他们习惯于一同坐在装运码头上，分享一瓶烈酒，凝视着河口的河水由褐色变成蓝色，再变成银色，最后变成黑色，这时卡弗就会站起来，用手拍一拍阿苏的肩膀，将空酒瓶抛入河中，然后离开。

一八五四年的夏天，卡弗在离开广州数月之后返回，通知阿苏——此时阿苏已经年近三十岁——他们之间的约定终于要结束了。他希望有朝一日统率一条贸易船的毕生愿望总算实现，邓特合作公司要建立往返于悉尼和维多利亚金矿之间的贸易航线，他的父亲已经替他包租了一条漂亮的飞剪式帆船，“帕麦斯顿号”。这是一次重大的提升，卡弗不可能无动于衷。他说，他来向苏家道别，向他生命中的这一篇章说再见。

阿苏悲哀地接受了卡弗的告别。这时，他的母亲已经过世，鸦片战争已经被广州的新叛乱取代——一场血腥的、满腔怒火的起义；战争迫在眉睫，甚至有可能结束清朝的君主统治。空气中在酝酿着变革。一旦卡弗离开，货栈被卖掉，与邓特合作公司的关系被切断之后，阿苏就与他以前的生活完全一刀两断了。他冲动之下，恳求把他一起带走。他可以在维多利亚的金矿上试试运气，他的许多同胞已经前去。他说，也许他能跟他们一样，在那里为自己开创新的生活。他在中国已经一无所有。

① 原文为法语。

卡弗毫无热情地默许了阿苏的提议。他觉得阿苏可以一同前往，但需要为自己购买一张船票，并且不能碍手碍脚。“帕麦斯顿号”行程中计划在悉尼暂停，用两个星期的时间在杰克森港①装卸货物，然后继续向南前往墨尔本。在这两个星期里，阿苏必须一声不吭，不能以任何方式打扰——从此被称为“船长”的——卡弗。当“帕麦斯顿号”停靠菲利普港②时，他们将作为陌生人友好地分手，互不亏欠，互不惦记，从此老死不相往来。阿苏同意了。在一阵心血来潮中，他放弃了所剩无几的家当，将微薄的积蓄换成英镑，以标准价格购买了一张卡弗允许他乘坐的最高级别的舱位票（三等）。很快他就发现他是船上唯一的乘客。

到悉尼的旅程一帆风顺。回顾这段旅程，阿苏只记得一片静止的、令人恶心的阴霾，然后慢慢地明亮起来，像是偏头痛的发作过程。船慢慢地接近港口宽阔而较浅的水域，阿苏在海上漂泊几个星期后变得虚弱、营养不良，终于挣扎着从舱内爬出来，冒险来到甲板上。对于他来说，这里的日光似乎非常陌生，他感觉中国的日光更淡、更白、更洁净。澳大利亚的日光很黄，亮度中带着一种加厚的特质，仿佛太阳总在日落时分，哪怕时间正值早晨，或者中午。

船刚刚停靠在达令港③的泊位上，船长立刻将他不晕船的步态换成陆地上更稳定的步伐。他走下“帕麦斯顿号”的舷梯，沿着码头，根本不屑回头看一眼，便进入一家码头妓院。他的船员们紧紧地跟在他的身后，就这样，一眨眼间全都不见了踪影，阿苏发现只剩下他独自一人。他下了船，将泊位记在心里，立刻向内陆走去——有点天真，但决心考察一下他即将赖以谋生的国家。

阿苏的英语很糟糕，因为他和卡弗之间的对话总是用粤语进行的，

① 杰克森港（Port Jackson）就是现在的悉尼港，是位于澳大利亚悉尼的天然港口。

② 菲利普港（Port Phillip）位于澳大利亚维多利亚州的墨尔本。

③ 达令港（Darling Harbour）是澳大利亚悉尼的一个港口，北接杰克森港。

也不认识其他说英语的人。他想在码头上寻找一个中国面孔，但没有找到，便冒险深入内陆，在街上走了好几个小时，寻找他看得懂的东西——一个符号——甚至是一个中文字。可是他一无所获。随后他步入海关，把折在帽子带里的纸币抽出一张，举了起来。他不能说话，也许钱能说话。那个海关人员挑起眉毛——但是还没等他说出一个字，阿苏手里的帽子就被抢走了。他一转身，看见一个小男孩，光着脚，飞速地从他身旁跑开。阿苏怒火中烧，大喊一声，拔腿就追，但是男孩跑得飞快，而且对码头附近的大街小巷了如指掌，几分钟内他就跑得无影无踪。

阿苏到处寻找那个男孩，直到夜幕完全降临。当他终于作罢，返回海关时，那些海关人员只是摇了摇头，摊开他们的手。他们手指着内陆，叽里咕噜说了一通。阿苏不明白他们在指什么，也听不懂他们在说什么。他感觉喉咙哽咽。帽带里藏着他所有的钱，除了他另一只手里拿着的那张纸币：他现在几乎是一贫如洗。他满腔悲愤，脱下自己的靴子，把最后一张纸币垫在凹陷的靴子跟部，然后重新穿上靴子，返回“帕麦斯顿号”。他想，至少悉尼还有一个会说粤语的人。

阿苏谨慎地接近那家妓院。他能听见里面传来钢琴声——这是一种他不熟悉的音色，但觉得听上去高雅而悦耳。他在门槛前徘徊，不知道是否应该敲门，后来，门被打开了，一个男人出现在门口。

阿苏鞠躬致礼。他尽可能礼貌地试图解释，希望跟一个名叫卡弗的人说话，此人是“帕麦斯顿号”的船长。门口的男人不知所云地说了一串话作为回答。阿苏很固执，他非常缓慢而谨慎地重复卡弗的名字。得到的回答还是一样。接下来，他试图用自己的手掌表明，他希望绕过男人的身旁，进入室内，以便亲自找卡弗说话。这是一个错误。那个男人用一只巨大的手抓住阿苏的衬衫领子，把他拎起来，扔到了大街上。阿苏痛苦地摔在地上，撞伤了手腕和臀部。男人撸起衣袖，走向台阶。他狠狠地吸了最后一口雪茄，手腕一抖，侧身将烟头抛向码头。然后，他龇牙咧嘴地笑着，举起双拳。阿苏变得非常紧张。他也举起双手，表明自己不希望打架，恳求对方发发慈悲。男人回头喊叫着什么——也许是一种指令——片刻之后，一个脸更瘦、鹰钩鼻更大的男人出现在妓院门口。这第二个男人冲过来，绕到阿苏背后，把他拽起来，将他的双手反剪在背后——这个姿势让阿苏的脸和躯体完全暴露在外，毫无防御能力。那两个人叽里咕噜地对话。阿苏奋力搏斗，却无法挣脱对方的手腕。第一个男人端起两个前臂至脸前，双脚左右轻盈地来回移动。他凑近来，又退缩回去，反复几次，步伐非常轻捷。然后他冲向前，开始用拳头击打阿苏的脸和肚子。他身后的男人得意地说了些什么。第一个人哼了一声作为回应，退回去，却只是为了以同样的方式再次出击，爆发第二轮拳头风暴。很快，妓院中的狂欢者们被惊醒了。他们涌上大街，将聚会的喧嚣带到了外面。

弗朗西斯·卡弗出现在妓院的门口。他已经脱掉外套，穿着一件百褶袖的衬衫，那条蓝色领带邋遢地打着四手结。他双手松弛地叉在腰上，带着恼怒的神情审视现场。阿苏的眼神与他的相遇。

“请你帮我[1]，”他含着满口鲜血大喊，“请你帮我！”

弗朗西斯·卡弗似乎一眼看透了阿苏。他没有表示能听懂阿苏的话。人群中的一个狂欢者说了点什么，卡弗用英语作答，然后移开了他的目光。

“朋友！好朋友！[2]”

但是卡弗没有再看阿苏一眼。一个红棕色头发的女人出现在门口，站在卡弗身旁，挽着他的手臂。卡弗搂着她的腰，将她的身体贴近自己。他贴着女人的头发喃喃地说着情话。女人大笑，然后他们一同回屋了。

很快，第二个男人无法支撑阿苏瘫软沉重的身体。他抛下阿苏，嘴里抱怨着，显然血迹溅到了他的外套和袖口上。第二个男人开始踢躺在地上的阿苏，但似乎没有刚才的动作那么富有娱乐性，那群人很快就失去了兴趣，作鸟兽散了。第一个男人用靴子头冲着阿苏的肋骨踢了最后

① 原文中阿苏这时候说的话均为粤语。

② 原文为粤语。

一脚，随即也进屋了。他走进妓院时，里面升腾起一阵狂笑声，然后钢琴又开始演奏一首新的曲子。

阿苏用自己的胳膊肘和膝盖爬行，将散了架的身躯拖进了小巷子，避开众人的视线。他躺在阴影里，每一次呼吸，都感觉到刺骨的疼痛。他看着船舶的桅杆前后晃动。太阳落下了。过了一会儿，听见点灯人在码头上的脚步声，离他很近，煤气灯被点燃时发出嘶嘶声和噗噗声。黑暗变成了灰色。他担心所有的肋骨都断了。他能感觉到发际线以上黏糊糊的，像海绵一般。左眼肿胀得完全睁不开了。他不知道是否还有足够的力气站起来。

随后，妓院的后门被打开了，黄色的光洒在石头路上。快速的脚步声悄然地在小巷子里响起。阿苏听见锡碗放在鹅卵石路面上的叮当声，然后感觉到一只凉爽的手触摸他的额头。他睁开右眼。一个脸颊窄瘦、牙齿暴突的年轻女人正跪在他身旁。她喃喃地说着他听不懂的话，拿一块布蘸着温水，开始抹去他脸上的血迹。阿苏让她的声音抚慰着自己。女人系着浆洗的围裙，像是女招待的式样。她一定是在里面工作的，阿苏想。这个猜测很快就被证实了，片刻后，里面传来了吆喝声，女人咕哝着，放下抹布，跑了回去。

几个小时过去了。钢琴演奏的声音停止了，里面的喧嚣也渐渐平息。阿苏睡了一会儿，醒来时发现万籁俱寂，那个女招待又回来了。这次她的一只胳膊下面夹着一个盒子，几件工具卷在一块包裹布里，还有一盏手提酒精灯。她跪在阿苏身旁，把手提灯小心翼翼地放在鹅卵石路上，扭动旋钮，让灯芯燃出白色的火焰。阿苏把头扭转过去，动作尽量谨小慎微，他惊讶地发现，女人拿的那个盒子上印着他家姓氏的中文印章。阿苏全身震动了一下，女人对此却有奇怪的理解。她微笑着点点头，将手指压在嘴唇上，表示保密。然后她打开盒子，在茶叶里面摸索着，从里面掏出一个包在纸里的小方块。女人朝着阿苏笑。阿苏糊涂了。他把头痛苦地转向右边，想看清女人打开的包裹中的器具——他看见一支样子不雅的短烟枪，旁边摆着一根针、一把小刀，还有一只锡碗。他转向女人，面带疑问，但女人忙着调节灯芯，组装烟枪，准备烟土。当鸦片终于开始冒泡时，一缕弯弯的白色烟雾从烟锅细细的小孔中飘逸出来，女人将烟枪的烟嘴压在阿苏的嘴唇上。阿苏精疲力竭，连拒绝的力气都没有。他把烟雾吸进去，含在嘴里。

他胸口泛起黎明的曙光，如同液体的光流。一种绝对的宁静涌遍他的全身。头疼和胸痛都悄然消遁，就像水渗过丝绸那么简单而迅速。鸦片，他模模糊糊地想。鸦片。真是了不起。这种药物真是了不起。它是奇迹，是灵丹妙药。女人再次把烟枪递过来，阿苏贪婪地嘬吸着烟嘴，就像乞丐讨到了一勺饭。他不记得自己失去了知觉，但是当他再次睁开眼睛时，天已经亮了，女招待已经离开。他被摆放在房子后面，躺在两只肮脏的板条箱之间，身上盖着一条毯子，另一条毯子折叠着垫在他的脸颊下面。一定是有人——也许是那个女招待？——把他拖到这里来的。或者是他自己爬过来的？阿苏没有记忆。他头疼欲裂，胸口的疼痛又开始发作。他能听见房间里传来喷溅的水声和厨房用刀的声音。

然后，他想起了那一罐鸦片，埋在茶叶盒的中间。邓特合作公司一直用鸦片购买他们的货物——因为英国没有银子了，而中国不需要金子。他怎么这么愚蠢呢？弗朗西斯·卡弗一直将毒品偷渡进入中国，把苏家货栈作为联络地点。弗朗西斯·卡弗背叛了父亲。弗朗西斯·卡弗抛弃了他，假装听不懂他的呼救。阿苏侧身躺在小巷子里一动不动。他心里产生了一种极端的想法。

在接下来的一个星期，那个龅牙女人给他饭吃，给他水喝，给他减缓疼痛。她每天好几次来看望阿苏，总是假装出来喂猪，倒洗碗水，或将洗好的衣服晾在低垂的晾衣绳上。夜幕降临后，她拿着烟枪来，给阿苏吸大烟，直到疼痛减弱，阿苏进入梦乡。女人默默无言地照顾阿苏，阿苏看着她的时候也默不作声。阿苏对她感到好奇。一天夜里，女人出来的时候，有一只眼圈青紫。阿苏抬起手来触摸她的伤，但是她皱起眉头，转过身去。

几天后，阿苏能站起来了，虽然这个过程疼痛难忍；一星期后，他可以在院子里缓慢行走。他知道“帕麦斯顿号”只计划在悉尼停留两个星期，很快就要启航，向南前往维多利亚金矿。阿苏已经不在乎自己能否到达墨尔本，只想在飞剪式帆船启航前找卡弗当面理论。

自从“帕麦斯顿号”停泊后，卡弗一次都没有回船上过夜。在那个红发女人的陪伴下，他每晚都在码头旁的妓院里度过。阿苏每天晚上都看见他过来，甩着胳膊，沿着码头阔步行走，衣服后摆飘动着。他一直在妓院里待到快下午了才离开，大部分情况下，那个红发女人都会陪他走到小巷子口，单独跟他告别。阿苏两次看见这对男女一起沿着码头散步，直到日落之后，久久不忍分离。他们甜甜蜜蜜、卿卿我我。一个人说话时，另一个人就会凑上去倾听，女人的手总是插在卡弗的臂弯里，两人贴得很近。

阿苏挨打后的第八天，一个星期天的夜晚，根据宵禁令，妓院的笙歌在午夜之前就已平息。阿苏悄悄地绕到妓院的前面，看见卡弗的身影出现在楼上正中央的窗户里，前臂靠在窗楣上，凝视着楼下的黑暗。阿苏瞪眼看着，红发女人从卡弗的身后走近他，用手拉他的衣袖，将他拖出了阿苏的视线，进入房间的深处。阿苏一直藏在阴影里，蹑手蹑脚地回到房子后面。在厨房砧板上方的推拉窗前，他打开窗户，爬了进去。房间里空荡荡的。他环望四周，寻找武器，经过一番斟酌，终于从砧板上方挑了一把骨柄斩斧。他从来没有对任何人挥舞过武器，但此刻斩斧握在手里沉甸甸的，给了他自信。他暗中摸索着走向楼梯。

楼上的楼梯口处有三扇门，都是关着的。阿苏伏在第一扇房门上倾听（里面一片寂静），然后是第二扇门（里面窸窸窣窣，但没有人说话），接下来是第三扇门，他能听见门后有一个男人低沉的说话声，一张椅子吱吱呀呀的声音，然后是一个女人低声的回答。阿苏试图估算房子边缘到他刚才看见卡弗站立的那个二楼窗户的距离。这第三扇门后是中间那个房间吗？——房子是正方形的吗？是的，因为他现在离楼梯口有十英尺的距离，他在脑子里回想妓院的正面，认为正中间的窗户很可能距房子的一边有十二英尺。当然，除非第二扇门通向一个更大的房间，那么这第三扇门就是通向一个小房间的。阿苏将耳朵贴在门上。他听见男人提高嗓门，说了几句英语——语气严厉，话音短促，仿佛很不高兴似的。这一定是卡弗，阿苏想。只能是卡弗。阿苏突然怒火中烧，猛地把门扭开——然而不是卡弗，而是那个一个多星期前殴打过他的人。那个龅牙女人坐在他的腿上，他一只手搂着她的脖子，另一只手平摊在她的乳房上。阿苏惊讶地后退一步——那个男人暴跳如雷，把女人从怀里推开，跳了起来。

他嘴里迸出一串阿苏听不懂的话，伸手拿起他的左轮手枪，这把枪刚才就放在床边的床头柜上。与此同时，龅牙女人伸手从胸口掏出一把女式小手枪。男人举起他的枪，扣动扳机——阿苏退缩了一下——但是手枪出了故障，废弹壳卡在枪的后膛里。当男人歪一下左轮手枪，退出废弹壳时，女人已经冲到他面前，将她的枪口戳在他的太阳穴上。男人一怔，试图推开她——啪的一声——男人瘫倒在地。他的左轮手枪从手里滑落，咔嗒一声落在地板上。阿苏一直没有动弹。龅牙女人冲向前，从死人手中拿走了左轮手枪，将自己的女式小手枪塞进他的手里。然后她把沉重的左轮手枪交给阿苏，将他的手指握住枪膛，示意他离开，快速离开。阿苏如在云里雾里，他转过身，一手拿着左轮手枪，一手提着斩斧。女人抓住他的肩膀，猛地把他拉回来，为他指路，示意他朝相反的方向，走通道另一头的仆人楼梯——阿苏听着主楼梯上响起了脚步声和喊叫声，他下楼后就消失了。

到了外面，阿苏把两种武器都抛入水中，看着它们迅速下沉，消失得无影无踪。里面传来了尖叫声，还有低沉的喊声。他转身开始奔跑。没等跑到码头的另一头，就听见身后传来了脚步声。然后，他感觉什么东西打中了他的后背，他嘴啃泥扑倒在地上。阿苏痛苦地哼了一声——

他的肋骨尚未愈合——感觉到自己的双手被非常粗暴地铐在背后。当他被揪起来时，他没有抗议，大步走向拴马桩，被推到了桩子上。抓他的人用第二副手铐将他铐在桩子的铁环上，他在那里一直待到警察的马车到达，将他投入监狱。

面对英语提问，阿苏完全摸不着头脑，长时间的审讯后，审问者们对他感到绝望。他没有资格配备一个翻译，当他说出“卡弗”这个名字时，警察们只是摇头。他被收容在已关押了五个犯人的拥挤牢房里。他的案子如期地得到了法院受理，法官判定该案将接受庭审，日期定在约六个星期之后。到那时，“帕麦斯顿号”早就离开了，卡弗完全有可能就此销声匿迹。在接下来的六个星期里，阿苏处于极度的焦虑与沮丧中，在庭审那天早上醒来时，仿佛面临斩头一般。他该如何为自己辩护呢？他一定会被定罪，不出这个月，就会被处以绞刑。

案件是用英语审理的，阿苏坐在被告席上，实际上什么都听不懂。在数小时的讲话与宣誓之后，他惊讶地看见弗朗西斯·卡弗戴着手铐被押了上来。阿苏不明白为什么这个证人是唯一一个戴手铐的。当卡弗接近台子的时候，阿苏站起来，用粤语大声喊他。他们的眼神对视着——在突然的沉默中，阿苏镇定而清晰地发誓，一定要为父亲之死报仇。卡弗面对他的羞辱，首先将目光移开了。

很久以后，阿苏才知道庭审中到底发生了什么事情。他后来才知道，他被指控谋杀的那个男人，名叫杰里米·谢泼德，那个照顾阿苏恢复健康的龅牙女人是他的妻子玛格丽特。棕色红发的女人是莉迪娅·格林韦，她是达令港妓院的女老板，该妓院又名白马酒吧。在庭审期间，阿苏根本不知道这些人的名字。直到被无罪释放的第二天早晨，他买了一份《悉尼先驱报》，出钱请一个广东商人为他翻译了法院专栏的报道——这个故事实在是耸人听闻，报道长篇大论，洋洋洒洒，几乎占据了整个版面。

据《悉尼先驱报》说，案件原告有三大起诉依据：首先，阿苏完全有理由对杰里米·谢泼德怀恨在心，因为后者在一星期前曾将阿苏打得昏迷不醒；其次，在枪响后的片刻之内，阿苏在逃离白马酒吧时被抓获，自然被列为最有可能的犯罪嫌疑人；第三，在我看来，中国人总的来说是不值得信任的，他们想必对所有的白人都怀有与生俱来的恶意。

面对这些指控，辩护律师一副无精打采的样子。这位律师辩论说阿苏不大可能是凶手，因为他的身高和体重都跟谢泼德不是一个量级，根本无法靠近对方，并将手枪的枪口戳在其太阳穴上。因此，自杀的可能性是不能排除的。这时起诉人提出抗议，断言说，根据死者的朋友们的证词，自杀行为与杰里米·谢泼德的本性极端不符，而辩护人进一步表达他的观点，说地球上不存在完全不可能自杀的人——这个假设遭到了法官的严厉训斥。那位律师请求法官的原谅后，一般性地总结道，也许苏永盛只是想逃离白马酒吧去报警,毕竟当时有枪声响起。律师坐下来时，起诉人毫不掩饰对他的嘲笑，法官的叹息声音之大，足以让人听见。

最后，起诉人召唤证人玛格丽特·谢泼德，杰里米·谢泼德的遗孀——正是从这时开始，庭审出现了惊人的转折。玛格丽特·谢泼德站在证人席上，断然拒绝配合起诉人的询问。她坚持苏永盛没有谋杀她的丈夫。她知道这是真相，理由非常简单：她见证了谢泼德的自杀。

这番令人震惊的表白，引得法庭爆发了一阵剧烈的骚乱，法官不得不敲着木槌，命令肃静。而所有这些事情，都是事后经过翻译，阿苏才得知的，他做梦都没有想到，这个女人为了救他的性命会全然不顾自己的安危。当允许继续讯问玛格丽特·谢泼德时，起诉人问她为什么将如此重要的情况隐瞒至今，玛格丽特·谢泼德回答说，她生活在对丈夫的极度恐惧中，因为丈夫每天都在虐待她，对此不止一个人可以做证。她的精神完全垮了，好不容易鼓起勇气说出了这件事。在这番凄美的证词之后，庭审宣布解散。法官别无选择，只能宣布对阿苏谋杀案的审判为无罪释放。根据法庭定性，杰里米·谢泼德是自杀死亡，愿上帝安慰他的灵魂——虽然这个前景从神学上讲是完全不可能的。

从监狱被释放出来后，阿苏做的第一件事就是寻找卡弗的消息。他吃惊地得知了事情的真相：在大约几星期前的一次常规检查中，“帕麦斯顿号”被悉尼港扣押。弗朗西斯·卡弗暴露了自己的违法行为，被指控走私、违反海关法、逃税等罪名。根据海洋警察的报告，船舱内发现了来自广州的十六个年轻女子，她们全部极度营养不良，极度恐惧。“帕麦斯顿号”已被扣押，那些女子全部被遣返中国，卡弗被判入狱，他与邓特合作公司的关系已经正式解除。卡弗被判处十年苦役，在鹦鹉岛监狱服刑，即时生效。

除了等待卡弗刑满释放，没有什么事情可做。阿苏启航前往维多利亚，开始淘金。他学会了一些英语，尝试过学习多种手艺，他的梦想变得越来越清晰：要取卡弗的性命，报杀父之仇。一八六四年七月，他寄信到鹦鹉岛，要求了解卡弗刑满释放后的去向。他在三个月后接到回信，通知他卡弗已经乘坐蒸汽船“斯巴达号”前往新西兰的达尼丁。阿苏也买了一张船票前往——在达尼丁，卡弗的踪迹突然消失了。阿苏百般寻觅，却一无所获。终于，阿苏带着一种挫败感，心灰意冷地放弃了追逐。他购买了矿采权和前往西海岸的单程船票——在这里，八个月后，冤家路窄，仇人相遇：卡弗脸上有一块新的伤疤，胸膛更加厚实，站在大街上，将硬币数到泰老·老居的手中。

Φ

在极光的东南角，离地界楔子大约几英尺的地方，阿苏找到了盘腿坐在一堆碎石上的阿桂。金匠双手端着一只探矿者使用的平底盘，正在有节奏地晃动盘子，抖动手腕的动作体现了一个人长期练习某种技巧所获得的自信。他嘴角叼着一支点燃的香烟，但似乎并不是在吸烟，当他晃动时，烟灰变成细粉撒落在他的长衫上。他面前是一条木制水槽，身旁放着一只扁平嘴的铁坩埚。

他的节奏恪守着一种循环模式。首先，他保持不变的节奏，把平底盘中最大的石块和土块摇出去，把较细的沙子渐次滚落到盘底；然后他身体前倾，用平底盘的边缘打上一些浑浊的水，将平底盘精确而快速地朝自己的身体倾斜，按顺时针方向小心翼翼地旋转盘中的液体，产生一种旋涡效果。金子比石头重，便渐渐沉到底部，一旦撇去表面的一层湿沙砾，留下来的就是金子，湿乎乎地闪着亮光，小小的亮点被黑暗衬托着，分外醒目。阿桂用手指将这些闪光的碎片拣出来，小心地放入他的坩埚里。然后，他又在平底盘中装满土和沙砾，重复这个步骤，丝毫不变，直到太阳落到西方的树梢下面。

极光离河和海都有相当一段距离，这方面的困难可以解释它为什么是个不讨人喜欢的金矿，至少这是其中的部分原因。每天早上，阿桂都必须将自己需用的河水运到认领区，因为没有水是不可能完成他的工作的。但是水一旦因为污垢和淤泥变得浑浊之后，就很难看清金子，他必须拖着沉重的脚步去河边，再用水桶打水。本来可以修一条从霍基蒂卡河引水的水道，或者用机轴钻一口井，但是金矿的主人从一开始就讲得很清楚，决不会在极光上浪费任何资源。没有任何意义。极光这两英亩矿区充其量只能不赔不赚，只是一片枯燥乏味、布满碎石的不毛之地。阿桂身后的废料渣，长长的一条洼地，见证了他在这个孤独行当里的长时间作业。这是一座坟墓，只不过地底下还没有真正埋过死人。

阿苏走近时，阿桂抬起头来。

“你好①。”

“你好，你好。”

两个男人既无敌意又无善意地互致问候，但目光对视的时间很长。过了一会儿，阿桂拔出嘴角的烟头，把它摔在石头堆上。

“今天的产量很低。”他用粤语说。

“万分同情。”阿苏回答，说的也是他的母语。

“每一天的产量都很低。”

---

① 原文为粤语。

“你应该得到更好的回报。”

“我配吗？”阿桂说，带着暴躁的脾气。

“配。”阿苏说，“勤奋应该得到回报。”

“以什么比例？以什么货币？这些全是空话。”

阿苏双手合十，“我带来了好消息。”

“好消息加上拍马屁。”阿桂敏锐地说。

“单帽”对这个纠正不予理睬，说道：“埃默里·斯坦斯已经回来了。”

阿桂身体僵住了，“哦，你看见他了吗？”

“还没有。”阿苏说，“有人告诉我，他今晚会在霍基蒂卡，在雷维尔街的一家旅馆里，那里筹划了欢迎他回归的庆祝会。我已经收到了邀请，为了表示我的诚意，我也邀请你一同参加。”

“谁是你的东道主？”

“安娜·韦瑟雷尔——还有那个死人克罗斯比·韦尔斯的寡妇。”

“两个女人。”阿桂说，带着疑惑。

“是的。”阿苏说。他犹豫了，随后坦承了当天早上发现的事情：事实上，克罗斯比的遗孀与当年在达令港开白马酒吧的女人是同一个人，她曾经在阿苏的法庭审讯中作为指控阿苏的证人出庭，而且她曾是他的仇敌弗朗西斯·卡弗的情人。她从前名叫莉迪娅·格林韦，现在名叫莉迪娅·韦尔斯。

阿桂用了片刻时间消化这个信息。“这是一个陷阱。”他终于说。

“不。”阿苏说，“我是主动来这里的，没有任何人的指示。”

“我敢肯定，这是一个针对你的陷阱。”阿桂说，“否则为什么会这样特意要求你出席今晚的庆祝会呢？你与斯坦斯先生又没有任何联系。你会在欢迎他回归的聚会上起到什么作用呢？”

“我将在一个舞台戏中扮演角色。我坐在一个坐垫上，假装是一座雕塑。”这让阿苏自己听起来都觉得愚蠢，便连忙说，“这是一种戏剧。我作为参演者能得到一笔费用。”

“你还会得到钱？”

“是的，作为表演者。”

阿桂仔细地打量着他，“如果那个姓格林韦的女人仍然跟弗朗西斯·卡弗是一伙的怎么办？他们曾经是情人。也许那女人已经给卡弗捎话，说你将出席今晚的聚会。”

“卡弗在海上。”

“即便如此，那女人也会尽快通知他。”

“到那时候，我就准备好了。”

“你怎么准备好？”

“我会准备好的。”阿苏固执地说，“现在还没有关系。卡弗在海上。”

“那女人对他忠心耿耿——你已经发誓要报复卡弗，那女人一定会记得的。她不会希望你好的。”

“我会有所戒备。”

阿桂叹了口气，站起来，掸一掸身上的土，停顿了一下，深深地吸了一口气，朝着阿苏走了几步，双手紧紧地抓住他的肩膀。

“你满身都是那种臭气。”他说，“你自作自受，苏永盛。我从二十步以外都能闻到你的臭气！”

阿苏在卡尼里确实是绕道回家的，像平常一样抽了下午的一锅烟，其后果显而易见。但他不喜欢受别人教训，便从阿桂手里挣脱出来，说道：“我是有一个弱点。”

“一个弱点！”阿桂大喊，往地上啐了一口，“这不是弱点，这是说一套做一套。你应该为自己感到羞耻。”

“不要把我当小孩子来教训。”

“一个成瘾的男人就是一个长不大的孩子。”

“那我就是一个长不大的孩子。”阿苏说，“这与你无关。”

“这对我至关重要，如果我今晚将和你一起去。”

“我不需要你的保护。”

“如果你是这样认为的，你真是受蛊惑了。”阿桂说。

“你说我受了蛊惑——还说我口是心非！”阿苏说，假装震惊，“你两次侮辱我，而我对你始终彬彬有礼！”

“你活该遭受侮辱。”阿桂说，“你沉溺于害死你父亲的那种毒品——还竟然大言不惭地冒充你父亲的辩护人！你一口咬定他遭人背叛——其实是你在背叛他，每当你点燃你的烟灯时！”

“弗朗西斯·卡弗害死了我的父亲。”阿苏说着，向后退了几步。

“鸦片杀害了你的父亲。”阿桂说，“看一看你自己吧。”——阿苏刚好绊在树根上，差点儿摔了个大跟头——“你真是一个很棒的复仇者，苏永盛，一个甚至连双脚都站不稳的人！”

阿苏恼羞成怒，伸出一只手稳住自己，站住脚挺直身体，反驳阿桂，他的瞳孔变得黑暗而幽深。“你知道我的历史。”他说，“我第一次服药是为了治疗。我没有自愿碰它。我没法抵抗它的力量。”

“你有充分的时间戒掉你的毒瘾。”阿桂说，“你在庭审前被关押了几个星期，是不是？”

“那个间隔不足以戒掉我的毒瘾。”

“瘾！”阿桂说，语气充满蔑视，“这是一个多么可怜的字眼。难怪你在给我讲述身世时没有出现过这个字眼。难怪你喜欢这样大言不惭，说什么荣誉、责任、背叛、复仇。”

“我的身世——”

“你的身世，正如你告诉我的那样，更多地沉溺于你自己遭受的伤害，而不是你的家庭蒙受的耻辱。告诉我，苏永盛。你要报复的，是杀害你父亲的那个人呢，还是在白马酒吧外面拒绝帮助你的那个人？”

阿苏震惊了，“你怀疑我的动机。”

“你的动机不是你自己的，”阿桂说，“不可能是你自己的！看一看你自己吧。你简直站都站不直。”

他们之间一片沉默。从邻近的山谷传来一声沉闷的枪响，然后是一声遥远的喊叫。

终于，阿苏点了点头，“再见。”

“为什么跟我道别？”

“你已经将你的观点说得很清楚了。”阿苏说，“你不赞成我，对我很反感。但不管怎么说，我要去参加寡妇今晚的庆祝会。”

虽然阿桂的脾气说来就来，但他决不愿意在任何争执中充当小人。他摇了摇头，使劲用鼻孔吸气，然后说：“我会跟你一起去。我很想跟斯坦斯先生说话。”

“我知道。”阿苏说，“我是带着诚意到这里来的，桂龙。”

阿桂再次开口说话时，声音已经平静了，“每个人都知道自己的心。我不该怀疑你的动机。”

阿苏闭了闭眼睛，说道：“当我们到达霍基蒂卡时，”他睁开眼睛，“我就会清醒了。”

阿桂点了点头，“你必须清醒。”

本位宫土象

沃尔特·穆迪有了惊人发现；几个疑点被澄清；一种对称性自然体现出来。

沃尔特·穆迪与加斯科因告别后，立刻返回皇冠旅馆，他的箱子已经被送到这里。他转动门把手，打开门，快步穿过前厅，一步两个台阶迅速地上楼。到了楼上的楼梯口，他手忙脚乱，钥匙没有立刻插进钥匙孔，嘴里大声地骂了几声。他突然莫名地沉不住气，想马上看到他那箱东西——仿佛昔日生活中的珍贵物品失而复得，会在一定程度上修复过去与现在的脱节，因为自从“一帆风顺号”沉没以后，他就有一种非常不真实的感觉。

最近，穆迪的思绪飘忽不定，越来越频繁地回想起他在达尼丁与父亲的团聚。他发现他为自己仓促地逃离当时不愉快的情形而感到遗憾。父亲背叛他是事实。哥哥背叛他也是事实。但即便如此，他或许已经原谅他们了，他或许应该留下来，听一听弗雷德里克方面的故事。他在达尼丁的时候没有见到哥哥，因为在弗雷德里克被召回来之前，他就已经匆忙逃离了与父亲重逢的地方，所以不知道弗雷德里克是否安好，是否已婚，是否幸福。他不知道弗雷德里克如何看待奥塔哥，是否打算在新西兰过一辈子。他不知道父亲和哥哥是合伙淘金，还是分别与他人合伙，还是各自探矿。每当穆迪沉溺于思索这样的不确定性时，就感到黯然神伤。他应该听一听哥哥的说法。但是弗雷德里克会有同样的心愿吗？穆迪就连这个都不知道。自从来到霍基蒂卡之后，他曾屡次坐下来给哥哥写信，但写完问候语和日期之后，就一动不动地干坐着。

终于，他的钥匙转动了门锁。穆迪推开门，阔步走进屋里——却停住了脚步。房间的中央确实有一只箱子，然而是一只他从来没有见过的箱子。他自己的箱子是长方形的，漆成红色。而这只箱子是黑色的，带着铁皮条，有长方形搭扣，一条水平的杠条穿过搭扣，将箱子关得更牢。箱子盖是圆拱形的，就像侧身躺着的板条圆桶那种式样。半桶盖子上贴着几条行李标签，其中一个标签是“南安普敦”，一个是“利特尔顿”，还有标准的“无须途中开箱”。穆迪立刻判断这只箱子的主人总是坐头等舱旅行。

穆迪没有摇铃通知女招待这个错误，反而关好身后的门，上了锁，走上前，跪在那只不熟悉的箱子前。他解开搭扣，掀开箱盖——看见一张方形的纸条，贴在箱子盖的内侧，上面写着：

本财产属于省议员、国会议员

阿利斯泰尔·劳德柏科先生

穆迪呼出一口气，蹲在他的脚跟上。啊，这可真是一场误会！如此说来，正如鲍尔弗怀疑的那样，劳德柏科的箱子一直在“一帆风顺号”上。那只货运板条箱果真在霍基蒂卡码头因为出差错而被搬走了。穆迪的箱子，如同劳德柏科的一样，没有在外面印上主人的名字，也没有特别的辨认标记，只是在箱子内部，将他的名字和地址都印在一块方形的皮革上，缝在盖子的内衬上。想必这两只箱子被调换了：穆迪的箱子被送到宫殿旅馆劳德柏科的住处，而劳德柏科的箱子到了皇冠。

穆迪考虑了片刻。劳德柏科目前不在霍基蒂卡，据《西海岸时报》

报道，他正在北方做竞选宣传，明天下午才能返回。穆迪突然变得果断起来，他脱去夹克，身体前倾跪在地上，开始搜索劳德柏科的行李。

沃尔特·穆迪既没有责怪自己侵犯他人隐私，也并不感觉有任何理由需要如实坦白。他的头脑属于极端沉着冷静的类型,在私下里也很镇静，动作敏捷，过度理智。然而，他拥有高智商人的一个通病，那就是往往将自己的聪明天赋当成一种许可证，在任何情况下，不管他的行为有什么毛病，都会受到这种特权的保护。他认为他的道德义务属于一种完全不同的档次，远非那些小男人能比，所以他极少感到羞耻或内疚，除非从非常笼统的意义上讲。

他迅速而有条不紊地审视劳德柏科的箱子，检查每一件东西，然后分毫不差地放回原位。箱子里装的主要是文具——书信复写工具、印章、记事簿、法律书籍，以及装备一位国会议员办公桌的一切必需品。劳德柏科的衣物和个人用品肯定被打理在别处，因为在这只雪松木箱内，唯一的一件穿戴物品是一条羊毛围巾，用来包裹一只相当难看的猪形黄铜镇纸。箱子散发着一股大海的气味——一种咸腥味儿，酸馊味儿多于咸味儿——好在箱子里的东西几乎没有潮湿。劳德柏科运气不错，箱子一定是逃过了完全被水浸泡的厄运。

在箱子的底部，有一只皮革公文包。穆迪打开它，拿出一扎文件，全是合同、收据，以及销售票据。经过几分钟的搜查，他发现了三桅帆船“一帆风顺号”的销售契约，便将文件抽了出来——动作非常仔细，法人印章没有被弄皱或被蹭得模糊不清。

正如劳德柏科三个星期前对鲍尔弗声称的那样，这份合同上有一个弗朗西斯·韦尔斯先生的签名。销售日期也符合政治家所说的故事：这条船的拥有权于一八六五年五月转移，至今已有九个月。

穆迪倾身凑得更近，细看购买者的签名。“弗朗西斯·韦尔斯”豪迈地签下了自己的假名字。签名人在大写字母“F”的左边画了一个巨大的圆形花体，那个圆圈很大，其视觉效果像是一个单独的字母。穆迪眯起眼睛，侧身看着它。嘿，他想，事实上那个花体很容易被看成是字母“C”，以草书的形式与下一个字母连在一起。他再靠近一些细看。在C和F之间甚至有一个小圆点的墨迹——如果不经心地瞟一眼，可能会认为那是墨水飞溅形成的——这似乎表明卡弗签名时故意含糊暧昧，以至于那个名字可以读成“弗朗西斯·韦尔斯”，或者“C. 弗朗西斯·韦尔斯”。签名写得很慢，笔迹颤颤巍巍，这是想刻意达到某种特定效果时经常会出现的情况。

穆迪皱着眉头。在去年六月份，弗朗西斯·卡弗依然持有克罗斯比·韦尔斯的出生证明，这份文件证明（如同本杰明·勒文塔尔所称的）克罗斯比·韦尔斯的中间名是弗朗西斯。啊，穆迪心想，事情够显而易见的了：弗朗西斯·卡弗偷走了克罗斯比·韦尔斯的出生证明，其意图就是要冒充这个人。这份销售票据上的签名故意写得含糊不清，一定是精心筹划的。如果卡弗被控告假冒他人而被带上法庭，他完全可以抵赖这根本不是他的签名。

两人都叫弗朗西斯这个名字，这纯属幸运的巧合吗？还是韦尔斯的出生证明被事后篡改了呢？中间名是很容易添加到任何文件中的，穆迪心想，一个人很容易用浅一些的墨水，或者想办法让那些字褪色，以掩饰后来添补的事实。但是卡弗为什么要伪造自己的身份——特别是用在销售票据上面呢？盗用他人的名字，会给他带来什么样的优势呢？

穆迪开始回顾他所知道的有关事实。弗朗西斯·卡弗在六月份与本杰明·勒文塔尔在《西海岸时报》办公室说话时，用的是克罗斯比·韦尔斯的身份……但是在那之前一个月，他敲诈阿利斯泰尔·劳德柏科时，却没有使用克罗斯比·韦尔斯的名字。对劳德柏科，他一直称自己是弗朗西斯·韦尔斯……然后又刻意含糊暧昧地签下他的名字。穆迪记得劳德柏科不知为何相信克罗斯比·韦尔斯和卡弗是两兄弟，他只能假设卡弗在与劳德柏科打交道时一直冒充克罗斯比·韦尔斯的兄弟。然而，至于他为什么要这么做，穆迪不得而知。

他将这张销售票据研究了很长时间，将其细节全部记在心里，然后把它塞回公文包，再将公文包按原样放回箱子里，继续他那有条不紊的调查。

仔细搜索之后，他认为箱子里已经没有更多对他有用的线索，于是，他以半悠闲的姿势，用手指抚摸着箱盖的四周。突然，他喃喃地发出一声惊叹。在平纹布内衬里面，塞着一个方形的扁平小包裹，包裹非常巧妙地藏在雪松木与布衬之间。他倾身靠得更近一些，手指在布料上摸到一个整齐的切口，与他的手掌差不多宽，精心地锁了边，以防磨损起毛。内衬平纹布印有格子呢的图案，切口巧妙地伪装在格子呢的垂直条纹中，与箱子的边缘走向平行。穆迪嚅动着他的手指，从豁口里抽出他摸到的那个方形的东西。这是一摞信件，用一根绳子捆扎着。

总共约有十五封信，每一封都是写给劳德柏科的，字迹简单而质朴。穆迪用片刻时间记住绳结的形状，以及两旁绳子的长度。然后他解开绳结，将绳子放在一旁，把折叠的信件放在膝头整理了一下。根据邮戳判断，这些信是按时间逆序排放的，最近的信在最上面。他从这摞信的后面挑出劳德柏科收到的第一封信，展开信纸，开始阅读。在接下来的时间里，他的心脏几乎跳到了嗓子眼里。

先生你是我的兄弟但你不认识我。你的父亲有一个私生子那个私生子就是我。我的名字叫克罗斯比·韦尔斯用的是教区神父的姓氏因为不知道我的父亲是谁只知道自己是个婊子养的。我的童年是在纽因顿妓院珠宝楼度过的。作为一个没有钱的人我尽我所能一直过着下等人的生活。我算是没有遭罪。但是我总是很想看见我的父亲只是为了知道他的长相和声音。我的祈祷终于得到了他本人的一封回信。信里写道他一直知道我的存在。他估计自己很快就要离开人世他忏悔不能在遗嘱中认我唯恐我玷污他的名字但他随信附上二十英镑和祝福。他没有签他的名字但我跟送信的仆人打听了一番然后跟踪了他的马车虽然是租赁车但是一直追到幽谷居你父亲和你的房子。我买了一件外套我刮了胡子我租了马车去你父亲的房子但是先生我无法按门铃。我回到家里心烦意乱吓破了胆然后我犯了一个大错在航运新闻中看见阿拉斯泰尔[①]·劳德柏科律师要乘下一趟船前往殖民地。我相信那是我的父亲因为我不知道他有一个儿子我也不知道他的儿子会跟他同名。那条船已经离开了我马上登上了后面一条船。我在达尼丁登陆然后在我手头的财力允许的情况下开始打听消息。我出席了你在那个码头上冒雨进行的一场公共演讲那个港长还送给你一只怀表做礼物你看上去非常高兴。当我看见你的时候我立刻明白我犯了错误因为你不是我的父亲而是我的兄弟。当时我太苦恼了没法面对你而现在你在利特尔顿我买不起到那里的船票。先生我带着一个请求一个祈祷写信。我已经花掉了我父亲的二十英镑用于这次旅行和其他必需品我没有办法回家了。我已经卖掉了我的外套只拿到我买衣服时价钱的一半多一点因为小贩不相信那是一件好衣服。现在我的名下只有几个便士。你是一位要人先生一个搞政治哲学和法律的人我不需要与你见面但是我恳求你发发善心我相信你是一个好人和基督徒。永远是——

您的兄弟

克罗斯比·韦尔斯

一八五二年三月

达尼丁

① 韦尔斯缺乏良好的教育，因此书写水平有限，在拼写劳德柏科的教名时出了一点拼写错误，将阿利斯泰尔（Alistair）写成了阿拉斯泰尔（Alastair）。

他的名字下面有一个转发地址，是达尼丁的一个邮政信箱。

穆迪怀着一颗狂跳的心，将这封信放下。原来劳德柏科和克罗斯比·韦尔斯是兄弟俩。这的确是个重大发现啊！虽然劳德柏科承认在克罗斯比·韦尔斯临终时曾经去过那里，但迟到了半小时，可他并没有向裁判官提到他们的这种关系，也没有向他的朋友船运商托马斯·鲍尔弗坦白这一点。到底是什么原因使他必须隐瞒他兄弟的私生子身份呢？也许是感到耻辱？还是另有原因？

穆迪拿起这一捆信，挪向窗口，那里的光线更充足些。他打开下一封信，朝玻璃窗倾斜着。

先生自从我第一次写信已经过去了六个月根据你的沉默我担心自己冒犯了你。我不记得我具体是怎么写的但我记得我在落款的时候说我是你的兄弟那也许让你感到不高兴了。可以想象你知道你的父亲不是一个完美的人这令你感到痛苦。可以想象你希望事实不是如此。如果真的是这样那么我哀求你的原谅。先生在过去几个月里我的运气越来越糟了。我向你保证作为一个婊子养的我不是不习惯乞讨的生活但是第二次哀求一个人的确是一种耻辱。不管怎么说我是在绝望中写信。你是一个有钱人我只要求买一张三等舱船票的钱此后你不必再听见我的消息。在达尼丁这里我尽量节约每一枚便士。我已经试过做苦劳力的工作但发现自己不适合那种活计。我被冻疮、高烧和其他与寒冷有关的疾病打垮了。我不能像我希望的那样持续不断地工作。我想与我们的父亲阿拉斯泰尔·劳德柏科父辈见面的愿望依然没有减少而且我意识到时间每一天都在流逝因为我告诉过你他写信对我忏悔的时候说过他已经是快要入土的人了。我只想在那悲伤事件发生之前跟他说一次话让我们可以看对方一眼并以男子汉对男子汉的方式说话。拜托先生我跪下来求你为我买一张回家的船票。我发誓你再也不会听见我的声音。我只是——

您的感激不尽的朋友

克罗斯比·韦尔斯

一八五二年九月

达尼丁

穆迪几乎没有停顿便转向下一封信；他一边读着信，一边用另一只手摸索到一把椅子，一屁股坐下来。

先生我应该如何理解你的这种沉默这个问题一直在我脑子里打转。我相信你收到了我的信但是出于某种原则性的原因你不肯回信不肯给你父亲的私生子施舍一点点慈悲。这些信不是口述的。都是我亲自用手写的先生我也能看书写字说句抬举自己的话我的教区牧师韦尔斯神父不止一次评论说我是一个非常聪明的男孩。我讲这一切是为了澄清我不是一个无赖虽然我的地位很低。也许你希望证实我是私生子的身份。也许你认为这是诈骗。我以我的名誉说不是这样的。自从我上次写信给你我的需要和愿望一直没有改变。我不想待在这个国家先生我从来没有寻求这样的生活。只需二十英镑我就能够回到英格兰并且永远不会再提到你的名字。

敬上

克罗斯比·韦尔斯

一八五三年一月

达尼丁

先生我从省报上得知你将就任高贵的坎特伯雷省的总督职位。你上任了而且为慈善贡献了你的酬金真是高贵的姿态先生但我心酸地看着这一切。不知道当你给出那一百英镑的时候有没有想到我。我没有钱到利特尔顿去你更不可能回家。在这个被遗弃的大陆我从来没有感觉这么孤独过你自己作为一个英国人肯定理解这一点。潮湿无孔不入连屋子里都有霜冻我早晨醒来大多时候腿上都有一层薄薄的冰霜。我不适合做一个艰苦的拓荒人我每天都为自己的境况感到悲哀。先生今年过去的时间里我只存下两镑十先令四便士现在已经花掉了四便士买这封信的信纸和邮票。我乞求你的帮助

一个需要帮助的人

克罗斯比·韦尔斯

一八五三年五月

达尼丁

先生我带着极大的悲哀给你写信。我现在感觉到你肯定永远不会给我回信了我即便是婊子养的也有自尊心不能再乞求了。我和我们的父亲一样是个罪人正如人们常说的苹果只能落在苹果树下。但是当我年幼时人们告诉我慈善是首要的美德人人应该遵循尤其是要对不配得到施舍的人行美德。而先生你的行为不像是一个基督徒。我真的相信如果我们两人的情形颠倒过来我不会像你对待我这样保持残酷的沉默。不必担心我不会再向你乞求慈悲了但是我希望将我的悲哀告诉你。我一直在《奥塔哥见证人》报纸上跟踪你的事业发展我知道你是一个有能力的人有很多观点。我没有特权而且地位卑贱但我骄傲地称自己是

一个基督徒如果你有所需要先生我一定会掏空我的腰包帮助你像兄弟一样对待你。我不期待你会回信也许我很快就会死掉你永远也不会再听到我的消息。即便可能发生这种情况我依然骄傲地永远是

您的真诚的

克罗斯比·韦尔斯

一八五三年十月

达尼丁

先生我必须为我给你写的上封信道歉因为我写信的时候满心苦涩带着侮辱你的意图。我的母亲警告过我绝不要在生气的时候摸笔现在我能明白她话里的智慧了。当然你从来没有听说过我的母亲但是她年轻的时候是个大美人。苏·布彻是她活着时的名字愿上帝保佑她的灵魂虽然她还有许多更适合她工作性质的其他名字她喜欢根据自己的爱好发明新名字。她得到我们父亲的特别钟爱她说这种偏爱是因为她眼睛的漂亮颜色。我长得根本不像她除了某些细微之处。她总是说我长得像我父亲虽然自从我出生后我父亲就再也没有回到过这家妓院你也知道我从来没有见过他。我一直被告知妓女是一种社会疾病其根源一方面是男人的淫荡另一方面是女人的堕落。虽然我知道这是比我更有智慧的人的观点但是根据我心中所记得的母亲这完全是没有道理的。母亲有一副“好嗓门”喜爱在早上唱各种类型的赞美诗我也喜欢这种习惯。我相信她很善良勤劳虽然她是个出了名的调情高手她是这方面的行家。我们有不同的母亲但有同一个父亲这是多么奇怪啊。我想这意味着我们只有一半是相像

的。但是请原谅这些徒劳的想法请接受我的道歉。我依然是

您的

克罗斯比·韦尔斯

一八五四年一月

达尼丁

先生也许你不回答是对的。你的行为只是你作为一个高级地位的人所能做的你要考虑你的名誉。我觉得我已经对你的沉默感到满足虽然这听起来很奇怪。我已经获得了一份微薄的工资和体面的住所我正在用这里人的话说“安顿下来”。我发现达尼丁在夏天几个月里变化了很多。太阳明亮地照在山上和水上我能忍受凛冽的气候了。我发现自己在地球的另一面这是多么奇怪啊。我相信我离英格兰的距离是一个人不停地走能走得最远的路程。你会惊讶地发现我真的不回家了。我已经下定决心让新西兰的大地成为我的葬身之地。也许你想知道是什么促使我改变了心愿所以我会告诉你。你看在新西兰每个人都把自己从前的生活抛在身后每个人都以自己的方式成为平等的人。当然奥塔哥这里的牧羊主是男爵就像他们在苏格兰高地也是男爵一样但是像我这样的人也有了一个上升的机会。我发现这令人十分愉快。走在大街上的人无论他们的地位如何相互间脱帽致礼是很常见的。对你来说这也许不足为奇但对我来说却是一件奇迹般的事情。我认为边疆使我们大家都成为兄弟。我将永远是

您的很真诚的

克罗斯比·韦尔斯

一八五四年六月

达尼丁

先生我希望你原谅这些信因为我没有其他人可以写信我每天每天都在思念你。我自己一直从哲学的观点考虑如果你早一点认识我或者我早一点认识你可能会发生什么样的情况。我不知道你的年龄所以我不知道是你年长一些还是我年长一些。在我的心里这种差别意味深远因为我是私生子我想象自己是年龄小的当然实际情况也许并非如此。那个妓院里还有其他孩子几个女孩子长大后都成为妓女我很小的时候一个男孩死于天花但我总是年龄最大的一个我盼望有一个我可以崇拜的哥哥。我一直带着巨大的悲哀想一个事实我不知道你是否有兄弟姐妹或还有其他私生子或者你的父亲是否曾经对你提到过我。如果我在伦敦我会利用每一次机会走到幽谷居透过铁栅栏向里面张望窥探我的父亲你记得他而我从来没有见过他。我依然保存着他的信他说他知道我并看见过我我奇怪他是如何评价我的他会如何看待我在这里的生活。但也许他已经过世了。你希望你不是我的兄弟你已经表明这点但也许你可以作为我的神父将我们的通信当成忏悔。我为这个念头感到鼓舞因为我骄傲地说我接受过正式的成人洗礼。但我猜想你是英格兰教会的人。

你的

克罗斯比·韦尔斯

一八五四年八月

达尼丁

先生你感觉你似乎认识我或者可以从人群中把我认出来吗？最近这个念头折磨着我因为我知道你的长相而你不知道我的。我认为我们的体型差别不是很大虽然我要小一号我的头发颜色比你深一些大家很可能会说你的面容更加慈善因为我的表情经常太忧郁了。我不知道当你走路的时候是否想着我是否从身旁路过的其他人脸上或身体上寻找我相貌中的某种特征。这是我当年还年轻的时候每天都做的事情我总是梦想着我父亲我试图从认识的面孔中拼出他的模样来。想到将我们融为兄弟的那些人都生活在地球的另一头这令人感到多么慰藉啊。你是我今天反复思考的问题。

您诚挚的

克罗斯比·韦尔斯

一八五四年十一月

达尼丁

这一系列的下一封信要新得多，墨水颜色更深一些。穆迪看着日期，注意到从克罗斯比·韦尔斯的最后一封信起，几乎已经过去了十年的时间。

先生我再次给你写信非常骄傲地告诉你我是作为已婚男人给你写这封信。求爱过程非常简短但我相信剧情是沿用了传统模式。最近几个月我一直在劳伦斯壑谷中淘金虽然我已经积攒了“一笔财力”但还没有真正地发大财。韦尔斯太太我现在必须这样称呼她了是女人堆中标致的一位我将她挎在胳膊上应该感到非常骄傲。我想她现在算是你的姐妹了。我想知道你是否已经有姐妹了或许韦尔斯太太是你的第一个姐妹。这封信之后的一段时期内你不会收到我的信了因为我必须返回邓斯坦以给我的妻子提供经济保障。我不知道你对淘金潮的看法如何。最近我听了一位政治家的演讲他称黄金是一种道德灾难。这是真的我在矿区已经看见许多堕落但是堕落是免不了的。我幻想大部分政治家想到我这样的人变得富有会感到害怕。

您亲切的
克罗斯比·韦尔斯
一八六二年六月
达尼丁

先生我在报纸上读到你最近结婚了我为此献上最诚心的祝贺。我还没有看见你的妻子卡罗琳娘家姓高夫的照片但是根据报道她与你很般配。想到我们俩都将作为已婚男人度过我们的圣诞节我很高兴。我将从劳伦斯返回达尼丁与我的妻子共同过一个季度她在达尼丁居住没有来矿区因为她无法忍受泥泞。我从来没有习惯在夏天过圣诞节感觉这个传统节日总的来说最适合较冷的月份。也许我这样谈论圣诞节是亵渎但我推崇的很多事情在新西兰这里不但没有保留它的意义反而像是来自另外一个时代的沉渣旧物。我想着你收到这封信时坐在炉火旁也许会凑近灯光看清楚这些字迹。允许我编造这些细节对于我来说想念你总是极大的快乐我向你保证远方的我永远是——

您很真诚的
克罗斯比·韦尔斯
一八六二年十一月
卡瓦劳

先生这个星期我在忧郁的状态中度过想知道我们的父亲阿利斯泰尔[①]·劳德柏科是否如我预料的那样已经去世了。伦敦对于现在的我似乎只是一场梦幻。我回想起烟和雾我完全不能信任我自己的记忆。为了做个试验我上个星期坐下来想在地上画

① 韦尔斯从现在起将其父亲的名字拼写正确。

出南华[1]的地图。我几乎不记得泰晤士河的形状也想不起街道的名称。我想知道你也是同样的情况吗？我有点惊讶地在《奥塔哥见证人》上读到你现在把自己说成是骄傲的坎特伯雷人。我却感觉自己是个彻头彻尾的英国人。

您的

克罗斯比·韦尔斯

一八六三年四月

邓斯坦

先生我喜欢想象你收到我的这些信时感到愉快但我估计更大的可能性是你根本没有读过它们。无论是哪一种情形写信对于我来说是一种安慰让我的日子有了形状。我感兴趣地读到你已经辞去总督的职位。矿区这里谣传说奥塔哥大势已去之后坎特伯雷很快就会出现它的淘金热潮我很想知道这是否会令你为辞掉这个重要职位的决定感到遗憾。赚钱金矿提供的丰厚利润已经让卡瓦劳矿区这里的不少人感到非常激动。这里地势陡峭天空亮得令人睁不开眼睛。我经常被晒伤我衣领的形状都像烙印一般打在我的脖子上虽然这很痛苦但我仍然不向往好几个月的漫长冬季高地上的冬天非常艰苦。如果在坎特伯雷发现了金子你会再次竞选总督吗？确切地说我的意思不是质问你而只是表达对你的生活感到好奇。

您诚挚的

克罗斯比·韦尔斯

一八六三年十一月

卡瓦劳

---

① 南华（Southwark）是伦敦的中心区，最古老的部分之一。

先生我有最重要并且千真万确的震惊消息写给你。我在邓斯坦这里撞上了某种奇迹般的大运在一个认领区中发现了名副其实闪闪发光的富金带！我现在是一个富人了但我还没有花掉一个便士因为目睹太多的家伙将他们的金子花在帽子和衣服上而当他们运势改变时又将这些东西拿到当铺去典当。我不能告诉你具体数目唯恐这封信被他人截获但是我会说即便是与你阔气的工资相比这也是庞大的一笔钱我幻想现在我是咱们兄弟俩中更有钱的那一个人了至少从现金的角度来说。这真是天大的玩笑。有了这一大笔钱我可以返回伦敦了开一家店铺但是我将继续探矿因为我相信我的好运还没有结束。我还没有宣称这些金子为收入而是选择将金子通过私人押送运出矿区别人告诉我这是最安全的线路。虽然我的运势发生了改变但我一如既往是——

您的

克罗斯比·韦尔斯

一八六四年三月

卡瓦劳

先生你从我的邮戳上会注意到我已经不是奥塔哥省的居民了我已经照俗话说的“连根拔起”。你很可能没有什么机会来山脉的西部所以我告诉你西坎特伯雷与南部草原相比完全是两个不同的世界。海岸线上的日出是奇迹般的猩红色那些雪峰蕴含着天空的颜色。丛林潮湿枝藤纠缠还有那白花花的水。这是一个孤独的地方却不安静因为鸟儿的歌声不断而不断的歌声令人愉快。你可能猜到了我已经将过去的生活抛在身后。我与妻子分居了。我本来应该告诉你的但是我在我的信中隐瞒了很多唯恐你了解到我婚姻的苦涩真相之后可能会瞧不起我。我就不列举我逃避到这个地方的细节来打扰你了因为这是一个悲哀的故事每每回想起来都会令我感到寒心。我这是一朝被蛇咬十年怕井绳比起其他可以夸耀的人来说算不上多么了不起但我只想说这足以让我吸取教训了。这个话题说得够多的了我应该反过来说一说现在和未来。我不想再淘金了虽然西坎特伯雷到处都闪烁着金光人们每一天都在发财。不啦我不再探矿啦不想让我的财富再次被盗窃。相反我将尝试一下木材业。我已经结识了一位好朋友名叫泰老·老居的毛利人。这个名字在他当地语言中的意思是“百年居所”。与这个名字相比我们英国人的名字是多么差劲啊！我幻想这可能是一首诗歌里的一行。老居是一个血缘纯正的高贵的本土人我们很快就结为朋友。不瞒你说再次有人陪伴确实令我精神振奋起来。

您的

克罗斯比·韦尔斯

一八六五年六月

西坎特伯雷

先生我在报纸上读到韦斯特兰将在国会获得一个席位而你正在竞选该席位。我很骄傲地说我现在是一个选举人了先生因为我在绿玉神舟谷的小屋不是租用的而是真正属于我自己的而你知道土地的拥有权使我成为一个可以投票选举的人。我将为你投上一张赞成票并为你的成功干杯。同时我将每天每天用我谦卑的斧头千万次地砍伐“桃柘罗汉松”。你是一个继承并拥有土地的人先生你在伦敦拥有幽谷居而且我相信你在美丽的长港选民区拥有住所。但我之前从来没有拥有过一点点土地。我与韦尔斯太太有名无实地一同生活了三年时间但是这期间我一直在矿区没有固定的地址而她一直住在城里。虽然我现在的孤独状态非常适合我但是我还没有习惯固定地点的生活。也许我们可以见面或者当你来霍基蒂卡搞竞选宣传时我们可以互相见见。你千万不要担心我会伤害你或者我会透露我们父亲当年出轨的秘密。我没有告诉过任何人除了我那疏远了的妻子而她的习惯是当她认为某个消息她不能从中渔利便对它失去了兴趣。你千万不要害怕我。你只需寄一封信在上面画一个X给这个回执地址只要你做了这种记号我就知道你不希望我们见面我将远离你不再写信并停止我的幻想。我很高兴那样做愿意做你要求我做的任何事情因为我是——

您很真诚的

克罗斯比·韦尔斯

一八六五年八月

西坎特伯雷

先生我还没有收到你的那封标有X的信我对此向你表示感谢。今天我为你的沉默感到很高兴虽然同样的情形曾在过去引起我的悲伤。我将一如既往是——

您的

克罗斯比·韦尔斯

一八六五年十月

西坎特伯雷

先生我在《西海岸时报》上注意到你有意从陆地旅行前来霍基蒂卡因此你将直接经过绿玉神舟谷除非你故意迂回绕开这里。我是一个选举投票人我愿以这个身份荣幸地在家中欢迎一位政治家虽然我的住所寒酸。我将它描述一番以便你到时候可以根据你的判断寻找它或避开它。这个房子是铁皮屋顶在绿玉神舟河的南岸从河岸向后三十码的地方。小屋两旁各有约三十码的空地那个锯木厂在往东南方向约二十码的地方。住所很小有一个窗户烟囱是用黏土烧结砖建造的。弄得很普通。即便你不停下来我也能看见你骑马路过。我不期盼也不指望这样的好事发生但我依然希望你西行的旅程愉快选举活动大获全胜我向你保证我依然是——

怀着最深切的崇敬

克罗斯比·韦尔斯

一八六五年十二月

西坎特伯雷

这是最后一封信。它的日期比现在早两个月多一点——距离韦尔斯死亡的时间还不到一个月。

穆迪猛地放下信，一动不动地坐了一会儿。他没有独自一人吸烟的习惯，身上极少带着烟草。然而此时此刻，他很想让自己忙于某种强迫性和重复性的动作，一时间，他犹豫是否应该摇铃要一支香烟或雪茄。但是他无法忍受与别人说话，哪怕是发一声指令，他宁愿独自重新整理信件，还原它们的顺序，将最近的信放在最上面。

很显然，克罗斯比·韦尔斯反复指出劳德柏科一直在保持沉默，对于这个同父异母的私生兄弟、他父亲的娼妓养的孩子，这位政治家从来没有回过一封信。阿利斯泰尔·劳德柏科保持了十三年的沉默！穆迪摇了摇头。十三年！而克罗斯比·韦尔斯的信里充满了这样的渴望，完全是一颗赤子之心。这个私生子这样纯朴地渴望见到他的兄弟，看他一眼，哪怕只是一次。提笔写几句回应的话，难道会给劳德柏科——尊敬的劳德柏科——带来什么危害吗？寄一张纸币，给可怜的人买一张回家的船票。绝不回应，这真是异常冷酷！然而（穆迪承认）劳德柏科一直收藏着韦尔斯的信——一直保存它们，阅读它们，重温它们，因为最早的信已经十分破旧，被反复折叠了许多次。他已经来到了绿玉神舟谷克罗斯比·韦尔斯的小屋——终于来了，只可惜晚了半个小时。

但穆迪随即想起另一件事。劳德柏科将莉迪娅·韦尔斯纳做了自己的情妇！他将兄弟的妻子纳做了自己的情妇！“太过分了。”穆迪大声地说。他跳起来，开始踱步。这真是异常冷酷！真是禽兽不如！他在脑子里盘算着。克罗斯比·韦尔斯一直在矿区，在邓斯坦，在卡瓦劳……与此同时，他如此渴望相见的兄弟却在达尼丁，给他戴绿帽子！劳德柏科难道真的不知道这一层关系？这几乎不可能，因为莉迪娅·韦尔斯已经随了丈夫的姓！

穆迪顿了顿。不，他想。劳德柏科曾经明确地告诉过鲍尔弗，在他们恋情发生的整个过程中，他一直不知道莉迪娅·韦尔斯是已婚。在两人的交往中，她一直用的是她娘家的姓，格林韦。直到弗朗西斯·卡弗从监狱返回——称自己是弗朗西斯·韦尔斯——劳德柏科才发现莉迪娅已经结婚，她的名字实际上应该是莉迪娅·韦尔斯，而他，劳德柏科，一直让莉迪娅的丈夫戴着绿帽子。穆迪快速翻阅这一堆信件，最后找到了那封日期为去年八月的信。是的，克罗斯比·韦尔斯明确地写到他告诉过妻子他私生子身份的细节。所以，莉迪娅·韦尔斯从他们恋情的一开始就知道劳德柏科是那个私生子的兄弟——她一直都知道。此外，对于这层关系，在劳德柏科内心一个秘密的角落里大概一直在隐隐作痛，因为他从来没有给克罗斯比回过信，一次都没有。也许，穆迪想，莉迪娅甚至主动勾引了劳德柏科，其目的就是想利用这一层关系。

啊——这个女人比奸商还要狡诈！同时利用了兄弟俩——同时摧毁他们俩！现在，另外一件事情已经明朗——用来敲诈劳德柏科的那笔财富，根本不是源自卡弗自己的认领区。那一笔财富是从克罗斯比·韦尔斯那里偷来的。正如克罗斯比·韦尔斯在信中承认的那样，他才是在邓斯坦金矿上发大财的人！所以，莉迪娅·韦尔斯把韦尔斯的秘密透露给弗朗西斯·卡弗，想利用他获得帮助。卡弗随后设计了一套计划，偷走了韦尔斯的金子，并且敲诈勒索劳德柏科，结果他们俩卷走了财富，并且成为三桅帆船“一帆风顺号”的骄傲的拥有者。劳德柏科显然为他的私生兄弟关系感到羞耻，而莉迪娅作为韦尔斯太太，作为他的情人，一定有着最直接的了解。显然，她正是利用这种耻辱做诱饵设计了一系列阴谋。

突然，穆迪的心咯噔一下。这就是那个闪光——弗朗西斯·卡弗用这个秘密信息来敲诈劳德柏科，确保他在“一帆风顺号”的销售方面保持沉默。卡弗声称自己是弗朗西斯·韦尔斯，使劳德柏科相信他和克罗斯比是兄弟：同是妓女养的，在同一家妓院长大……没准儿还是同一个母亲所生！克罗斯比·韦尔斯的姓是教会指定的，克罗斯比·韦尔斯可能还有那个母亲生的其他兄弟，如果他的母亲是一位娼妓，这种事情不是不可能的。这是多么狡猾的伎俩，玩弄劳德柏科的同情心，同时逼他就范！

克罗斯比·劳德柏科，穆迪突然一闪念，心中涌起对这个男人的一阵同情。他想到韦尔斯死在绿玉神舟谷他的小屋里，一只手弯曲着绕在空酒瓶底部，脸颊靠在桌上，双眼紧闭。命运之轮是如何无情地转动着啊。劳德柏科该有怎样的一副铁石心肠，面对这些满腔激情的呼唤，居然一直保持沉默！多么可怜啊，克罗斯比·韦尔斯在十年多的时间里，眼巴巴地看着他的兄弟步步高升，跻身省议会的行列，进入国家议会这样的级别——与此同时，这个私生子却一直在潮湿和霜冻中挣扎，孑然一身。

然而，穆迪也不能说劳德柏科一无是处。最后，这位政治家还是来拜访他的兄弟了……但带着什么目的呢，穆迪就不得而知了。也许政治家想补偿十三年的沉默。也许他想向他的同父异母的兄弟道歉，或仅仅是看他一眼，口中说出他的名字，握一握手。

穆迪的眼睛含着眼泪。他骂了一声，但并无所指，他用手背粗鲁地在脸上抹了一把——感觉自己对这位隐士，这个他从来没有见过的男人，一个永远不可能相识的人，怀有一种苦涩的亲情。克罗斯比·韦尔斯与他自己的情形有着惊人的相似之处。克罗斯比·韦尔斯被他的父亲遗弃，穆迪也是如此。克罗斯比·韦尔斯遭到手足兄弟的背叛，穆迪也是同样的遭遇。克罗斯比·韦尔斯搬迁到地球的南半球追寻他的兄弟，穆迪同样如此——他在那里被唾弃，被摧毁，只能孤苦伶仃地度过余生。

穆迪把手里的信规整好。他应该在一小时前就摇铃铛叫女仆来，请她把箱子从他的房间里拿走的。如果再耽搁下去，就可能招致怀疑。他不知道自己该怎么办。已经没有足够的时间把这些信全部抄下来了。他应该将它们放回箱子的内衬中吗？还是应该偷走它们呢？或者把它们交给霍基蒂卡这里的有关当局？这些信肯定与手头的案件相关，在最高法院法官传唤时，它们确实会非常有价值。

他走到房间的另一头，坐在床沿上，思考着。他可以将信送交勒文塔尔，指示把它们都发表在《西海岸时报》上，按时间顺序，全文发表。也可以将它们送交监狱监管人乔治·谢泼德，征求他的建议。还可以偷偷地将信件拿给他的朋友加斯科因看看。他可以召集皇冠会议的十二个男人，征询他们的意见。可以将信件送交金矿特派专员——或索性直接交给裁判官。但究竟能达到什么目的呢？会有什么结局呢？谁会从这些消息中获利呢？他双手指尖对指尖地相互敲打着，叹了一口气。

穆迪终于仔细地收好信件，捆起来，绑了个与原先一模一样的蝴蝶结，放回箱子的内衬里。他将横杆插入搭扣中，擦干净箱子盖，往后退了一步，确保一切都跟他发现时一模一样。然后，他戴上帽子，穿上外套——仿佛是刚刚从麦克斯韦餐厅回来——他摇动了铃铛。女仆脚步沉重地上楼，穆迪用非常恼怒的语气，告诉她送到他房间里的箱子搞错了。他冒昧地打开箱子，看见了里面的标志：这只箱子是属于阿利斯泰尔·劳德柏科先生的，一个他从来没有见过的人，此人肯定不住在皇冠旅馆，他的名字与自己的毫无相似之处。他推测自己的箱子被送到了劳德柏科的旅馆——不知道那是个什么地方。他今天下午打算在斯塔福德街的台球厅度过，希望他不在这里的时候有人把这个错误纠正过来，因为尽早拿到私人物品对他来说至关重要，他计划参加寡妇当晚在游人好运楼举办的“预测酒会”，希望穿着合乎礼仪的衣服出席。他离开之前又补充了一句，他对此事感到极度不满。

一个没有月亮的月份

游人好运楼终于向公众开放。

游人好运楼外面挂的牌子已经重新描画过了，原来挑着迪克·惠廷顿包裹的那个轻松活泼的剪影，现在走在了星空下。画中人头顶上的星星即使应该形成某种星座，迪克·曼纳林也没能识别出来。他走上廊台的台阶时，只是瞟了一眼那个牌子，这时他注意到门环被擦亮了，窗户都被清洗了，门垫也撤换了，门旁的名片框中插着一张崭新的名片：

莉迪娅·韦尔斯夫人，通灵人，招魂人

发现秘密，占卜运势

他敲门时听到女人们的说话声，然后楼梯上响起快速的脚步声，有人在上楼。他等候着，希望是安娜来接待他。

门链钩子被打开时，链条发出哗啦啦的声音。曼纳林用手指摸了摸领带结，把身体挺得更直一些，看着自己在玻璃里的淡淡的影像。

门开了。

“迪克·曼纳林！”

曼纳林失望了，但他没有表露出来。“韦尔斯夫人，”他惊叹道，“祝你晚上非常愉快。”

“我当然希望如此，可现在还没到晚上呢。”她微笑着，“我希望大家尤其是你都明白，提前光临聚会是一种十分令人讨厌的落伍做法。我母亲是怎么说这个来着？是一种野蛮主义。”

“我早了吗？”曼纳林说，假装惊讶地伸手掏他的怀表。他心里十分清楚自己到早了，他希望赶在别人之前，以便得到一个与安娜单独说话的机会。“嗨，真是的——你瞧瞧。”他补充道，眯眼看着怀表。他耸了耸肩，把怀表塞回马甲口袋里。“我今天早上一定是忘记给它上弦了。嗯，现在我既然来了——而你也在这里。穿戴妥当。非常漂亮。的确非常漂亮。”

韦尔斯夫人穿着寡妇的黑衣，但衣服已经被“改进”过了，用她可能采用的话来说，是利用各种各样的小花招，对整个黯淡的色调做了修改和掩饰。黑色的紧身胸衣上绣有藤蔓和玫瑰，用的是闪光的丝线，令她胸前的设计图案闪烁发光。一朵黑玫瑰镶嵌在袖口的黑带子上，箍住她丰满白嫩的前臂。第三朵黑玫瑰戴在头上，插在耳后的空心处。

她依然微笑着。“我现在该怎么办呢？”她说，“你把我逼到了进退两难的地步，曼纳林先生，我没法邀请你进来。如果这样做，就只能是鼓励你在其他场合也早到。要不了多久，你就会给整个镇子的男人女人的社交生活添加麻烦。但我又不能把你丢在大街上——因为那样你和我都成了野蛮人。你是因为行为鲁莽，我是因为待客不周。”

“好像还有第三种选择，”曼纳林说，“我在门廊里站一整夜，你仔细琢磨琢磨——等你拿定主意的时候，我正好准时。”

“又是一个野蛮之处，”韦尔斯夫人说，“你的脾气。”

“你从来没有见过我的脾气，韦尔斯夫人。”

“我还没有吗？”

“从来没有。对您，我很文明。”

“那我不禁要问，你对谁不文明呢？”

“不是对谁的问题，”曼纳林说，“是什么程度的问题。”

一阵简短的沉默。

“当时一定感觉很伟大。”韦尔斯夫人随后说。

“什么时候？”

“刚才，”韦尔斯夫人说，“你刚才说的。一定感觉很伟大。”

“你有一种特定的风格，韦尔斯夫人。我都忘了。”

“是吗？”

“是的——一种特定的风格。”曼纳林把手伸到衣兜里，“这是你的苛捐杂税。顺便提一句，这真是光天化日下抢劫啊。在霍基蒂卡，你怎么能为一个晚上的娱乐收三先令的票钱——就算你能招来特洛伊的海伦的灵魂都不行。这里的家伙们不能容忍这么做。不过我不应该给你提忠告。至于今天晚上嘛，你和我是直接的竞争对手。别以为我不知道这个：当男孩子们为星期六晚上掏腰包时，要么是威尔士王子，要么是游人好运楼。我是一个很有竞争意识的人——今晚我来这里就是要注意你。”

“女人喜欢被注意。”韦尔斯夫人说。她接受了硬币，把门拉开。“不管怎么说，”她又接着说道，这时曼纳林步入了大厅，“你就是一个臭骗子。要是你忘记给你的表上弦，就不会早到了，你应该是晚到才对。”

她把身后的门关上，钩上门链。

“你穿的是黑衣服。”曼纳林发现。

“当然，”她回答，“我最近成了寡妇，因此在服丧。”

“有一个事情，”曼纳林说，“对于阴魂来说黑颜色是不可见的。我敢打赌你不知道这个——对不对，哈！这就是为什么我们在葬礼上穿黑衣服。如果穿其他颜色的衣服，我们就会吸引死人的注意。穿上黑色，他们就看不见我们。”

“多么迷人的一条小知识啊。”韦尔斯夫人说。

“你知道它的意义吗？这就意味着斯坦斯先生看不见你。因为你穿着这套衣服。你对他可是无形的。”

韦尔斯夫人大笑，“天哪。嗯，没有什么办法了，我想。事到如今也晚了。我不能取消整个晚上的活动。”

“那么安娜呢，”曼纳林说，“她今晚会穿什么颜色的衣服？”

“黑色，事实上，”韦尔斯夫人说，“因为她也在服丧。”

“全搞砸了，”曼纳林说，“整个这件事。就因为你们的衣服。这不是跟自己作对吗？全搞砸了——全怪你们自己的衣服！”

韦尔斯夫人不再微笑了。“你真粗暴，”她说，“拿丧亲之痛开玩笑。”

“你和我一路货色，韦尔斯夫人。”

他们相互对视了一会儿，每个人都在捕捉对方的表情。

“我对骗子有最深的敬意，”曼纳林随后说，“我本该如此——明白我自己就是其中的一员！可算命——这是最糟糕的骗术，韦尔斯夫人。很抱歉我说得这么露骨，但事实就是如此。”

韦尔斯夫人的表情依然小心谨慎，她轻描淡写地说：“怎么讲？”

“没有什么比弄虚作假更低级的了。”曼纳林说，口气非常坚决，“告诉我下一个跟我打赌的人叫什么名字。帮我在下次玩牌的时候下注。告诉我下星期的赛马哪一匹会赢。你说不出来吧？是的，你说不出来——因为你不能。”

“我看你生性多疑，曼纳林先生。”

“我是这种游戏的老手，这就是为什么。”

“是的，”寡妇说，依然凝视着他，“你热衷于怀疑。”

“告诉我下星期的赛马哪一匹会赢，我就永远不再怀疑了。”

“我不能。”

曼纳林双手一摊，“这不就完了。”

“我不能，因为在要求我做这种事情时，你并不是要我给你算命。你是在要求我向你无可辩驳地证明我自己的能力。这种事情我是不能做的。我是一个占卜者，不是逻辑学家。”

“而且是个糟糕的占卜者，竟然连下星期天的事都无法预见。”

“在这个行当里，要学习的第一个教训就是，关于未来的一切都不是无可辩驳的。”韦尔斯夫人说，“其原因很简单：一个人的运势总是在说出预测的过程中发生变化。”

“你是在用这种论据自圆其说呢。”

韦尔斯夫人微微挺起下巴，“如果你是下星期马赛的骑师，你来问我是否会有好运——嗯，那就另当别论了。如果我断言你的运势非常暗淡，那么你的骑术可能会表现很差，因为你会感到心情沮丧；而如果我做出有利的预言，你可能会满怀信心地投入比赛，因此会有好成绩。”

“好吧——我不是骑师，”曼纳林说，“但我是一个兜里揣着五英镑的赌徒，要在一匹名叫爱尔兰人的母马身上下赌注——这是真的——我现在要你算一算我的运势，是好还是坏。对我的预言是什么？”

她微笑着说：“我怀疑你的运势不会因为输掉或赢得五英镑而有多大的改变，曼纳林先生。无论什么情形，你还是在寻求证据。快进会客厅里来吧。”

游人好运楼的室内装潢，几乎让人无法相信这里三星期前曾是韦尔斯夫人接待奥贝尔·加斯科因时的那个晦暗寒酸的旅馆。寡妇定制了窗帘，买了一套新家具和十几卷带刺玫瑰图案的醒目墙纸。她在玻璃后面摆了好几张异国情调的版画，重新油漆了楼梯，清洗了窗户，前面的两个房间都贴上了墙纸。她找来一个讲台，上面摆放着她的历书，几盏有穗饰灯罩的煤油灯营造一种更加神秘的气氛，这些灯被她放置在从前旅馆第一排房间的门前各处。曼纳林张开嘴，刚想对这些脱胎换骨的变化发表评论——却突然顿住了。

“嘿——这不是苏先生嘛，”他说，感到十分惊讶，“还有桂先生！”

两个中国人也瞪眼看着他。他们正盘腿分坐在壁炉两旁，两人的脸上都涂了厚厚的油彩。

“你认识这两个人？”莉迪娅·韦尔斯说。

曼纳林恢复了他的神态。“只是见面脸熟罢了。”他说，“我跟中国佬打过一些商业交道，你知道的——这些小伙子在卡尼里都是熟脸。你们好吗，伙计们？”

“晚上好。”阿苏说。阿桂什么都没说。他们的表情都被掩盖在油彩下面，脸谱夸张地强调了他们的容貌，眼角被拉得很长，突显了圆形的脸颊。

曼纳林转身朝着韦尔斯夫人，“怎么——他们要参与通灵会，是不是？听你的调遣？”

“这一位是今天下午来的。”韦尔斯夫人解释说，指着阿苏，“我有个念头，他的出现可能会为今晚的通灵会增添某种情调。他同意过来，与此同时，他还帮了我一个忙，把他的朋友也带来了。你不得不同意两个比一个要好得多。我喜欢室内有一个对称的轴心。”

“安娜在哪里？”曼纳林说。

“哦——在楼上。”韦尔斯夫人说，“曼纳林先生，事实上这个想法还是你给我的，你的‘来自东方的风情’。没有什么能像东方韵味那么叫座！我看了两次表演——一次在顶层楼座，一次在包厢里。”

曼纳林皱着眉头，“安娜什么时候下来？”

“一直要等到通灵会。”韦尔斯夫人说。

曼纳林吃了一惊，“什么——不参加聚会？她不在聚会上露脸？”

韦尔斯夫人转身去整理餐具柜上的玻璃杯，“对。”

“为什么不呢？”曼纳林说，“你知道有一打男人争着要跟她说上一句话。他们吐血掏出一星期的工资只是为了进这道门——只是为了安娜。你疯了，把她关在楼上。”

“她需要为通灵会做准备。我不能让她的平衡受到干扰。”

“信口雌黄。”曼纳林说。

“你说什么？”韦尔斯夫人说着，转过身来。

“我说这是信口雌黄。你把她留在后面——肯定另有原因。”

“你含沙射影，意在何处？”

“我失去了我最得意的姑娘安娜·韦瑟雷尔。”曼纳林说，“这三个星期来，我一直保持着我的距离，出于上帝才知道的什么尊重，现在我需要一个跟她说话的机会。哪有什么平衡被打乱的说法，你我双方都心知肚明。”

“我感觉我不得不提醒你，在这个领域里，你缺乏专业知识。”

“专业知识！”曼纳林说，语气充满轻蔑，“三个星期前，安娜不知道平衡跟她的胳膊肘有什么不同。这真是信口雌黄，韦尔斯夫人。叫她下来。”

韦尔斯夫人退缩了，“我不得不再次提醒你，曼纳林先生，你只是我家里的客人。”

“这不是家，这是商业场所。我付了你三先令，你跟我保证安娜会出现的。”

“事实上从来没有人做过这样的保证。”

“你给我听好喽！”曼纳林说——现在已经变得火冒三丈，“我要再给你一条忠告，韦尔斯夫人，而且白送给你，不要钱：在表演行当里，你要给观众看他们花钱来想要看的东西，如果做不到，就得承担他们闹事的后果。报纸上明明说了安娜会在这里。”

“报纸上说了她会出席通灵会，作为我的助理。”

“你是怎么控制她的？”

“我相信我不明白你是什么意思。”

“她为什么会同意这样？待在楼上——独自一人，黑灯瞎火的？”

韦尔斯夫人对这个问题置之不理。“韦瑟雷尔小姐一直在学习塔罗牌的各种图案，”她说，“这是一门艺术，她已经证明自己对此颇有天赋。一旦我对她的精通程度感到满意，她就会立刻在《西海岸时报》上宣传推广她的服务，到那时候，非常欢迎你，以及霍基蒂卡的所有公民，预约她的服务。”

“我得为享受这种特权吐血，对不对？”

“那当然，”韦尔斯夫人说，“难道你还有其他奢望？”

阿苏看着韦尔斯夫人，阿桂看着曼纳林。

“这真是倒行逆施。”曼纳林说。

“也许你不希望参加聚会了，”韦尔斯夫人说，“如果那样的话，你只需打声招呼，我会退还你的全额票钱。”

“这到底是什么意思？让她待在楼上。”

寡妇大笑，“好啦，曼纳林先生！正如你已经指出的那样，我们都是同行，我无须跟你挑明。”

“不。要挑明。”曼纳林说，“来吧。挑明了吧。”

然而，韦尔斯夫人没有挑明。她冲着曼纳林凝视了一会儿，然后说：“你今晚到底为什么来参加这个聚会？”

“跟安娜说话。而且要摸清我的竞争对手。你。”

“你的第一个野心将无法实现，这点我已经讲清楚了，不过到目前为止，你肯定已经实现了第二个目标。如果是这样的话，我不明白你还有什么理由继续待在这里。”

“我要待着。”曼纳林说。

“为什么？”

“留意着你，这就是为什么。”

“我明白了。”韦尔斯夫人盯着他说，“我认为，你决定参加今晚的聚会另有原因——一个你迄今尚未与我分享的原因。”

“哦？那会是什么呢？”曼纳林说。

“我恐怕只能猜测。”韦尔斯夫人说。

“好，接着说——做出你的预测。这是你的游戏，是不是？预告我的运势。”

韦尔斯夫人将头偏向一旁，端详着他，然后突然做出决定，她说：“不，这一次我相信我会将我的预测秘而不宣。”

曼纳林迟疑了，片刻后，韦尔斯夫人发出一串清脆的笑声，挺直腰板，双手抱在胸前。她请求曼纳林允许她走开一下，解释说今晚从明星与吊袜带酒吧雇了两个女招待来服侍她的客人，两个女孩还没有得到工作指示，正在厨房里非常耐心地等着，她不愿让她们等太久。她邀请曼纳林去拿摆放在餐具柜上的斟酒瓶，给自己倒一杯酒喝，千万别把自己当外人——说完，她飘然地快步离开了。曼纳林被晾在那里，看着她的背影，气得脸红脖子粗。

韦尔斯夫人刚出去关上了门，曼纳林就怒气冲冲地逼向阿苏，“你自己对此作何解释，嗯？”

“要见埃默里·斯坦斯。”阿苏说。

“我猜，你有些问题要问他。”

“是的。”

“不管是死是活，”曼纳林说，“不是死就是活，是不是，苏先生？不是死就是活，在这个阶段。”

他脚步沉重地走到餐具柜旁，给自己倒了一杯很强的烈酒。

Φ

韦尔斯夫人雇了一支双人乐队，由一把小提琴和一支长笛组成，来自科林伍德街的天主教福利会。乐手们七点之前就到了，乐器用天鹅绒包裹着，韦尔斯夫人指引他们来到过道顶头，那里已经摆好了两张面朝门口的椅子。他们只会演奏吉格舞曲和水手舞曲，可是韦尔斯夫人突发奇想地要他们用四分拍演绎自己的曲目，或者尽量调整呼吸和节奏，越慢越好，以更贴近当晚的主题。缓慢的演奏使吉格舞曲变调为险恶，水手舞曲变味成忧伤。虽然有慷慨斟满的白兰地，有来自明星与吊袜带酒吧的女招待们的热情服侍，但曼纳林的坏脾气仍未得到充分的安抚，即便如此，他也不得不承认这种效果十分惹人注目。当第一拨客人敲门时，“六便士钱”正在演奏中，听起来是一种令人痛苦的拖腔——让人觉得不是跳舞和庆祝，而是葬礼、疾病，以及非常糟糕的坏消息。

到了八点钟时，这家昔日的旅馆的容量已经达到了饱和，空气中弥漫着浓浓的烟雾。

“你有没有看过集市上的魔术师？你有没有看过杯球换位魔术的表演？哼，都是分散注意力的把戏，弗罗斯特先生。他们有办法让你扭头看别的地方，通过笑话，或噪音，或什么意外，当你转头时，杯子已在刹那间被换掉了，里面或有东西，或空荡荡，或是你看过的随便什么玩意儿。我不说你也知道，没有什么比一个女人更容易分散人的注意力，而且今晚，你会被两个女人分心。”

弗罗斯特瞥了一眼普里查德，心中十分不快，他扭过头去。他有点害怕这个药剂师，不喜欢普里查德用这种阴森逼人的方式对待他——站得这么近，普里查德说话时，弗罗斯特能感觉到他呼出的热气。“你建议我如何保持注意力不被转移呢？”他说。

“你一直睁大双眼。”普里查德说，“尼尔森盯着安娜。你盯着寡妇。你们两人合作，就能把她们看紧了，你明白吗？你无论如何要盯牢莉迪娅·韦尔斯。如果她请你闭上眼睛，或看着别的地方——他们常常会这么干，你知道——哼，千万不要。”

弗罗斯特对此感到一阵烦躁。他想知道普里查德有什么权力分配通灵会的监控任务，他手里并没有邀请函。凭什么他被分配到寡妇，而尼尔森得到安娜？然而，他没有大声说出这些抱怨，因为一个女招待正用托盘端着一只玻璃斟酒瓶走近他们。两个男人都斟满了酒杯，谢过女招待，目视她在人群中穿梭消失。

女招待刚一离开，普里查德就带着同样的力度再次开口说道：“斯坦斯一定在某个地方，”他一口咬定，“一个人不会就那么不留痕迹地消失。我们确切知道一些什么呢？让我们详细地列出来吧。我们知道安娜是最后一个看见他活着的人。我们知道安娜在鸦片问题上撒谎——说她自己吸掉了那一盎司，但我能肯定那完全是个弥天大谎。我们还知道安娜现在又要合伙把斯坦斯死后的阴魂召唤出来。”

弗罗斯特突然发现普里查德的外套很不合身，领带一直没有熨过，衬衫非常破旧。哼，他的刮胡刀肯定太钝，弗罗斯特想，一张脸修得左右不均、坑坑洼洼。当然，这个批评是憋在肚子里的，却给了他一种突然的自信。他说："你非常不信任安娜，是不是，普里查德先生？"

普里查德似乎对这种假定感到惊讶，"不信任她的原因多得很，"他冰冷地说，"比如我刚才跟你详细列举出来的那些。"

"但是从个人角度说，"弗罗斯特说，"把她作为一个女人来看。我断定你对她的诚信印象非常差。"

"一个妓女谈何诚信！"普里查德脱口而出，但没有继续说下去。

片刻之后，弗罗斯特补充道："我想知道你对她的看法。仅此而已。"

普里查德表情茫然地望着弗罗斯特。"是的，"他终于说道，"我不信任安娜。我一丝一毫都不信任她 。我甚至不爱她。但我希望我爱过。这不是一件怪事吗？我希望我爱过。"

弗罗斯特感到很不自在。"简直不值三先令，是不是？"他说，指的是这次聚会，"我必须说我的期望值比这个高。"

普里查德似乎也感到尴尬。"千万记住，"他说，"在通灵会期间，一双眼睛要紧盯着韦尔斯夫人。"

他们转身移开彼此的对视，假装扫视人群中的面孔，一时间，这两个人的表情十分相似：一个人将周围的一幕与其他场景相比，无论在任何地方，无论是真实的还是想象的，已经发生过的，还是正在发生的，结果眼前的景象都显得很逊色，因此，不禁心生惆怅，有点垂头丧气的感觉。

Φ

"鲍尔弗先生。我能单独跟您说句话吗？"

鲍尔弗抬起头来，是哈拉尔德·尼尔森，身着帝王蓝马甲，是他那副典型的衣冠楚楚的模样。他看见尼尔森的面部表情像是要硬着头皮问出难以启齿的问题,心情不由变得非常沉重。“当然——没问题,没问题,”他说,“你可以跟我说话——你当然可以跟我说话!没问题!”

他想,当人们明知自己马上就要遭到羞辱时,会变成怎样的傻瓜啊。他跟随尼尔森穿过人群。

离开会客厅,避开众人的耳目之后,尼尔森突然停住脚步,转过身来,“我有话直说。”

“好,”鲍尔弗说,“直说吧。开门见山总是上策。你是如何看待这场聚会的?”

客厅传来哄堂大笑,还有一个女人愤怒的尖叫声。

“我很喜欢。”尼尔森说。

“可是,没有安娜的影子。”

“没有。”

“而且要三先令,”鲍尔弗说,“这么贵的价钱!我们得把门票钱喝回来——对不对?”他看着他的酒杯说。

“我就直说了吧。”尼尔森再次说。

“对,”鲍尔弗说,“说吧。”

“不知怎么,”尼尔森开始说道,“劳德柏科先生知道了我的佣金的事。他明天要在报纸上发表一篇关于这件事的公开信,揭露谢泼德的人格,等等。我还没有看见这封信。”

“天哪,”鲍尔弗说,“天哪——是的,我明白。我明白。”他拼命点头,但不是冲着尼尔森。他们几乎是肩并肩站着。尼尔森对着墙壁上一幅有镜框的版画说话,鲍尔弗面朝壁板。

“谢泼德监狱长写了一封回应信,”尼尔森继续说,依然冲着版画,“将直接发表在劳德柏科那封信的下面,在明天的报纸上。我已经看过了回应信,谢泼德今天下午给我送来一份副本。”

他简略描述了谢泼德的回应——使鲍尔弗的焦虑在片刻间转化为纯粹的惊讶。

“啊，”他说，第一次正视着尼尔森，“我被惊呆了。真是浅水里的一条鲨鱼啊，没错。没想到谢泼德监狱长竟然想得出这种招数。说都是你唆使的——投资——作为一笔捐款！我被惊呆了！他已经把你逼进了死角，是不是？此人是个多么自信的魔鬼啊！是条怎样的毒蛇啊！”

“你有没有告诉过劳德柏科有关我的佣金的事？”尼尔森说。

“没有！”鲍尔弗说。

“连提也没有提过——随口提及？”

“没有！”鲍尔弗说，“绝对没有！”

“好吧，”尼尔森语气沉重地说，“谢谢。很抱歉打扰你了。我想只能是其他人中间的一个了。”

鲍尔弗感到惊讶，“其他人中间的一个？你的意思是——参加了皇冠会议的那些家伙中的一个？”

“是的，”尼尔森说，“必定有人打破了自己的誓言。我肯定没有告诉劳德柏科任何事情——我敢肯定，除了我们宣誓的十二个人之外，没有任何人知道这项投资。”

鲍尔弗看上去惊慌失措，“那你的那个小伙子呢？”

尼尔森摇了摇头，“他不知道。”

“也许是银行里的某人。”

“不，这是私人协议——谢泼德只有一份契约。”尼尔森叹了一口气。“听着，”他说，“我很抱歉这么唐突地对待你——这样质问你——怀疑你。可是我知道你是劳德柏科的人——所以，嗯，我不得不确定一下。”

“你当然应该这么做！当然！”

尼尔森沮丧地点了点头。他透过客厅的门看着房间里的人群——看着普里查德，他明显比房间里的其他人都高——看着德夫林，他站在那里与克林奇交谈——看着勒文塔尔，他正在跟弗罗斯特说话——看着曼纳林，他正在餐具柜旁一边拿起斟酒瓶往自己的酒杯里斟酒，一边为别人的笑话开怀大笑。

“慢着，”鲍尔弗突然说，“你刚才说谢泼德在信里提到了劳德柏科和莉迪娅·韦尔斯。”

“是的，”尼尔森说，感到有点不自在，“他将他们的恋情弄成了尽人皆知的事——说劳德柏科一定要把关于莉迪娅的事交代清楚。那是——”

鲍尔弗打断了他的话，“但是谢泼德究竟是从何处听说这段恋情的呢？我简直不能相信劳德柏科会——”

“我告诉他的，”尼尔森脱口而出，“我打破了我的誓言。唉，鲍尔弗先生——他把我逼到了角落里——而且他知道我隐瞒着什么——我撑不住了。我措手不及。你完全有权对我发怒。你完全有权。我不介意。”

“绝对不会。”鲍尔弗说——对方的这个忏悔倒似乎给他带来了莫名的安慰。

“现在劳德柏科会知道你没有保住他的秘密，”尼尔森痛苦地继续说，“到明天早上，韦斯兰特的所有人都知道韦尔斯夫人曾经是他的情妇，也许他将失去国会议员的席位，这都是我的过错。我一直很难过——真的，很难过。”

“你还告诉他了别的什么吗？”鲍尔弗说，“关于安娜——敲诈勒索——还有衣服？”

“没有！”尼尔森说，看上去十分震惊，“也根本没有提到过卡弗。我就只说了韦尔斯夫人曾经是劳德柏科的情人。仅此而已。但是现在谢泼德监狱长一意孤行，全捅出去了——上了报纸。”

“嗨，这真的没关系，”鲍尔弗说，拍了拍尼尔森的肩膀，“这真的没关系！谢泼德监狱长可能会从别的地方发现这件事的。如果劳德柏科问起来，我会告诉他我这辈子都没跟谢泼德说过两句话，这是事实。”

“我太抱歉了。”尼尔森说。

“一点儿也没关系，”鲍尔弗说，拍了拍他，“绝对没事。”

“嗯，你这么说真是太善良了。”尼尔森说。

“很高兴能够帮上忙。”鲍尔弗说。

“我还是不知道究竟是谁先把我出卖给了劳德柏科。”尼尔森停顿片刻之后说，“我想，我不得不继续问一下。”

他叹了一口气，再次转身扫视人群中的面孔。

“我说，尼尔森先生，”鲍尔弗说，“我想起了一点事。是关于……关于……嗯，其实也没什么。是这样的。下一次我有佣金业务的时候——下一次我的桌上正好有了什么活儿，你知道——我完全可以不去找科克伦先生。你知道他为我打点生意已有很长时间了——但是，嗯，我在想是否该有些变化了。我敢打赌我们都会挨过这摊子事，寻找一个可以依靠的人，寻找一个可以信赖的人。我是说——在将来——你会得到——我的业务。”

他没有看着尼尔森，开始在夹克衣兜里摸索雪茄。

“你真是太善待我了。”尼尔森说。他又盯着鲍尔弗看了一会儿，然后，缓慢地点点头，转身而去。鲍尔弗找到了一支雪茄，咬掉一头，将雪茄咬在牙齿间，然后划着火柴，举着火苗对准雪茄的方头，歪着脑袋让雪茄碰上火苗。他对着火苗吸了三口烟，鼓起了腮帮子，然后，他摇灭火柴，把雪茄从嘴里拿出，翻转过来，确保烟叶被点燃。

Φ

“克林奇先生。”

“是的，”克林奇说，“有什么事情？”

“我有一个问题。”老居说。

“嗯，那——问吧。”

“你为什么要买克罗斯比·韦尔斯的小屋？”

旅馆老板呻吟了一声，“别提这个，咱们别谈这事。今晚不行。”

“为什么？”

“就是别提这个，”克林奇没好气地说，“我烦着呢。我不想讨论该死的克罗斯比·韦尔斯。”

他正盯着寡妇看，寡妇穿梭于客人之间。她的裙撑太大，无论走到哪里，都必须分开人群，在她身后留下一条走廊般的空间。

“她有一副残酷的面相。”老居评论道。

“是的，”克林奇说，“我也这样认为。”

“不是毛利人的朋友。”

“我估计也不是。也不是中国人的朋友——我们能看得很清楚。我相信也不是这个房间里任何人的朋友。”克林奇将他的酒一饮而尽。“我烦着呢，老居先生，”他再次说，“当我烦的时候，你知道我喜欢干什么吗？我喜欢喝酒。”

“那好。”老居说。

克林奇伸手拿起斟酒瓶，“你再来一杯？”

“好。”

他斟满了两人的酒杯。“无论如何，”他说，把斟酒瓶放回餐具柜上，“上诉会通过，销售会被吊销，我会拿回我的保证金，就是这样。小屋不再属于我，它将属于韦尔斯夫人。”

“你为什么要买？”老居追问。

克林奇深深地呼出一口气，“这甚至不是我的主意，这是查理·弗罗斯特的主意。他说，置办一些土地，就没有人向你发难了。”

老居没有吭声，等着克林奇继续说下去。随后克林奇果真又开口了。

“他的想法是这样的，”他说，“如果土地是自己的，你就不必购买矿采权，对不对？如果你在自己的地里找到一块金子，那就是你的，对不对？就是这样一个想法——这是他的主意，不是我想出来的。我不能把那些裙子拿到银行去——不能没有矿采权。他们会问这是从哪里来的，那么我就卡壳了。但是如果我自己有一片土地，那就没有人能问什么了。你知道，我从来都不知晓约翰尼·桂。我认为金子一直在裙子里——仍然是纯金。所以我就攒了一笔保证金。查理说，为了避免麻烦，可以等待某个死者的遗产或土地分割，随便哪种都行。所以当韦尔斯的土地被出售时，我第一时间就买了下来，以为——唉，怎么说呢？真是愚蠢。这交易，咋整的——我不知道。当然，就在第二天，安娜从监狱回来时穿着不同的衣裙——然后，在她离开旅馆之后，我发现另外几件裙子都已经被掏空了。我以前感觉到的都是补重的铅块。这整个计划都黄了。我得到一块我不想要的土地，没拿到属于我的钱，而安娜——唉。你是知道她的。”

老居皱起了眉头，说：“绿玉神舟谷是一个非常神圣的地方——”

“是的，唉，”克林奇说，挥了一下手，让他闭嘴，“法律就是法律。如果你想把小屋买回去，敬请自便。但是去跟她谈话的应该是你，而不是我。”

他们的目光穿过房间，停留在韦尔斯夫人的身上。

“漂亮女人的问题，”克林奇随后说，“是她们总是知道自己漂亮，这种自知让她们感到骄傲。我喜欢一个不知道自己美丽的女人。”

“一个愚蠢的女人。”老居说。

“不是愚蠢，”克林奇说，“谦逊。不事张扬。”

“我听不懂这些字眼。”

克林奇挥了一下手，“她不絮絮叨叨。不谈论自己。知道什么时候闭嘴，什么时候开口。”

“狡猾？”

“不是狡猾，”克林奇摇了摇头，“不是狡猾，也不是愚蠢。只是——谨慎，并且安静。而且天真无邪。”

“这个女人是谁呢？”老居诡秘地问。

“不，这不是一个真实的女人。”克林奇阴沉着脸说，“算我没说。”

“您好——埃德加。你有空说句话吗？”

勒文塔尔从他们的身后走过来。

“只管说。”克林奇说，“请原谅，老居先生。”

勒文塔尔眨了眨眼睛，刚看见老居，“你一定是下去看过沉船了，”他说，“发现了什么？”

老居不喜欢别人居高临下地对他讲话，仿佛他属于仆人阶层。他还不能原谅勒文塔尔在当天早些时候对他的羞辱。

“没有，”他怀着轻蔑的态度回答，“没什么。”

“可惜。”勒文塔尔说，已经转身而去。

“你心里在想什么，本？”当他们单独在一起时，克林奇说。

“恐怕我的问题有点唐突。”勒文塔尔说，“关于安娜的孩子——那个未出生的胎儿。”

“好吧。”克林奇小心谨慎地说。

“你记得我发现安娜的那天晚上——在与卡弗的争端之后。”

“当然。”

“就是那天夜里，安娜供认卡弗是孩子的父亲。”

“是的——我记得。”

“我想知道你是否已经事先获悉这个事实，或者是否跟我一样，也是那天晚上才第一次听到这种坦白。”勒文塔尔说，“请你原谅我的唐突——询问鲁莽的话题。”

克林奇沉默良久。“不，”他终于说，“那是安娜第一次说起。她对这个话题一直保持沉默，直到那天夜里。”

“那么你是否知道一些端倪呢？”勒文塔尔追问，“某种猜测？你是否有什么想法，认为卡弗可能是——嗯——那个父亲？”

克林奇看上去十分不自在。“我只知道，孩子的父亲是安娜在达尼丁时的某个家伙。”他说，“不会是一个霍基蒂卡的男人，月份算起来不符。”

“而且卡弗是在达尼丁时认识安娜的。”

“安娜是乘‘一帆风顺号’来的，”克林奇立刻说，“除此之外，我没法告诉你什么。这对你有什么帮助吗？”

勒文塔尔解释了那天下午在《西海岸时报》办公室发生的事情。“你看，安娜可能没有讲出事情的真相。她可能一直在撒谎。当然我们没有任何理由怀疑她的话——直到现在。”

克林奇阴沉着脸，“但那会是谁呢——如果不是卡弗？”

勒文塔尔噘起嘴唇，“我不知道，我猜可以是任何男人。也许不是我们认识的人。”

“这只是卡弗指责安娜说的话，”克林奇激动地说，“你不会是站在卡弗的一边——单凭一方的自说自话吧？你知道任何人都可以抵赖一件事情，不花一分一厘，就能抵赖得干干净净！”

“我没有站在任何人一边——暂时没有，”勒文塔尔说，“但我的确认为安娜坦白的时机可能有重要意义。也许吧。”

克林奇皱着眉头，伸手抚摸他的半边脸。当他摸脸的时候，勒文塔尔闻到一股古龙水的辛香气味，意识到克林奇在理发店花钱做了香味修面，而不是像大多数霍基蒂卡男人那样，一如既往地用一便士肥皂泡沫刮脸——当克林奇的手移动时，这个猜测被进一步证实了，勒文塔尔看见这个男人柔软的脸颊因喷雾刺激产生的淡淡红晕。勒文塔尔非常谨慎地从头到脚打量着这个旅馆老板，克林奇的夹克被干刷过，衣领浆熨过，身上的衬衫雪白耀眼，靴子头刚涂过黑鞋油。哦，勒文塔尔心怀怜悯地想，他把自己精心装扮了一番，是为了安娜。

“所以，安娜是在孩子死后才说出那个父亲的名字，”克林奇终于说，用一种十分刺耳的声音，“这是为娼之道——仅此而已。”

“也许你是对的。”勒文塔尔说，语气温和了些，“咱们不说这个了。”

Φ

“这位是沃尔特·穆迪先生，这位是莉迪娅·韦尔斯夫人。”加斯科因说，“韦尔斯夫人，穆迪先生从苏格兰来到霍基蒂卡，是到峡谷里来发大财的。穆迪先生，正如你将领略的这样，韦尔斯夫人是这家旅馆的女主人，也是很多领域的狂热痴迷者。”

莉迪娅非常妩媚地施了一个屈膝礼，穆迪致以简短而恭敬的鞠躬。然后穆迪对女东道主做了必要的恭维，非常热情地感谢她为当晚提供的娱乐，赞扬她对旧旅馆的改造翻修。虽然他尽了最大的努力，但说出来的溢美之词依然十分乏味。他看着韦尔斯夫人时，心里浮现出的只有劳德柏科，还有克罗斯比·韦尔斯。

穆迪说完后，韦尔斯夫人说：“你对神秘学感兴趣吗，穆迪先生？”

这个问题穆迪不能如实回答，唯恐冒犯他人。

然而，他只稍微停顿片刻，便回答道：“对于我来说，还存在许多玄奥的事情，韦尔斯夫人，我希望我是个好奇的人。如果我对未知的真相感兴趣，那只是为了让它们能够及时地真相大白——或者，说得更明白些，我希望能够及时地知道其真相。”

“我注意到了，你非常随意地使用着一个动词。”寡妇回答，“穆迪先生，对于你来说，知道某件事到底意味着什么呢？根据你说话的方式判断，我猜想你会不懈努力地追求真相。”

穆迪微笑着说：“啊，我认为要知道一件事情，就要从各个角度看问题。”

“从各个角度看问题。”寡妇跟着重复了一遍。

“但我承认你让我感到措手不及。我还没有花时间研究这个定义，不愿听见别人重复我的话——至少等到我花点时间思考一下怎么为自己辩护。”

“是的，”寡妇同意，“你的定义恐怕有待改进。这个规则会有太多的例外！比如说，一个人怎么可能从各个角度看一个幽灵呢？这个概念真是不可思议。”

穆迪再次微微鞠躬，“你说它是个例外，完全正确，韦尔斯夫人。但恐怕我相信幽灵是完全不可知的——谁都无法知道——我肯定不相信幽灵是能够被看见的。我丝毫没有抨击你的才华的意思——但事实是：笼统地说，我不相信幽灵。”

“然而你申请了购买今晚通灵会的门票。”寡妇指出。

“我的好奇心被激发了。”

“也许是被某个特殊的幽灵？”

“斯坦斯先生？”穆迪耸了耸肩，“我从来没有见过此人。我在他失踪两个星期后到达霍基蒂卡。当然，从那时起，我就多次听到他的名字。”

“加斯科因先生说你来霍基蒂卡是为了发大财的。”

“是的，但愿如此。”

“你打算怎么发财呢？”

“通过艰苦的工作和良好的计划，我期望。”

“当然，很多有钱人极少工作，而且根本没有计划。”

“这些人很幸运。”穆迪说。

“你不也希望幸运吗？”

“我希望我能够配得上我自己的命运，”穆迪谨慎地说，“而运气的本质是受之有愧。”

“多么高尚的答案。”莉迪娅·韦尔斯说。

“真相如此，我希望。”穆迪说。

“啊哈，”寡妇说，“我们又回到了‘真相’。”

加斯科因一直观察着莉迪娅·韦尔斯。“你看见她的脑子是如何运转的吧，”他对穆迪说，“她会一刹那间冲过来，扼杀你的论点。你要有所准备。”

“我还不知道怎样做好被扼杀的准备。”穆迪说。

加斯科因是对的。寡妇抬起下巴颏，说：“你是一个信仰宗教的人吗，穆迪先生？”

“我是一个崇尚哲学的人，”他回答，“宗教中可被称为哲学的那部分尤其令我感兴趣，其余的则不。”

“我明白了，”莉迪娅·韦尔斯说，“我的情形恐怕恰好相反：哲学中唯有可被称为宗教的那部分令我感兴趣。”

加斯科因听了爽朗地大笑，“非常精彩，”他说，摇晃着手指，“这真是非常精彩。”

穆迪情不自禁地被寡妇的敏锐逗笑了，但他打定主意不让她占上风。“我们的共同之处似乎少之又少，韦尔斯夫人，”他说，“我希望我们虽然缺乏共同的立场，但并不会妨碍建立友谊。”

“我们对幽灵的真伪性存在分歧，这点至少是明确了。”莉迪娅·韦尔斯说，“但是让我问你一个正好相反的问题。如何看待灵魂——一个活人的灵魂呢？如果你无法‘了解’一个死了的人，你相信你能够‘了解’一个活着的人吗？”

穆迪思考着，微笑着。

片刻后，寡妇继续说：“比如说，你觉得你能真正地‘了解’你的朋友加斯科因先生吗？你能够从各个角度看他吗？”

加斯科因被用来当作一个例子，他看上去很恼火，大声提出抗议。寡妇嘘了一声，让他闭嘴，第二次将问题呈现给穆迪。

穆迪看着加斯科因。事实上，在他们相识的这三个星期里，他已经非常仔细地剖析了加斯科因的个性。他觉得已经了解此人智力的深度和广度，他的感性特质，他的许多表达方式和习惯。他感到从整体上讲，他能够对此人的个性做出十分精确的总结。但他知道莉迪娅·韦尔斯的本意只是将他引入陷阱，因此他决定用轻描淡写的方式回答，再一次说他只是三个星期前刚到达霍基蒂卡，不能指望在这么短的时间内形成对加斯科因灵魂的精确评估。他补充道，这桩事情恐怕需要不止三个星期的观察。

“穆迪先生是卡弗先生的乘客，”加斯科因插话，“他是在‘一帆风顺号’沉没的同一天晚上到达的。”

穆迪对披露这个消息感到一阵不安。当他购买“一帆风顺号”的船票时，用的是假名，考虑到在那条船沉没数小时前他目睹的——或幻想自己目睹的——那一幕的性质，他不想公开地说他是乘这条船到达霍基蒂卡的。他看着寡妇，在她脸上寻找疑问或默认的蛛丝马迹，能够表明她也许知道“一帆风顺号”船舱里那个血腥的幽灵。

但是莉迪娅·韦尔斯只是微笑着，“是吗？”她盯着穆迪上下打量，“那么恐怕穆迪先生只能是芸芸众生中的一个凡人。”

“此话怎讲？”穆迪僵硬地说。

寡妇大笑，“你是一个蔑视运气这一概念的幸运儿，”她说，“穆迪先生，恐怕我已经见多了你这样的人呢。”

穆迪还没能想好如何回应，韦尔斯夫人已经拿起一只小银铃铛，摇出了清脆的铃声，她用沙哑低沉、穿透力不亚于铃铛的声音宣布，手里没票的人必须立刻退场，因为通灵会马上就要开始了。

金星在水瓶座

苏永盛忘记领取他的先令；莉迪娅·韦尔斯变得歇斯底里；我们从死者的时空境界中得到一个答案。

与三个星期前在皇冠旅馆举行的秘密会议相比，这是一次多么不同的聚会啊！皇冠主持的是十二个人的团体，随着穆迪的到来，变成了十三个人。而这里，在游人好运楼的前厅，有十一个人聚在一起，寻求召唤出第十二个参会者。

查理·弗罗斯特听从约瑟夫·普里查德的指示，一直紧紧地盯着莉迪娅·韦尔斯夫人，寡妇将七个持票者引进客厅，阿苏和阿桂盘腿坐在客厅壁炉的两旁,脸上的油彩闪闪发亮。客厅里的窗帘全部拉得严严实实，唯有一盏煤油灯没有被熄灭，房间里泛着粉红色的光芒。最后这盏煤油灯的上方有一个金属支架，上面摆放着一只装有玫瑰油的锡盘，里面的油被温暖的火焰微微加热，使房间里弥漫着旖旎的玫瑰芳香。

韦尔斯夫人邀请男人们入座，在其他客人离开游人好运楼，在黑夜中四处散去的这段时间，房间的中央已经摆放好一圈座位。七个客人被安排入座时，房间里一阵扭捏和紧张的气氛。一个男人不停地发出尖声傻笑，其他人则露齿嬉笑，用胳膊肘捅着同伴的肋骨。韦尔斯夫人对这些干扰视而不见。她忙着把五支蜡烛在盘中摆出一颗星星的图案，然后将它们逐一点燃。当蜡烛被点燃、纸捻被熄灭后，莉迪娅·韦尔斯自己也终于坐了下来，她用一种突然压低的、神秘兮兮的声音说，在过去的数小时内，安娜·韦瑟雷尔一直在酝酿自己的思绪，为即将发生的与死者的交流做准备。当她进入会客厅时，任何人都不能跟她说话，因为哪怕最细小的干扰都会破坏她的心灵状态，进而打断寡妇自身的传导。在场的人是否同意不打扰她？

在场的人均表示同意。

在场的人是否同意进一步协助寡妇的传导，在整个过程中始终保持心理的接受状态？每个人是否同意一直做到头脑冷静而开放，四肢放松，呼吸深沉而均匀，注意力绝对集中，就像一个正在祷告的僧人？

以上愿望均获得了保证。

"我不能告诉你们今晚这个房间里会发生什么，"寡妇继续说，依然是一种鬼鬼祟祟的声音，"也许家具会飘移。当我们周围的幽灵被扰动时，也许我们会感到阴风嗖嗖——阴间的呼吸，有人可能会这么称呼它。也许死者会通过活人的嘴说话。也许他们会通过表现一个征兆来揭示他们的存在。"

"你说的是什么意思，一个征兆？"一个淘金汉说。

莉迪娅·韦尔斯将冷静的目光投向那个说话的人。"有时，"她小声地说，"出于我们未知的原因，死者无法说话。当这种情况发生时，他们会选择用其他的方式交流。我在悉尼时参加过一次通灵会，就发生了这样的事情。"

"发生了什么？"

韦尔斯夫人的眼睛变得呆滞无神。"一个女人在自己家中遇害毙命，"她说，"当时的情况有点儿神秘莫测——在她死亡几个月后，一伙经过精心挑选的招魂人在她家中聚会，与她接触。"

"她是怎么遇害的？"

"家里的狗疯了，"莉迪娅·韦尔斯说，"那畜生一反常态，袭击了她——

撕开了她的喉咙。”

“骇人听闻。”

“阴森可怕。”

“她死亡的情形很可疑，”寡妇继续说，“尤其是在法律部门有机会验证那只狗的状态之前，狗就被击毙了。而案子就这么了结了，那个女人的丈夫，悲恸欲绝，扔下了房子，乘船一走了之。几个月后，一个曾经受雇于那家的仆人把这件事告诉一位通灵人，引起了他的注意。我们安排在这个女人遇害的那个房间里举行一次通灵会。

“我们组里的一个绅士——不是那个通灵人，而是另一位知名度很高的招魂人——那天晚上正好带了一块怀表。怀表就揣在他的马甲兜里，表链别在胸前。他之前给表上好了弦，他后来向我们保证，在他到达那个房子之前，怀表走时非常精确。嗯，那天夜里——在通灵会期间——他的马甲里呼呼地传出一阵微弱的奇怪声音。我们都听见了，但不知道那究竟是什么。他掏出怀表，惊讶地发现怀表的指针显示一点过三分。他坚称他在六点钟时刚给表上好弦，而当时还不到九点。表的指针绝对不可能如此快速地自动移位，而他也几乎不可能意外地转动表的旋钮！他试了试旋钮——发现它卡壳了。旋钮坏了。事实上，那块怀表从此就失灵了。”

“可那是什么意思呢？”有人说，“一点过三分？”

寡妇把声音放得很低。“我们只能假设，”她说，“那个女死者的幽灵正在万分焦急地试图跟我们说点什么。也许是她死亡的时间？或者是在发出警告？还有一个血光之灾正在逼近？”

查理·弗罗斯特发现自己的呼吸变浅了。

“接下来发生了什么？”尼尔森悄声地说。

“我们决定在会客厅里等到凌晨一点过三分。”莉迪娅·韦尔斯说，“我们想，也许那个幽灵是在邀请我们等到那个时刻——到时候会有什么事情发生。我们一直等到时钟敲响一点钟。大家在沉默中等候着，一分钟——

两分钟——三——然后，不早不晚就在那一瞬间，响起了可怕的轰隆一声，一幅画从墙上的挂钩上落下来。我们全部转过身，看见画后面的墙壁上有一个洞。原来，那幅画一直挂在那里，就是为了掩饰那个洞。

“然后，组里的女人们都在大声尖叫，喧嚣四起，你们可以想象当时的骚动。有人找到一把小刀，剜出一块石膏墙壁——大家看吧，在那石膏里面，有一颗子弹头。”

弗罗斯特和尼尔森快速地交换了一个眼色。寡妇的故事使他们俩同时想起了在安娜·韦瑟雷尔的卧室，在烤架旅馆楼上的那个房间里，那颗消失的子弹。

“那个案子最终告破了吗？”有人说。

“哦，是的，”寡妇说，“我就不必说得太细了——内容太多——但你们如果好奇的话，可以在报纸上查看到一切。原来，那个女人根本不是被狗咬死的。她是被自己的丈夫谋杀的——然后那丈夫开枪打死了那条狗，亲自割烂妻子的喉咙，以掩盖真相。”

房间里响起了一片痛苦的呻吟。

“是的，”莉迪娅·韦尔斯说，“这整个故事是一场悲剧。那个女人的名字叫伊丽莎白什么的。我忘记了她的姓。嗯，好消息是这个案子被重新审理时，他们有了两条线索：其一，女人是被柯尔特陆军手枪发射的一颗子弹打死的……其二，她死亡的精确时间是一点过三分。”

寡妇沉默了片刻，然后大笑起来。“但是今晚你们在这里不是为了听我讲故事的！”她从椅子里站起来。参会男人中的几个出于礼貌，也作势要跟着站起来，但寡妇举起一只手，阻止他们起身。“我遗憾地说，这个世界上的怀疑论者很多，”她说，“因为，有一个好心人，就有十几个坏心人。你们中间可能会有人企图抵赖今晚将发生的事情，或企图抹黑我的信誉。现在，我邀请你们所有的人都四处查看一番，亲自核实这个房间里没有诡计，没有欺骗，没有任何类型的拙劣花招。我跟你一样明白在算命这门艺术中有许多冒牌货，但你们尽可放宽心，我不是他们中间的一个。”她张开双臂，说，“你们可以看见我身上没有隐藏任何东西。不要担心——可以随便看。”

听到这话，有人嘻嘻窃笑，男人们四处查看，发出一阵忙乱的脚步声，他们检查天花板、椅子、桌子上的煤油灯、蜡烛，以及地板中央的地毯。查理·弗罗斯特的眼睛一直盯着莉迪娅·韦尔斯。她没有显出紧张的样子。她左右旋转，表示没有在衣裙中隐藏任何东西，然后她十分轻松自然地坐下，对着整个房间里的人微笑。她掐断袖子上的一根松散线头，等待所有的人都安静下来。

“好极了，”当大家的注意力再次回到她身上时，她说，“现在，我们都满意了，都准备好了，我将把灯全灭掉，等候着安娜的到来。”

她倾身把煤油灯闷熄，所有的人都陷入幽暗的蜡烛光中。在几秒钟的寂静后，他们身后的会客厅门上响起了三记敲门声，莉迪娅·韦尔斯仍然在摆弄煤油灯，她大喊一声：“进来！”

门开了，七个男人转过身。弗罗斯特一时间忘记了普里查德的嘱咐，也回头看去。

安娜脸上带着幽灵般的空洞表情站在门口。她依然穿着奥贝尔·加斯科因送给她的哀悼礼服，这套衣服本来就不合身，现在更是不堪目睹。礼服挂在她的肩膀上，仿佛是挂在架子上。腰部分明被收紧过，但依然显得松松垮垮，梭织领遮蔽着她的整个几乎是凹陷着的胸脯。她脸色苍白，表情阴郁。她没有看着聚会人群的脸。她的眼睛固定在中间的某个地方，她走上前，缓缓地坐进面对莉迪娅·韦尔斯的一张空椅子里。

她坐下来的时候，弗罗斯特心想，唉，她真是挨饿了！他瞥了一眼尼尔森，本想捕捉对方的眼神，但是尼尔森正冲着安娜皱眉头，一副极度困惑的表情。弗罗斯特这才想起指派给他的任务，赶紧转身看着寡妇——而她，在每个男人都转头看向门口的那个时间里，肯定已经干了什么事情。是的，她已经干了什么事情，这是毫无疑问的，因为她带着几分矜持，以及某种满足，正在平整她的衣服，表情已经突然变得活灵活现。她干了什么呢？她改变了什么呢？在晦暗的烛光中，弗罗斯特无法辨认。弗罗斯特暗骂自己转移了视线，这正是普里查德预测的那种诡计。他发誓绝对不会再有一秒钟的视线偏移。

房间的各个角落现在已经隐入黑暗之中。唯一的光线来自人群中央的那些摇曳不定的蜡烛火苗，围绕着它的十一张脸，带着幽灵般灰暗的色调。弗罗斯特的眼睛紧紧地盯着寡妇，但他注意到摆放一圈的椅子实际上不是一个完美的圆圈，而几乎是椭圆形的，最长的轴线指向门口，莉迪娅就坐在最远的一端。将座位安排成这种形状，她便能确保当安娜出现时——每个人的头都转向门口——也就是偏离了她。嗯，弗罗斯特想，至少那两个中国人一定看见了当安娜出现在门口的瞬间寡妇变的那个戏法。他在心里记下了第二件要做的事：一旦通灵会结束，就向他们打听这件事情。

现在，在寡妇的指导下，参会者们全都牵起手来。然后在哆哆嗦嗦的烛光中，莉迪娅·韦尔斯深深地呼出一口气，微笑着，闭上了她的眼睛。

寡妇对幽灵的探视过了很长时间才开始实现。这组人在完全的沉默中坐了近二十分钟，每个人都一动不动地坐着，有节奏地呼吸着，等候着出现迹象。查理·弗罗斯特的眼睛一直盯着韦尔斯夫人。很久很久之后，她从喉咙的深处发出一阵嗡嗡的声音。这种嗡嗡声逐渐变得厚重，音量增高，很快就能听出一些字眼来，有的没头没脑，有的只能通过它们的长短、音节来识别。不一会儿，就演变成了句子，有恳求，有命令。终于，韦尔斯夫人向后拱起后背，向阴间发出要求：释放埃默里·斯坦斯的阴魂。

事后，弗罗斯特会用下面的话描述当时的情形，诸如“撒泼”“癫痫”，以及“持续的抽搐”等等字眼。他知道这些解释没有一个是恰如其分的，没有一个能够精确地表达莉迪娅·韦尔斯在表演中精心设计的舞台效果，也说不清弗罗斯特见证它们时感到的强烈的尴尬。韦尔斯夫人高呼斯坦斯的名字，一遍又一遍，以一个情人寻死觅活的深情吟诵着她的话——当没有回应时，她变得焦躁不安。她一阵阵发作。她重复着一些音节，像一个咿呀学语的孩子。她的头松弛地耷拉在胸前，向后仰起，再次耷拉在胸前。随后她的抽搐开始加剧，并接近高潮。她的呼吸越来越快——接着突然平息下来。她的眼睛猛地睁开。

查理·弗罗斯特感到一阵毛骨悚然的不安：莉迪娅·韦尔斯正直接盯着他看，脸上的表情是他从未在她脸上见过的那种：僵硬，毫无血色，凶悍。然而接着，随着蜡烛火苗的躲闪跳跃，他发现莉迪娅·韦尔斯不是看着他，而是穿过他，越过他的肩膀，看着以东方姿势打坐的阿苏的那个角落。弗罗斯特没有眨一下眼睛，也没有看向任何地方。这时，莉迪娅·韦尔斯发出一声奇怪的声音，两个眼白向上一翻，脖子上的肌肉开始跳动，嘴巴奇怪地嚅动着，仿佛她正在咀嚼空气。然后，她用一种不属于她的声音说道：

"你抹黑了我们家族的名声，损坏了我的声誉，我一定要找你算账。无论你在哪里，等我坐完牢出来，我一定会揾到你，我要揾你报仇[①]——"

她发出一阵强烈的战栗，身子一歪，倒在地板上。说时迟那时快，就在同一时刻（弗罗斯特会在未来几星期里不断地与尼尔森讨论这件事）桌上的煤油灯猛地趔趄到一旁，掉进摆放在旁边的蜡烛盘子里。这应该是一个很容易纠正的事故，因为煤油灯的玻璃罩子没有打破，里面的煤油也没有洒出来——但是火焰发出呼啦一声巨响，围坐成一圈的人们突然被照亮了：整个桌面都在燃烧。

在接下来的瞬间，每个人都立刻醒过神来。有人大喊闷灭火焰。一个淘金汉把寡妇拖到安全地带，另外两个人把沙发搬开。人们用披肩和毛毯把火闷灭，煤油灯被推到一边；每个人都同时开口说话。在突然降临的黑暗中，查理·弗罗斯特转过身，看见安娜·韦瑟雷尔一直没有动，脸上的表情也没有丝毫没变。突然爆发的火情似乎一点都没有引起她的警觉。

有人点燃了煤油灯。

① 原文为粤语。

“应该是这样的吗？本来就应该发生这种事吗？”

“她说的什么？”

“拜托，让点地方出来好吗？”

“天哪——看我们都被那样照亮！”

“某种原始的——”

“要确保她在呼吸。”

“不得不承认，我没有预料到——”

“你认为有什么意义？她说的那番话？或是——”

“那不是埃默里·斯坦斯，我太肯定了，就像——”

“另外一个幽灵？通过——”

“煤油灯那样自行运动！”

“我们应该问问那些约翰尼。你好！那是中国话吗？”

“他明白吗？”

“那是中国话吗，她刚才说的那番话？”

但是阿桂似乎听不懂这个问题。一个淘金汉倾身拍了拍他的肩膀。

“那到底是什么，呃？”他说，“她都说了些什么？她刚才说的那些是不是中国话？还是别的什么语言？”

阿桂茫然地对视着他的目光，没有开口说话。是阿苏回答了他。

“莉迪娅·韦尔斯说的是广东话。”他说。

“是吗？”尼尔森急切地说，快速转身凑了过来，“那她说的什么呢？”

阿苏打量着他。“‘总有一天我要回来，要杀你。你杀了人。他死了——你偿命。我回来，要杀你，总有一天。’”

尼尔森的眼睛瞪得老大，他的下一个问题在嘴边溜走了。他转身看着安娜——安娜正看着阿苏，她的表情稍微有点迷惑不解。查理·弗罗斯特皱着眉头。

“这里面哪有斯坦斯的事儿呢？”一位淘金汉质问。

阿苏摇了摇头。“不是斯坦斯。”他悄声地说。他突然从坐垫上站起身来，走向窗口，双臂交叉抱在胸前。

“不是斯坦斯？”那个淘金汉说，“那是谁？”

“弗朗西斯·卡弗。”阿苏说。

房间里响起一阵愤怒的吼声。

“弗朗西斯·卡弗？这怎么会是通灵会呢——他又不是死人？嗨——我完全可以亲自找他说话，只需要敲敲他的门就行了！”

“可他在宫殿，”另外一位说，“离我们这里有五十码远呢。”

“关键不是这个。”

“我的意思是你没法否认有些事情很奇怪——”

“我完全可以亲自找卡弗说话，”那个淘金汉固执己见，又说了一遍，“我不必为这个找通灵人。”

“可是，那盏煤油灯是怎么回事？你怎么解释那盏煤油灯呢？”

“它跳起来穿过房间！”

“它悬空飘了起来。”

阿苏的神情变得僵硬。“弗朗西斯·卡弗，”他说，对着哈拉尔德·尼尔森发问，“在宫殿旅馆？”

尼尔森皱起眉头——阿苏肯定已经知道这个了！“是的，卡弗一直住在宫殿，”他说，“在雷维尔街，那幢带蓝边的建筑，你知道的。隔壁是一家五金店。”

“有多久了？”阿苏说。

尼尔森看上去更糊涂了。“他在那里已经有三个星期了，”他说，把声音压低了，“自从那天夜里——我的意思是，自从‘一帆风顺号’沉船的那时候起。”

其他人仍然在争论。

“除非是与死人通话，否则就不能算是通灵会。”

“不——当你跟卡弗说话时，你就会是那个死掉的人啦！”

他们听了哄堂大笑，然后那个淘金汉的伙伴说：“真是怪事，你不觉得吗？难道是某种骗局？”

那个固执的淘金汉似乎表示同意，然后他朝莉迪娅·韦尔斯瞥了一眼。寡妇依然处于昏迷状态，脸色十分苍白。她的嘴巴半张着，露出一颗闪亮的臼齿和干燥的舌头，眼睛在眼皮下微弱地抖动着。淘金汉心想，如果她是假装的话，那么装得也太惟妙惟肖了。但是他出钱是为了会见埃默里·斯坦斯的幽灵，而不是出钱来听一串叽里咕噜的中国话，然后看一个女人摔倒后昏死过去。哼，那些话到底是不是中国话还难说呢！没准儿她只是胡言乱语呢！那个中国佬可能是同谋，她可能出钱雇了他，为这个骗局当托儿。

但是淘金汉性格懦弱，没有大声说出自己的观点。“不好说。”他终于开口，但看上去依然一脸阴森。

“嗯，当她苏醒过来时，我们得问一问她。”

“弗朗西斯·卡弗说中国话？”其中一个人说，一副难以置信的腔调。

“他往返于广州，不是吗？”

“出生于香港。”

“是的，但要说那种语言——说得跟他们一样？”

“让你觉得换了个人似的。”

这个时候，那个被派去厨房的淘金汉已经拿来一杯水，并把水泼在莉迪娅的脸上。她张开嘴大声喘气，苏醒了。男人们围拢过来，七嘴八舌，焦虑地问候她的健康与安全，因此好一阵子嘈杂之后，寡妇才有机会回答。莉迪娅·韦尔斯有些迷惘地逐一看着每个人的脸，片刻之后，她甚至勉强发出微弱的一声笑。但是她的笑声缺乏底气，当她接过身边那个男人递来的一杯安达卢西亚白兰地时，她的手明显地哆嗦着。

她喝完酒，在随后的时间里，各种各样的问题向她涌来——她看见了什么？她记得什么？她与谁通灵？她是否建立了与埃默里·斯坦斯的接触？

她的回答令人失望。自从进入精神恍惚的那一刻起，她就完全失去了记忆——这很不寻常，她说，通常她能够十分精确地回忆起她“幻视”的场景。人们给了她一些提示，但毫无效果，她根本回忆不起任何东西。当人们告诉她，她曾经用外语说话，并且非常流利地说了一大串时，她看上去真的是一脸迷惑。

“可我连一个中国字都不会说。”她说，“你肯定吗？约翰尼们确认了吗？是真正的中国话？你真的确定？”

这一点被确认了，伴随着困惑与兴奋。

“这乱七八糟的都是怎么回事？”她虚弱地指着烧焦的桌子和灰烬说。

“煤油灯刚才翻倒了，”一个淘金汉说，“它就那么倒了，是自己倒下的。”

“它不仅仅是倒下，它悬空飘了起来！”

莉迪娅朝着煤油灯看了一眼，然后似乎振作了起来。“嗨！”她将身体在沙发上撑得更高一点，“这么说我唤醒了一个中国佬的幽灵！”

“我们花钱过来不是为了看冲突的。”那位固执的淘金汉说。

“没错，”莉迪娅·韦尔斯说，带着抚慰的语气，“没错——当然不是。当然，我们必须给你们每个人全额退票……但是请告诉我，我究竟说了什么话？”

“与一个杀人犯有关，”弗罗斯特说，依然密切地注视着她，“与复仇有关。”

“真的！”韦尔斯夫人说。她似乎大为触动。

“阿苏说与弗朗西斯·卡弗有关。”弗罗斯特说。

韦尔斯夫人的脸色变得苍白，她吃惊地将身体前倾，“具体说的是什么——确切的字眼？”

淘金汉们四下张望，却只看见阿桂，他眼神冰冷地回视他们的目光，没有说话。

“他不会讲英语。”

“另外那个在哪里？”

“他去哪儿了？”

阿苏在几分钟前抽身离开了这群人，悄然从房间进入前厅，脚步如此之轻，没有任何人注意到他离开。阿苏发现弗朗西斯·卡弗已经回到霍基蒂卡——在过去三个星期一直在霍基蒂卡——这使阿苏内心最深处涌起一阵强烈的情感，突然间，他希望独自一人待着。

他靠着廊台的栏杆，向外看去，目光沿着雷维尔街的大道向下，望向码头。长长一排沿街悬挂的灯笼，形成了闪闪发亮的双行针脚图案，向南约两百码的大街，就被笼罩在这样黄澄澄的灯笼光辉中。光亮如此强烈，照在大街的凸起处，如同白天正午一般。相比之下，小巷里的阴影显得更加黑暗。两个醉汉踉跄着从他身旁路过，紧紧地抓住对方的腰。一个妓女从相反方向过来，裙子高高地提在手里，露出膝盖。她好奇地看着阿苏，阿苏在片刻的茫然后想起自己脸上依然涂着重重的油彩，眼角被阿拉伯眼墨拉长，脸颊被涂成白色的圆圈。妓女大声喊他，但阿苏摇了摇头，妓女便接着往前走。附近某处突然传出一阵哄堂大笑和掌声。

阿苏把嘴唇放在牙齿之间吸吮着。这么说弗朗西斯·卡弗已经再次回到了霍基蒂卡。他肯定没有想到他的老熟人就住在卡尼里的一间木棚里，离他不足五英里！卡弗不是一个容忍风险存在的人，一旦有机会就会完全铲除威胁他的危险。如果是这样的话，阿苏心想，也许他，阿苏，就占据了优势。他再次在牙齿之间吸吮嘴唇，然而，片刻后他摇了摇头：不对。莉迪娅·韦尔斯在这天上午已经把他认出来了。她肯定将这个消息立刻通知了卡弗。

在室内，谈话又回到了煤油灯这个主题——这个花招早被阿苏一眼识破。莉迪娅·韦尔斯只不过是在闷灭煤油灯的同时，把一根线套在煤油灯的旋钮上。那根线的颜色同她的衣服一样，线的另一头系在被袖口遮蔽的手腕上。她只要右手猛一抖动，煤油灯就会倒在蜡烛上。燃放蜡烛的小桌面上被事先抹上了石蜡，这种燃料的优点是无色无味，而且对于外人来说，桌子看上去只是干净明亮罢了。然而，一旦碰上明火，桌子表面一定会被点燃。这一切都是一个把戏，一种骗局。韦尔斯夫人根本没有与死者的时空境界建立任何交流，她说的话也不是出自死人之口。阿苏知道这一点，因为这些话都是他亲口说过的。

那个妓女在大街上徘徊，此刻正在招呼街对面廊台上的男人，一边将裙摆提得更高一些。男人们应声回答，其中一个滑稽地大声欢呼着。阿苏漠然地看着他们。他惊叹女性歇斯底里时的奇异力量——莉迪娅·韦尔斯在这么多年过去后，居然完全记得他说过的话，一字不差。而且她并不会讲粤语。然而，她是怎么把他的话，包括他的腔调，记得如此准确的呢？这真是不可思议，阿苏心想。在她刚才的那番“幽灵探视”中，他完全可以相信她是一个土生土长的广东人。

在大街上，男人们开始凑钱，街头妓女站在一旁看着。附近码头传来刺耳的警哨声，随后是值班警官大声的警告声，然后是奔跑的脚步声，越来越近。阿苏看着人们四处逃窜，他在心中打定了主意。

他要在当晚回到卡尼里，打理好棚屋里的一切财物，住进山里。他将在山里一心一意地翻地淘金。他要尽可能简单地生活，把自己能找到的每一粒金子都积攒下来，直到攒够五盎司。在手里握着五盎司金子之前，他一口鸦片也不吸，他要戒酒，戒赌，只吃最便宜、最简单的食物。一旦积攒够了，他就马上返回霍基蒂卡。他会到格雷与布勒银行把金子兑换成纸币。他会穿过大街走到泰格林五金杂货店。他会掏出纸币放在柜台上。他要买一颗子弹、一盒黑火药，还有一支枪。然后，他会走进宫殿旅馆，爬上楼梯，打开卡弗的门，结果他的性命。然后呢？阿苏呼出一口气。然后，一笔勾销。然后，他的生命将画成一个完整的圆，他便终于可以安息了。

第三章

自我毁灭宫

1866年3月20日

南纬42° 43'0"/东经170° 58'0"

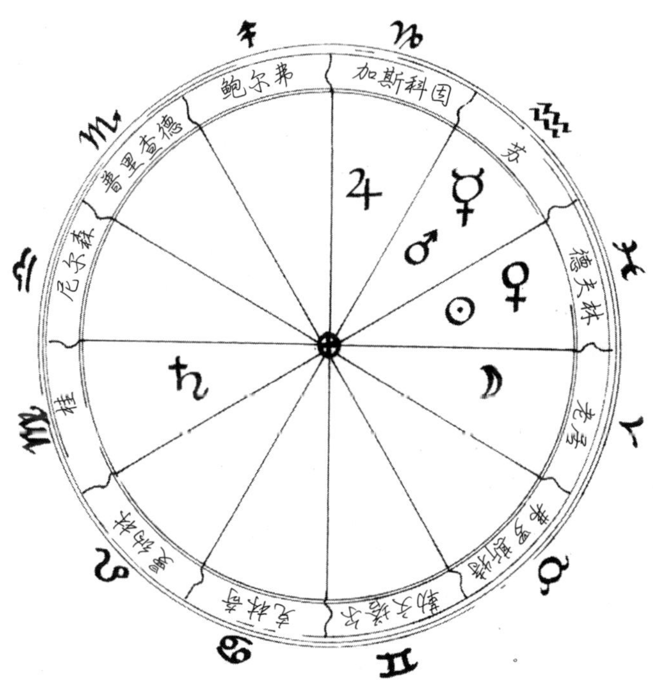

水星在水瓶座

穆迪传递一些重要信息，苏永盛呈献给他一份礼物。

三月二十日清晨，沃尔特·穆迪在黎明前起床，摇铃要来热水，站在窗前洗漱，越过屋顶眺望，看着黎明前海蓝色的天空褪成灰色，然后变成淡蓝色，再变成新鲜蛋黄一样灿烂的金辉——这时他已经穿好衣服，下了楼梯，吩咐给他的烤面包涂上黄油，把他的鸡蛋囫囵煮熟。去餐厅的途中，他在走廊里徘徊，贴在楼梯脚下一间锁着门的屋前倾听。听了一会儿之后，他辨别出一种粗犷而有节奏的声音，一直继续着，很显然里面的住客依然在呼呼大睡。

皇冠的餐厅空荡荡的，只有厨子偶尔出现，当他给穆迪端上一壶茶时，捂着嘴打了一个哈欠，送上《西海岸时报》早报版时，又打了一个哈欠，报纸由于夜间的寒冷而微微潮湿。穆迪一边吃早餐一边浏览着报纸。头版主要是一些重复性的通知。银行提供有竞争性的利息条款，每一家都承诺最诱人的黄金购价。旅馆老板们吹嘘自家各式各样的独特优势。杂货店店主和仓库老板刊登出所有产品的清单，航运新闻报告最近有哪些乘客离港，哪些乘客到港。报纸的第二版被一篇关于威尔士王子剧院最新剧目的评论占据，这篇文章冗长而尖酸刻薄（“质量之差令人瞠目结舌——甚至不配受到——批判”），这一版还有来自北方金矿投机者的几封嚼舌头的书信。穆迪快吃完第二个鸡蛋时，翻阅到社会公告部分，目光停留在他认出来的一对名字上面。一场低调的订婚仪式已经列入计划。但具体日期还没有确定。不度蜜月。贺卡和其他贺礼可以直接送往未来新郎的住所，他目前下榻于宫殿旅馆。

穆迪皱着眉头折叠好报纸，擦了擦嘴，从桌子旁站起来——他返回楼上取他的帽子和外套时，一直心事重重，但这既不是因为订婚，也不是因为订婚启事本身，而是因为那个转发地址。

因为穆迪十分清楚，弗朗西斯·卡弗并不住在宫殿旅馆。他在宫殿的房间一切如故，长礼服挂在衣柜里，木箱子放在床脚，床上用品堆得乱七八糟。他每天早晨依然在宫殿餐厅里吃早餐，每天晚上在宫殿会客厅里喝威士忌。他照常将每个星期的住宿费付给宫殿的老板——根据穆迪能够掌握的证据，宫殿的老板一直没有意识到，他的这个最臭名昭著的客人每星期支付两英镑养着一个空房间。卡弗狡兔三窟的事鲜为人知，如果不是他们之间的种种巧合，穆迪可能也不知道自从寡妇通灵会之夜起卡弗每晚都在皇冠过夜，那是厨房旁边的一间小客房，窗景是一览无余的车辙可辨的整条卡尼里路。

七点半时，穆迪已经沿着吉布森码头阔步向东疾行，头戴灰色的宽边软帽，身穿黄色的鼹鼠皮裤子，脚蹬齐膝的长皮靴，一件深色的羊毛外套罩在灰色哔叽衬衫外面。现在他每星期有六天都是这副装扮，令加斯科因感到好不有趣，不止一次地问过他为什么省略掉了海盗式的红色腰带，那可能会让这整套行头韵味十足。

穆迪认领的淘金地区距离霍基蒂卡很近，这样他便能继续住在皇冠旅馆。这种安排要花费他每星期的大部分收入，但他宁愿如此也不想睡在夜空下的帐篷里。他只尝试过一次野营，感觉非常不舒服。他从霍基蒂卡走到认领区要花一小时二十分钟的时间，就这样，每天早晨九点之前，他就会站在小溪边的摇臂洗砂床旁，吹着口哨，提着水桶打水，铲着砂土。

说句老实话，穆迪不是一个技艺高超的探矿人：他总是希望找到大

阿苏已经将帆布叠成四折，此刻暂停下来。

“斯坦斯先生回来了？”

“恐怕还没有，”穆迪说，“仍然无影无踪。”

“那弗朗西斯·卡弗呢？”

“卡弗还在霍基蒂卡。”

阿苏点了点头，“在宫殿旅馆。”

“嗯，其实不然，不对。”穆迪说，很高兴能有机会暗中促成对方，“他已经开始在皇冠旅馆过夜。秘密行动。没有人知道他住在那里。他依然假装住在宫殿，照旧给宫殿老板付房费——保留他的房间，一如既往。但他每夜都睡在皇冠。他在夜幕降临之后才到，一大早就离开。我之所以知道，是因为我租了上面那个房间。”

阿苏目光犀利地死盯着他，“哪一间？”

“卡弗的房间？还是我的？”

“卡弗。”

“他睡在厨房旁边的那个房间里，在一楼，”穆迪说，“朝东的房间。离吸烟室很近——你和我第一次相见的地方。”

“一个寒酸的房间。”阿苏说。

“十分寒酸。”穆迪赞同道，“但有利条件是能看清一整条卡尼里路。他一直在望风呢，你看。他在提防着你呢。”

沃尔特·穆迪实际上根本不清楚阿苏与卡弗之间的恩恩怨怨，因为阿苏在皇冠旅馆的那天，一直没有机会详细讲出自己的故事，除了一个月前他在游人好运楼露过一次面以外，穆迪就再没有见过他。穆迪非常希望知道详情，他尽了最大的努力去监视和调查——而且他擅长将随意的聊天谨慎地转化为抛砖引玉的话题——但他在这方面的了解，依然没有超越皇冠吸烟室会议上所知的那些内容，只知道那是一段关于鸦片、谋杀以及发誓复仇的历史。只有阿桂一个人听过阿苏的整个故事，真可惜，他没有足够的语言能力，没法把故事转述给任何讲英语的人。

“每夜，在皇冠旅馆？”阿苏说，“今晚？”

“是的，他今晚会在那里，”穆迪说，“但一直要等到天黑透了以后，就像我刚才告诉你的那样。”

“不是宫殿。”

“不，不是宫殿，”穆迪说，“他换旅馆了。”

“是的，”阿苏严肃地说，“我明白。”他解开拴在树杈上的拉绳的绳结。

“他是谁？”穆迪说，“那个被杀害的人。”

“我的父亲。”阿苏说。

“你的父亲。”穆迪说。他沉吟片刻后说：“他是怎样被杀害的？我的意思是——恕我冒昧——到底发生了什么事呢？”

“很久以前，”阿苏说，“战争之前。”

“鸦片战争。”穆迪说，鼓励他说下去。

“是的。”阿苏说，却没有继续说下去。他开始收拾拉绳，用他的前臂当卷轴。

“发生了什么事呢？”

“利益。”阿苏说，断然地给出他的解释。

“什么样的利益？”

显然，阿苏认为这是一个很愚蠢的问题。穆迪察觉到这一点后，赶紧改问另外一个问题，“我的意思是——你的父亲——他是不是跟你一样，做鸦片生意？”

阿苏什么都没有说。他把当卷轴绕拉绳的胳膊抽出来，把拉绳扭成8字形，固定在帆布背包上。收好拉绳之后，他蹲在地上，冷静地盯着穆迪看了一会儿，然后身体前倾，刻意地往地上啐了一口唾沫。

穆迪退缩一步。“请原谅，”他轻声地说，“我不该管闲事。”

沃尔特·穆迪没有告诉任何人克罗斯比·韦尔斯是政治家劳德柏科的同父异母兄弟。发现这个秘密之后，他决定不与任何人分享这条信息。他能够深切地感觉到这种保密背后的原因，却无法言之凿凿地表达出来。

不应该逼迫别人回答关于他家庭的问题。不事先征得某人的同意就披露他的私人信件是不对的。穆迪不想亲自揭露这样的事情。但是这些原因，即便是全部考虑在内，也没有涵盖所有的真相。在过去一个月里，穆迪多次将自己与那两个人进行比较，感觉与两人都有深厚的亲缘关系，只不过是截然不同的方式：与私生子，彼此有相同的绝望；与政治家，彼此有相同的骄傲。当他站在寒冷的溪水中，土和金属混合的土块从他的指缝间滑过时，这种双重对比成了他每天习惯性的冥想。

阿苏将最后一样东西塞进帆布背包里，然后坐下来系靴带。

穆迪无法再忍受下去。他脱口而出，“你知道你会被处绞刑。如果你取了卡弗的命,你会被绞死的。他们会要你的命,苏先生,不管起因是什么，杀人是要偿命的。”

“是的，”阿苏说，“我明白。”

“不会有公平审讯——对你不会公平。”

“是的。”阿苏赞同。这种前景似乎并未让他感到烦恼。他跪在篝火坑旁，捡起一根树枝，摆弄着昨夜他压在余烬上的湿土。湿土下面的煤炭依然温暖，黑乎乎的像是凝固的血。

“你打算怎么办？”穆迪说，看着他，“开枪打死他吗？”

“是的。”阿苏说。

“什么时候？”穆迪说。

“今晚，”阿苏说，“在皇冠旅馆。”他显然是在挖掘煤炭下面埋的什么东西。随后树枝碰到一个硬东西。他用树枝的一端做撬杆，把一个东西挑到了草地上：一只装茶叶的小锡盒，被煤灰染黑。盒子显然还是热的，阿苏用衣袖裹着手，把盒子拿了出来。

“让咱们看看你的武器。”穆迪说。

阿苏抬起头来。

“来吧，让咱们看看你的武器。”穆迪说，突然满脸通红，“有手枪，要有手枪，苏先生。正如我父亲常说的，你必须熟悉你的火药。”

穆迪极少对别人引用他父亲的话，一般来说，阿德里安·穆迪的习惯用语不宜用在文明谈话中，而沃尔特·穆迪一如既往地不愿意提到他。

“我买手枪。”阿苏说。

“好，”穆迪说，“枪在哪里？”

“还没买。”阿苏说。

“你还没有买吗？”

“今天。”阿苏说。他打开茶叶盒，将一把金粒子倒入手掌。穆迪意识到他肯定是将盒子埋在篝火下的泥土里，以防夜里遭人打劫。

“你要买什么样的手枪？”

“到泰格林买。”阿苏用另一只手拿起他的钱包。

“我的意思是，哪家制造商？什么种类？”

“泰格林的。”阿苏又说了一遍。他用一只手打开钱包的口，把金子装入钱包。

“那是商店的名字。”穆迪说，“你想买什么种类的手枪？你在武器方面懂行吗？”

“打弗朗西斯·卡弗。”阿苏说。

“泰格林的对你没用。”穆迪说，摇了摇头，“你去那种地方只能买到鸟枪……或某种长枪……他们不会给你一把手枪。军用武器才是你需要的。不是每一种子弹都能打死人，你看，你最不愿意看见的结果就是功亏一篑。天哪，苏先生！手枪可不仅仅是一件五金器具——正如一匹马不仅仅是……一种形式的交通工具。”他说，十分牵强地做完这种比较。

阿苏没有回答。他选择泰格林五金杂货店有两个原因：首先，这家杂货店就在宫殿旅馆的隔壁；其次，这家店主同情中国人。当然，第一个原因已经无所谓了，但第二个原因依然很重要：阿苏计划让泰格林先生在店里帮他给手枪上好膛，以便他当天执行自己的使命。他从来没有开过枪。他知道手枪设计的基本原理，但他猜想这是一种不需要太多练习的技巧。

“去营盘街的户外用品店吧，”穆迪说，“就在德意志旅馆的隔壁。装饰性门脸后面露出尖房顶的那幢房子。招牌没有写好，但店主是布伦顿、所罗门和巴恩斯，门应该是开着的。你到了那里，点名要克尔专利。那是英国军用手枪，很完善，绝对管用，不要让他们兜售给你其他型号。克尔专利的价格是五英镑整。如果价钱高于五英镑，他们就是在打劫你。”

“五英镑？”阿苏低头看着钱包里的金子。没想到能用这么合理的价格买到一把手枪！他得到的报价至少是这个数字的两倍。“克尔专利，”他重复道，牢牢记在心里，“营盘街。谢谢您，穆迪先生。”

“你打算怎么办，”穆迪说，“在你的使命完成之后？在卡弗死了之后？你会去自首吗？你会试图逃跑吗？”突然间，他感到一种荒谬的兴奋。

阿苏只是摇了摇头。他收拢钱包的口，把钱包紧紧地裹在一块方布里面。最后，他站起来，把帆布背包甩到后背上，同时把刚裹好的东西小心翼翼地放进口袋。

“这个认领区，”他说，打着手势，“只能打平手。很小的金子。”

穆迪挥了挥手，“是的。我知道。”

“这里没有大财。”阿苏说。

“没有衣锦还乡的大财。”穆迪说，点了点头，“你不必多说了，苏先生，我知道这个真相。”

阿苏凝视着他。“去北方，”他说，“黑沙子。北方好运气。这里没有金块。靠镇子太近。”

“查尔斯顿，”穆迪说，“是的。到那里能够发大财，在查尔斯顿。”

阿苏点了点头，“黑沙子。”他向前走一步。穆迪看见他双手捧着沾满黑煤灰的茶叶盒。阿苏把盒子递过来。穆迪惊讶地伸出双手接住。阿苏没有立刻松手，捧着盒子深深地鞠了一躬。穆迪模仿他的做法，鞠躬还礼。

“祝你好运[①]。”阿苏说，但没有把这句话翻译成英语，穆迪也没有要求翻译。他挺直腰板，手里拿着锡盒，看着这位“单帽”转身离去。

---

① 原文为粤语。

太阳在双鱼座

安娜·韦瑟雷尔两次吃惊；考埃尔·德夫林愈加怀疑；馈赠契约获得新的意义。

在水瓶座被瞥见的——被设想、相信、预言、预测、怀疑的，以及被预先警告的——到了双鱼座，则原形毕露。这些孤立的幻象，在一个月前，只属于梦想家，眼下将在现实中获得形式与内容。我们造就了我们自己，也应承担最终后果。

而在双鱼座之后呢？是出自母腹的、血泊中的诞生。我们不跟随：不能从最后一个星座穿越到第一个。白羊座不会接受一个集体的观点，金牛座也不会放弃主观性。双子座的守则是独一无二的。巨蟹座寻根问源，狮子座胸怀目标，而处女座精心设计；但这些都是单独执行的计划。只有在黄道十二宫的第二幕，我们开始展现自己：在天秤座，作为一个概念；在天蝎座，作为一种气质；而在射手座，作为一种声音。在摩羯座，我们将获得记忆；而在水瓶座，则是视力；只有在双鱼座，这个黄道十二宫中最后并且最古老的一个星座，我们才获得了一种自我，得到某种意义上的健全。但双鱼座的双鱼，是反映自我和自我意识的镜像子宫，是心灵的衔尾蛇——既是宿命的意志，又是意志的归宿——自我毁灭宫是一座由囚犯建造的监狱，密不透风，没有门窗，从内部封了泥浆。

这些变更不可撤销地临到我们头上，如同钟表的指针指向钟点。

Φ

莉迪娅·韦尔斯一直没有举办第二次通灵会。她熟知江湖骗子的座右铭，永远不要在同一群人面前重复同样的伎俩——恰恰因为如此，当她被指责是一个骗子时，她只是一笑了之。她在给《西海岸时报》的一封公开信中坦承，她试图与斯坦斯先生的阴魂交流的做法没有获得成功。她汇报说，这样的失败在她的整个职业生涯中是史无前例的，这种异常向她揭示，阴间不是不愿意交出斯坦斯先生的灵魂，而是无法照办。因此，她写道，唯一的结论就是斯坦斯先生其实没有死，在这封信的最后，她自信地表达了对那个年轻人最终即将返回的期待。

这项声明令皇冠会议的男人们百思不解。然而，其效果（如同寡妇所有的策略一样）是大大地提高了韦尔斯夫人的商业价值。这封信发表后，游人好运楼的生意变得非常兴隆。每晚七点到十点之间都开张，提供打折售卖的白兰地，以及与预测有关的社交活动。下午专供个人预约的算命。而且延续以前的政策，安娜·韦瑟雷尔从不露面见人。

安娜只有在进行每天的锻炼时，才离开游人好运楼，而且身旁总是陪伴着韦尔斯夫人。韦尔斯夫人非常明白每天散步的诸多好处，经常说她对散步的喜好胜于其他任何运动。每天早上，这两个女人手挽手，沿着雷维尔街走一个完整的来回，出门向北走到头，然后折返朝南。她们仔细查看路过的每一个橱窗摆设，当牛奶与糖有现货可卖时，就买一些，可她们跟霍基蒂卡的常客们打招呼时非常冷淡，简直是面无表情。

这天早上，她们的散步要比平常早一些，因为莉迪娅·韦尔斯九点钟在霍基蒂卡法院有一个预约。她被传唤与裁判官见面，为了亡夫克罗斯比·韦尔斯的遗产的法律问题。传票的口气暗示这很可能是个好消息。差十分九点时，游人好运楼的前门打开了，莉迪娅·韦尔斯步入阳光中，她的红铜色头发在午夜蓝衣裙的衬托下闪亮生辉。

考埃尔·德夫林看着韦尔斯夫人离开旅馆，走下台阶，上了大街，她用披肩裹紧双肩，朝那些放下手头活计盯着她看的男人们微笑。德夫林等候着，直到韦尔斯夫人消失在熙熙攘攘的人群中，为了保险起见，他又等了五分钟。然后，他穿过大街走向游人好运楼，踏上廊台前的台阶，回头朝没有修饰门面的法院瞥了一眼，才抬手敲门。他把破旧的《圣经》抱在胸前。

门几乎立刻被打开了。

“韦瑟雷尔小姐，”德夫林说，用另一只手摘掉帽子，“请允许我介绍自己。我名叫考埃尔·德夫林，是霍基蒂卡监狱的常驻牧师。这里有一份文件，我相信你会非常感兴趣。我希望能有机会跟你单独说话，谈谈这件事。”

“我记得你，”安娜说，“我在监狱里从昏迷中醒过来时，你也在场。”

“是的。”德夫林说。

“你为我祈祷过。”

“从那时起，我已经为你祈祷过多次。”

安娜惊讶地看着他，“是吗？”

“热切地祈祷。”牧师回答。

“你刚才说你要干什么来着？”

德夫林重复了他的意图。

“你是什么意思，一份文件？”

“我不想在这里拿出来。我能进屋吗？”

安娜犹豫了，“韦尔斯夫人出门去了。”

“是的，我知道。”德夫林说，“事实上，我刚才看见她进了法院，便赶紧来到这里，希望可以单独与你谈话。不瞒你说，这段时间我一直在等候这样一个机会。我能进屋吗？”

“她不在时，我不应该接待任何客人。”

“我只是想跟你谈一件事情。”德夫林平静地说，“我是一名神职人员，现在是光天化日之下。你的女主人会剥夺你这样微薄的权利吗？”

安娜的女主人肯定会剥夺她这样微薄的权利，以及许许多多的其他权利——寡妇可以随意发布规定，她的原则是任何时候都不许例外。但是刹那间，安娜决定将一切置之脑后。

“进屋到厨房来吧，”她说，“我给咱们沏一壶茶。”

“你真是太周到了。”

德夫林跟着安娜穿过走廊，来到位于房子后面的厨房，他一直站在那里，等着安娜给水壶灌上水，放在炉火上。安娜无疑已经变得非常消瘦。她脸颊塌陷，皮肤泛着蜡一般的光泽，枯萎的身材充分说明营养不良，当她移动时，身体带着一种颤抖的疲惫，仿佛她在几个星期内都没有吃过一顿像样的饭。德夫林快速地扫视厨房。洗好的早餐餐具摞在搓衣板上晾着，他数了数，每样都是两套，包括两只陶瓷蛋杯，上面印有凸起的黑莓图案。除非莉迪娅·韦尔斯今天早上是与一位客人一同用餐——这值得怀疑——可以肯定安娜至少是吃过早餐的。面包板上还有半块面包，包在亚麻布里，黄油盘还没有收起来。

“您就着饼干喝茶吗？”

“你真是太周到了。”德夫林又说了一遍，然后，他为自己重复这些陈词滥调而感到不好意思，连忙找补道，“韦瑟雷尔小姐，我欣慰地得知，你已经克服了对那种中国药物的依赖。”

“韦尔斯夫人不允许在这座房子里用它。”安娜说，将面前的一缕头发拨开。她从食品储藏柜的架子上取出饼干罐。

“她的严格是对的，”德夫林说，“但值得祝贺的还是你本人。你一定表现出了强大的毅力，摒弃那种依赖。我见过太多无法完成这种壮举的大男人。”

德夫林每次感到紧张时，言语就变得非常正式和精确。

“我只是停掉罢了。”安娜说。

“对，”德夫林说，点了点头，“突然戒断是唯一的出路，这是不用说的。但是你一定经历了与每一种诱惑的浴血奋战，长达数天和数星期之久。”

“没有，”安娜说，“我只是不再需要了。”

“你太谦虚了。”

“我不是在装腔作势。”安娜说，“我接着吸了一阵子——直到用光了那一块烟土。我把它都吸掉了。可后来，我对它就没有任何感觉了。”

德夫林用审视的目光端详着安娜，“自从戒断以后，你感觉你的健康状况有所改善吗？”

“希望如此，”安娜说，将饼干呈扇形摆放在盘子里，“我的身体够好的。”

“我抱歉地反驳你一句，韦瑟雷尔小姐，你看上去可是非常不健康。”

“你是说我太瘦了。”

“你是十分消瘦，亲爱的。”

“我感到冷，”安娜说，“这些日子里我总是感觉很冷。”

“我估计那是因为你过于瘦弱。”

“是的，”她说，“我也认为是这样。”

“我注意到，”德夫林片刻后说，“士气低落的人——特别是那些曾经考虑过自杀的人——食欲不振是一种常见的症状。”

“我有食欲，”她说，“我吃得下。我似乎只是无法长肉。”

“你每天都吃饭吗？”

“一日三餐，”安娜说，“其中两顿是热餐。我负责为我们两个人做饭。”

“韦尔斯夫人一定非常感激。”德夫林说，但语气却十分明显地表明他不完全相信她的话。

“是的。”她说，意思含糊不清。她转身去拿放在搓衣板上方架子上的茶杯和茶碟。

“韦尔斯夫人结婚以后，你打算继续眼下这种生活安排吗？”德夫林询问。

“我期望如此。”

“我想象卡弗先生会搬到这里来住。”

“是的，我相信他这样打算。”

“他们订婚的消息已经在今天早晨的《西海岸时报》上宣布了。公告十分低调，甚至可以说是毫不起眼。但婚礼总是喜事。”

“我喜欢婚礼。”安娜说。

“是的，”德夫林说，“总归是喜事——不管在什么样的情形下。”

一个月前，在乔治·谢泼德写给《西海岸时报》编辑的信揭露出那个丑闻之后，紧接着便有人建议，只有再婚才能弥补寡妇声誉遭受的损失。韦尔斯夫人认领克罗斯比·韦尔斯遗产的申诉，也随着她在亡夫死前数年就曾出轨这个事实的披露，而处于极其不利的位置。阿利斯泰尔·劳德柏科已经做出十分坦诚的彻底交代，这使韦尔斯夫人的声誉遭到进一步的削弱。在答复乔治·谢泼德的公开信中，劳德柏科坦承他对公众选民隐瞒了这桩奸情，并向大家表达了真诚的歉意。他写道，他从未感到如此耻辱，并要为一切后果承担全部的责任，直到瞑目的那天，他都会为亲自前往韦尔斯小屋登门祈求原谅时晚到了半小时而抱憾终身。这个忏悔获得了理想的效果。是的，根据公众随即产生的恻隐之心和钦佩之情判断，有人甚至认为劳德柏科的声誉反而变得更好了。

安娜拿好茶具。“我们到客厅里去吧，”她说，“我能听得见水壶烧开时的声音。”

她留下托盘，脚步轻盈地走过走廊，进入会客厅，这里是寡妇下午接见预约访客的地方，两只最大的扶手椅靠得很近，窗帘紧闭。德夫林等到安娜坐下后，自己才入座，然后打开他的《圣经》，拿出夹在里面的那张烧焦的馈赠契约。他默默无言地将它递给安娜。

一八六五年十月十一日，现将一笔总额为两千英镑的款项赠予前新南威尔士人安娜·韦瑟雷尔小姐，捐赠人为前新南威尔士人埃默里·斯坦斯先生，见证人及主持人为克罗斯比·韦尔斯先生。

安娜带着十分淡漠茫然的神色接过契约。她实际上是个大文盲，不可能一眼就看出这些文字的意义。她认识字母表，如果在非常好的光线下，非常缓慢地读，勉强能够读出一行字的发音。但这是非常吃力的事情，而且她会出很多错。然而在接下来的一瞬间，她一把抓过纸条，发出一声惊叹，将它凑近眼前。

“我能读懂它。”她说，几乎是在说悄悄话。

德夫林不知道安娜从来没有学过识字，她的这个宣告对他来说并无特殊的意义。“在克罗斯比·韦尔斯死后的第二天，我在他的炉子下面发现了这个文件。”他说，“你也可以看见，这是一笔巨款——而且这笔款项的目的是馈赠——坦白地说，我不大明白该如何看待它。我必须开门见山地警告你，要论合法性，这份文件是无效的。斯坦斯先生没有签名，这也就使得韦尔斯的签名失去了它的有效性。见证人不能在委托人之前签名。”

安娜什么都没说。她依然在看那张纸条。

“你以前看见过这份文件吗？”

“没有。”安娜说。

“你以前知道它的存在吗？”

“不！”安娜几乎是在大声喊叫。

德夫林警觉起来，“怎么回事？”

“我只是——”安娜用手抚摸着脖子，“我可以问你点事情吗？”

“当然。”

“你曾经——我的意思是，在你的经历中——”安娜停顿下来，咬着嘴唇，然后再次开口，“你知道为什么我可以读懂它吗？”

他用打着问号的眼神看着安娜的眼睛，“恐怕我不理解你的意思。”

“我从来没有学习过识字，”安娜解释道，“没有好好儿地学过。我的意思是——我可以念出一行字母——能读标签和招牌，但那更多是记得而不是读懂，只因为是每天都能看见的事物。我从来不能读报纸。没有从头到尾地读过。那要花上我半天的工夫。可是这个——我能读懂。毫不费力，我的意思是。跟想的一样快。”

“请大声读一遍。”

她照办了，十分流利。

德夫林皱起眉头，“你能十分肯定从来没见过这份文件吗？”

“十分肯定。”安娜说。

“你是否已经知道斯坦斯先生有意赠送你两千英镑？”

“不知道。”她说。

“那么韦尔斯先生呢？你曾经跟韦尔斯先生谈起过这件事情吗？”

“没有，”她说，“我正想告诉你，我还是头次看见这个。”

“也许，”德夫林说，“也许过去有人告诉过你——但是后来你忘记了……”

“我不会忘记一大笔肮脏的横财。”安娜说。

德夫林停顿下来，看着她。然后他说：“人们听说过欧陆保姆照管的孩子的故事，某一天醒来，开口就是流利的荷兰语，或法语，或德语，或无论什么语言——”

“我从来没有过保姆。”

“——但我从来没听说过一个人可以突然获得阅读能力，”他把刚才那句话说完，“这真是最奇怪的事情。”

他的声音里含有一种怀疑的口气。

“我从来没有过保姆。”安娜又说了一遍。

德夫林将坐着的身体朝前挪动了一下。“韦瑟雷尔小姐，”他说，“你的名字与很多悬案联系在一起，包括可能的谋杀案，我相信没有必要告诉你最高法院审判的严重性。让我们坦白地把话说清楚——并且互相保密。”他指着安娜手里的契约，“这笔馈赠是在斯坦斯先生失踪的三个月前写的。它恰好是韦尔斯遗产的一半。而在韦尔斯先生死亡的同一天，斯坦斯先生消失了，我在韦尔斯先生死亡后的第二天早上在他的炉子里发现了这张纸。所有这些事件显然都是相关的，即使我没弄明白，律师也会搞清楚其中的来龙去脉。如果你处境困难，我也许能够帮助你。但是如果你不信任我，我便爱莫能助了。我请求你与我之间建立信任，告诉我你所知道的一切。”

安娜皱起眉头。“这张纸与韦尔斯的遗产无关，”她说，“这是埃默里的钱，不是克罗斯比的。”

“你说得没错。在韦尔斯先生小屋发现的金子是否曾属于韦尔斯先生，这的确值得怀疑。”德夫林说，“你看，金子被发现时不是原始的金矿，而是已经被金匠冶炼过，锻造成了金条。冶炼过的金条上面有印章，正是由于这种印章，银行得以追踪金子的来源，发现它们来自斯坦斯先生的一个金矿。极光金矿。”

“什么金矿？”安娜说。

“极光，”德夫林说，“这是那个金矿的名字。”

“哦。”她说。她显然被弄糊涂了。德夫林对她感到怜悯，把事情又解释了一遍，语速更加缓慢。这一次安娜明白了。“这么说，那笔财富是埃默里的，一直都是？”

“也许。”德夫林小心谨慎地说。

“而他打算将它的整整一半送给我！”

“从这份文件上看，斯坦斯先生肯定有意赠给你两千英镑——在十月十一日夜里，韦尔斯先生知道了这个意图，甚至可能赞同这种做法。但是正如我告诉你的，这份文件是无效的，因为斯坦斯先生一直没有签字。”

“如果他签字了呢？”

“除非找到斯坦斯先生，”德夫林说，“恐怕没有任何办法。”他看着安娜，片刻后又说，“我花了很长时间，才让这份文件得到你的关注，韦瑟雷尔小姐，对此我请求你的谅解。其原因很简单，我一直在等待与你单独谈话的机会，寻找这样的机会真是十分艰难。”

“还有谁知道这个？”安娜突然说，“除了你和我以外。”

德夫林犹豫了。“谢泼德监狱长。”他说，决定说出真相，但不是全部的真相，“也许是在一个月之前，我跟他说过这件事情。”

“他怎么说？”

“他认为这一定是某种恶作剧。”

“恶作剧？”她显得垂头丧气，“什么样的恶作剧？”

德夫林身体前倾，握住安娜的手，同情地微微捏着她的手指。“不要失望，亲爱的。因为虚心的人受到祝福，我们每个人都等待着天赐更丰厚的财富，胜过黄金所能赋予的。”

厨房里传来开水壶刺耳的叫声，还有开水溅到铸铁平板上的嘶嘶声。

“那是我们的水壶。”德夫林说，朝安娜露出微笑。

“尊敬的牧师，”安娜说，从他手里撤出自己的手，“如果我请求您倒茶，您不会介意吧？我感觉有点别扭，想自己待一会儿。”

“没问题。”考埃尔·德夫林礼貌地说，然后离开了房间。

他刚离开，安娜便立刻站起来，三步并作两步地穿过会客厅，手里依然攥着那张烧焦的馈赠契约。她的心怦怦地剧烈跳动着。她一动不动地站了一会儿，聚集起信心，然后，以一气呵成的流畅动作，走到寡妇的写字台前，将馈赠契约平放在桌面上，扭开墨水瓶盖子，拿起韦尔斯夫人的笔，将笔尖蘸上墨水，俯身向前，写道：

埃默里·斯坦斯

安娜从来没有见过埃默里·斯坦斯的签字，但她丝毫不怀疑，自己已精确地复制了斯坦斯的亲笔签名。斯坦斯姓氏中的字母随意地依次缩小，而他名字中的字母都写得龙飞凤舞，难以辨认，整个签名显得理直气壮、大大咧咧，在签名下面还有一条兴冲冲地随意勾画的横线，仿佛是说它的形状已经完成过无数次，任何轻微的变化都不足以证明它是伪造的。在字母E之前有一对花饰——极具个性化色彩——字母S略带扁平的特点。

“你搞了什么名堂？”

德夫林手里端着茶具托盘，站在门口，满脸是令人生畏的谴责表情。他将托盘咣当一声放在餐具柜上，伸着他的手，朝安娜逼近。安娜默默无言地把文件递给他，他一把抓了过去。一时间，他愤怒得说不出话来。然后，他克制住自己，非常平静地开口说话。

“这是欺诈行为。”

“也许。”安娜说。

“什么？”德夫林大喊，勃然大怒地训斥她，“你刚才说的什么？”

他以为她会畏缩，但是她没有。“这是他的签字，”她说，“契约是有效的。”

“这不是他的签字。”德夫林说。

“这是。”安娜说。

“这是伪造，”德夫林断然地说，“你刚刚犯下了伪造罪。”

“也许我不知道你说的是什么。”安娜说。

“这份傲慢跟你不相配。”德夫林说，“你要在诈骗罪上再添加一项做伪证罪吗？”

“也许我根本不知道什么诈骗。”

“真相自然会水落石出，”德夫林说，“还有分析师，韦瑟雷尔小姐，他们可以凭视力辨别真伪。”

“这可不是伪造。”安娜说。

“不要自欺欺人，”德夫林说，“恬不知耻。”

然而安娜觉得这绝不是自欺欺人，而且她没有一点羞耻的感觉，事实上，这几个月来她的感觉从没有如此敏锐过。现在埃默里·斯坦斯的签名已经被写在馈赠契约上，契约不再是无效的了。根据这个文件的权威性，埃默里·斯坦斯先生必须交出两千英镑，作为给安娜·韦瑟雷尔小姐的馈赠。这份契约有签名，有见证人，捐赠者的签名是有效的。两个签名者，一个消失，一个已死，还有谁能挑剔她的话？

“我能再看一眼吗？”安娜说，德夫林气得满脸通红，将契约交还给她。契约一拿到手，安娜猛然跑开，松开阿加特·加斯科因那套衣服的紧身胸衣，把那张纸从纽扣中间塞进怀里，贴着胸口的皮肤。她用手捂住紧身胸衣，站定片刻，大声喘气，用眼睛搜寻着德夫林的目光——他纹丝不动。他们两人之间约有十步之遥。

“耻辱啊，”德夫林平静地说，“请解释你的行为。”

“我想征求别人的意见，仅此而已。”

“你刚刚伪造了那份契约，韦瑟雷尔小姐。”

“这无法证明。”

“凭我的誓言就可以证明。”

“有什么能够阻止我发誓反驳你呢？”

“那是谎言。”德夫林说，“如果你在法庭上宣誓，这会是十分严重的做伪证，你肯定会被要求在法庭上宣誓的。别犯糊涂。”

“我要征求别人的意见，”她再次说道，“我要到法院去咨询一下。”

“韦瑟雷尔小姐，”德夫林说，“让自己镇定下来，思考一下。要知道一边是牧师在说话，一边是妓女在说话。”

“我不再是妓女。”

“曾经的妓女，”德夫林说，“请原谅。”

他朝安娜迈了一步，安娜后退一步。她的手依然稳稳地压在胸脯上。

“你要是再靠近一步，”她说，“我就尖叫，我就撕开我的胸衣，说是你干的。人们在大街上可以听见我的声音。他们会冲进来。”

德夫林从来没有被人以这种方式威胁过。“我不会再靠近，”他带着尊严说道，“事实上我会后退，立刻后退。”他回到刚才坐的那张椅子上，坐下。“我不希望跟你争吵，”他说，语气已恢复了平静，“然而，我的确希望问你几个问题。”

“说吧，”安娜说，依然大声地喘着气，“快问。”

德夫林决定开门见山，“你是否知道，你去年冬天购买的打捞的裙子曾经属于莉迪娅·韦尔斯？”

安娜目瞪口呆地看着他。

“请回答这个问题，”德夫林说，“我指的是韦尔斯夫人在卡弗的帮助下，用来敲诈阿利斯泰尔·劳德柏科先生的那五套裙子。”

“什么？”安娜说。

“裙子，”德夫林继续说，“每套裙子里面都隐藏着一笔不小的纯金矿，在紧身胸衣内、裙摆内，缝进衣服接缝里。其中一套裙子是橙色丝绸面料，另外四套都是细布，颜色分别是奶油色、灰色、淡蓝色和粉红色条纹。这四套裙子目前存放在烤架旅馆楼梯下的一个盒子里，橙色那套在奥贝尔·加斯科因那里，藏在他的私人住宅里。”

他现在抓住了安娜的全部注意力。“你是怎么知道这些的？”她轻声地说。

“我已经把深入了解你当成了我刻不容缓的任务。”德夫林说，“现在，请回答问题。”

安娜脸色苍白。“只有橙色的裙子里有金子，”她说，“另外四套里面都是补重的东西——是铅块。”

“你是否知道它们曾经属于莉迪娅·韦尔斯呢？”

“不知道，”安娜说，“不敢肯定。”

“但是你怀疑过。”

“我——我听说过一些事情，”她说，“几个月前。”

“你第一次发现裙子里有东西是什么时候？”

“埃默里消失后的那天夜里。”

“当你因企图自杀被关进监狱之后。”

“是的。”

“加斯科因先生得到你的承诺后，为你支付了保释费，你们在雷维尔街他的小屋里，一同将橙色裙子拆开，然后，把金子连同残破的衣服都藏在他的床底下。”

“怎么——？”安娜悄声地说。她看上去非常害怕。

德夫林没有停顿，“假设，那天晚上你回到烤架之后，做的第一件事情就是检查衣柜中的另外四套裙子。”

“是的，”安娜说，“但是我没有把它们拆开。我只是沿着接缝摸索。我不知道摸到的都是铅块，还以为那些也是金子呢。”

“在那种情况下，”德夫林说，“你一定相信自己突然变得非常富有了。”

“是的。”

“但是你并没有拆开那些裙子的裙摆，用金子偿还你欠埃德加·克林奇的债务。”

“后来，我拆开了，”安娜说，“在第二个星期。就是那个时候我发现其实是铅块。”

“但即便是那时，”德夫林说，“你也没有把你的推测告诉加斯科因。相反，你假装无助与不知情，宣称没有钱，哀求他帮助你！”

“你是怎么知道这些的？”安娜说。

“我才是提问题的人，谢谢。”德夫林说，“你原本打算如何处置那些金子？”

“我本想留给自己，”安娜说，“作为救急的储蓄。我没有任何地方可以藏金子。本以为可以问一问埃默里该怎么办。我没有其他可以信任的人。可那时候，他已经走了。”

“那么莉迪娅·韦尔斯呢？”德夫林说，“莉迪娅·韦尔斯是否知情？她就在那天下午来到烤架——替你偿还了欠克林奇先生的债务——她从那时起就一直对你表示出善意的帮助。”

“不。”安娜的声音变得非常微弱。

“你从来没有告诉过她这些裙子的事情？”

“没有。”

“因为你怀疑它们曾经是属于她的。”

“我听说过一些事情，”安娜说，“我从来不知道——不能肯定——但我知道点儿什么——她希望把它们找回来。”

德夫林双臂交叉。安娜显然很害怕，不知道他对她的底细究竟知道多少，是如何知道的。这令德夫林感到痛苦，但是他想，根据目前的情形，最好是让她有所恐惧，这比她胆大冒险要好一些。不能让她到处显示那份伪造的签字。

“斯坦斯先生在哪里？”他接下来问。

“我不知道。”

“我认为你知道。”

“不知道。”她说。

“我要提醒你，你已经因伪造一个死人的签名而犯下了严重的欺诈罪。”

“他没有死。”

德夫林点了点头，他一直希望得到一个确切的答案。“你怎么知道这一点的？”

安娜没有回答，因此德夫林用更加尖锐的语气又问了一遍，“你是怎么知道这一点的，韦瑟雷尔小姐？”

“我一直能接收到信息。”安娜终于说。

“来自斯坦斯先生的？”

“是的。”

“什么样的信息？”

“是私人性的。”

“他是如何给你传递信息的呢？”

“不是用语言。”安娜说。

“那是如何呢？”

“我只是感觉到他。”

“你感觉到他？”

“在我的脑海里。”

德夫林呼出一口气。

“我想你现在要怀疑我的话了。”安娜说。

“我当然会怀疑，”德夫林说，“不用说，这恐怕跟你是个骗子是一码事。”

安娜用一只手拍了拍藏在胸前衣服里的文件，说：“你把这个攥在手里的时间可真够长的。”

德夫林瞪着她。他张开嘴想反驳，但是在找到要说的话之前，突然听见廊台上响起轻快的脚步声，接着是门把手的嘎嘎转动声，当前门被朝里推开时，随之涌进来的是街道上嘈杂的喧嚣声，有人走进屋来。安娜用恐惧的眼神看着德夫林。寡妇已经从法院回来了，她正在呼唤安娜的名字。

土星在处女座

乔治·谢泼德没有委任副手；桂龙被误认为是另一个人；迪克·曼纳林划清界限。

三月二十日，乔治·谢泼德整个上午都忙于监督把各种材料及硬件交付到海景的未来监狱建筑工地——经过两个月的施工建设，建筑本身每一天都变得更有气势。墙壁都竖立起来，烟囱也用砖块垒砌好，主要宿舍区的强化门均已各就各位地安装在钢架门框中。当然，仍有许多细节有待理顺——煤油灯还没有到货，监狱厨房还缺少炉子，狱守小屋的窗户还没有安装玻璃，绞刑架下面的坑还没有挖好——但总的来说，一切的进展都迅速而出色，多亏了哈拉尔德·尼尔森四百英镑的"捐赠"，额外资金也终于到位，拨款来自韦斯特兰公共工程委员会、霍基蒂卡议会，以及市政委员会。谢泼德预计，在四月底之前，罪犯们便可以从警察营地搬迁过来，有几个犯人已经开始在海景工地上过夜，由谢泼德看管着。如今监狱即将竣工，他宁愿也在这里睡觉，顿顿晚餐都吃冷饭。

当卫斯理教堂的钟敲响正午的钟点时，谢泼德正在为未来救济院的厕所挖备用粪坑。钟声从山下的镇子传过来，工头招呼罪犯们休息一会儿。谢泼德放下手里的铁锹，用衣袖擦了擦头上的汗，从坑洞里爬了上来——这时他看见一个红发的年轻小伙子正站在铁门最远的一端，透过栅栏往里窥视，显然是等候着被接见。

“艾胡拉先生。”谢泼德说，阔步走向前去。

“谢泼德监狱长。”

“今天上午是什么风把你吹到了海景来？我想，不单单是闲着好奇吧。”

“我希望得到您的接见，先生。”

“我希望你没有等太久。”

“完全没有。”

“你愿意进来吗？我可以叫人把门打开。”因为刚干了体力活，谢泼德依然满头大汗，他再次用衣袖擦了擦前额。

“没关系。”那个男人说，“我只是捎来一条消息。”

“说吧。”谢泼德说。他将双手叉在腰上。

“我是代表巴恩斯先生来的。他是布伦顿－所罗门－巴恩斯商店的。”

“这些人我都不认识。”

“他们是户外用品商。这是新开的一家店，”艾胡拉说，“在营盘街。只是招牌都还没有挂出来。先生——”他匆忙补充道。

“接着说。”谢泼德说，双手依然叉在腰上。

“几个月前您通知大家，如果将某个中国佬列入内部通告名单，您会非常感激。”

谢泼德的表情立刻变得犀利，“你记得真准。”

“我来这里向您汇报，今天上午一个中国佬购买了一支手枪。”年轻人说。

“我猜是从巴恩斯先生的店里吧。”

“是的，先生。”

“那个中国佬现在何处？”

“这个我不知道。”艾胡拉说，“我刚才见到巴恩斯，他说今天上午卖给中国佬一支克尔专利，我就直接来找您了。我不知道那个中国佬是不是您要找的人……但不管是不是，我认为最好还是通知您一下。”

谢泼德听了这番话，既没有道谢也没有祝贺。“这买卖是多久之前成交的？”

“至少是两个小时之前，也许更久。巴恩斯说，那家伙一定是得到了某人透露的内部消息：五英镑买一支克尔。他一点儿都不肯多掏。五英镑整，他一直说，好像有人教过他。他知道不能被宰了高价。”

“他是如何支付的？”

“用了一张纸币。”

“还有别的吗？”

“有，”艾胡拉说，“他在店里当场给枪上好了膛。”

“谁上的膛？”

“巴恩斯，替那个中国佬上的。”

谢泼德点了点头。“很好，”他说，“现在，仔细听着。你回霍基蒂卡去，艾胡拉先生，告诉你碰见的每一个人，说乔治·谢泼德正在找一个姓苏的中国佬。让众人知道，今天如果有人在镇子上看见约翰尼·苏，无论他在哪里，在干什么，一定要立刻来通知我。”

“您会悬赏捉拿这个人吗？”

“不要说任何关于奖赏的事，但如果有人问起，也不要否认。”

年轻人挺直了腰板，“我能当您的副手[①]吗？”

谢泼德没有立刻回答。“如果你碰上了约翰尼·苏，”他终于说，“而且能想办法不费吹灰之力就逮捕他，那么无论你可能采取什么手段，我都会睁一只眼闭一只眼。我只能说这些。”

“我明白您的意思，先生。”

“还有一件事情你可以帮我办。”谢泼德说，“你认得出一个叫卡弗的人吗？”

“那个脸上有伤疤的人。”

“对。”谢泼德说，“我要你帮我给他捎个口信。你会在宫殿旅馆找到他。”

---

① 这里是指决斗当中当事人所携带的副手。

“什么口信，先生？”

“把你刚才告诉我的话原封不动地告诉他，”谢泼德说，“然后叫他随身携带枪支。”

艾胡拉感到有点垂头丧气，“那么，他是您的副手喽？”

“我没有副手。”谢泼德说，“上路吧。我们以后再谈。”

“好吧。”

谢泼德抬起胳膊，将双手放在大门的铁栏杆上。他注视着年轻人走开的样子。然后，他大声喊道：“艾胡拉先生！”

年轻人停下来，转过身，“怎么，先生？”

“你想当一个执法者吗？”

年轻人脸上放出光彩，“我希望有这么一天，先生。”

“最好的执法者是无须徽章就能执法的人，”谢泼德说，透过铁栅栏冷冷地凝视着他，“牢记这个。”

Φ

至今，埃默里·斯坦斯已经人间蒸发八个多星期了，裁判官判定这么长的时间足以注销一切金矿土地的所有权。根据裁判官的该项裁决，斯坦斯拥有的所有矿区和认领区均被归还英帝国，这些财产充公在上个星期五便开始生效。很自然地，极光金矿也属于诸多弃权认领区之一，而作为这种弃权的结果是，桂龙终于得以解脱，无须在贫瘠的土地上继续从事毫无结果的劳作。星期一早晨，他做的第一件事情就是来到霍基蒂卡，询问接下来他将会被签到何处，为谁干活。

阿桂非常不喜欢到公司办公室，因为他在那里时从来没有得到过礼貌的待遇，那些人总是故意让他久等。然而，面对公务员们的嘲笑，他泰然处之，当初级文员朝他弹出吐了唾沫的小纸球，或当他们捏着鼻子经过他坐着的椅子时，他总是假装视而不见。等候了很久，他才被叫到前台，向官僚解释他来办事的目的。又耽搁了很长时间之后，对方根本没有向他做出任何解释，便把他分配到卡尼里的另一个认领区，给了他一张调动收据，就打发他上路了——这时，那个红头发的艾胡拉先生已经回到霍基蒂卡的镇上，四处传播乔治·谢泼德的口信。

阿桂手里紧紧攥着卖身契约，离开位于焊缝街的公司办公室时，突然听见有人大喊。他抬起头来，大感迷惑，惊慌地发现自己被左右夹击。他大喊一声，举起双手。还没有回过神来，他就已经倒在地上。

“手枪在哪里，约翰尼·苏？”

“手枪在哪里？”

“检查他的腰带。”

许多只手同时在他的身上拍打，捶击。有人瞄准他的肋骨猛踹一脚，他大声喘息。

“很可能藏起来了。”

“你拿的什么？苦力契约？”

他的卖身契被猛地从他手里抢走，被迅速瞄了一眼之后，抛弃一旁。

“现在该怎么办？”

“现在你还有什么要说的，约翰尼·苏？”

“阿桂。”阿桂说，终于勉强说出话来。

“嘴里长着舌头呢，是不是？”

“你要是张口，就得说英语。”

肋骨上又被踢了一脚。阿桂痛苦地呻吟了一声，蜷起腰来。

“他不是要抓的人。”其中一个袭击他的人说。

“有什么区别吗？”另一个回答，“他也是一个中国佬，照样臭气熏天。”

“他没有手枪。”第一个人指出。

“他会向我们交出苏。他们都是一丘之貉。”

阿桂又被踢了一脚，这一次踢在屁股上。那个男人的靴子头扎进他的尾骨，一阵剧痛从他的脊梁骨直窜到他的下巴颏儿。

“你认识约翰尼・苏吗？”

“你认识约翰尼・苏吗？”

“你看见他了吗？”

“我们要找约翰尼・苏说话。”

阿桂哼了一声。他试图用手支撑着起来，却瘫倒在地。

“他不会吐出来的。”第一个人说。

“瞧我的，闪开一点——”

第二个人以轻快的脚步跳到一旁，然后冲着阿桂跑去，好像是一个踢球人希望做一个传球。阿桂在最后一刹那感觉到他冲过来，便快速向他滚动，以缓冲他的冲击。他的肋骨疼痛难忍。他的肺只能做最浅显的呼吸。此刻，那两个人在大笑。他们的声音渐渐消退，化为一团混杂着抽痛的模糊噪音。

然后，街上响起一个雷鸣般的声音：

“你们搞错人了，我的朋友们。”

攻击者们转过身。焊缝街咖啡店敞着的门口站着一个人，他双臂交叉抱在胸前，原来是大亨迪克・曼纳林。他庞大的身躯几乎填满了整个门框：即便没有携带武器，他的形象依然咄咄逼人，两个男人看见他后，立刻从桂龙身旁退开了。

“我们接到命令，捉拿一个名叫约翰尼・苏的中国佬。”第一个男人说，双手伸进衣兜里，像是一个孩子。

“这个人名叫约翰尼・桂。”曼纳林说。

“我们刚才不知道这个，对不对？”第二个男人说，也把双手悄悄插进了衣兜里。

“是狱守发出的指令。”第一个男人说。

“那个名叫约翰尼・苏的窄眼佬在逃。”第二个男人说。

“他有枪。”

“携带武器并且非常危险。”

“哼，你们抓错了人。”曼纳林一边说，一边走下台阶，来到大街上，“你们要知道这点，因为我正在告诉你们，而且我好话不说两遍。这个人的名字叫约翰尼·桂。”

曼纳林正在逼近他们，这个架势似乎更有威慑力，随着他越走越近，那两个男人终于被吓倒了。

“没有惹麻烦的意思，”第一个男人咕哝道，“只是为了保险起见。”

“黄佬迷心窍。”另外一个人悄声抱怨，但声音很轻，曼纳林根本听不见。

曼纳林等到他们都离开了，才低头看着阿桂，阿桂已经侧过身去，检查肋骨的断裂情况，然后他吃力地一边爬起来，一边捡起他的契约证书，拂去上面的灰土。他的喉咙发紧。

“谢谢您。”终于可以呼吸时，他说道。

曼纳林听到对方表示感谢，似乎感到很恼火。他皱起眉头，上上下下地打量着阿桂，说：“约翰尼·苏和手枪是怎么回事？”

“不知道。”阿桂说。

“他在哪里？”

“不知道。”

“你见过他吗？哪儿都没有他的影踪吗？”

自从一个月前寡妇的通灵会之后，阿桂就一直没有见过阿苏。那天晚上，他从游人好运楼返回卡尼里时已经很晚了，他去找阿苏时，发现阿苏已经打点起他的几样东西，冷峻而迅速地消失在夜幕下的窸窣声中。“没有。”他说。

曼纳林叹了口气。“我猜想你被重新分配了，现在极光已经被银行收回。”片刻后他说，“那么，把你的证书给我看一看。让咱们瞧瞧他们把你放在哪儿了。拿过来。”

他伸出手来要证书。文件很简单，是未经与阿桂协商就写出来的。上面写着他的“表观年龄”，而不是实际年龄；写着他登陆时乘坐的船只的来龙去脉，而不是他在广东的实际出生地；还简要列出了他作为一名工人的工作能力。数字“五”非常醒目，表明契约的期限为五年，并已加盖公司公章。曼纳林的目光往文件的下面移动。在“目前受雇地点”一档中，极光的字样刚被划掉，取而代之的是英格兰之梦。

“你一点儿运气都碰不上，是不是？”曼纳林说，“这个认领区属于我！是我的认领区之一，是属于我的。”他拍了拍自己的胸脯，“你又为我干活了，约翰尼·桂。就像过去的好时光。又回到你胜我一筹的时候，用你那该死的坩埚跟我兜圈子，从安娜·玛格达莱纳的衣服里榨油放血。”

“你。”阿桂说，按摩着自己的肋骨。

“又搞到一起了，”曼纳林语气阴沉地说，“英格兰之梦，我的天哪。倒更像是英国噩梦。”

“坏运气。”阿桂说。

“你的坏运气还是我的坏运气？”

阿桂没有对此做出回答，因为他没有听懂这个问题，突然，曼纳林放声大笑，摇了摇头。“恐怕这就是卖身契的性质，你把你的运气都签掉了。每一次幸运的机会，都被你签掉了。这就是任何一份合同的性质。是合同就得执行，你瞧，这是报应，迟早会来。我总是说，一个幸运的人，是只撞过一次大运的人，打那以后，他学了一点投资的知识。幸运只会发生一次，幸运的来临总是机缘巧合。而合同却是接二连三。投资和责任，文件，业务。我还要告诉你我的另外一个忠告。一个人如果想以任何方式发大财，绝不能在任何一份不是本人起草的合同上签字。我就是一贯如此，约翰尼·桂。我从来没有在不是我本人起草的合同上签过我的名字。”

“很好。”阿桂说。

曼纳林瞪着他，“我想，你这次不会愚蠢到再想玩什么把戏来蒙骗我吧。你已经企图耍过我两次了：一次在极光，一次在安娜身上。我是一个会数数的人。”

“很好。”阿桂再次说。

曼纳林把契约证书还给阿桂，说："嗯，你离开极光会很高兴，对此我毫不怀疑——你不必担心英格兰之梦。它是一只能敲得响的鼓。"

"不是骗人货？"阿桂胆战心惊地说。

"这个不是，"曼纳林说，"我向你保证。你在英格兰之梦会干得不错。当然，它上面的大金块已经被梳理走了，但是废渣堆里还有很多金粒子。对于你这样的人来说算是很完美了。你是头上长着两只眼睛的人。你在那里发不了大财，约翰尼·桂，但是你们这样的人又有谁发过大财呢？"

阿桂点了点头。

"你赶紧回卡尼里吧。"曼纳林说完最后这一句，就返身走回屋里。

金星在双鱼座

牧师发脾气，寡妇败下阵来。

“可这位是谁呢？”莉迪娅·韦尔斯说，“一位神职人员？”

莉迪娅站在门口，似笑非笑，依次松动手套的每个手指尖，麻利地脱下手套。安娜和德夫林在沉默的恐惧中扭头看着她，仿佛正在淫乱时被抓了个正着——虽然安娜是站在窗口，手掌依然压在胸前，而德夫林坐在沙发上，此刻他从沙发上跳起来，脸红得可怕。

“我的天哪，”莉迪娅·韦尔斯说，一只奶白色的嫩手已经脱离了手套，她把那只手套掖在胳膊肘下，开始扯动另一只，“如此一对儿羔羊。”

“早上好，韦尔斯大人，”德夫林说，终于找到了自己的舌头，“我叫考埃尔·德夫林。是未来海景的霍基蒂卡监狱的牧师。”

“一个富有魅力的介绍。”莉迪娅·韦尔斯说，“你们在我的会客厅里干什么？”

“我们正在进行——一场神学讨论，”德夫林说，“一边喝着茶。”

“你们似乎忘记了茶。”

“还在沏着呢。”安娜说。

“原来如此。”莉迪娅·韦尔斯说，并没有看一眼托盘，“哦，这么说，来得早不如来得巧！安娜，快去，再拿一只茶杯来。我跟你们一起喝。

我对神学辩论极感兴趣。”

安娜绝望地瞥了一眼德夫林，点了点头，随即垂着脑袋，悄然离开了房间。

“韦尔斯夫人，”安娜的脚步声在走廊里消失后，德夫林快速地悄声说，“趁我们俩单独待着的时候，我可以问你一个非常奇怪的问题吗？”

莉迪娅·韦尔斯笑微微地看着他。“我是靠回答奇怪的问题谋生的。”她说，“其实你最应该知道，我们谈不上是单独待着。”

“嗯，是的。”德夫林说，感觉很不舒服，“但问题是这样：韦瑟雷尔小姐是否有阅读能力？”

莉迪娅·韦尔斯挑起眉毛。“这的确是一个非常奇怪的问题，”她回答，“虽然奇怪的不是答案。我很好奇，你为什么提出了这个问题。”

安娜拿着一套茶杯与茶碟回来，把它们放在托盘中其他茶具的旁边。

“答案是什么？”德夫林轻声地说。

“你扮演一下母亲的角色吧，安娜。”莉迪娅·韦尔斯说，嗓音如铃铛一般清脆，“尊敬的牧师，请坐，请吧。这就好。有一位牧师一同品茶，多么美好啊！令人感觉非常文明。我来一块饼干，我想，还要糖。”

德夫林坐下了。

“这个答案，据我最大程度的了解，是否定的。”寡妇说着，自己也坐了下来。“现在，我也有一个奇怪的问题。当神职牧师撒谎的时候，会是一种不同类型的谎言吗？”

德夫林陷入犹豫，“我不明白你的问题有何针对性。”

“可是尊敬的牧师，你的这种玩法不公平。”寡妇说，“我没有索要任何理由，就回答了你的问题，难道你不能同样以礼相待吗？”

“他的问题是什么？”安娜说，环顾四周——但是没人理睬她。

“我问你，当撒谎人是一位神职牧师时，”寡妇继续说，“那是否属于另一种类型的谬误呢？”

德夫林叹了一口气，“只有当牧师恶意利用他的神职权威时，才会是一种不同类型的谎言。”他说，“只要谎言不涉及他的神职，就没有什么区别。在上帝眼里，我们都是平等的。”

“啊，”寡妇说，“谢谢你。好的。你刚才说你们正在谈论神学，尊敬的牧师。你不会介意我加入你们的辩论吧？”

德夫林脸红了。他张开嘴——却迟疑了：他的借口还没有准备好。

安娜过来解围。“当我在监狱里醒过来时，”她说，“尊敬的德夫林牧师也在场。他为我祈祷，从那时起他就一直在为我祈祷。”

“那么你们一直在谈论祈祷？”寡妇说，依然冲着德夫林说话。

牧师恢复了神态。“还有其他事情。”他说，“我们还讨论了伟大的天意行为，还有意想不到的馈赠。”

“引人入胜。”莉迪娅·韦尔斯说，“尊敬的牧师，趁年轻女人的监护人另有要事，在她们没有陪伴的情况下随意来访，只为讨论神学问题，这是你一向的习惯吗？”

德夫林被这个指责激怒了，“你根本算不上是韦瑟雷尔小姐的监护人。在你来到霍基蒂卡之前，她已经独自生活了好几个月。她凭什么突然需要一个监护人？”

“一个极棒的监护人，”莉迪娅·韦尔斯说，“我有理由这么判断，考虑到她在这个镇上历来遭受剥削的程度。”

“我对你的用词感到奇怪，韦尔斯夫人！你是说她现在已不再遭受剥削了吗？”

莉迪娅·韦尔斯似乎变得僵硬起来。“也许你不认为这是一件值得欢喜的事情，”她冷冷地说，“这个年轻女人不再夜夜出卖肉体，冒着各种暴力的危险，每天都用卑鄙的毒品来麻醉自己。也许你希望她退回到原来的生活方式中去。”

“不要跟我玩弄‘也许’，”德夫林说，他怒火中烧，“这是廉价的词语游戏。这分明是欺负人，我不会向一个蛮霸妥协，我不会。”

“我为你的指责感到震惊，”莉迪娅·韦尔斯说，“我从哪个方面讲是蛮霸？”

“看在上天的分上，这个女人没有自由！她是在违背自己意愿的情况下被带到这里来的，你待她如同动物一样，最大限度地控制着她！”

“安娜，”莉迪娅·韦尔斯说，依然冲着德夫林说话，“你来游人好运楼是违背自己的意愿吗？”

“不是的，夫人。”安娜说。

“你为什么要来并且住在这里？”

“因为你向我提出一个建议，我接受了。”

“我的提议是什么？”

“你提议先替我偿还欠克林奇先生的债务，你说我可以过来和你同住，作为你的陪伴，只需帮助你打点生意就行。”

“我是不是恪守了我的契约？”

“是的。”安娜可怜巴巴地说。

“谢谢。”寡妇说。她的目光一直没有离开德夫林的眼睛，也没有碰一下自己的茶杯。“至于这个女子的自由限度嘛，我觉得非常奇妙，你居然会诋毁美德和勤俭的生活，主张什么——你是怎么称呼那个来着——‘自由’？具体地讲，是干什么的自由？自由地与曾经玷污和虐待她的那些男人友好往来吗？自由地在中国佬的鸦片窟里抽大烟，直到昏迷不醒的地步吗？”

德夫林忍不住要反击对方，“但是你为什么会提出你的建议，韦尔斯夫人？你为什么要提出替韦瑟雷尔小姐偿还债务？”

“自然是出于对这位女子的关怀。”

“一派胡言。”德夫林说。

“请原谅，”莉迪娅·韦尔斯说，“我有足够的原因去关心安娜的利益。”

“看看她吧！这个可怜的女子跟一个月前比，瘦掉了一半，这点你是无法抵赖的。她在挨饿。你在让她挨饿。”

“安娜，”莉迪娅·韦尔斯说，吐出这个女人的名字，“我让你挨饿了吗？”

“没有。”安娜说。

“你，按你自己的观点说，是在挨饿吗？”

“没有。”安娜又说了一遍。

“这场哑剧可以给我省掉了。”德夫林说，他已经变得非常愤怒，“你根本不在乎这个女子。你对她根本谈不上什么特别的关心——从我听到的关于你的信息看，这种关心真是少得可怜。”

“另一项可怕的指控，”莉迪娅·韦尔斯说，“而且还是来自一位监狱牧师！我猜想我应该试图澄清我的名誉。安娜，告诉这位尊敬的好牧师，你在达尼丁的时候都干了些什么好事。”

一阵停顿。德夫林瞥了安娜一眼，他的自信开始动摇。

“告诉他你干了什么。”莉迪娅·韦尔斯再次说道。

“我在你家扮演了狐狸精的角色。”安娜说。

“具体地讲，是什么意思呢？具体地告诉他，你究竟干了什么。”

“我和你的丈夫睡觉。”

“是的，”莉迪娅·韦尔斯说，“你引诱了我的丈夫韦尔斯先生。现在告诉这位尊敬的好牧师。作为报复，我做了什么？”

“你把我送走了，”安娜说，“送到霍基蒂卡。”

“在什么状况下？”

“怀着孩子。”

“怀着谁的孩子，请讲？”

“怀着你丈夫的孩子，”安娜悄声细语地说，“克罗斯比的孩子。”

德夫林震惊了。

“所以我把你送走了，”寡妇说，一边点着头，“我依然坚称我当时的做法是正确的吗？”

“不，”安娜说，“你已经悔过了。你恳求我的原谅，不止一次。”

“你能十分肯定吗？”韦尔斯夫人假装震惊地说，“可是，据我们这里的这位尊敬的好牧师说，我根本不关心他人的利益，更别提关心在我的屋檐下扮演妖妇的人呢！你真的肯定我甚至还乞求了你的原谅吗？”

“够了。”德夫林说。他举起他的双手，“够了。”

“这是真的，”安娜说，“这是真的，她要我原谅她。”

“够了。”

“你已经以种种难以想象的方式侮辱了我的诚信，”寡妇说着，终于拿起了她的茶杯，“希望你能告诉我，这一次不能说谎，你究竟在我的会客厅里干什么？”

“我来给韦瑟雷尔小姐送一条私人信息，”德夫林说。

寡妇转身朝着安娜，“是什么呢？”

“如果你不愿意，就不必告诉她。”德夫林迅速地说，“一个字都不必对她说。”

“安娜，”莉迪娅·韦尔斯说，语气狠毒，“是什么样的信息？”

“尊敬的牧师给我看了一份文件，”安娜说，“根据它的授权，克罗斯比小屋里的财富有一半是属于我的。”

“是吗，”莉迪娅·韦尔斯说——虽然她说话的样子镇定自若，德夫林觉得他看见她的眼睛里闪过一丝惊慌，“另外一半属于谁呢？”

“埃默里·斯坦斯先生。”安娜说。

“这份文件在哪里？”

“我藏起来了。”安娜说。

“好，去给我取出来。”莉迪娅断然命令。

“别去。”德夫林迅速地说。

“我不会。”安娜说。她没有触摸自己的身体。

“你们至少可以行行好，对我说出全部真相，”莉迪娅说，“你们两个人。”

“恐怕我们不能这样做。”德夫林抢在安娜有机会开口之前说道，“你要知道，这条信息与一桩还没有完全侦破的罪案有关。它牵涉某个阿利斯泰尔·劳德柏科先生的敲诈案。”

“你再说一遍？”莉迪娅·韦尔斯说。

“什么？”安娜说。

“我恐怕不能再披露任何信息了。”德夫林说——他非常得意地注意到寡妇的脸色变得十分苍白，“安娜，如果你希望直接去法院，我会亲自护送你去。”

“你会吗？”安娜说，凝视着他。

“会的。”德夫林说。

“你以为你要到法院去干什么？”莉迪娅·韦尔斯说。

“寻求法律咨询，”安娜说，“因为这是我的公民权利。”

韦尔斯夫人用坚不可摧的目光死死盯着安娜。“我认为，这是以一种非常糟糕的方式来回报我的仁慈。”她终于开口，说话的声音非常细小。

安娜来到德夫林身旁，挽起他的胳膊。“韦尔斯夫人，”她说，“我打算回报的不是你的仁慈。”

木星在摩羯座

奥贝尔·加斯科因感到非常滑稽可笑；考埃尔·德夫林放弃责任；安娜·韦瑟雷尔犯了一个错误。

霍基蒂卡法院是一家英国驻外法院，虽然有着强大的派头，但更多的是近似仪式般的场景。法庭被绳子封锁起来，很像是剪羊毛的院子。地区官员们坐在一排办公桌后面，这排桌子保护性地将他们与川流不息的人群隔开；当法庭开庭时，这排桌子又形成庭内人员与庭外公众之间的一道护栏，庭外的人需要保持站立。裁判官的宝座，目前正空着，它只不过是一张船长用的椅子，摆放在凸起的台子上，但椅子上铺着羊皮，为的是增添更加尊严的气势。椅子旁边是一面超大的英国国旗，挂在一个与国旗相比过于矮小的支架上。多亏一个有创意的人在支架下面放了一只空葡萄酒桶，否则过长的国旗会堆落在灰尘满布的地板上——但这个细节没有加强反而削弱了国旗的效果。

小额法庭整个上午都很繁忙。韦尔斯夫人要求撤销出售克罗斯比·韦尔斯房地产的上诉终于被批准了，这意味着韦尔斯的财富，之前一直由储备银行托管，现在已归还到了裁判官的腰包里。哈拉尔德·尼尔森的四百英镑佣金却没有被相应撤销，其原因有二：首先，这是一笔支付已完成服务的合法费用；其次，这份佣金已经被全部捐献出来，帮助建设在海景的新监狱。裁判官宣布，撤销慈善捐赠是不可取的，尤其这份馈赠是如此丰厚而无私。他赞扬了此刻缺席的尼尔森的仁慈善举。

还有各式各样的其他法律费用有待逐项列出，其中大部分属于裁判法庭办公室寻找韦尔斯先生出生证明这个项目的花销。这些开支也将在韦尔斯夫人的遗产继承中刨除——减去了遗产税和相关费用，矫正了诸如此类的众多数据之后，目前的总额略多于三千五百英镑。一旦储备银行准备就绪，这笔款项就将以寡妇韦尔斯夫人希望的任何一种形式，全额支付给她。韦尔斯夫人想要对此发表任何意见吗？不，她不想——当她得胜还朝，离开法院时，给了奥贝尔·加斯科因一个灿烂的笑容，加斯科因看见她的眼睛闪闪发光。

“哎——加斯科因！”

加斯科因一直盯着一个不远不近的地方发呆。他眨了眨眼睛，“什么事？”

他的同事伯克站在门口，手里拿着一封厚厚的信，“吉米·肖告诉我，你对海洋保险独具天赋。”

“对啊。”加斯科因说。

“你不介意接手另一个项目吧？刚到了点儿东西。”

加斯科因冲着信封皱了皱眉头，“什么样的‘东西’？”

“一封来自约翰·辛切尔·加里蒂的信，”对方举着信封说，“关于一条浅滩沉船。那条船的名字是‘一帆风顺号’。”

加斯科因伸出一只手，“我研究一下。”

“好人。”

信已经开封了，上面的邮戳来自惠灵顿。加斯科因打开信封，抽出里面的内容。其中的第一份文件是一封短信，来自约翰·辛切尔·加里蒂，他是坎特伯雷的希思科特选区的国会议员。这位政治家授权霍基蒂卡法院的一个代表作为他的代理人，从新西兰银行的加里蒂社团的私人账户中支取资金。他相信所附文件可以充分解释此事，并且事先感谢该代理人所做的一切努力。加斯科因把这封信放在一旁，将注意力转向下一份文件。这也是一封信，由加里蒂转交过来的，是写给加里蒂社团的信。

先生们：

我遗憾地写信通知你们三桅帆船“一帆风顺号”的沉船事件，我是该船最近的执行船长，船毁于霍基蒂卡阴险的浅滩。船主克罗斯比·F. 韦尔斯先生已于不日前去世，我作为他的代理人负责处理有关事宜。据我所知，克罗斯比·F. 韦尔斯先生在购买“一帆风顺号”时，继承了前主人、加里蒂社团会员 A. 劳德柏科的所有现存保项，因此，“一帆风顺号”理应享有上述权威的保护与赔偿。我在此恳请动用由劳德柏科先生指定的一切资金用于沉船打捞。特此附上所有开销的全部记录、销售契约、收据、报价、库存清单，等等。

敬上，您的，

弗朗西斯·W.R. 卡弗

一八六六年二月二十五日

霍基蒂卡

加斯科因皱起眉头。卡弗这是什么意思呢？克罗斯比·韦尔斯肯定没有购买“一帆风顺号”，购买这条船的是卡弗本人，化名韦尔斯。加斯科因快速地翻阅剩余的卷宗，它们显然都是卡弗交给加里蒂先生的文件，作为索赔有效性的证据。卡弗递交了港长对沉船的评估、所有相关的资产债务表，以及各式各样的收据和证言。最后，加斯科因在卷宗的底部发现了一份副本——想必是卡弗的个人备份——“一帆风顺号”的销售票据。加斯科因拿起这最后一份文件，仔细查看签字。的确是弗朗西斯·韦尔斯的签名！卡弗到底在玩什么把戏呢？然而，盯着签名又看一会儿，加斯科因察觉 F 旁边的大圆圈很容易被看成 C……嘿，真是！那里甚至还有一个墨水点，巧妙地点在 C 和 F 之间。加斯科因盯着看了很久，觉得它引起歧义的形状越来越明显：卡弗签这个假名的时候，心里一定是考虑到将来这种用途的。加斯科因摇了摇头，又过了一会儿，放声大笑起来。

“是什么挠了你的痒痒？”伯克说着，抬起头来。

“哦，”加斯科因说，“什么都没有。”

“你刚才大笑来着。”伯克说，“是什么笑话？”

“没有笑话，”加斯科因说，“我只是在表达我的欣赏，仅此而已。”

“欣赏？欣赏什么？”

“一件干得漂亮的事情。”加斯科因说。他把所有的文件放回信封，站起身来，打算把约翰·辛切尔·加里蒂的授权信立刻送到银行去——但是，他刚要离开，门厅的大门被打开了，阿利斯泰尔·劳德柏科走了进来，像影子一般紧跟在他身后的是乔克和奥古斯都·史密斯。

“啊，”劳德柏科说，注意到加斯科因手里的信件，“这么说我来得正是时候。是的，今天早上我本人也收到了来自加里蒂的信息。有些事搞混了，我到这里来澄清事实。”

“恕我冒昧，您是劳德柏科先生吧？”加斯科因干巴巴地说。

“我要与裁判官单独面谈，”劳德柏科说，“十分紧急。”

“裁判官眼下正在用午餐。”

“他在哪里用餐？”

“我恐怕不知道。”加斯科因说，“下午开庭的时间是两点钟。欢迎你等到那个时间。请原谅，绅士们。”

“慢着，”劳德柏科说，这时加斯科因已经鞠了一躬，向门口退去，“你打算拿着那封信去哪里？”

“去银行。”加斯科因说——他无法忍受劳德柏科刚才表现出的那种惹是生非的粗鲁。“我已经受加里蒂先生委托，代他处理一项交易。我请求你原谅我就此离开。”

他再次试图离开。

“等一会儿，”劳德柏科说，“只等一会儿！我到这里来正是要谈与此有关的事情。你先别急着往银行跑，先听我陈述一下我的事务！”

加斯科因冷冷地瞪着他。劳德柏科似乎刚意识到他没有给人留下一个好的第一印象，他说：“听我说，好不好？你叫什么名字？”

“加斯科因。”

“加斯科因，是不是？是的，我想你是个法国人。”

劳德柏科把手伸出来，加斯科因与他握手。

“那么，我就跟你谈吧，”劳德柏科说，“如果找不到裁判官的话。”

“我相信你是宁愿私下交谈的。”加斯科因说，依然毫无热情。

“是的，很好。”劳德柏科转身对他的助手们说，“你们在这里等候，”他说，“我只需要十分钟。”

加斯科因带他走进裁判官的办公室，返身关上了门。他们在面对裁判官办公桌的温莎椅上落座。

“好吧，加斯科因先生，”劳德柏科身体前倾地坐着，立刻说道，“这个故事无论长说短说，都是地地道道的陷害。我从来没有将‘一帆风顺号’卖给一个叫克罗斯比·韦尔斯的男人。我卖给了一个对我自称名叫弗朗西斯·韦尔斯的人。但那个名字是化名。我当时不知道这一点。这个人！弗朗西斯·卡弗。就是他。他用了化名——弗朗西斯·韦尔斯——我把船卖给了冒名顶替的他。你看他保留了他的教名。只是把姓给改了。关键是这个：他用假名字在契约上签了字，这是违法的！”

“让我看看我是不是理解对了。”加斯科因说，假装很感兴趣，“弗朗西斯·卡弗声称自己是一个名叫克罗斯比·韦尔斯的人，购买了‘一帆风顺号’……而你声称这是一个谎言。”

“这就是谎言！”劳德柏科说，“是彻头彻尾的捏造！我的船卖给了一个名叫弗朗西斯·韦尔斯的人。”

“而这个人根本不存在。”

“这是一个化名，”劳德柏科说，“他的真名是卡弗。但他告诉我他的名字叫韦尔斯。”

“弗朗西斯·卡弗，”加斯科因指出，“而克罗斯比·韦尔斯的中间名是弗朗西斯，而且克罗斯比·韦尔斯确有其人——至少，他曾经存在过。所以，也许是你搞错了买船人的身份。我注意到，弗朗西斯·韦尔斯与C.弗朗西斯·韦尔斯之间的差别不是很大。”

“这个C是怎么回事？”劳德柏科说。

“我验证过递交过来的销售契约副本，”加斯科因说，“签名是C.弗朗西斯·韦尔斯。”

“肯定不是这样！”

“恐怕的确如此。”加斯科因说。

“那么一定是被篡改过了，”劳德柏科说，“被事后篡改过了。”

加斯科因打开手里的信封，抽出销售票据。“第一次检查，我还以为签名只是‘弗朗西斯·韦尔斯’。可是凑近了细看，我才发现了另一个字母，潦草地与F连在一起。”

劳德柏科仔细看着签名，皱起眉头，又仔细看了看——然后，他的脸颊和脖子都变成了紫红色。“不管潦草不潦草，”他说，“有C还是没C，这份销售契约都是流氓弗朗西斯·卡弗签下的。我用自己的两只眼睛看着他签的！”

“有没有第三者见证这笔交易？”

劳德柏科什么都没有说。

“如果交易没有经过见证，那么你们对簿公堂时，将只是各执一词，劳德柏科先生。”

“这将是真相对谎言！”

加斯科因拒绝就此做出回答。他把合同放回信封里，在膝盖上抚平。

“这是陷害，”劳德柏科说，“我要把他送上法庭。我要剥他的皮。”

“以什么罪名指控呢？”

“当然是假冒，”劳德柏科说，“冒充他人。诈骗。”

“恐怕这些证据会对你不利。”

“哦——你担心这个，是不是？”

“法律没有理由怀疑这个签名，”加斯科因说着，又抚了抚信封，“因为克罗斯比·韦尔斯没有留下其他官方或非官方的文件，没有什么可以作为他签名的比对证据。”

劳德柏科张开嘴，似乎要说什么，但后来还是闭上了，摇了摇头。“这是陷害，”他说，“从头到尾都是陷害！”

“你为什么认为卡弗先生有必要跟你用化名？”

政治家的回答令人震惊。“我对卡弗的背景做了一些调查，”他说，“他父亲曾是一家英国商贸公司邓特合作公司的知名人物。你可能听说过那个人。名叫威廉姆·罗奇福特·卡弗。没听说过？好吧，没关系。在五十年代初的某个时期，他给了他儿子一条飞剪式帆船——‘帕麦斯顿号’——这个儿子开始在邓特合作公司的大旗下面，往返于广州，做中国货物的交易。卡弗当时是个年轻人。一直养尊处优，没错，那么年轻就成为一船之主。嗯，这是我发现的故事。在一八五四年的春天，‘帕麦斯顿号’在离开悉尼港之前遭到搜查——只是例行检查——但卡弗的几项违法行为被发现了。逃避纳税、拒不申报，还有一堆其他的轻罪。每一桩罪过都微不足道，裁判官完全可以睁一只眼闭一只眼，但是所有的罪过叠加在一起，罪上加罪之后，法律就不能不执行到他的头上。他被判到鹦鹉岛服刑十年，那是十年的苦役，毫不留情。真正的耻辱。卡弗的父亲气疯了。撤销船舶，剥夺了儿子的继承权，并且使出撒手锏，在整个南太平洋地区的每一个码头和每一个船厂都放出诋毁卡弗的话。等到弗朗西斯·卡弗终于出狱时，他已经变成了与基德船长[①]一样臭名昭著的人物——至少在航海这个圈子里如此。没有一个船东愿意租船给他，

① 指威廉·基德（William Kidd，1645—1701），常被称为“基德船长”，因海盗罪在英国遭处决，但至死不认罪，后来成为传奇人物。

没有一组船员愿意让他加入。”

“所以他就用了化名。”

“正是如此。”劳德柏科说，身体向后靠在椅背上。

“我好奇的是，为什么他只跟你使用化名。”加斯科因语气随意地说，“除了购买这条船的时候，他似乎没有在其他场合用过韦尔斯这个名字。比如，他向我介绍他自己的时候，说的是弗朗西斯·卡弗先生。”

劳德柏科吹胡子瞪眼地看着他。“你去读报纸吧。”他说，“不要逼着我再给你说一遍。我已经在公开场合道歉，不会再说第二遍。”

加斯科因低下头。“哦，”他说，“卡弗采用弗朗西斯·韦尔斯这个化名，是为了从你与韦尔斯夫人之间曾经的纠葛中渔利。”

“正是如此，”劳德柏科说，“他说他是克罗斯比的兄弟。他告诉我，他是代表克罗斯比跟我算账——我让他的妻子做了坏女人。这是威胁手段，而且得逞了。”

“我明白了。”加斯科因说，心下暗想，为什么两个月前劳德柏科没有如此明智地向托马斯·鲍尔弗解释这一切呢？

“你瞧，”劳德柏科说，“我跟你直来直去，加斯科因先生，而且我告诉你，法律是站在我的一边的。卡弗与他父亲的决裂众所周知。他有成千上万个理由要采用化名。是啊，如果有必要的话，我可以调用他父亲的证词。卡弗会愿意这样？”

“可以想象，应该不会吧。”

“是的，”劳德柏科大声喊道，“绝对不会！”

加斯科因感到有些恼火。“嗯，祝你好运，劳德柏科先生，把卡弗绳之以法。”他说。

“别来这套，”劳德柏科断然地说，“有话直说。”

“好吧，”加斯科因说着，耸了耸肩，“其实不用我告诉你，你自己就知道，动机证明不是证据。一个人不能单单因为他有充分的理由犯下某项罪行而被定罪。”

劳德柏科勃然大怒，“你怀疑我的话吗？”

“真的没有。”加斯科因说。

“你只是认为我的案例没有说服力。你认为我站不住脚。”

“是的。我认为把这件事情闹上法庭是很不明智的，”加斯科因说，“我为自己的直言不讳表示歉意。当然，我对你的麻烦深感同情。”

实际上加斯科因对阿利斯泰尔·劳德柏科没有丝毫同情。他往往将这种情绪保留给比自己弱势的人，虽然他承认劳德柏科目前的情形令人感到可怜，但他认为这位政治家的财富与显赫的地位足以平抚他在短期内可能遭遇的任何麻烦。事实上，让劳德柏科尝一点冤屈的滋味可能对他有好处！加斯科因想，作为一个政治家，他可能会有所改善——加斯科因是某种类型的独裁者，至少在他私下做裁决的时候是这样。

“我要等候裁判官，”劳德柏科说，“他会看明白其中的道理。”

加斯科因将信封塞进自己的外套，紧靠着他揣香烟的地方。“我明白，卡弗现在企图从你的保护和赔偿中动用资金，帮助他支付处理沉船时所产生的债务。”

“确实如此。”

“而你希望不让他碰到这笔钱。”

“这也没错。”

“以何种理由呢？”

劳德柏科满脸涨得通红。“以何种理由？”他大喊道，“这个人欺骗了我，加斯科因先生！他从一开始就谋划了这一切！你要是以为我会坐以待毙，那你就是个傻瓜！这就是你要告诉我的吗？坐以待毙？”

“劳德柏科先生，”加斯科因说，“我相信我根本没有为你提供任何形式的建议。根据我的观察，似乎没有什么违法的地方。卡弗先生在给加里蒂先生的信中，陈述得十分清楚，他是代表韦尔斯斯先生操作——因为你知道，韦尔斯先生已经死亡。从所有的表面现象来看，卡弗只是在做一件慈善的事情，作为船东的代理人处理后事，因为船东本人不能亲自做这项工作。我不明白你有什么证据反驳这个。”

“但是这不是真相！”劳德柏科暴跳如雷，“克罗斯比·韦尔斯从来没有买过那条船！弗朗西斯·卡弗用另一个人的名字签了那张该死的合同！这是一起伪造案件，纯粹而简单！”

“恐怕这是很难证明的。”加斯科因说。

“为什么？”劳德柏科说。

“因为我已经告诉过你，缺少克罗斯比·韦尔斯真实签名的证据。”加斯科因说，“他的小屋里没有任何文件，哪里都找不到他的出生证明和他的矿采权。”

劳德柏科张开嘴要反驳，但似乎再次改变了主意。

“哦，”加斯科因突然说道，“我刚想起一件事情。”

“什么？”劳德柏科说。

“他的结婚证书，”加斯科因说，“那上面会有他的签名，是不是？”

“啊，”劳德柏科说，“是啊。”

“可是不行，”加斯科因说，改变了主意，“那还是不充分，要想证明伪造某个死人的笔迹，必须有不止一个签名才行。”

“需要几个？”劳德柏科说。

加斯科因耸了耸肩。“我不熟悉这条法律，”他说，“但是我相信必须有几个真实签名作为例证，才能证明假冒签名中的变化。”

“几个例证。”劳德柏科回声道。

“嗯，”加斯科因说着，站起身来，“我希望你为了自己的缘故，能够发现一些什么，劳德柏科先生。同时，我恐怕有法律的约束，要执行加里蒂先生的指令，把这些文件送到银行去。”

Φ

离开游人好运楼之后，牧师没有直接护送安娜·韦瑟雷尔去法院。

相反，他把她带到加里克之头旅馆，要了一份鱼肉馅饼——这里常年的午间特餐和一杯柠檬甜酒。他安排安娜坐下，把餐盘摆放在她面前，叫她吃，安娜顺从地吃了起来，沉默不语。盘子里的东西吃光后，牧师把含糖的饮料推到安娜面前，说：

“斯坦斯先生在哪里？”

安娜似乎对这个问题并不感到惊讶。她拿起杯子，啜饮一口，甜得皱了皱眉，然后又坐了一会儿，看着他。

“在内陆，”她终于说，“在内陆的某个地方。我不知道具体是哪里。”

“是这里的北面还是南面？”

“我不知道。”

“他是被关押着的吗？”

“我不知道。”

“你知道。”德夫林说。

“我不知道，”安娜说，“从一月份起，我就没有见过他，根本不知道他会就这样消失了。我只知道他还活着，他在内陆的某个地方。”

“因为你一直收到他的消息。在你的脑子里。”

“消息这个词儿不准确，”安娜说，“不恰当。更像是……一种感觉。就像当你试图回忆你做过的某个梦，只能记住一个大概，一种感觉，但没有具体细节，什么都不能肯定。你越是努力回忆，它越是变得更加模糊。”

德夫林皱起眉头来，“所以你有一种‘感觉’。”

“是的。”安娜说。

“你有一种感觉，斯坦斯先生在内陆的某个地方，并且还活着。”

“是的，”安娜说，“我无法告诉你任何细节。只知道那是一个非常泥泞的地方。有很多树叶。是某个靠近水的地方，但不是沙滩。水流湍急。石头上……你看，一旦我尝试着要把它描述出来，它就从我这里溜走了。”

“这一切听上去都太渺茫了，亲爱的。”

“并不渺茫，我敢肯定。”安娜说，“就像你确定自己真的做了个梦……

你知道自己做过梦……但是无法回忆起任何细节。”

“你有这些‘感觉’多长时间了？这些梦？”

“只是从我停止为娼时开始有的，”安娜说，“从我昏迷的那时候起。”

“换句话说，是从斯坦斯失踪以后。”

“一月十四日，”安娜说，“就是这个日子。”

“是不是总是一样——水，泥泞？同样的梦？”

“不是。”

安娜没有详细说明，德夫林为了提示她，说道：“嗯，还有什么？”

“哦，”她说，感到有些尴尬，“其实只是一些感觉。片段。印象。”

“什么印象？”

她避开他的目光。“关于我的印象。”她说。

“我恐怕不明白你的意思。”

她将手掌翻转过来，“他是如何看待我的。我指的是斯坦斯先生。当他想象到我的时候，他做梦的内容。”

“你看见你自己——但是通过他的眼睛。”

“是的，”安娜说，“正是这样。”

“我是否应该推断，斯坦斯先生对你的评价很高？”

“他爱我。”安娜说，又过了一会儿，她再次说道，“他爱我。”

德夫林审慎地端详着她。“我明白。”他说，“他有没有公开表白过他的爱？”

“没有，”安娜说，“他没必要那样。反正我知道。”

“这样的感觉频繁出现吗？”

“非常频繁，”她说，“他总是在想我。”

德夫林点了点头。对他来说，这个情形终于变得清晰起来，随着这种云开日出的明朗，他的心也在胸腔中变得沉重起来。“你爱上斯坦斯先生了吗，韦瑟雷尔小姐？”

“我们谈到了这个，”她说，“在他消失的那个夜晚。我们一直在胡言乱语，我说了一些关于单相思的蠢话，他变得很严肃，打住了我的话，说单相思是不可能的，那不是爱。他说爱一定是自由给予，并且自由接受，就像一对情人，完美结合，平等的两半构成一个整体。”

“充满激情的感悟。”德夫林说。

安娜听了这话似乎感到很高兴。“是的。”她说。

“可是在这一切之后，他并没有表白对你的爱。”

“他没有发誓什么的。我说过了。”

“而且你也没有。”

“我再也没有得到第二次机会，”她说，“他就在那一夜失踪了。”

考埃尔·德夫林叹了一口气。是的，他终于明白了安娜·韦瑟雷尔，但却不是一种令人愉快的理解。德夫林知道许多前景黯淡与生活拮据的女人，她们逃离悲惨不幸的生活牢笼的唯一办法，就是张开梦幻的翅膀。这一类的梦幻无疑都是神奇的魔术——得到天使般的惠顾，被邀请进入天堂——而安娜的故事，虽然感人，但呈现出同样异想天开的色彩。唉，明白了这一点，着实令人感到痛苦！安娜认识的人里面最王牌的单身汉，竟怀有如此深厚而纯洁的爱，以至于他们之间所有的差异都变得无关紧要了吗？他没有死——只是失踪了吗？他在给她发送证明他深挚爱情的“消息”——而这些消息只有她能够听得见吗？这分明是幻想，德夫林认为。这是一个姑娘自己设计的幻想。那个小伙子只能是已经死了。

“你希望斯坦斯先生非常爱你，是不是，韦瑟雷尔小姐？”

安娜似乎被这句话里的暗示惹恼了，“他真的爱我。”

“这不是我要问的问题。”

她眯着眼睛看着他，“每个人都想被人爱。”

“这话一点不错，”德夫林语气悲哀地说，“我们都希望被人爱——我认为是都需要被人爱。没有爱，我们就不能成为我们自己。”

“你与斯坦斯先生所见略同。”

“是吗？”

“是的，”安娜说，“这正是他会说的话。”

“你的斯坦斯先生是个很高明的哲学家呢，韦瑟雷尔小姐。”

“呃，尊敬的牧师，”安娜说着，突然笑起来，“我觉得你刚才是在表扬你自己呢。”

一时间内，两人都没有说话。安娜再次啜吸着甜饮料，德夫林则陷入了沉思，看着旅馆餐厅的窗外。片刻后，安娜伸手抚摸胸前，被篡改过的馈赠签约安然地贴着她那里的皮肤。

德夫林严厉地看着她。“你有充分的时间重新考虑。”他说。

“我只是想听一听法律方面的意见。”

“你已经有了我的神职方面的意见。”

“是的，”安娜说，“‘温顺的人有福了’[①]。”

她似乎立刻为自己的无礼感到后悔，脸和脖子一下子红透了，她转过身去。突然间，德夫林不想再参与她的事情。他把椅子推离餐桌，把一双手放在膝盖上。

“我会陪你走到法院门口，到那儿为止。”他说，“至于你想拿着手里的文件做什么，与我全然无关。你知道我不会为了保护你而撒谎。我肯定不会在法院里做伪证。如果有人问起来，我会毫不犹豫地告诉他们真相，那就是你亲手伪造了签字。”

“好吧，”安娜说着，站起身来，“非常感谢你的馅饼，还有甜饮料。谢谢你对韦尔斯夫人说的一切。”

德夫林也站起来。“你不应该为了那个感谢我。”他说，“恐怕我当时没有控制住自己的脾气。有失礼貌。”

“你很了不起。”安娜说，她走上前，将双手放在德夫林的肩膀上，非常温柔地吻了一下他的脸颊。

---

① 《圣经·新约·马太福音》第五章第五节。

Φ

安娜·韦瑟雷尔来到霍基蒂卡法院时，奥贝尔·加斯科因已经离开那里，前往储备银行，那封来自约翰·辛切尔·加里蒂的信安然躺在他的外套内兜里。阿利斯泰尔·劳德柏科也已离开法院。接待安娜的是一个名叫费罗斯的红脸律师，安娜不认识他。费罗斯将安娜引到大厅中的最后一个凹形的办公场所，两人在一张简易的松木板桌的两旁坐下。安娜一声不响地把那张烧焦的纸交给律师。律师把纸放在面前的桌上，参照桌子边缘，把纸张摆正，然后张开双手，捂住脸和眼睛的两侧，开始阅读。

“这是你从哪里弄到的？”费罗斯终于抬起头来，说道。

“有人给我的，”安娜说，“匿名。”

“什么时候？”

“今天早上。”

“怎么给你的？”

“当韦尔斯夫人到法院来的时候，”安娜撒谎道，“有人把它从门缝底下塞了进来。”

“韦尔斯夫人到法院来，听取她的上诉终于被撤销的消息。”费罗斯说，语气里强调着他的怀疑。他把视线转回到文件上。“克罗斯比·韦尔斯……斯坦斯就是那个再也没有任何音讯的家伙……韦瑟雷尔小姐就是你。奇怪。知道这究竟是谁给的吗？”

“不知道。”

“为什么要给你？”

“不知道，”安娜说，“我猜可能有人想帮我一把。”

“会是谁呢？愿意猜测一下吗？”

“不想猜。”安娜说，“我只想知道它是否有效。”

“看上去没问题，”费罗斯说，凝视着那份契约，“但它不完全是一张现金支票，是不是？从目前的情况无法判断——已经八个星期了，斯坦斯先生依然下落不明。”

“我不明白。”

“嗯，即便这份签约有效，我们的好朋友斯坦斯先生也拿不出两千英镑来送人。因为他的失踪，他的所有资产都被充公了。上个星期五生效的。他要是能从剩下的家底里搜罗出一百英镑就算是幸运的啦。”

“可即便如此，这份契约也是有约束力的。”安娜说。

律师摇了摇头，“我的姑娘，我现在要告诉你的是，我们的斯坦斯先生拿不出两千英镑——除非出现某种奇迹，有人发现他还活着，身上揣着大把的现金。他的认领区已经被收回。被别人买走了。”

“但这份签约是有约束力的，”安娜又说了一遍，“必须是的。”

费罗斯先生笑了，“恐怕法律并不是完全这样运作的。这么设想一下吧。我马上就可以给你写一张一百万英镑的支票，但这并不意味着你就能拿到一百万英镑，是不是？如果我口袋里一无所有，又没有人充当我的担保人。钱总得出自某个人的口袋，如果每个人的口袋都是空的……嗯，那就完了，不管别人言之凿凿地说些什么。”

“斯坦斯先生有两千英镑。”安娜说。

“是吗——嗯，如果他有，那情况就完全不同了。”

“是的，”安娜说，“我告诉你。斯坦斯先生有两千英镑。”

“从何说起？”

“克罗斯比·韦尔斯小屋里的金子属于他。”

费罗斯停顿了一下。他瞪着安娜看了几秒钟，然后，他换了一种完全不同的声音说道：“这能够得到证实吗？”

安娜把德夫林那天上午告诉她的话说了一遍：被发现的金子曾被冶炼过，加盖了鉴定金子来源的印章。

“哪一家矿？”

“我记不清名字了。”安娜说。

“你的消息来自何处？”

安娜犹豫了，“我不想说。”

费罗斯看上去很感兴趣。“我们要核实这一点。这笔财富究竟是不是属于韦尔斯遗产的一部分，银行里应该有所记录。我奇怪之前为什么没有人提到过。也许，银行里有人故意隐瞒了此事。”

“如果这是真的，”安娜说，“这就意味着这笔财富是我的，对不对？两千英镑属于我。根据这张纸条的约定。”

“韦瑟雷尔小姐，”费罗斯说，“这么一大笔财富的转手谈何容易。恐怕绝不是兑现一张支票那么简单。但我还是要说，你今天来这里的时间十分凑巧。韦尔斯夫人的申诉已被批准，属于她的一部分资金正在办理转交。我很容易就可以让她暂时停止认领，这段时间我们可以研究研究如何对待你的这份文件。”

“好的，”安娜说，“你会这么办吗？”

“如果你同意请我做你的律师，我将尽我的全力帮助你办理一切事务。”费罗斯说完，身体向后靠在椅背上。“我的预付聘用金是每周两英镑，额外费用另加。当然，我是要收预付金的。”

安娜摇了摇头，“我没法预付给你。我身上一点钱都没有。”

“也许你可以通过某种方式贷款，”费罗斯微妙地说，眼神飘移到其他地方，“恐怕我在财务方面是非常严格的。我拒不接受任何空口无凭的承诺，绝无例外。这不是针对某个人，只是一种职业训练，仅此而已。”

“我没法预付给你，”安娜又说了一遍，“但是如果你为我办事，等钱到手的时候，我会付给你三倍的费用。”

“三倍？”费罗斯温柔地笑了，“法律程序通常要花很长时间，韦瑟雷尔小姐，有时是竹篮打水一场空，什么都不能担保这些钱最终能拿到手。韦尔斯夫人的申诉花了两个月才落到实处，这还没有走到尽头呢，这个局面你非常清楚！”

“三倍，一百英镑封顶。”安娜坚定地说，“但如果你能给我在两个星期内兑现资金，我会付给你两百英镑，现金。”

费罗斯挑起他的眉毛。“我的天哪，”他说，“真是很有气魄啊。”

“职业训练而已。”安娜说。

然而，安娜·韦瑟雷尔失策了。费罗斯瞪大了眼睛，他退缩了。哎呀，她该不会就是那个妓女吧，他想——然后，一切都在他的心里变得明朗起来。这就是那个在卡尼里路上企图结束自己生命的妓女，就在斯坦斯失踪、韦尔斯死亡的那一天！费罗斯在霍基蒂卡是初来乍到，既没有见过安娜·韦瑟雷尔的面，也没有立刻认出她的名字。只是听了她这番狂妄之言，他才突然对上了号。

安娜看到对方神色狼狈，以为只是单纯的犹豫。“你是否同意我的条件，费罗斯先生？”

费罗斯从上到下地打量着她。“我到储备银行查询一下所谓冶炼的事。”他说，声音冷冰冰的，“如果你听到的谣言是确凿的消息，那么我们就起草一份合同；如果不是，恐怕我就无能为力了。”

“你真是太热心了。”安娜说。

“谈不上。”费罗斯说，语气十分粗鲁，“估计三个小时之后见面，我怎么联系你？”

安娜犹豫了。她今天下午不能返回游人好运楼。身上又没有钱，但也许可以找一个老相识带她到雷维尔街上的某家酒吧，给她买一杯饮料。

“干脆我回来，”她说，“干脆我回来吧，在这里见你。”

“如果你愿意，没问题。”费罗斯说，“保险起见，我们最好把时间留足一些，那就说好五点钟吧。”

“五点钟。”安娜说。她伸手要取回烧焦的文件，但是费罗斯已经打开钱包，将那张纸塞了进去。

“我想先替你保管着，”他说，“只是暂时的。”

月亮在白羊座，新月

泰老·老居有了惊人的发现。

泰老·老居满心欢喜地踩着石头，跳跃着穿过绿玉神舟河的浅水区，沿着河谷向海滩方向走去。在过去一个月里，他一直随着一队测量员在山羊谷里工作，所以他的钱包鼓鼓囊囊。更美的是，今天早晨他碰到了一块美妙的天玉[①]，此刻每走一步，挎包里的玉石都会沉甸甸地拍打一下他的后背。

在亮水河地区，现在是从地里挖红薯的时节。老居看天象就能知道节气，北方天空的织女星[②]低垂在地平线的上方，午夜过后很久才渐放光辉，黎明之前很早就已降落。他的部落称这个月为擎天柱[③]——撑起天空的栋梁——因为在夜里银河[④]形成一道牛奶色的拱门，从北向南横跨天穹的黑色圆顶。拱门北起织女星，南至南极老人星[⑤]，横穿心宿二[⑥]的红

① 天玉（kahurangi pounamu，毛利语）是透明度极高、鲜绿色的新西兰玉石，这种玉石的名字意思是清澈的天空，是新西兰玉石中最稀有的一种。

② 原文为毛利语。

③ 原文为毛利语。

④ 原文为毛利语。。

⑤ 原文为毛利语。

⑥ 原文为毛利语。

宝石，直接罩在头顶上空。每天晚上都有一段时间，天空变成一只完美的指南针，其指针是由星星构成的一条银粉色条纹。随着织女星渐放光辉，块茎类的农作物就可以从地里挖出来了。过了这个节气便是四月，这时候挖出的块茎都堆在田野的边缘，等待着分类和计数，然后被运到坑窖和仓库里，垒放储存，为即将来临的冬季做准备。过了四月，这一年就结束了——或者，正如大师[①]所说的，这一年便"濒临死亡"。

老居转过一道河湾，离开浅滩，登上了河岸。随着日子的流逝，克罗斯比·韦尔斯的小屋显得日益凄凉。铁皮屋顶已经因为生锈而变成了火焰般的橙色，砂浆从白色转变成生气勃勃的绿色。韦尔斯种植的小菜园子早已荒废。老居阔步踏上小径，将这些令人忧伤的衰败景象看在眼里，记在心上——然后，他突然停在原地不动了。

房间里有一个人。

老居慢慢地靠得更近一些，通过敞着的门朝幽暗的屋内张望。只见那个人蜷曲着躺在地板上，可能死了，也可能在睡觉。他侧身躺着，弯曲的膝盖贴近胸口，后背朝着门。老居凑得更近一些。他看见这个男人穿着夹克衫和裤子，而不是淘金汉的鼹鼠皮行头，老居注意到男人肋骨部位的衣服十分轻微地随着呼吸上下起伏。这么说，他是在睡觉。

老居走过门口，十分小心地进了屋，不让自己的影子直接落在那人身上，以免把他弄醒。他背靠墙壁轻轻地移动，转到那个人的面前，低头看着那张熟睡的脸。这个人非常年轻。深色的头发黏糊糊的，沾满了灰尘和油脂，相比之下，他的脸色苍白得几乎毫无血色。如果不是这样一副饥寒交迫、备受蹂躏的状况，他的脸应该是很英俊的。他的眼睑是斑驳的紫色，凹陷的眼袋带着深深的阴影。他的呼吸艰难而不均匀。老居将目光转向这个小伙子的身体。他衣衫褴褛，几乎成了烂布片，显然好几个星期没有换过衣服，浑身覆盖着厚厚一层各种各样的泥土。然而，他的外套曾经质地优良——这点显而易见——就连因泥浆而发硬的领巾

① 原文为毛利语。

也曾经是时髦的式样。

“斯坦斯先生？”老居轻声道。

小伙子的眼睛睁开了。

“你好，”他说，“你好，你好。”

“斯坦斯先生？”

“是的，是我。”小伙子说，声音响亮清脆。他抬起头来，“请原谅。请原谅。这里是毛利人的领地吗？”

“不是。”老居说，“你在这里已经有多久了？”

“这里不是毛利人的领地吗？”

“不是。”

“我得去毛利人的领地。”小伙子说，挣扎着坐了起来。他的左手臂非常奇怪地放在胸前。

“为什么？”老居说。

“我埋了些东西，”斯坦斯说，“在一棵树旁。可是所有的树在我看来都长得一样，我恐怕被自己搞糊涂了。感谢苍天，你来了——我真是不胜感激。”

“你失踪了。”老居说。

“也许有三天了吧，”小伙子说着，又瘫倒在地，“我想是三天前。我已经把日子搞混了，好像已经记不清日子的顺序。独自一人的时候，就忘记了时间。我说，你能给我看看这个吗，拜托？”

他把衣服领子往下扯了扯，老居发现他领巾上黏糊糊的深色污物原来是凝固的血。锁骨的正上方有一个伤口，虽然老居与他相距数英尺，也能看出伤势十分严重。伤口已经开始化脓。伤口的中心呈黑色，手指般的红色条纹放射性地从中间散开。老居能看见火药烧伤的斑点，黑乎乎的，被他苍白的胸膛衬托着，他推测这只能是枪伤。显然，在很早一段时间之前，某人在很近的距离内击中了埃默里·斯坦斯先生。

“你需要医药。”老居说。

“正是，”斯坦斯说，“完全正确。你能给我找来吗？我不胜感激。可是我恐怕还不知道你的名字。”

“我的名字叫泰老·老居。”

“你是个毛利小伙子！”斯坦斯说，眨了眨眼睛，仿佛第一次看见他一样。他的眼睛涣散无神，然后又重新聚焦。“这里是毛利人的领地吗？”

老居指着东方。“那上面才是毛利人的领地。”他说。

“那上面？”斯坦斯朝老居指的方向看，“既然你的地盘在那上面，你为什么在这下面呢？”

“这是我的朋友的房子，”老居说，“克罗斯比·韦尔斯。”

“克罗斯比，克罗斯比，”斯坦斯说着，闭上了眼睛，“他被尤克①了，是不是？上帝啊，这人真能喝啊。无底洞似的，海量啊。他在哪里，呃？找金子去了？”

“他死了。”老居说。

“我太遗憾了，听到这个消息，”斯坦斯咕哝道，“多么沉重的打击。那你是他的朋友——他要好的朋友！还有安娜……请接受我的慰问，我希望……可我又忘记了你的名字。”

“我是泰老。”老居说。

“原来如此，”斯坦斯说，“原来如此。”他停顿片刻，疲惫不堪，然后说，“你不会反对带我去，是不是，老朋友？你不会反对吧？”

“去哪里？”

“去毛利人的领地。”斯坦斯说着，再次闭上了眼睛，“你瞧，我在毛利人的土地里埋藏了大量金子，如果你帮助我，我必然会愿意给你一些。你会得到你喜欢的东西。不管你喜欢什么。我对那个地方记得清清楚楚：那里有一棵树。金子就埋在树下。”他再次睁开眼睛，朝老居投去哀求的、模糊的眼神。

老居再次提问，“你都在什么地方来着，斯坦斯先生？”

---

① 尤克（euchre）原是一种扑克牌戏，作为动词意思是欺骗。

“我一直在寻找我的财宝，”斯坦斯说，“我知道是在毛利人的领地上……可是毛利人的地盘没有任何标志，不是吗？没有栅栏之类的做标记。人们总是说一个人绝不会在西海岸迷路，因为总是有高山在一边，大海在另一边……可是我好像把自己给搞糊涂了，泰老。你是泰老，是不是？是的。是的。我迷路了。”

老居走上前，跪在地上。凑近了看，这个人的伤势显得更加严重了。黑色的伤口中心已经结出厚厚的痂，渗透出亮晶晶的黄色脓液。他伸手摸了摸斯坦斯的脸颊，感觉他的体温。“你发着高烧，”他说，“伤口很糟糕。”

“真没想到会是这样，”斯坦斯说，瞪着他看，“我是初来乍到的新移民，太嫩了。在男人身上，没有什么比稚嫩更明显的了。真没想到会是这样。苍天啊，你的出现好比及时雨啊！我为这个烂摊子感到非常抱歉。我为你的朋友克罗斯比感到非常难过。真的非常难过。你说你有什么药来着？”

“我会给你取来，”老居说，“你在这里等着。”老居觉得情况不乐观。这个小伙子一直在胡言乱语，他伤势太严重了，自己无法走到霍基蒂卡，需要用担架或者车辆运送。老居看够了霍基蒂卡医院的情况，知道人到那里是去送死，而不是得到治疗。所谓医院的四壁只是最简单的隔板，上面是一张帆布顶篷。塔斯曼苦涩的海风从墙板的缝隙钻进来，每一阵疾风都会掀起新的一轮咳嗽和喘息的刺耳杂音。那里肮脏恶臭，疾病蔓延。既没有干净的水源，也没有清洁的床上用品，只有一间病房。病人们不得不拥挤地住在一起，有时甚至睡在同一张床上。

“对半分，”小伙子此刻说道，“我看够公平的了。一半归你，一半归我。怎么样，咱们搭伙。”

老居在心里估算着距离。他能快速赶到霍基蒂卡，向吉利斯医生告急，雇一辆板车或双轮马车之类，然后返回，最快的话，需要三个小时……但是三个小时还来得及吗？小伙子能够活下来吗？老居的妹妹就是死于高烧，她临终时的状况，跟此刻的斯坦斯完全一样——眼睛炯炯发光，既机警又毫无生气，语无伦次，满嘴胡话。如果他离开，小伙子就有死亡的危险。但如果他留下来，又能为小伙子做什么呢？他突然打定主意，低下头为小伙子的恢复念愈合咒语[1]。

“愈合骨头，”他念道，“愈合血。愈合肉身。愈合筋腱。愈合使之强壮。愈合使之坚固。苍天为一。苍天守护。大地给予加强和支撑。苍天哪，拥抱我们。大地啊，拥抱我们。你拥抱的，接受拥抱。你珍惜的，值得珍惜[2]。”

他抬起头来。

“这是一首诗吗？”斯坦斯说，盯着他看，“是什么意思呢？”

“我请求让你的伤口愈合。”老居说，“现在我去取药。”他取下挎包，拿出他的水瓶，塞进小伙子的手里。

“这是大烟吗？”小伙子微微颤抖着说，“我自己从来没有碰过这玩意儿，它会怎样攫住你啊……好像你的每根手指里都有一根刺，心被一根线捆绑着……时时刻刻感觉到它的存在。挥之不去，挥之不去。你会给我买一口大烟抽抽吧。我相信你会的。你是个体面的家伙。”

老居脱下他的羊毛外套，盖在小伙子的双腿上。

“只等我找到毛利人领地上的那棵树，”小伙子继续说，“你随便想要多少盎司都可以。只是我想要的东西必须地道才行。你要去药房吗？普里查德的店里有我的户头。普里查德不错。问他要。我从前根本没有碰过烟枪。”

“这是水，”老居说，指着水瓶，“喝水。”

“真是太仁慈了。”小伙子说着，又闭上了眼睛。

“你待在这里，”老居坚定地说，一边站了起来，“我去霍基蒂卡，告诉别人你在这里。我很快就会回来。”

“只要一点好东西。”老居离开小屋时，斯坦斯说道，眼睛依然紧

---

① 愈合咒语（karakia，毛利语）是毛利人的咒语和祈祷，用于调集精神指导和保护。

② 原文为毛利语。

闭着，“你回来以后，我们就去，把那些金子都找出来。或者，我们先吸口大烟再说——是的。行动要正确。这是怎样的一种单相思啊，这份饥渴！但如果是单相思，还算是爱吗？上帝啊。去取药，他说。他是个毛利小伙子！”

火星在水瓶座

苏永盛拜访一个非常熟悉的老相识；弗朗西斯·卡弗给予忠告。

这天上午，苏永盛在布伦顿－所罗门－巴恩斯的店里做了五英镑的交易之后，便立刻隐藏起来。那个给他手枪上好膛的店主，显然一直在怀疑他的意图，但他毫无怨言地接受了阿苏的纸币。他跟随着阿苏来到店门口，看着阿苏离开，阿苏两次回头，都看见他站在那里，双手抱在胸前，面色阴沉地朝他看。一个中国佬用现金购买了一支左轮手枪，一次性地拍出全款，用整整五英镑买下这种枪，一个子儿也不肯多付，并要求在店里就给枪上好膛？这种怀疑，是很难憋在心里不吐出来的。阿苏很清楚，等到他转过焊缝街和坦克雷德街的街角时，流言就会迅速地四处扩散。他需要找一个藏身的地方，一直躲到日落时分，然后就在夜幕的掩护下，潜入皇冠旅馆一楼最后面的那间卧室。

阿苏在霍基蒂卡没有值得信任的人可以寻求帮助。安娜肯定不行，今非昔比。曼纳林不行。普里查德也不行。他与皇冠会议的其他人都说不上话，当然，除了阿桂，可是阿桂在卡尼里，挖着砂土淘金。一时间内，阿苏考虑过在镇东一家不大体面的旅馆找一个房间，也许预付一个星期的房租，掩饰他的动机……但即便在那里，他也不能担保能隐姓埋名，无法确定店主会守口如瓶。即便没有人嚼舌头，他星期一上午出现在霍基蒂卡已经够令人怀疑的了。最好不要信任他人的判断，他想。他决定拿着手枪进入与雷维尔街和坦克雷德街平行的那条后院小巷。这条后院小巷是一条有车辙的通道，一边是朝西的雷维尔街仓库和酒店后院，另一边是朝东的坦克雷德街小屋区的后院。这条后院小巷有充足的地方可以藏身，位置也很靠中心，提供了朝各个方向的诸多进出口。最有利的是，只有在旅馆干活的工匠和便士邮递员偶尔在这样的地方出没。

在一家葡萄酒和烈酒铺的后院，阿苏找到了一个藏身之地。一块瓦楞铁皮斜靠在厕所旁，形成一个简易的斜三角形小屋，两端都敞着口。一大片剑麻丛挡住了小巷里人们的视线，而厕所的水泵则挡住了来自商家仓库的视线。阿苏爬进三角空间内，坐下来，盘起双腿。三个小时后，当艾胡拉先生跑在雷维尔街上，朝街头听差们大声喊叫着乔治·谢泼德颁布缉拿中国佬的告示时，阿苏依然盘腿坐在里面。

听到艾胡拉先生的喊话，一阵兴奋传遍阿苏的全身。现在他可以肯定，弗朗西斯·卡弗已经得到了警告。但是，阿苏有一个优势是卡弗没有——也不会——料想到的：多亏沃尔特·穆迪透露的机密，阿苏知道具体在哪里、在什么时间能找到卡弗。不管有没有缉拿令，乔治·谢泼德还没有逮捕他！阿苏倾听着，直到雷维尔街上上下下的叫喊声渐渐消失，然后，他微笑着闭上了眼睛。

“你在这里干什么？”

阿苏吃了一惊。站在他面前，一只手扶着厕所门的，是一个年约二十五岁的脏兮兮的年轻人，穿着宽松的直桶外套和无领衬衫。

“你不许蹲在这里，知道不，”年轻人说，皱着眉头，“这是私人地盘。这里属于切斯尼先生。你不能随便猫在你喜欢的地方。”

另一个声音从仓库传来，“你在跟谁说话呢，艾德？”

“有一个窄眼佬——干坐在这里。在厕所旁边。”

“一个什么？”

“中国佬。”

“他在用厕所？”

“不是，”年轻人大喊，“他只是坐在厕所旁边。”

“哦，叫他走开。”

“你快走吧，”年轻人说，用靴子头轻轻戳了一下阿苏，“快走吧。你不能待在这里。”

仓库里的声音又喊起来，“你刚才说他在那里干什么来着，艾德？”

“什么都没干，”年轻人大声回话，“只是坐着。他有一支手枪。”

“一支什么？”

“他有一支手枪，我说。”

“他拿着手枪干什么？”

“什么都没干。他没有制造什么麻烦，至少在我看来是这样。”

一阵停顿。然后，“他走了吗？”

“你快走吧，”艾德再次对阿苏说，一边打着手势，“走吧。”

阿苏终于振作起精神，从瓦楞铁皮下面溜出来，匆匆而去——他离开时，感觉到年轻人一双迷惑的眼睛盯着他的背后。他弯腰躲到一排晾晒的衣服后面，钻进帝国旅馆后面散发着燕麦味儿的马厩，低着头，把手枪紧紧抱在胸前。在马儿喘息和跺蹄的噪音中，能听见那两个人依然在大声交谈，议论着他。他知道过不了多久，他就会遭到追逐。必须躲藏起来，而且要迅速，赶在有人报警之前。阿苏跑到马厩的一头，朝一道荷兰式两截门的里面窥视。他顺着一排房子的后院看过去，又看了看房后的斜屋厨房、工匠们用的羊毛毯门、厕所，以及废物坑。哪里是他最安全的藏身之地呢？他的目光停留在警察营地的那一小簇房子上，其中有乔治·谢泼德居住的一所木头小屋。阿苏心里忽地动了一下。嗯，为什么不呢？他想，突然大胆起来。在整个霍基蒂卡，这是那些要找我的人最料想不到的地方。

他穿越马厩和警察营地栅栏之间的小径，走到乔治·谢泼德家的厨房门前，潇洒地敲响了门。等待回音时，他鬼鬼祟祟地四处张望，小巷里空空荡荡，从他站立的地方看两旁的院子，也都空无一人。除非有人正从其中一家旅馆里向外看——这很有可能，毛玻璃使外面无法看清室内的情况——否则没有人能看见他，站在乔治·谢泼德家披屋的阴影里，手里拿着一支手枪。

“是谁啊？”门里传来一个女人的声音，“是谁啊？”

“找玛格丽特。”苏永盛说，把嘴唇靠近木门。

“谁？”

“找玛格丽特·谢泼德。”

“可你是谁？来访者是谁？”

他感觉到女人的嘴也靠木门很近，也许她在门的那头正凑近过来。

“苏永盛。”阿苏说。然后，便是沉默。“拜托。”

门开了，女人站在那里。

“玛格丽特。”阿苏说，满怀激情。他鞠躬致礼。

阿苏从低垂的鞠躬姿态直起身来后，才允许自己打量女人。她和莉迪娅·韦尔斯一样，自从他们在悉尼法院最后一次见面之后，她似乎也没有丝毫改变，当时，她走上前做证——做伪证！——才救了他一命。现在，她的头顶上添了一缕白发，发质已变得粗糙，有几缕头发从发网里露出来，看上去像一层薄雾。除了这点岁月的痕迹之外，她的脸似乎没变：同样一双担惊受怕的、湿润的眼睛，同样的龅牙，同样的断鼻子，伤痕横跨鼻梁，同样轮廓模糊的嘴唇，同样恐惧、震惊和忧虑的神情。一张熟悉的面孔是怎样激起心中记忆的啊！刹那间，阿苏仿佛看见她坐在证人席上，戴着手套的双手对称地交叉放在腿上，她朝检察官眨着眼睛，用一块薄麻纱捂着嘴咳嗽两声，将它塞进衣袖里，再次交叉起双手，讲了一个救他一命的谎言。

此刻，女人瞪着眼看着他。然后她压着嗓子耳语道：“这究竟是怎么——”她几乎像打嗝一样笑了一声，“苏先生——这——这究竟是怎么回事？刚发布了逮捕你的通缉令——你难道不知道？乔治发布了通缉令！”

“我可以进来吗？”阿苏说。他把手里的手枪贴在臀部，侧身遮掩着，女人还没有看见枪。

他说话时，一阵疾风透过敞开的门吹进屋里，使小屋内墙战栗抖动。可以清楚地看到风在墙上钉的白棉布的表面波动。

“赶快，”她说，“赶快，进来。”

女人慌张地把他让进小屋，关上了门。

“你为什么要来？”她悄声地说。

“你真是个非常善良的女人，玛格丽特。”

她的脸皱起来。“不，”她说，“不。”

阿苏点了点头，“你非常善良。”

“你把我置于一个可怕的境地，”她悄声道，“谁说我不会给乔治送信呢？我应该那么做！通缉令已经下了——我真没想到，苏先生。在今天早上之前，我压根儿没想到你居然在这里。你为什么要来？”

阿苏从身后拿出手枪来，动作十分缓慢。

女人用手捂着嘴。

“你要把我藏起来。”他说。

“我不能。”谢泼德夫人说，依然用手捂着嘴。她盯着左轮手枪看。“你不知道你在说什么，苏先生。”

“你得把我藏起来，直到天黑。”阿苏说，“拜托啦。”

女人嘴唇嚅动着，仿佛在咀嚼她的手掌，然后她快速地把手移开，说：“等天黑以后你要去哪里？”

“去要卡弗的命。”阿苏说。

“卡弗——”

女人呻吟着快步退离他，一边摆动着她的手，仿佛示意阿苏把枪拿开，别让她看见。

阿苏没有动。“拜托啦，玛格丽特。”

“我做梦都没想到还能再见到你，”女人说，“我做梦都没想到——”

她的话被打断了。门上响起清脆的敲门声，这次是前门，在小屋的尽头。

玛格丽特·谢泼德一口气堵在嗓子眼里，刹那间，阿苏担心她要呕吐。然后，她飞快地朝他扑过来，用双手推着他的胸膛。“走，”她悄声地、不顾一切地说，“去卧室。藏到床底下。别让人看见。走。走。快走。”

女人把他推进她与狱守同住的卧室。房间收拾得非常整洁，两个带抽屉的小衣柜，一张铁架子床，一条孤零零的刺绣装饰钉在床头板的上方。阿苏来不及环顾四周。他双膝跪地，钻进了床底下，手里依然握着手枪。卧室门关上了，房间里暗了下来。阿苏听见过道里的脚步声，然后是门闩被抬起来的声音。他侧过身去躺着。光影投射在身旁绷着白棉布的墙上，上面的一片光亮变宽了，一道黑影侵入光亮，乌云般遮住了中心部位。阿苏突然感觉到一阵刺骨凉风。

“下午好，谢泼德夫人。我来找你的丈夫。他在家吗？”

阿苏浑身僵硬。他听出了这个声音。

玛格丽特·谢泼德一定是摇了摇头，因为弗朗西斯·卡弗说：“你能告诉我在哪里能找到他吗？”

“在建筑工地上，先生。”女人细声细气，声音只比耳语略高一点。

“在海景上面，是不是？”

“是的，先生。”

阿苏双手握着克尔专利手枪。最简单的做法就是从床底下钻出来，站起身，把枪口抵在墙壁上。子弹会轻轻松松地穿透白棉布墙。可他怎能确保不会误伤谢泼德夫人呢？他看着那团黑乎乎的阴影，试图看清楚卡弗的影子在哪儿结束，谢泼德夫人的从哪儿开始。

“警报发出来了，”卡弗在说话，“谢泼德刚刚发布了通缉令。我们的老朋友苏在镇子里。携带武器，逃窜在外。”

狱守的妻子什么都没有说。卧室里，阿苏开始慢慢地从床底下爬出来。

“他是冲着我来的。”卡弗说。

没有回答，也许女人只是点了点头。

“嗯，你丈夫为我做了件好事，提醒我有危险。”卡弗继续说，“你转告他，我领情了。”

“我会的。”

卡弗似乎还不肯离开，“有谣言说，他从去年年底就一直在霍基蒂卡。”他说，“他是我们共同的朋友。你一定已经见过他了。”

“没有。”女人悄声地说。

“你从来没有见过他？还是你根本不知道？”

“我根本不知道，”女人说，“不知道——直到今天上午。”

卧室里，阿苏将枪口始终瞄准白棉布墙壁上的阴影，他跪在地上，然后站了起来。开始靠近墙壁。如果将手枪偏一个角度——如果斜射，而不是直射——

“嗯，乔治早就知道了，”卡弗还在说话，“到现在已经知道一段时间了。一直在跟踪观察他。他没有告诉过你吗？”

“没有。”乔治夫人悄声说。

又是停顿。

“我想这也说得过去。”卡弗说。

阿苏来到卧室门口的木框处。这里距离前门的那方亮光估计只有六英尺，两层白棉布是他与弗朗西斯·卡弗之间的唯一障碍。卡弗带着武器吗？他无法判断，除非打开门，面对面地攻击对方——但是如果这样，他会失去宝贵的几秒钟，也就失去了出其不意的优势。然而他还是不敢开枪，因为害怕误伤谢泼德夫人。他凝视着白棉布上的两个人影，试图分辨女人站立的位置。门是朝左开，还是朝右开？

白棉布上的影子似乎变得更黑了一点。

“你在用你的一辈子还债，”卡弗说，“是不是？”

沉默。

“一辈子都还不清。”

沉默。

“他不要你的忏悔，”卡弗说，“记住我的话，谢泼德夫人。你的忏悔不是他想要的。他想要的东西，他能够为自己办到。乔治·谢泼德想复仇。”

谢泼德夫人终于开口说话了。“乔治憎恨复仇这种念头，”她说，“他称之为野蛮。他说复仇是嫉妒的行为，不是正义。”

“他是对的，”卡弗说，“但是每个人都有自己嫉妒的东西。”

门口那一团黑影渐渐地退去、消隐，阿苏听见卡弗离开的脚步声。小屋的门关上了，谢泼德夫人插上门闩时，传来螺栓和铁链的嘎吱声。然后是较为轻盈的脚步声，越来越近，卧室的门被打开了。谢泼德夫人看着阿苏，吃了一惊，然后看着他手里的手枪。

“你这个傻瓜，”她说，“光天化日之下！警官离你只有五步远！”

阿苏没有说什么。乔治夫人似乎又打起嗝来。她的声音提高了，变成一半耳语一半尖叫的腔调。“你这不是疯了吗？也不想想会给我造成什么后果——给我——如果你在我家门口要了那个人的命？你怎么能——也不想一想——值班警官就在五步之外——而且——还有乔治——！究竟怎么回事！”

阿苏感到耻辱。“对不起。”他说，垂下了他的双手。

“我会被绞死的，”玛格丽特·谢泼德说，“我会被绞死的。乔治一定能做得出来。”

“没害事。”阿苏说。

女人的歇斯底里立刻化为了苦涩。“没害事。”她说。

“非常抱歉，玛格丽特。”

阿苏的确感到抱歉。也许，他已经失去了自己的机会。也许，现在她会把他赶到大街上，或者摇铃叫来她的丈夫，或叫来警官……他会被抓起来，卡弗则逍遥自在。

女人走上前，把左轮手枪从阿苏手里轻轻取下来。她让自己拿枪的时间尽量短，小心翼翼地把枪在宝塔架上放好，确保枪口朝着没有人的地方。然后，她徘徊了一会儿，不看着他。她深深地呼吸了几次。他等待着。“你待在这里，直到天黑。”她终于说，语气十分平静。她依然躲着不看他。“你待在床底下，直到天黑，能够安全离开的时候。”

“玛格丽特。”阿苏说。

“怎么？”她悄声说，躲避着，目光快速地扫了一下灯的支架，然后又看着床头板。“怎么？”

“谢谢你。”阿苏说。

她凝视着他，然后迅速将目光移到他的胸口和肚子上。“你穿着这身大褂，三里地之外都能被认出来，”她咕哝道，“你是个彻头彻尾的中国佬。等在这里。”

十分钟后，她回来了，胳膊上搭着夹克衫和裤子，手里拿着一顶软帽。“穿上试试，”她说，“我会把裤腿按你的长度收一下，你可以从监狱借一件夹克衫。你离开这里时要像一个英国人，苏先生，否则休想走得掉。”

心宿二的儿童[1]

斯坦斯先生服用药物；韦瑟雷尔小姐摔倒在地。

泰老·老居在三点半之前赶到了普里查德的药店，四点钟的钟声敲响时，他和普里查德已经坐在一辆出租的双轮马车上，赶着两匹马，以马车可达到的最快速度向北飞驰。普里查德一副半坐半站的姿势，没戴帽子，不顾一切地鞭打着已经汗流浃背的马。他的夹克衫兜里鼓鼓囊囊，揣着一玻璃罐鸦片酊，浓浓的液体晃荡着，在玻璃瓶内壁留下油状的铁锈色，每次车轮碰到石头颠簸一下，都会使玻璃瓶上的深浅颜色交替变化。老居双手紧紧抓住椅背，尽最大努力不让自己呕吐出来。

“他说他要找的人是我，”普里查德对自己说，兴奋不已，“不要医生——要我！”

Φ

查理·弗罗斯特在律师费罗斯的询问下，讲出了真相。是的，在克

[1] 原文为毛利语，心宿二是天蝎座中最亮的恒星，又称“蝎子的心脏”，毛利人认为心宿二是所有恒星的首领，心宿二的儿童代表一个节气，表示欢歌笑语的时刻到了。

罗斯比·韦尔斯地产上发现的金子已被熔铸过。是中国金匠桂龙亲手冶炼的,在这天早上之前,阿桂一直受雇于斯坦斯先生的金矿——极光金矿,是那里唯一的淘金汉。费罗斯先生在笔记本上记下这一切,非常礼貌地感谢了年轻的银行经理的帮助。然后,他拿出安娜·韦瑟雷尔给他的那份烧焦的馈赠契约,默默地从桌子上面递给弗罗斯特。

弗罗斯特瞟了一眼纸条,震惊不已,"已经签过字了。"他说。

"再说一遍?"费罗斯说。

"埃默里·斯坦斯在过去两个月的某个时间在这份文件上签了名,"弗罗斯特语气坚定地说,"当然,除非这个签名是伪造的……但是我熟悉此人的手迹:这确实是他的笔迹。我最后一次看见这张纸条时,此人的名字旁边是空白的,并没有签名。"

"这么说他还活着?"律师说。

Φ

本杰明·勒文塔尔拐上了科林伍德街,惊讶地发现普里查德的药店关着门,上了锁,窗户里有一张卡片说明药店已经打烊。他绕到房子后面,发现普里查德的助手,一个名叫贾尔斯的男孩,正坐在房子后面的台阶上读报纸。

"普里查德先生在哪儿?"他说。

"出去了,"男孩说,"您需要什么?"

"肝丸。"

"按原方取药?"

"是的。"

"这个我能办。从后面进来吧。"

男孩把报纸放在一旁,勒文塔尔跟着他进了屋,穿过普里查德的实验室,进入药店。

“这不像是乔的一贯作风，星期一下午离开自己的办公室。”勒文塔尔说，男孩开始给他抓药。

“他跟一个土著家伙走了。”

“老居？”

“我不知道他的名字。”男孩说，“他火急火燎地闯来。就在不到两小时前。给普里查德先生送信，然后普里查德先生派我去给他们俩租了一辆双轮马车，再后来，他们像一对黑夜骑马大盗一般，朝着绿玉神舟谷飞奔而去。”

“真的？”勒文塔尔感到好奇，“你没有弄明白是怎么回事吗？”

“没有。”男孩说，“但是普里查德先生带了整整一罐鸦片酊，外加一口袋药粉。那个土著人说‘他需要药’——我听见他说的。但是他没说是谁。普里查德先生不断地说着一些我根本不明白的话。”

“说的什么话？”勒文塔尔说。

“‘妓女的子弹’。”男孩说。

Φ

“啊——安娜·韦瑟雷尔！”

克林奇的声音与其说是诧异，不如说是震惊。

“你好，埃德加。”

“可是你怎么会来这里的呢？当然你太受欢迎啦！可是你怎么会来这里的呢？”他从办公桌后面走出来。

“我需要一个地方待一会儿，”她说，“待到五点钟。我可以打扰你，借贵地待几个小时吗？”

“打扰——绝对谈不上打扰！”克林奇大声说，走上前来把安娜的两只手握在自己的双手里。“哎哟——好的——没问题，没问题！你一定要到我的办公室里来！我们喝杯茶吧？就着饼干？见到你多令人高兴啊。

多可爱啊！你的女主人在哪里？你五点钟要去哪里？”

“我在法院有个预约。”安娜·韦瑟雷尔说，礼貌地抽出她的双手，后退几步离开克林奇。

克林奇的笑容立刻消失了。“你被传唤了吗？”他焦虑地说，“你要接受审讯吗？”

“不是那么回事儿。我找了一位律师，仅此而已。是我自愿找的。”

“一位律师！”

“是的，”安娜说，“我要跟寡妇争夺那份权益。”

克林奇惊讶不已。“哇！”他说，脸上再次露出微笑，以掩饰内心的迷惑。“哇！你一定要好好跟我说说，安娜——我们必须一起喝茶。你来了，我真是太开心啦。”

“听你这么说，我很高兴。”安娜说，“我还担心你会怨恨我。”

“我永远不会怨恨你！”克林奇大声说，“永远不会——可是为什么呢？”片刻之后，他明白了，“你要跟寡妇争夺，去认领——认领那笔横财。”

安娜点了点头，“有一份文件，把我的名字列为继承人之一。”

“是吗？”克林奇说，面带沮丧，“有签名，一切齐全？”

“在他的炉子里发现的。在克罗斯比·韦尔斯的炉子里。有人试图烧掉它。”

“可是上面有签名吗？”

“两千英镑。”安娜说，“哦——你一直待我如慈父，埃德加——我愿意都告诉你。他打算把它作为一份礼物！两千英镑，作为一份礼物，一下子送给我。他爱我。他一直爱着我！”

“谁？”埃德加·克林奇酸溜溜地问，其实他已经知道了。

Φ

勒文塔尔返回焊缝街的报社办公室时，听见有人叫他的名字。他转过身，看见迪克·曼纳林正阔步向他走来，胳膊底下夹着一份报纸。

“我给你带来一条有滋有味的新闻，本，”曼纳林说，“虽然你可能已经听说了。你想听一条有滋有味的新闻吗？”

勒文塔尔皱着眉头，心烦意乱，“什么新闻？”

“有谣言说，谢泼德监狱长发布了捉拿苏先生的通缉令。显然，苏先生今天上午出现在霍基蒂卡，拍下现金买了军用武器！你觉得怎么样？”

“他打算使用武器吗？”

“一个人为什么要买枪，”曼纳林兴高采烈地说，“当然是想用它！我敢说我们可以期待在大街上看一场枪战。一场枪战——美国风格的！”

“我也有一些新闻。”勒文塔尔说，他们转上了雷维尔街，开始向南走，“另外一条谣言——不比你的滋味差。”

“有关我们的苏先生？”

“有关我们的斯坦斯先生。”勒文塔尔说。

Φ

桂龙在中国城他的小棚屋里切菜做汤时，听见越来越近的马蹄声，然后有人高声向他打招呼。那人来到门口，一手撩起了麻布门帘。

“就是你，”出现在门口的那个人说，他刚下马，“你被法院召见。我来带你去霍基蒂卡法院。”

桂龙举起双手。“不是阿苏，”他说，“阿桂。”

“我太清楚该死的你是谁，”那人说，“我要找的就是你。快走，越快越好。轻便马车等着呢。快。”

“阿桂。”阿桂再次说道。

“我知道你是谁。这跟你在极光挖出来的金子有关。”

“绿玉神舟？”阿桂说，没有听清对方的话。

“对了。”那人说，“现在，赶紧动身。你被一位名叫约翰·费罗斯的先生传唤，他代表裁判法庭。”

Φ

离开储备银行后，费罗斯先生到尼尔森合作公司拜访了哈拉尔德·尼尔森。他在代理商的办公室里见到尼尔森，后者正在为乔治·谢泼德制定出纳表格。这项工作十分枯燥乏味，尼尔森很高兴有人来打打岔——确切地说，他本来很高兴，直到这位律师递给他那份烧焦的合同，上面有埃默里·斯坦斯和克罗斯比·韦尔斯两个人的签名。尼尔森的脸顿时失去了血色。

“你以前见过这份文件吗？”费罗斯说。

但尼尔森是个吃一堑长一智的人。

“在回答你的问题之前，”他谨慎地说，“我想知道是谁派你来的，找我的目的是什么。”

律师点了点头。“公平合理。”他说，“那个姓韦瑟雷尔的女人，今天早上从匿名人士处得到这份文件。是趁她女主人外出时，从门底下塞进屋的。这么可观的一大笔钱，根据所有的现象来看，势必要溜进她的腰包里，这点你也看得出来。但是这里面散发着阴谋的气息。我们不知道是谁送去的——也不知道是为什么。”

尼尔森已经背叛过考埃尔·德夫林一次，不愿第二次背叛他。“我明白，”他说，表面仍是不动声色，“这么说你是为韦瑟雷尔小姐工作喽。”

“我跟任何妓女都没有关系，”费罗斯尖刻地说，“只是在做一点研究，仅此而已。摸底调查罢了。”

“当然，”尼尔森轻声地说，“请原谅。”

“你是清理克罗斯比·韦尔斯房地产的人，”费罗斯继续说道，“我想知道的就是，当你被叫去清理他的房子时，这张纸条是否包括在他的财物中。”

“不，没有包括。”尼尔森说，这是实话，“我们将小屋从上到下清理了一遍。我的话句句属实。”

“好的，”费罗斯说，“谢谢。”

他站起身，尼尔森也站了起来。两人都起身时，卫斯理教堂的钟报响了时辰：差一刻五点。

“顺便提一下，你的捐赠十分慷慨，”费罗斯说着，动身离开，“你对海景新监狱的支持。十分令人钦佩。”

“谢谢。”尼尔森说，口气刻薄。

“这是这个时代难得一见的事情，遇见一位真正慈善的人。”律师说，“我对你赞赏有加。”

Φ

“斯坦斯先生？”

小伙子的眼睛扑闪着睁开了，眼前模糊一片，聚焦后，他把目光停留在约瑟夫·普里查德身上，普里查德正蹲在地上俯视着他。

“哟，这不是普里查德吗，”小伙子说，“药剂师。”

普里查德温柔地伸出一只手，拨开斯坦斯的衬衫领子，露出底下发黑的伤口。小伙子没有反抗。当药剂师检查伤口时，他的眼睛一直在普里查德的脸上寻求着什么。

“你没想法子出一块吗？”他耳语道。

普里查德的脸阴沉着，“一块什么？”

“一块大烟，”小伙子说，“你说过会给我一块的。”

“我带来了减缓疼痛的东西。”普里查德没好气地说，“你染上了大烟瘾，是不是？你这个伤口很严重。”

“上瘾，”小伙子说，“我说它像是一根刺。我根本没有听见枪声，你知道。我当时躺在棺材里。”

“你在这里有多久了？你最后一次吃东西是什么时候？”

“三天，”小伙子说，“不是三天吗？你真是太好了。太客气啦。我想当时是深更半夜。我要出去走一走。”

“他语无伦次。”普里查德说。

“没错。”老居说，“他会死吗？”

“他看上去不是很消瘦，”普里查德说，用手背触摸着斯坦斯的脸颊和前额，“至少，有人一直在给他东西吃……或者说，不管他去过哪里，都设法找到了吃的。上帝啊！八个星期。光靠祷告是不会出现这样的奇迹的。”

斯坦斯的目光越过普里查德的肩膀，落在他身后的老居身上。“毛利人是最棒的向导，”他说，脸上微笑着，“你会干得漂亮。”

“听着，”普里查德对斯坦斯说，再次把他的衣领从伤口处拨开，“我们得把你搬到马车上。得把你带回霍基蒂卡，好让吉利斯医生取出你肩膀上的子弹。你上了车以后，我就会给你减缓疼痛的东西。好吧？”

小伙子的头低垂在胸前。“霍基蒂卡，”他咕哝着，“安娜·玛格达莱纳。”

“安娜在霍基蒂卡等着你呢。”普里查德说，“来吧，好。越快越好。天黑之前我们就能把你带回镇子。”

“他为她写了一首咏叹调，”小伙子说，“作为信物。我没有说过爱的誓言。”

普里查德抬起斯坦斯那条没有受伤的胳膊，搭在自己的肩膀上，站了起来。老居搂住小伙子的腰，两个人将他架出小屋，抬上马车。小伙子依然咕哝着。他的皮肤因为汗水而变得湿滑，摸上去滚烫。他们将他摆在双轮马车座位的正中间，这样普里查德和老居可以各坐在他两边，防止他向前扑倒，老居把自己的羊毛外套盖在小伙子腿上。最后，普里查德从衣兜里拿出那罐鸦片酊，打开了瓶塞。

“恐怕很苦，但它会减缓你的疼痛。”他说，一只手托着斯坦斯的颈背，一只手把瓶子喂到他嘴边，“喝一口，”他说，“喝一口。不难咽下去，是不是？再咽一口。喝一口。再来一口。好，坐稳喽，斯坦斯先生，闭上眼睛吧。你马上就会入睡的。”

Φ

阿利斯泰尔·劳德柏科离开霍基蒂卡法院后，立刻前往船运商托马斯·鲍尔弗的办公室。他将“一帆风顺号”销售票据的个人备份扔在鲍尔弗的办公桌上，未经邀请就坐了下来，大喊大叫道：“他还是不依不饶，汤姆！弗朗西斯·卡弗还是不依不饶！他要榨干我的血，直到我他妈的一命呜呼那天！”

鲍尔弗花了很长时间才搞清楚这段戏剧性声明的来龙去脉，明白了“一帆风顺号”保护与赔偿保险条款被利用的阴谋，他终于大胆发表了自己的意见，也许劳德柏科应该认输，至少在这一回合上。弗朗西斯·卡弗似乎已经击败了他。模棱两可的签名是一个高明的伎俩，不是那么容易质疑的。至于“一帆风顺号”的保险政策，卡弗在法律上享有动用这笔资金的权利，加里蒂先生已经核实并批准了提款动议。但是政治家不愿接受理智的劝导，固执己见地叹息着，抓着自己的头发，嘴里咒骂着弗朗西斯·卡弗。到五点钟时，鲍尔弗的耐心早就耗光了。

“你不应该来找我谈，”鲍尔弗终于说，“我对法律的门道一窍不通。你不应该跟我谈这个。”

“那我跟谁谈？”

“去找特派专员谈。”

“他不在镇上。”

“那么裁判官呢？”

“这是选举前夕！你疯了吗？”

“那么就找谢泼德吧。把这个拿给乔治·谢泼德看，听一听他的意见。”

“我和谢泼德先生关系不好。”劳德柏科说。

“嗯，好吧，”鲍尔弗说，恼火了，“可是别忘了，谢泼德与卡弗关系也不好！他可能会在这方面给你一些帮助。”

“谢泼德跟卡弗有什么过节？”劳德柏科问。

鲍尔弗皱起眉头看着他，“卡弗曾经在谢泼德的看守下劳改过，”他说，“作为一名囚犯。谢泼德曾经是杰克森港的鹦鹉岛监狱里的警官，卡弗曾在那里服刑。”

“哦。”劳德柏科说。

“你不知道这个吗？”

“不知道，”劳德柏科说，“我怎么会知道呢？”

“我只是以为你可能已经知道了。”鲍尔弗说。

“我哪里知道乔治·谢泼德是个什么鸟。”劳德柏科说，语气十分固执。

Φ

奥贝尔·加斯科因午后到储备银行办完公事，当时钟敲响五点时，他已经回到了法院，为《西海岸时报》整理小额法庭这一整天的开庭记录，突然，门厅的门被打开，他惊讶地看见安娜·韦瑟雷尔走了进来。

然而，安娜经过他的身旁去跟费罗斯先生握手，只是敷衍了事地跟他打了个招呼。她和费罗斯先生交谈了几句，加斯科因听不清说的是什么，然后那位律师便示意安娜进入个人办公室，关上了门。

“安娜跟费罗斯在干什么？”加斯科因问他的同事伯克。

“一点儿都不知道，”伯克说，“她早些时候来过，在你去银行的时候。想跟律师说点什么私事。”

“你刚才为什么不告诉我？”

“因为这不是什么该死的新闻。”伯克说，“你好，这不是谢泼德监狱长吗？”

乔治·谢泼德阔步穿过大厅向他们走来。

“加斯科因先生，伯克先生，”他说，“下午好。”

“下午好。”

“我来拿逮捕中国佬的通缉令。”

“已经给您准备好了，先生。”

伯克去取通缉令。谢泼德等待着，克制着自己的急躁，双手叉在腰上，手指头连续地敲打着。加斯科因盯着费罗斯办公室的门。突然，门后面传来扑通一声闷响——很像一个人的身体摔下楼梯时的动静——片刻之后，费罗斯大声地喊叫着：“帮我们一把——快来帮我们一把！”

加斯科因穿过大厅来到办公室，打开了门。安娜·韦瑟雷尔匍匐在地上，双眼紧闭，嘴巴半张，律师费罗斯跪在她身旁，摇着她的胳膊。

“一倒地就昏了过去，”费罗斯说，“就这么瘫倒在地！身子往前一扑，摔倒在桌子那边！”他转身向加斯科因，恳求地说，“跟我没关系！我没有碰她一根汗毛！”

狱守从他们身后走上前来，“怎么回事？”

加斯科因跪下去，弯身靠近安娜。“还有呼吸，”他说，“我们把她扶起来。”他扶安娜坐起，暗自感叹她多么消瘦，四肢萎缩成干柴一般。她脑袋向后耷拉着，加斯科因用胳膊肘的弯曲处支撑着她。

“她磕碰着脑袋了吗？”

“完全不是那样，”费罗斯说，脸上一副惊惶的表情，“她只是身子一歪，倒了下去。就像喝醉了一样。可是当她进来的时候，好像并没有喝醉。我发誓我没有碰她一下。”

“也许她昏过去了。”

“动动你们的脑袋瓜，你们两个，”谢泼德说，“我从这里都能闻到鸦片酊的气味。”

加斯科因也能闻到，浓厚而苦涩。他把一根手指塞进安娜嘴里，把嘴撬开。“没有染色的痕迹，”他说，“如果是鸦片酊，她的舌头会变成棕色，对不对？牙齿也会染上颜色。”

“把她带到监狱去。”谢泼德说。

加斯科因皱起眉头，“也许医院——”

“监狱。”谢泼德说，“我已经受够了这个妓女和她的鬼把戏。把她带到警察营地，铐在栏杆上。让她保持坐姿，可以呼吸。”

费罗斯摇了摇头。“我不知道是怎么回事，”他说，“她刚才还完全清醒，说着就昏昏欲睡，紧接着——”

门厅的门再次被打开。“费罗斯先生，有一位桂先生找。”有人喊道。

伯克从他们身后走上前。“请原谅，谢泼德先生，”他说，“这是你逮捕苏先生的通缉令。”

“桂先生？”加斯科因说着，转过身来，“他来这里干什么？”

“把妓女带走。”狱守说。

Φ

苏永盛躺在乔治·谢泼德床底下的光地板上，听着卫斯理教堂的钟敲响了五点半，这时小屋门上再次响起了敲门声。他将头转向一旁，听着玛格丽特·谢泼德的脚步声。她步履轻盈地走下过道，拔出门闩，解开铁链，白棉布墙壁上的一块影子被再次拉宽，阿苏感觉到屋外空气的凉爽。现在光线没有那么强烈了，微微有点泛蓝，门口的影子是柔和的灰色。

“我想，你是谢泼德夫人吧。”

“是的。”

“我想知道能否跟你的丈夫说句话。他有空吗？”

“不。”玛格丽特·谢泼德说，这是她在一天里第二次这么回答，“他到法院办事去了。”

“真可惜。我可以等他吗？”

“你最好提前预约。”她说。

“我猜你是说他不大可能回来了。”

“他经常在海景过夜，”她说，“有时在镇上打台球。”

“明白了。”

苏永盛没有听过阿利斯泰尔·劳德柏科的声音，但是能从声调和音量上判断说话者是一个有权有势的人物。

“请原谅我打扰你，”劳德柏科继续说，“也许你可以帮我一个忙，告诉你丈夫我来过了。”

“好的，没问题。”

“你知道我是谁，是不是？”

“您是劳德柏科先生。”她小声地说。

“很好。告诉他，我想跟他谈谈一个共同的老相识。那个人的名字是弗朗西斯·卡弗。”

“我会告诉他的。”

那个人会在明天早上之前死掉，苏永盛想。

门再次被关上，卧室里暗了下来。

Φ

考埃尔·德夫林在警察营地的监狱一角为安娜·韦瑟雷尔腾出一块地方，他忙于这件事情时，心里想着，安娜现在的模样比两个月前企图结束自己生命时更加悲惨。她这次没有发烧，而上次一直在发烧，此刻她在睡眠中没有说胡话，也没有骚动不安——她穿着黑色的哀悼服，这样安详地沉睡，这一切似乎更令人感到难过。她多么消瘦啊。德夫林非常遗憾地给她戴上手铐，尽可能戴得很松。他请谢泼德夫人拿一条毛毯来垫在安娜头下。他的指令被沉默地执行了。

“这到底是什么意思呢？”他一边对加斯科因说，一边在膝头折叠着毛毯，“我今天早上刚见过安娜。我亲自陪她去的法院！难道她直接去了普里查德的药店，买了一瓶那玩意儿？”

“普里查德的药店关门了，”加斯科因说，“整个下午都关着门。”

德夫林把手掌伸到安娜的脑袋下面，把叠好的毛毯塞进去。“那么，看在上天的分上，她究竟在哪儿弄到一瓶鸦片酊的呢？”

“也许她身上一直揣着一瓶。”

“不，”德夫林说，“今天上午她离开游人好运楼的时候，并没有拿手提袋或钱包之类。据我所知，她身上甚至一点钱也没有。一定是有人给她的。但是为什么呢？”

加斯科因很想知道考埃尔·德夫林今天上午为什么去了游人好运楼，那里发生了什么事情。就在他琢磨着如何礼貌地发问时，门外响起一辆双轮马车不断逼近的嘎吱声和马蹄声，然后是普里查德的声音：

“喂，里面的人！我是乔·普里查德，还有埃默里·斯坦斯！”

德夫林的表情大为惊讶，几乎成了一副滑稽相。加斯科因立刻跳起来，眨眼间就冲到了门外，牧师匆忙地跟了出去。在院子里，他们看见约瑟夫·普里查德从马车的驾驶座上爬下来，牵着马，把它们拴在监狱的马桩上。泰老·老居坐在马车的座位上，双臂搂着一个脸色苍白、眼圈深陷的小伙子。德夫林瞪眼看着这个小伙子。这就是埃默里·斯坦斯——这么一个四肢瘫软、毫不起眼的家伙？这小伙子比他想象的年轻得多。是啊，他年仅二十一岁——也许还要更年轻。简直比一个孩子大不了多少。

“老居发现他藏在克罗斯比的小屋里，”普里查德简略地说，“你们看得出来，他病得很厉害。给我们搭把手，把他搬下来。”

“你不能把他往监狱里送！”德夫林说。

“当然不能，”普里查德说，“他需要去医院。他需要立刻找吉利斯医生看看。”

“别。”加斯科因说。

“什么？”普里查德说。

“如果你把他送到医院，他熬不过一个小时就会完蛋。”加斯科因说。

“可是，确切地说，我们也不能把他送回他自己家里。”普里查德说。

“那就给他在旅馆开一个房间。给他在某个地方找间屋子。随便什么地方都比医院强。”

“帮我们一把，”普里查德又说了一遍，“我们忙这些的时候，派个人去把吉利斯医生找来。让他拍板决定。”

他们帮着把埃默里·斯坦斯从马车上抬下来。

“斯坦斯先生，”普里查德说，“你知道你在哪儿吗？”

“安娜·玛格达莱纳，”小伙子喃喃地说，“安娜在哪儿？”

“安娜就在这里，”考埃尔·德夫林说，“她就在里面。”

小伙子的眼睛睁开了，“我要见她。”

“他在胡言乱语，”普里查德说，“不知道自己在说什么。”

“我要见安娜，”小伙子说，突然清醒过来，“她在哪儿？我要见她。”

“依我看，他头脑清醒着呢。”加斯科因说。

“带他进去，”德夫林说，“趁医生还没来。快，这才是他需要的。把他带进监狱里来。”

大凶星

苏永盛无意中听到一段谈话的开头。

阿苏蹲在皇冠旅馆的后院里，后背靠在房屋的木柱上，膝盖弯曲着，双手轻轻地握着克尔专利左轮手枪。他看上去与当天上午购买手枪时判若两人。玛格丽特·谢泼德剪掉了他的辫子，在他的下巴和脖颈前部涂了黑鞋油，并用鞋油描浓了他的眉毛。她给他找来一件破旧的夹克衫，一件监狱统发的斜纹衬衫，一条系在脖子上的红色围巾。他的帽檐翻下来，夹克衫领子翻上去，看上去一点都不像中国人。他走完警察营地到皇冠的三百码距离，没有引起任何人的丝毫注意。现在，他蹲在后院里，被夜幕笼罩着，完全像个隐身人。

旅馆里有两个人正在交谈，一个男人和一个女人。他们的声音透过百叶窗和窗框之间的缝隙，十分清晰地传到他的耳朵里。

“看上去大功告成了，”那个男人说，“保护与赔偿。”

“你听上去还是焦虑不安。”那个女人说。

“是的。”

“你还怀疑什么呢？钱差不多已经到了你手里！”

“你知道，我不信任没有来头的家伙。我没法挖出这个加斯科因的任何历史。他在圣诞节前期来到霍基蒂卡，不费吹灰之力就在法院找到了一份差事。独自生活。没有什么朋友。你说他只是个花花公子。要我说，我怎么知道他不是那个劳德柏科安插在这里的？”

“他的确是有关系的。我想起来了，在游人好运楼开张的那天，他带来一个朋友。像是一个贵族。”

“他是怎么称呼自己的？那个朋友。”

“他名叫沃尔特·穆迪。”

“他不会是阿德里安·穆迪的儿子吧？”

“我首先也想到了这点。他口音里确实带着苏格兰腔。”

“嗯，你说中了，他们肯定是一家人。”

里面响起碰杯的声音。

“我在离开达尼丁之前还看见过他，”那个男人继续说，“我说的是阿德里安。烂醉如泥。”

“到处惹是生非，毫无疑问。”女人说。

“我不喜欢失控的男人。”

“是的，”那个女人同意，“而且穆迪是最糟糕的一类——是喜欢接受挑衅的那种男人，趁机发泄他的脾气——否则他不知道往哪儿发泄。他清醒的时候还是个体面人。”

“但不管怎么说，”男人说，“如果这个加斯科因跟一个穆迪家的人关系不错，应该对我们有好处。他的建议应该是好的。”

“这家父子彼此的相貌太不相像了。母亲的遗传一定很强。”

男人大笑起来，“你总是少不了品头论足，格林韦。你从来没有不去评论别人的时候。”

又是片刻的停顿，然后女人说：“事实上，他是乘‘一帆风顺号’来的。”

“穆迪？”

“是的。”

“不。他不可能。”

“弗朗西斯！不要反驳我。他亲口告诉我的，那天晚上。”

“不，”男人说，“没有一个叫穆迪的人。只有八个乘客，我看过乘客名单。我会记得那个名字的。”

“也许你没注意。”女人说，“你知道我讨厌被反驳。咱们别争论了。”

“我怎么会忽略穆迪这样的名字？哎呀，那简直就像忽略汉诺威，或者——或者金雀花[①]一样啊。”

女人大笑，“我很难把阿德里安·穆迪与王室相提并论！”

阿苏听见椅子吱呀一响，还有重物在地板上移动的声音。“我只是说，我会认出那个名字。你能忽略卡弗这个名字吗？”

女人喉咙里发出一点响声。“他绝对说过他是乘‘一帆风顺号’来的。”她说，“我记得一清二楚。我们别在这个话题上纠缠了。”

“有什么地方不对劲儿。”那个男人说。

“嗯，你有乘客名单吗？你肯定有一张《时报》——船到港那天的。为什么不查看一下呢？”

“对。你说得对。等一下，我这就到吸烟室里找一找。他们在写字台上存着一摞过去的大报。”

门被打开，又被关上。

Φ

隔壁房间的煤油灯亮了起来，把后院的一角笼罩在柔和的黄光中。卡弗在皇冠旅馆的吸烟室里——终于与莉迪娅·韦尔斯分开了。阿苏微微地挺直身体。透过窗户，他看见卡弗背对门口，正在快速地浏览写字台上的报纸。根据阿苏的观察，房间里没有别人。卧室里，莉迪娅·韦尔斯开始为自己哼唱一首小曲。

阿苏站起身来。他把克尔专利贴在大腿上，让穿着淘金汉靴子的脚步尽量放得轻柔，从房子后面潜行到工匠专用的门旁。他转身朝着小

① 金雀花（Plantagenet）指的是耳熟能详的金雀花王朝（1154—1399）。

巷——却突然愣住了。

“放下你的武器。”

一个人站在小巷最远端，脸在暗处，手里握着长柄手枪，正是监狱长乔治·谢泼德。阿苏没有动。他的目光转向谢泼德的手枪，然后回到谢泼德的脸上。

“放下它，”谢泼德说，“不然我会开枪打你。立刻放下武器。”

阿苏还是什么都没说，依然纹丝不动。

“跪下，把你的左轮手枪放在地上。”谢泼德说，“立刻服从命令，否则死路一条。跪下。”

阿苏跪下,但是并没有放开克尔专利。他的手指将扳机扣得更紧了些。

“我会在你打开保险瞄准之前就打死你。”谢泼德说，“不要胡来。放下你的武器。”

“玛格丽特。”阿苏说。

“是的。”谢泼德说，“她给我报了信。”

阿苏摇了摇头，他无法相信这一点。

“她是我的妻子，”谢泼德情绪暴烈地说，“在我之前，她是我哥哥的妻子。我相信，你还记得我哥哥吧。你应该记得。”

“不。”阿苏的手指在扳机上又扣紧了一些。

“你不记得他了？还是认为应该忘记他？”

“不。”阿苏固执地说。

“让我刷新你的记忆吧。”谢泼德说，“他死在达令港的白马酒吧，在近距离内被子弹射穿了太阳穴。你现在想起他来了吗？他的名字是杰里米·谢泼德。”

“我记得。”

“好，”谢泼德说，“我也记得。”

“我没有杀他。”

“还是以前的那老一套，我明白。”

“玛格丽特。”苏永盛又说了一遍，依然跪着。

Φ

“弗朗西斯！”

“别作声。嘘。”

“……你在听什么？”

“嘘。”

“我没听到什么。”

“我也没有。那就好。”

“离这儿真近啊。”

“可怜的羔羊。吓着你了吗？”

“只是一点点。我还以为——”

“别在意。很可能只是一次意外。有人在给自己擦枪。”

“我不由自主地以为是那个可怕的中国佬。”

“他不会得手的。他会直奔宫殿旅馆，天不亮就会被围剿掉。”

“你一直那么害怕他，弗朗西斯。”

“过来。”

“好的。好的。我现在已经缓过劲儿来了。让咱们看看你找到了什么。”

“这里，”一阵沙沙的声音，“看。麦克基成、莫雷利、帕里什。看见了吗？总共八个——哪里都没有提到沃尔特·穆迪。”

女人查看报纸、核对日子的时候，有一阵短暂的安静。随后男人说：“奇怪的是竟然在这方面说谎。尤其是他的伙伴，在几个星期后，如同从天而降似的，开始跟我唠叨保险的事情。说他自己只是一个喜欢把漏洞告诉他人的人。”

“其中一个名字肯定是假的。如果你的乘客确实是八个，沃尔特·穆迪真是其中一位的话。”

“八个——而且全都下了船。那天下午他们被平底船摆渡到海滩上——在我们翻船之前六小时，也许七小时。”

“那么他一定是用了假名。”

“他为什么要这样做呢？”

“嗯，那么他也许是在撒谎。谎称是乘‘一帆风顺号’来的。”

“他为什么要这样做呢？”

显然，莉迪娅·韦尔斯也没有找出这个问题的答案，片刻后她说：“你在想什么呢，弗朗西斯？”

“我在想给我的老朋友阿德里安写一封信。”

“对，你写吧，”韦尔斯夫人说，“我自己也会去打听打听。”

“保险款项的确已经批准。加斯科因的话果然不错。”

她随后说：“咱们上床吧。”

“你这一天够难熬的。”

“特别难熬的一天。”

“到头来，一切都会好起来的。”

“她会得到她应得的，”韦尔斯夫人说，“我也想得到我应得的，弗朗西斯。”

“等待，对你来说很郁闷。”

“度日如年。”

“唔。”

“你也感到厌倦了吗？”

“唉……我不能如我所愿，在大街上炫耀你。”

“那你想怎么炫耀我呢？”

卡弗没有回答这个问题。简短的沉默之后，他声音很小地说：“你很快会成为卡弗夫人。”

“我已经在展望这个目标了。”莉迪娅·韦尔斯说，然后很长一段时间没有人说话。

春分

一对情人在骚动中安睡。

乔治·谢泼德指挥将苏永盛的尸体搬到警察营地他的私人书房里，放在地板上。死亡之后，这个男人下巴和颈前涂黑之处显得更加可怕。尸体被抬进来时，乔治夫人深深地呼吸，仿佛是让自己坚强起来，抵御体内的疾风。考埃尔·德夫林从警察营地的监狱过来，震惊地低头看着尸体。这个“单帽”唤起了他对隐士克罗斯比·韦尔斯的鲜活记忆，就在两个月前，隐士就是以完全相同的方式被停放在这里——事实上是躺在同一张细纱床单上，嘴唇微微张开，一只眼皮底下露出一丝白色微光，因为他的眼睛没有完全闭上。过了好一会儿，德夫林才反应过来这个死者到底是谁。

“这一枪是我打的，”谢泼德说，神情十分平静，“当时他冲着卡弗举起了手枪。打算从窗户朝卡弗的后背开枪。我及时阻止了他。”

德夫林终于能够说出话来，“你就不能——缴了他的械？”

“不行，”谢泼德说，“当时不行。不是他送命，就是卡弗送命。”

玛格丽特·谢泼德发出一阵呜咽。

“但是我不明白，”德夫林说，瞥了她一眼，然后回头看着谢泼德，“他当时在干什么，掏出一只手枪对准卡弗？”

“玛格丽特，也许你可以澄清牧师的疑惑。”乔治·谢泼德冲着他的妻子说，而她又一次呜咽起来。“尊敬的牧师，我需要你再挖一个墓穴。”

“他的尸体当然应该送回家去给他的亲人。”德夫林说着，皱起了眉头。

“这个人没有任何亲人。”谢泼德说。

“你怎么知道的呢？”德夫林说。

“同样，”谢泼德说，“也许你还是应该问问我妻子。”

“谢泼德夫人？”德夫林说，左右为难地等待着。

玛格丽特·谢泼德喘息着，用双手捂着脸。

谢泼德转身朝着她。“镇静下来，”他说，“别像个孩子。”

女人立刻把捂在脸上的手拿下来。“请原谅我，尊敬的牧师。”她细声细气地说，却没有抬头看着对方。她的脸色十分苍白。

“一点儿没关系，”德夫林说，眉头紧锁，“你处于震惊之中，仅此而已。也许你应该躺下休息。”

“乔治。”她轻声地说。

“我认为你今天做了一件合乎道德的事情，”狱守眼睛瞪着她说道，“我要表扬你。”

听到这话，谢泼德夫人的脸扭曲起来。她握起双手放在嘴上，跑着离开了房间。

“很抱歉，”她走了以后，狱守对德夫林说，“你也看到了，我妻子的情绪很容易波动。”

“我不怪她。”德夫林说。谢泼德与妻子之间的关系令他百思不解，但他知道最好不要说出内心的担忧。“在死亡面前情绪失控是非常自然的事情。如果与死者有过交往，那么感情就会更加强烈。”

谢泼德低头盯着苏永盛的尸体。“德夫林，”片刻后他说，抬起头来，“你愿意跟我一起喝杯酒吗？”

德夫林吃了一惊，狱守以前从来没有提出过这样的邀请。“我不胜荣幸，”他说，语气依然是谨慎的，“但也许我们应该去会客厅……或者到外面的廊台上，到不会打扰谢泼德夫人休息的地方去。”

“好。”谢泼德走到他的酒柜前，“你想要白兰地，还是威士忌？我两种都有。”

“哦。”德夫林说，再次吃了一惊，“我已经太长时间没有沾一滴威士忌了。来点儿威士忌太好了。”

“我只有柯克利斯敦[①]，”谢泼德说着，抽出酒瓶，举了起来，“这东西还算凑合。”他摞起两只酒杯，用他的大手抄起来，示意德夫林为他开门。

警察营地的院子里空无一人，黑暗中透着寒冷。对面房子的窗户都关闭了，里面住着的人已上床安寝。风早在日落时停息了，现在几乎是完全的宁静，万籁俱寂，如同一池没有涟漪的水面。唯一的声音是飞蛾扑向小屋门旁支架上挂的油灯玻璃罩时发出的碰撞声。每次飞蛾盘旋落入灯罩中时，都会传来火焰窜动的嘶嘶声，随后是飞蛾身体被烧焦后，灰烬飞扬的刺鼻气味儿。

谢泼德把酒杯放在栏杆上，给两人各斟一杯酒。

“玛格丽特曾经是我哥哥的妻子，”他说，递给德夫林一杯酒，将另一杯一饮而尽，“我哥哥。杰里米。杰里米死后，我娶了她。”

“谢谢。”德夫林轻声说，接过酒杯，端起来凑近鼻子。狱守太谦虚了，这威士忌要比他说的“凑合”高级多了。在霍基蒂卡，一瓶柯克利斯敦的价钱是十八先令，而当烈酒紧缺时，价格还要翻倍。

“白马酒吧，”狱守说，“是那个地方的名字。达令港的一个码头酒馆。他的太阳穴被子弹打穿。”

德夫林啜饮他的威士忌。带有一点熏腊味儿，略为陈旧，使他联想起腌制的肉类、新书、农仓院子，还有丁香的气味。

“所以我娶了他的妻子，”谢泼德继续说，给自己又斟了一杯酒，“这是一件符合道德的事情。尊敬的牧师，我不像我的哥哥，无论是性格还

① 柯克利斯敦（Kirkliston）是苏格兰爱丁堡以西的一个小镇，是19世纪大规模工业化制造威士忌的产地之一。

是品位。他是一个道德沦丧的人。我没有通过对比抬高自己的意思，但是我们之间的差别经常引起别人的议论。从孩提时代起，我们就有天壤之别。我对他与玛格丽特的婚姻几乎一无所知。玛格丽特曾是个女招待。如你所知,不算是个美人。但我娶了她。我做的是负责任的事。我娶了她，保障她的生活，补偿她的损失，我们一同等候着案件的庭审。”

德夫林默默点头，盯着自己的威士忌，把小酒杯在手里转动着。他一直在想苏永盛，躺在屋里冰冷的地板上——下巴和脖颈前部都被黑鞋油涂黑了，眉毛也被描浓，像一个小丑。

“可怜的、野蛮的杰里米，”谢泼德说，“我从来没有欣赏过他，据我所知，他也从来没有欣赏过我。他是个可怕的打架斗殴之徒。我预料到总有那么一场打斗会是致命的，那是迟早的事情，打架斗殴是他的家常便饭。我刚听说他被杀害时，并没有感到太惊讶。”

他再次干掉了他的那杯酒，又斟满一杯。德夫林等待他继续说下去。

“是那个约翰尼中国佬干的。杰里米在大街上踢过他，很可能还羞辱了他。那个窄眼佬回来找他算账。发现我哥哥在酒吧楼上租用的房间里酩酊大醉地睡觉。从他床边拿起玛格丽特的手枪，把枪口戳在他的太阳穴上，结果就是这样。当然他企图逃跑，但是他够愚蠢的。他没有跑出码头的边缘,被一名警官绊倒,当夜就投入大狱。审判定在六个星期之后。”

谢泼德又一次喝干了杯中的酒。德夫林感到惊讶，他以前从没见过狱守喝酒，除非在吃饭的时候，或者作为药用。也许阿苏之死令他内心感到不安。

“审判本应该直截了当，”狱守继续说着，给自己斟满了第四杯酒，他的脸已经变得很红，“第一，不用说，嫌疑人是个窄眼佬。第二，他有足够的动机想要加害我的哥哥。第三，他一个英文字都听不懂，无法为自己辩护。在任何人看来，那个窄眼佬毫无疑问是有罪的。他们都听见了枪声。他们都看见了他逃跑。但后来，轮到玛格丽特·谢泼德坐在证人席上。别忘了,她是我的新婚妻子。我们结婚还不到一个月。她坐下来，下面就是她说的话。‘我丈夫不是被这个中国佬杀害的’，她说，‘我丈夫死于他自己的手，我知道这点，因为我目睹了他的自杀。’”

德夫林不知道玛格丽特·谢泼德是否正在房间里倾听他们谈话。

“这里面一句真话都没有，”狱守说，“全是捏造。她撒了谎。而且还在宣誓的情况下。她声称自己的亡夫是个自杀者，玷污了他生前的形象——我哥哥生前的形象——而这一切都是为了保护那个一文不值的窄眼佬，使他不受应得的惩罚。毫无疑问他应该被绞死。他早就该被绞死了。他犯下了罪，但罪恶没有得到惩罚。”

“你怎能肯定你妻子说的不是真相呢？”德夫林说。

“我怎能肯定？”谢泼德再次伸手去拿酒瓶，“我哥哥不是一个会自杀的人，”他说，“就这么简单。你再来一杯？”

“劳驾。”德夫林说，伸出他的酒杯。他尝到威士忌的机会太少了。

“我能看出你心存怀疑，尊敬的牧师，”谢泼德一边说，一边斟酒，“但是这根本没有别的解释。杰里米不是自杀的类型。并不比我更有自杀倾向。”

“但是谢泼德夫人会有什么理由——要撒谎呢，在宣誓的情况下？”

“她喜欢他。”谢泼德断然地说。

“这个中国佬？”德夫林说。

“是的，”谢泼德说，“已故的苏先生。他们之间有一段往事。你可以相信，我绝对没有料到这一招。然而，等到我发现时，她已经是我妻子了。”

德夫林再次啜饮他的威士忌。两人沉默良久，看着对面房子的阴影轮廓。

德夫林随后说：“你还没有提到弗朗西斯·卡弗。”

“哦——卡弗，”谢泼德说，旋转着他的酒杯，“是的。”

“他与苏先生是什么关系？”德夫林说，给他提示。

“他们有一段恩怨，”谢泼德说，“某种家族仇恨、贸易争端。”

这些德夫林已经知道了，“是吗？”

“我从达令港就一直盯着苏。我今天早上得到消息，说他在营盘街户外用品店购买了一支手枪，我立刻就申请了逮捕他的通缉令。”

“就因为买了手枪，你就会逮捕一个人吗？”

“是的，如果我知道他打算用它。苏已经发誓要取卡弗的性命。他已经发过誓。我知道他一旦追上卡弗，除了谋杀没别的。我一听说手枪的事情，立刻就发出了警报，把宫殿旅馆监视起来。事先给卡弗报了信，让他知道。还给街头公告员都发了通知，让他们沿街传呼。可我总是比他慢半拍——直到这最后一步。”

“最后一步？”片刻之后，德夫林说。

谢泼德冷冷地盯着他看，“我已经告诉你发生了什么。”

“不是他送命就是卡弗送命。”德夫林说。

“我是在法律范围内行动的。”谢泼德说。

“我相信是的。”德夫林说。

“我有逮捕他的通缉令。”

“我并不怀疑这一点。”

“复仇，”谢泼德坚定地说，“是一种嫉妒行为，不是正义。是自私地曲解了法律。”

“复仇肯定是自私的，”德夫林同意，“但是我怀疑它与法律会有多大关系。”

他喝完他的威士忌，而谢泼德在停顿很久之后，也喝干了自己的酒。

“我深切同情你哥哥的遭遇，谢泼德先生。”德夫林说，把他的酒杯放在栏杆上。

“是的，唉，”谢泼德说着，给威士忌酒瓶塞上了瓶塞，“多年前的往事了。过去的就让它过去吧。”

“有些事情是过不去的，”牧师说，“我们无法忘记自己爱过的人。我们无法忘记他们。”

谢泼德瞥了他一眼，“你仿佛有切身体验，有感而发。”

德夫林没有立刻回答。片刻之后，他说："如果我根据切身经历悟出了一个道理，那就是：从别人的视角来理解某种情形，比登天还难，千万不要低估这种难度。"

狱守听罢只是咕噜了一声。他看着德夫林走下台阶，进入院子。走到拴马桩那儿，牧师扭过头，说道："我早上的第一件事就是去海景，开始挖墓穴。"

谢泼德一直没有动，"晚安，考埃尔。"

"晚安，谢泼德先生。"

狱守一直看着，直到德夫林绕过监狱的一边，然后，他用食指与拇指捏住两只酒杯，拿起酒瓶，进屋去了。

Φ

监狱的门一直半开着，值班警官坐在门内，来复枪横放在膝头。他挑起眉头，无言地询问牧师是否想进屋。

"恐怕他们都上床了。"他说，声音很低。

"没事，"德夫林说，也非常小声地说话，"我只待一小会儿。"

斯坦斯肩膀上的子弹已经取出来了，伤口缝了针。脏衣服已经从他身上剪开脱掉，脸上和头发里的尘土都洗掉了。给他穿上了一条鼹鼠皮裤子，一件宽松的斜纹衬衫，这套衣服是在保证第二天付款的前提下，从泰格林五金店得到的。在这所有的护理过程中，小伙子的意识恍惚不定，嘴里咕哝着安娜的名字。然而，当他意识到医生打算将他安置在警察营地对面的规范旅馆时，他的眼睛立刻睁开了。他不愿离开安娜。他不愿意去任何安娜不去的地方。他大惊小怪地闹腾，达到了自己的目的，医生为了安抚他，终于同意让他留下。为他在监狱里摆放了一张床，紧靠在安娜躺着的地方，为了防止出现不和谐，他们决定让斯坦斯也像其他人那样戴上手铐。小伙子并未提出抗议，欣然接受了绑束，他躺下来，伸出一只手触摸安娜的脸颊。过了一段时间，他闭上眼睛，睡着了。

从那以后，他就一直没有醒过。他和安娜面对面躺着，斯坦斯向左侧躺，安娜向右侧躺，两人的膝盖都弯到胸口，斯坦斯的一只手插在裹着绷带的肩膀下面，安娜的一只手也掖在脸颊下。在夜里的某个时间，她一定朝着他转了身，她的左臂向外伸展，手指张开，手掌朝下。

德夫林靠得更近些。他感到情不自禁——究竟是被什么感动的呢，他却说不清楚。乔治·谢泼德的威士忌温暖了他的胸膛和胃——他的颅骨感觉到一种模糊的压力，眼睛后面隐约有发热感——但是狱守的故事让人感到凄惨，甚至寒心。也许他马上就会哭出来。如果能哭出来会感觉好一些。这是多么不同寻常的一天啊。他的心情十分沉重，四肢筋疲力尽。他低头看着安娜和斯坦斯，他们面对面，身体如同镜像一般对称。两人的呼吸都是相通的。

原来他们是情人，他想，低头看着他们。原来他们竟然是情人。他从他们的睡姿知道了这一点。

第四章

四　月

1865年4月27日

南纬45° 52'0"/东经170° 30'0"

达尼丁

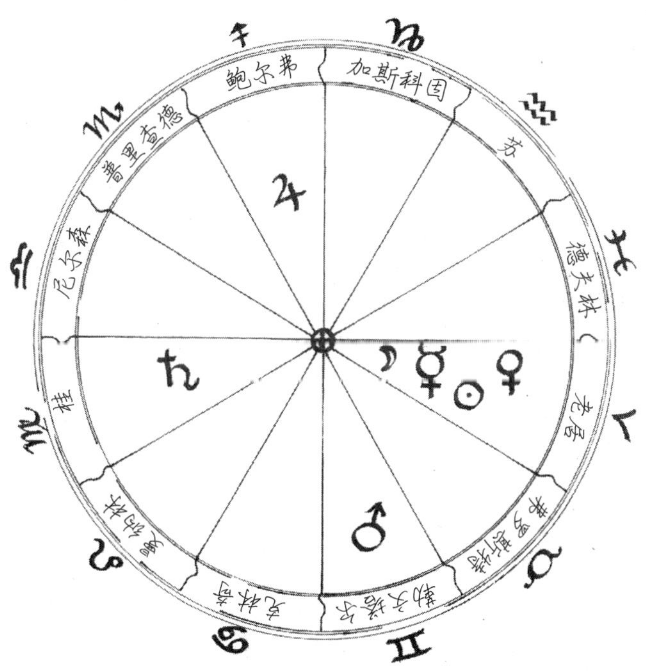

1866年4月27日

南纬42° 43'0"/东经170° 58'0"

霍基蒂卡

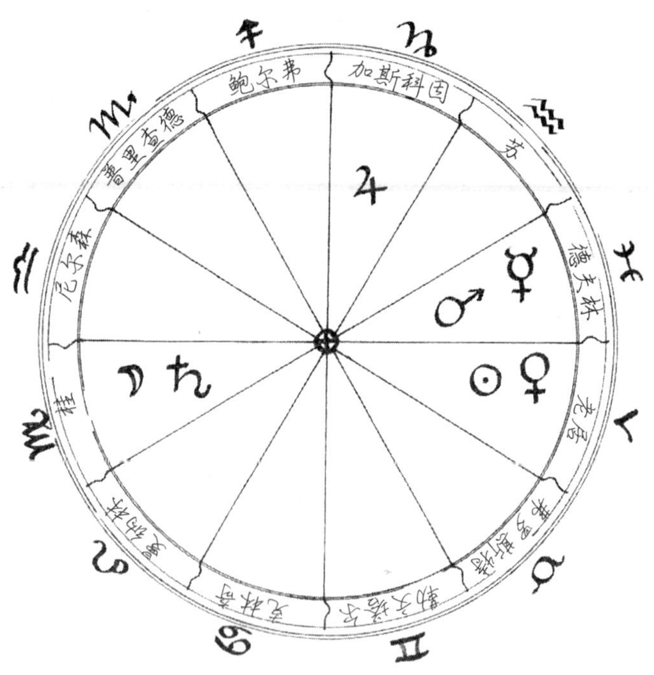

白羊座第一点

从悉尼启航的一条蒸汽船到达查默斯港，两个乘客比其他人先起床。

安娜·韦瑟雷尔在新西兰的第一眼看到的是奥塔哥半岛的岩石矶头：斑驳的崖壁急剧下降，坠入翻滚着白色泡沫的海水中，而在崖顶上，草皮如同皱巴巴的披风，被风吹得倾斜飘晃。此时黎明刚过。一层薄雾正从海面升起，遮蔽了海港最远的一端，那儿的山峦变成蓝色，然后转成紫色，而小港变得越来越狭窄，逐渐缩小成一个小点。太阳依然低挂在东方，在海面上洒下一片润润的黄色光辉，给西海岸的岩石染上了橘红的色调。达尼丁城还没有在视野里出现，它仿佛被掖藏在海港胳膊肘的后面，而这一带的海岸线上没有人烟和牲畜的痕迹。安娜的第一印象这里是一片孤独的水域，晴朗的天空，还有未经过人类生活或工业触及的崎岖大地。

第一道可以用肉眼看见的景色，出现在黎明前的朦胧时光，所以安娜并没有看见地平线上的半岛轮廓，随着蒸汽船越来越接近海岸，那轮廓逐渐变大、颜色加深地显现出来。约数小时后，安娜被吵醒，那是一种陌生的鸟叫声形成的奇怪噪音，安娜由此推断，他们肯定是终于靠近陆地了。她缓慢地从铺位上爬起来，小心翼翼地不吵醒其他女人，在黑暗中整理好她的头发和丝袜。当她肩膀裹着披肩，爬上铁梯子来到甲板上时，“幸运之风号”正绕到海港外圈的矶头处，半岛已经环绕在她的四周——经过海上数星期漫长的漂泊之后，这种慰藉来得太突然了，令人难以置信。

“它们真壮丽啊，是不是？”

安娜转身。一个戴着圆顶毡帽的金发小伙子靠在左舷栏杆上。他朝悬崖指点着，安娜看到了将她从沉睡中惊醒的叫声怪异的鸟群，它们云集在崖面处，随心所欲地盘旋着，身体反射着亮光。她向前走到栏杆旁。它们在她的眼里看来像是巨大的海鸥，翅膀上面是黑的，下面呈白色，雪白的鸟头，粗壮而苍白的喙。就在她盯着它们看的时候，其中一只鸟在船前低飞掠过，翅膀尖儿擦过水面。

“美丽啊。”她说，“它们是海燕——还是塘鹅？”

“是信天翁！”小伙子一副喜气洋洋的神色，“是真正的信天翁！你就等着那个家伙回来吧。过一会儿会回来的。它已经绕船盘旋了好一阵子了。天哪，这该是什么样的感觉啊——飞翔！你能想象得出来吗？”

安娜笑了。她看着那只信天翁从他们身旁滑翔而过，掉转方向，然后开始顺风上升。

“信天翁，它们是极佳的吉祥鸟，”小伙子说，“而且是令人最不可思议的飞翔能手。故事里说，它们可以长期跟随船只，一跟就是好几个月，饱经各种各样的气候锤炼——有时候，甚至绕过半个地球。只有老天知道这些家伙曾去过哪里——而且在游历中到底见证过什么。”

那只信天翁侧身一转，几乎变得无影无形。如同一根白色的针，在天空的衬托下是那么苍白的一抹。

“真正有神话意义的鸟太罕见啦，”小伙子继续说，依然看着信天翁，“我的意思是，虽然有渡鸦，而且我想你也许会说鸽子也有特殊的意义……但它并不比猫头鹰或老鹰更特殊。信天翁则不同。它具有如此重要的分量。如此的象征意义。它几乎像天使一般。甚至只要说出这个名字，都会感觉到一阵激动。我很高兴终于见到它了。我简直怦然心动了。多么美好啊，它们这样保护着海港口！对于一座黄金小镇来说——这是多棒的一个吉兆啊！我听见了它们的召唤——就是这个唤醒了我——我不知道声音是从哪儿传来的，就来到了甲板上。刚开始我还以为是猪叫呢。”

安娜从侧面瞟了他一眼。这个小伙子是在谱写友谊的序曲吗？他说话的口气，仿佛他们俩是亲密的知交，然而事实上，自从离开悉尼之后，他们在旅途上除了敷衍的问候，还没有说过一句话——安娜大部分时间都待在女人区，而小伙子则在男人区。她不知道他的名字。当然，她曾远远地看见过他，但他并没有给她留下什么特别印象，无论好坏。她现在发现他像是某种离群之马。

“它们的叫声也唤醒了我。”安娜说，接着又说，“我想我们应该去叫醒其他人了。这么美妙的景观不容错过。”

“不要，”小伙子说，“啊，还是不要吧。你不介意吧？我无法忍受熙熙攘攘的人群。别破坏了这样的时刻。肯定有人会说‘不背十字架，而挂信天翁’，或者‘三个人中拦一个”[①]，那么剩下的旅途就会完全陷于争论中——我是说，每个人都企图拼凑起那首诗，为哪一句放在哪里而争个喋喋不休，人人都想胜人一筹，炫耀自己的记忆力。我们还是独自享受它吧。黎明是多么私密的时辰啊，你不这么认为吗？多么寂静的时辰啊。虽然人们经常说午夜寂静，可我认为午夜是特别适合他人陪伴的时辰——大家都在一起，在黑暗中沉睡。”

“我恐怕打扰了你的寂静。”安娜说。

“没有，没有，”小伙子说，“啊，没有。寂静最好是与人共同享受。”他立刻朝她露齿而笑，安娜也对他报以微笑。“尤其是在另一个人的陪伴

① 以上两节诗歌均引自长诗《古舟子咏》(*The Rime of the Ancient Mariner*, 1798)，故事中象征吉祥的信天翁被一个水手打死，他遭受其他水手的指责后，为了赎罪将死掉的信天翁挂在脖子上，因此信天翁又被用来比喻心理上的沉重负担，这是一个家喻户晓、脍炙人口的故事，其作者是英国诗人、哲学家、评论家塞缪尔·泰勒·柯勒律治（Samuel Taylor Coleridge，1772—1834）。

下。”他补充道，回头看着大海，“孤独的感觉很可怕，真正的孤独一人。当我不是孤身一人时，才喜欢享受孤寂的感觉。看——何其美哉！它过一会儿就会盘旋而归。”

“鸟总是让我想起船。”安娜说。

小伙子转身看着她，眼睛瞪得大大的。“是吗？”他说。

在小伙子的直视下，安娜脸红了。小伙子的眼睛是深棕色的。眉毛浓密，嘴唇丰满。他戴着一顶平边的圆顶毡帽，帽子下面暗金色的头发乱而不羁，卷发披落在鬓角处，盖住了耳朵。他的头发显然是几个月前修剪的，此后再也没去过理发店。

“这只是幻想。”她说，变得害羞起来。

“你必须接着讲下去，”小伙子说，“你必须！请继续。”

“沉重的船舶在水里是那么优雅，”安娜终于说，眼睛看着别处，“我是说，与较轻的船相比。如果一只船太轻——就会随着海浪起伏摇摆——它的运动就谈不上优雅。我相信这跟鸟是同样的道理。体大的鸟不会被风摇撼。它们在空中总是安然尊贵。这个家伙。看着它飞翔，就如同看见一条沉重的大船乘风破浪。”

他们看着那只信天翁再次盘旋而过。安娜偷偷瞟了一眼小伙子的鞋子。一双棕色皮鞋，鞋带系得紧紧的，既不是崭新锃亮，也不是太破旧——使她摸不到有关他来历的任何线索。最有可能的就是他如同船上每个人一样，都是来奥塔哥金矿发财的。

“你说得太对了，”小伙子大声说，“没错，确实如此！这跟看一只麻雀完全不同，对不对？信天翁有重量——正像一条船，确实如此！”

“我倒想看到它在暴风雨中飞翔。”安娜说。

“这是多么独特的愿望啊。”小伙子说，欣喜万分，“现在经你一说，我相信我也有一样的感觉了。我也想看看它在暴风雨中的样子。”

两人陷入了沉默。安娜等待小伙子介绍自己的名字，但他没有再开口说话，随后，其他人来到甲板上，打破了他们的寂静。小伙子脱帽致礼，安娜屈膝回礼。接着，一转眼间，他便不见了。安娜转身朝着大海。现在鸟群已经落在他们身后，信天翁的呢喃声和尖叫声渐渐消遁——被蒸汽船连续的轰鸣声和大海威严的咆哮声吞噬。

水星在双鱼座；土星与月亮合相

考埃尔·德夫林提出要求；沃尔特·穆迪显示英雄本色；乔治·谢泼德感到惊讶和不悦。

自秋分之夜起，安娜·韦瑟雷尔和埃默里·斯坦斯就一直被监禁在警察营地监狱里。安娜的保释金定为八英镑，一笔大得出奇的数目，如果没有别人帮助，她绝对不敢奢望负担得起。当然，这一次她没有缝在衣服里的财富可做担保，没有一个雇主会替她支付这笔债务。埃默里·斯坦斯如果不是自己也被指控在押，可能已经为她出了这笔钱。斯坦斯在重新露面的第二天早晨就被捕了，被指控诈骗、贪污，以及渎职。他的保释金是一英镑一先令——标准收费——但是他选择拒不付费，他宁愿与安娜待在一起，等候裁判法院的传票。

他们重逢后，安娜的健康几乎立刻开始恢复。她的手腕和胳膊都丰满起来了，挨饿的、愁容不展的脸色也有了变化，脸颊开始红润起来。这些改善都被吉利斯医生满意地看在眼里，他在秋分后的几个星期里，几乎每天都来警察营地监狱出诊。他非常严厉地对安娜讲解鸦片的危险性，表达他的热切希望，安娜这次昏厥，应该引以为戒，再也不能碰烟枪了。到目前为止，她已经侥幸逃脱了两次，不能指望第三次依然幸运。“幸运，”他说，“很快就会用光的，亲爱的。”医生为安娜开了逐步减量的鸦片酊处方，作为戒毒手段，逐渐戒除她的毒瘾。

对埃默里·斯坦斯，吉利斯医生也开出同样的处方：每天五打兰鸦片酊，每两个星期减一打兰，直到他的肩伤完全愈合。伤口经过缝合与包扎后，看上去已经好多了，虽然肩关节还很僵硬，胳膊还不能举过头的高度，但是他身体的其他方面都在十分迅速地恢复。每天晚上，当考埃尔·德夫林将鸦片酊罐子拿进警察营地监狱时，斯坦斯急切地看着牧师将铁锈色的液体倒入两只锡杯。他无法解释自己对这种药物产生的突如其来、无法慰藉的渴求，而安娜似乎对她的每日剂量根本不感兴趣，甚至闻到它的气味都会皱起鼻子。德夫林在鸦片酊中加入糖，有时掺入一些甜雪利酒，以降低酊剂的苦味——然后，遵照医生的严格指示，他站在两个犯人面前，瞪眼看着他们喝掉各自的药量。总是无须多久，鸦片就开始生效，几分钟内，他们随着一声叹息，都变得昏昏欲睡，然后进入一种奇异的、带着鲜红色调的睡眠，如同沐浴着月光的水下风光。

在接下来的几个星期，他们在沉睡中度过，浑然不觉霍基蒂卡的诸多重大变化。四月的第一天，阿利斯泰尔·劳德柏科当选新成立的韦斯特兰选举区的首届国会议员，以三百张选票的悬殊差额获得了大多数支持。他在获胜感言中赞扬了霍基蒂卡，称这个镇子是“新西兰的金块”。接着，他表达了自己因为这么快就要离开这里而感到的巨大悲哀，并向选民们保证，下个月他将本着一个普通淘金汉的最大利益到新首府走马上任，作为一名忠实的韦斯特兰人在国会服务。劳德柏科发表讲话之后，裁判官非常热情地与他握手，特派专员带领众人高呼三次“好啊”。

四月十二日，乔治·谢泼德的监狱和救济院的围墙终于竣工。包括安娜和埃默里在内的罪犯们从警察营地的临时住房搬到了海景高坡上的新建筑里，乔治夫人已经被任命为那里的女总管。阿苏死了以后，她一直埋头忙于给毛毯锁边、缝制制服、烹调、盘查货物，以及分配每周定量供应的香烟和盐。即使有人看见她，这种可能性也比原先更罕见了。每晚她都在海景墓地度过，每夜则是孤守卧房。

十六日，弗朗西斯·卡弗和莉迪娅·韦尔斯终于结婚了，据《西海岸时报》社会栏目报道，出席的客人“在着装、数量和风度上，均与一个寡妇新娘的婚礼十分相称”。婚礼的第二天，新郎收到了加里蒂社团的一大笔现金付款，他用这笔款子一次付清了他欠债主们的钱，“一帆风顺号”船壳上的最后一块镀铜被撬了下来，被回收榨干后的船骨终遭抛弃。卡弗结束了在宫殿旅馆的居住，与他的妻子在游人好运楼安了家。

这一段时期内，很多人攀登上崎岖的小径来到海景高坡，想要采访埃默里·斯坦斯。考埃尔·德夫林根据狱守的严格指示，谢绝了每个人——他向他们保证：是的，斯坦斯还活着；是的，他患了重病，仍在休养中；是的，他会在适当的时候结束拘留，被释放出来，这有待于裁判法院的判决。只有一个人例外，牧师没有拒绝泰老·老居，在过去一个月里，斯坦斯变得格外依赖老居。虽然老居极少在监狱里停留太久，但是他的来访给斯坦斯的情绪和健康带来这么大的益处，就连德夫林也很快习惯于期待他的到来。

德夫林发现，斯坦斯是一个性格和蔼、容易轻信的小伙子，喜欢见面就笑，对他周围世界的缺陷充满天真的情感。他很少谈及他失踪时的那些漫长日子，只反复说他曾经病得厉害，很高兴已经回来了。当德夫林小心谨慎地询问，他是否记得在“一帆风顺号”上遇见过沃尔特·穆迪时，他只是皱起眉头，摇了摇头。他那段时期的记忆支离破碎，东拼西凑，根据德夫林的判断，是由梦幻般的印象、感觉以及光影片段组成的。他既想不起登船，也记不得沉船——然而似乎回想起自己被冲到沙滩上，咳出海水，两只胳膊搂着一只咸牛肉木桶。他记得走向克罗斯比·韦尔斯的小屋；他记得路过一群坐在篝火旁的淘金汉；他记得树叶和流动的水；他记得一条被遗弃的独木舟的烂船帮，一条崖壁陡峭的峡谷，一只毛利秧鸡[①]的红眼睛；他记得夜夜有梦，梦到塔罗牌的格局，接缝中缝入金子的紧身胸衣，还有一只装有金子的面粉口袋，藏在床底下。

① 毛利秧鸡（weka，毛利语）是新西兰特有的一种不会飞的鸟。

“都是非常模糊的一片，”他说，“我一定是走进夜里，不知怎么迷失在了丛林中……无法找到回来的路。泰老这个老家伙就那样找到了我，真是太棒啦！”

“可要是他能早三天发现你，那就更好了。”德夫林说，依然非常谨慎地说话，“要是你能早三天回来，你的认领区就不会被没收了。你已经失去了你的所有资产，斯坦斯先生。”

斯坦斯似乎对此毫不关心。“人总是可以找到更多的金子的。”他说，“钱只是钱，偶尔兜里缺钱是一件好事。反正，我在绿玉神舟谷里有一笔积蓄，被藏匿起来了。好几千镑呢。一旦我身体恢复了，就去把它挖出来。”

这一点，自然花了很长时间才澄清。

四月的第三个星期，小额法庭的开庭日程登在了《西海岸时报》上。

> 对埃默里·斯坦斯先生的指控如下：其一，伪造一八六六年一月的季度报告；其二，偷窃约翰·龙·桂先生依法上交的来自极光金矿的金子，这批金子随后在已故克罗斯比·韦尔斯先生的领地绿玉神舟谷中发现；其三，未能履行认领区、矿山以及其他方面的职责，缺席长达八个星期有余。审讯时间定于四月二十七日星期四下午一点，地点为常驻裁判法庭，法官坎普先生主持裁判。

德夫林在星期六早晨喝咖啡时阅读了这条消息，即刻前往皇冠旅馆。

“是的，我看见了。”穆迪说，他正在吃红鲱鱼和烤面包早餐。

“你一定明白这些指控的意义。”

“当然。我希望会是快速听审——就跟许多其他人的案例一样，我料想。”穆迪给客人倒了一杯咖啡，背靠椅背坐着，礼貌地等候德夫林宣布他造访的原因。

牧师把一只手放在桌面上，手掌朝上。“你接受过法律训练，穆迪先生，”他说，“我了解你的人品，你有一个讲究公道的头脑，也就是说，你不片面，不偏不倚。你像一个律师应该的那样，掌握了这个案子的事实——我是说从各个方面来讲。”

穆迪皱起眉头。“是的，的确，我非常清楚韦尔斯先生小屋里的金子根本就不是来自极光。无论从哪个方面看，它都不属于斯坦斯先生。你不会是要求我到法庭上去论证吧，尊敬的牧师？”

“这正是我要拜托你的。”德夫林说，“霍基蒂卡缺少事务律师，你的头脑胜过大多数人。”

穆迪感觉不可思议。“这是民事法庭，”他说，“你能想象我把整个故事公之于众——把你们每一个人都牵扯进去——更不用说劳德柏科、谢泼德、卡弗，还有莉迪娅·韦尔斯？”

“莉迪娅·卡弗，你现在应该这么称呼她。”

“请原谅。是莉迪娅·卡弗。”穆迪说，“尊敬的牧师，我不明白在一个小额法庭上，我能够派上什么用场。我也不明白当整个事件被无情曝光后，谁能够获利——整个事件，衣裙里的金子、敲诈勒索、劳德柏科的身世，等等。”

他心里想着那个私生子，克罗斯比·韦尔斯。

“我不是提倡无情曝光，”牧师说，“而是请求你考虑担任韦瑟雷尔小姐的辩护律师。”

穆迪吃了一惊，“我记得韦瑟雷尔小姐已经请了一位律师。”

“恐怕费罗斯先生并不像他的名字昭示的那么友善①。”德夫林说，“上个月安娜在法院发生了鸦片酊昏厥之难以后，他就拒绝安娜作为他的客户了。”

“援引了什么理由呢？”

“显然他担心因腐败而被罚款。安娜表示愿意用她在法庭上争夺的那笔财富来支付他的律师费，考虑到事情的方方面面，这是相当不明智的。”

---

① 费罗斯（Fellowes）这个名字有合伙人或同伴的意思。

穆迪皱起了眉头，“法院不是有责任律师吗？”

“有——一位哈灵顿先生——但是地方法院得出高价雇用他，这是众所周知的。如果我们想让安娜免受最高法院的庭审，靠他是不行的。”

“最高法院的庭审？你一定是在开玩笑吧？”穆迪说，“这个案件将在小额法庭中全盘解决——而且我相信在很短时间内。我没有藐视你知识能力的意思，尊敬的牧师，但是民事法与刑事法之间存在巨大的差别。”

德夫林奇怪地看了他一眼，“你没有阅读今天早晨报纸上的法院日程吗？”

“当然读了。”

“从头到尾？”

“我相信如此。”

“也许你应该再仔细地查看一遍。”

穆迪皱着眉头，抖开他的报纸，翻到第三版，摊开，第二次将目光投在那些日程上。在栏目的底端写着：

> 对安娜·韦瑟雷尔小姐的指控如下：其一，伪造罪；其二，在公众场合吸毒构成扰乱秩序罪；其三，严重人身伤害罪。审讯时间定于四月二十七日星期四上午九点，地点为常驻裁判法庭，法官坎普先生主持裁判。

穆迪吃了一惊，“严重人身伤害罪？”

“吉利斯医生已经确认，斯坦斯肩膀内的子弹来自一支女士手枪。”德夫林说，“恐怕他是在烤架旅馆看门人在场的情形下，不慎走漏了这条消息，看门人想起早在一月份时，安娜房间里的开枪事件，就把那段故事和盘托出。他们立刻派了一个人到烤架，克林奇先生不得不交出安娜的手枪作为证据。从而证明了枪与子弹是吻合的。”

“但是，斯坦斯先生不会指控安娜犯有这项罪名。”穆迪说。

“对。”德夫林同意。

“那么是谁在幕后操纵呢？”

德夫林咳嗽了一下，“不幸的是，费罗斯先生依然掌握着那张倒霉的馈赠契约——就是斯坦斯赠予安娜两千英镑，由克罗斯比·韦尔斯做证人的那张。费罗斯在那之后把契约拿给谢泼德监狱长看了，你还记得，他第一次见到契约时是没有签名的。谢泼德要我说实话……我不得不承认斯坦斯的签名事实上是伪造的——由安娜本人伪造。”

“真糟糕。”

“他们已经把安娜逼上了绝路，”德夫林说，“如果她承认犯有人身攻击罪，他们将宣布这是企图谋杀罪，并用那份馈赠契约来证明她有足够的动机，希望斯坦斯死，你明白。”

“如果她不认罪呢？”

“他们仍然会指控她诈骗。如果她抵赖这一点，他们就会指控她精神失常，而我们都知道，谢泼德长期以来一直唱着这个调子。恐怕他和费罗斯是串通一气地对付安娜。”

“斯坦斯先生会做证为安娜辩护，这是不用说的。”

德夫林摇头叹气。“是的，”他说，“但是，我担心他还没有真正理解目前局势的严峻性。他性情和蔼，但他的想法有时候太过愚蠢。比如，当我提到韦瑟雷尔小姐精神失常的问题时，他竟然为这个说法感到开心。他说他不希望安娜是别的什么状态。”

“你的观点如何？这个女孩子头脑健全吗？”

“精神健全与否不是由观点决定的。”德夫林狡猾地说。

“恐怕正好相反，”穆迪说，“精神是否健全，取决于证人的证言。你有没有要医生开一份报告单？”

“我希望做这项工作的人是你。”德夫林说。

“唔，”穆迪说，把目光转向报纸，“如果我为韦瑟雷尔小姐提供法律咨询，就同样需要与斯坦斯先生谈话。”

“这很容易安排，他们俩形影不离。”

“需要私下交谈——而且要大量时间。”

“你会得到你需要的一切方便。”

穆迪敲着自己的手指，片刻之后，他说：“首要的是，我们必须确保双方统一口径。”

Φ

四月二十七日早晨，霍基蒂卡的天色变得清澈而明亮起来。沃尔特·穆迪黎明即起，花了很长时间梳洗。他修面，梳头，并且抹了发油，在耳根涂上香水。皇冠的女仆已经将他的皮靴放在门口，刚刚擦得漆黑锃亮。女仆早就在宝塔架上摆放了一件勃艮第酒红色马甲、一条灰色领巾、一件领尖外翻的立领衬衫。她把他的长礼服刷干净，熨烫好，挂在窗户上，以免在夜里压出皱纹。穆迪仔仔细细地穿戴整齐，终于下楼吃早餐时，教堂的钟正在敲响八点，他拍打了一下马甲口袋，确保他的怀表固定完好。半个小时后，他沿着雷维尔街阔步向北走去，大礼帽端正地戴在头上，皮革手提箱拎在手里。

穆迪接近法院时，感觉似乎整个霍基蒂卡的人都来出席今天上午的开庭了。排队进入法院的队伍有一半蜿蜒到大街上，柱廊里的人群似乎都屏住呼吸，面带急切的表情。他加入慢慢移动的长队，后来及时被两个面目狰狞的值班警官唤出来，引进法院里面，他们粗暴无礼地指示他，不要乱动手脚，没有被点到时不许开口说话，当宣布法官到来时，要摘掉帽子。穆迪摩肩接踵地推挤着走过通道，将手提箱紧紧地抱在胸前，然后跨过绳索，来到位于控方律师旁边的大律师板凳的既定位置。

作为辩护律师，穆迪已经在庭审前三天收到原告递交的证人名单。名字按照被传呼的顺序依次列出：考埃尔·德夫林牧师、乔治·谢泼德监狱长、约瑟夫·普里查德先生，还有奥贝尔·加斯科因先生——这个顺序使穆迪对原告律师在安娜案件中可能采取的攻击角度有了很好的了解。下午开庭的证人名单则要长得多：在韦斯特兰区诉埃默里·斯坦斯先生的案件中，原告传呼的证人有理查德·曼纳林先生、约翰·龙·桂先生、本杰明·勒文塔尔先生、埃德加·克林奇先生、哈拉尔德·尼尔森先生、查尔斯·弗罗斯特先生、莉迪娅·卡弗夫人，还有弗朗西斯·卡弗船长。在预先收到这些文件时，穆迪就立刻确定了他的两部分战略——他非常清楚地明白，上午产生的印象将为下午发表的判决书定下雏形。

时钟终于敲响了九点，有座位的人都被要求起立。人群因为坎普法官阁下的到来而变得肃穆，法官走上法官席位的台阶，身躯沉重地坐下来，对法庭成员挥了一下手，示意他们都坐下，干脆利落地完成了必要的程序。他是个脸色潮红、手指粗粗的人，胡子刮得干干净净，一头卷发粗而浓密，发型剪得怪异，气球一样膨胀在耳朵上方，平端端地扣在头顶。

“沃尔特·穆迪先生为被告辩护，”他说，阅读他面前备忘录上的名字，“劳伦斯·布罗汉先生为控方检控人，助理为裁判法院的罗杰斯·哈灵顿先生和约翰·费罗斯先生。”

“穆迪先生，布罗汉先生，”法官从眼镜上方朝大律师的长板凳处投来凝视的目光，“在我们开始之前，我要说两件事情。第一件是这样：我很清楚地知道，今天大家聚集在这个法庭上，不是出于对法律的热爱。无论谁站在被告席上，无论是什么样的指控，我们到这里来是为了满足公义，不是迷恋淫欲。我拜托你们二位在盘问韦瑟雷尔小姐，以及与她相关的人员时，将内容范围限制在适当的主题上。在描述韦瑟雷尔小姐从前的职业时，你们可以选择以下术语：‘街头女郎’‘夜女郎’或‘旧职业一员’。我在这一点上讲得够明白了吧？”

律师们咕哝着表示同意。

“好。”法官坎普说，“我要提到的第二件事，是我已经与你们每个人私下讨论过的；为了公众的利益，我在这里再重复一遍。我们今天将审讯六条指控——伪造罪、麻醉罪以及人身伤害罪，这是今天上午韦瑟雷尔小姐的案子；诈骗罪、盗窃罪，还有渎职罪，这是今天下午斯坦斯先生的案子——以上指控，在许多方面都是相互关联的，我相信每一个有阅读能力的韦斯特兰人都已意识到这一点。鉴于这种相互关系，我认为审慎的做法是推迟韦瑟雷尔小姐的判决，直到斯坦斯先生的案件审理完毕之后，以确保两个案件可以相互借鉴。都清楚了吧？很好。”他对法警点了点头，“传被告。”

当安娜从关押室里被带上来时，场内一片交头接耳声。穆迪转身注视着安娜的步态，对他的委托人给大家的印象感到满意。她纤细的身材已经摆脱饥饿和病态的特征，现在只呈现女性的娇柔，诠释的是玲珑精巧而不是营养不良。她依然穿着属于加斯科因已故妻子的那套黑裙，头发梳理得非常整洁，在颈背处绾起一个发髻。法警将她带入临时搭起的证人席，她走上前，将一只手放在法院的《圣经》上。她平静地宣誓，面无表情，然后转身面向法官，神情淡漠，双手松弛地交叉着。

“安娜·韦瑟雷尔小姐，”法官说，“你将在该法庭上回应三项指控。首先，在一份馈赠契约上伪造签名。你如何辩解？”

“无罪，先生。”

“其次，今年三月二十日下午，在公共场合吸毒，造成扰乱秩序的行为。你如何辩解？”

“无罪，先生。”

“再次，对埃默里·斯坦斯先生造成严重人身伤害。你如何辩解？”

“无罪，先生。”

法官记下了这些诉求，然后说：“韦瑟雷尔小姐，你毫无疑问将会意识到，本法庭无权受理刑事案件。”

“是的，先生。”

“你的第三条诉状，可能会被裁决为交付上级法院审理。如果这种情况成立，你将被在押拘留，直到最高法院的法官与陪审团召开庭审为止。你明白吗？”

“是的，先生。我明白。”

“好。坐下。”

安娜坐了下来。

“布罗汉先生，”法官坎普说，“本法庭现在听取你的开案陈述。”

“谢谢您，先生。”布罗汉是个身材修长的男人，留着姜黄色的小胡子，一双眼睛锐利而水汪汪的。他站起来，将他的文件与桌子边缘对齐，摆正。

“法官坎普先生、法庭同仁们、女士们、先生们，”他开始说道，“吸食鸦片这种毒品，具有野蛮性诱惑和破坏性效果，不难理解它在社会和历史上均应受到所有体面公民的普遍谴责。今天，我们将审查一个可悲的例证：一个年轻女子面对这种毒品表现出的软弱，不仅败坏了霍基蒂卡的公共形象，而且破坏了我们新成立的韦斯特兰区的整体形象……”

布罗汉的陈述冗长不堪。他提醒法庭的同仁们，安娜之前曾企图结束自己的生命，把她三月二十日下午的虚脱与自杀未遂之间画了等号——“这两个事件，”他补充道，带着嘲讽的腔调，“很好地唤起了公众的关注。”他花了大量时间，不遗余力地阐述安娜在斯坦斯馈赠契约上伪造签名的事件，对那份文件的有效性提出质疑，强调安娜通过作假将获得巨额利益。讲到人身伤害罪的指控时，他泛泛地谈及鸦片成瘾者危险而难以预测的性格特点，然后描述了斯坦斯的枪伤，说得那样详细、露骨，以至走廊里一位女士不得不被护送到法庭外面去。在结束语中，他请在场所有的人思考一下两千英镑的钱能购买多少鸦片，然后他问，市民们是否能容忍将如此大量的鸦片置于安娜·韦瑟雷尔小姐手中，她是曾经的夜女郎，是一个名声扫地、交人不淑的人。

“穆迪先生，”布罗汉坐下时，法官说，“请为被告陈述。”

穆迪立刻站起来。“谢谢您，先生，”他对法官说，“我会尽量简略。”他的双手在颤抖，因此他张开十指，将双手紧紧按在面前的桌子上，以保持稳健的体态，然后用听上去比他个人感觉更加自信的声音，说道：

“我首先需要提醒布罗汉先生：其实韦瑟雷尔小姐已经摆脱了她对麻

醉品的依赖，她的这个成就赢得了我的无比钦佩与尊重。当然，正如布罗汉先生以极大的快感为你们描述的那样，韦瑟雷尔小姐的天性使她容易沦为种种诱惑的牺牲品。我本人从未接触过鸦片烟，布罗汉先生也像他对你们保证的那样，从未碰过鸦片，我斗胆猜测我们远离毒品的共同原因之一就是恐惧：担心毒品主宰我们可能的力量，担心它的成瘾性，担心我们一旦屈从于它的影响，可能会看到的东西或可能会做的事情。我说这席话是为了强调这样一个事实：韦瑟雷尔小姐在这方面的弱点不是唯她独有的，我再次表明，她如此全心全意进行自我改造的行动赢得了我的称许。

“但是——无论布罗汉先生让你们可能相信了什么——我们来这里不是为了审理韦瑟雷尔小姐的性情，也不是为了给她的个性下判决书。我们来这里是为了以最可能的公正，审理有关的三项指控：一是伪造，二是行为不检，三是人身伤害。我不会不同意布罗汉先生所持的论点：伪造是一种严重的犯罪；我也不会挑剔他的断言：严重的人身伤害是杀人的近亲。然而，正如我的案例很快就会显示的那样，韦瑟雷尔小姐在这三项罪名上皆清白无辜。她没有犯下伪造罪；她没有以任何方式企图攻击埃默里·斯坦斯先生；她在三月二十日下午的昏厥称不上是行为不检，与十分钟前该法庭护送出去的那位女士相比，韦瑟雷尔小姐并不更应该受到指责。我毫不怀疑证人们的证词将表明我的委托人清白无辜，他们会在极短时间内证明这一点。在期待这个圆满的结局的同时，法官先生、尊敬的法院同仁们、女士们、先生们，我毫不犹豫地将此案交至法律的公正之手。”

穆迪坐下，心怦怦地剧烈跳动着。他抬头看着法官，希望得到某种首肯的表示，但是法官坎普正俯身在他的备忘录上做笔记。布罗汉轻蔑地看着穆迪，一脸恶毒的表情。费罗斯坐在布罗汉的身旁，斜着身体对他耳语着什么，片刻后布罗汉一脸微笑，转而悄声回答对方。

“谢谢你，穆迪先生。”法官终于说，大手一挥，在刚才记的笔记上画了一条线以示强调，然后放下手里的笔，“被告人现在起立，布罗汉先生，请你发言。”

布罗汉站起来，第二次感谢法官。

“韦瑟雷尔小姐，”他说，向安娜转过身，“在一月十四日夜晚之前，你是如何谋生的？”

“布罗汉先生！”法官立刻打断他，“我刚才说什么来着？韦瑟雷尔小姐是旧职业的一员。这足够了。”

“是的，先生。”布罗汉说。他重新开始。“韦瑟雷尔小姐。在一月十四日的夜里，你就你的前职业做出了一个决定，这是事实吗？”

“是的。”

“这个决定是什么？”

“我不干了。”

“你说你‘不干了’，具体指的是什么呢？”

“我不为娼了。”

法官叹了一口气。“继续。”一副无可奈何的口气。

“你有没有立刻从事其他行业？”布罗汉继续问话。

“不是立刻，”安娜说，“但是当韦尔斯夫人到镇上时，她收容我到游人好运楼。我开始学习塔罗牌，还有星体图，为了可以协助她算命，我以为自己可以当她的助理，赚钱谋生。”

“在你放弃你的前职业时，脑子里是否想到这个未来目标呢？”

“没有，”安娜说，“在韦尔斯夫人到来之前，我不知道她要来。”

“在韦尔斯夫人到达霍基蒂卡之前的那段时期，你期望如何维持自己的生活呢？”

“我那时还没有计划。”安娜说。

“根本没有计划？”

“没有，先生。”

“也许你有积蓄什么的？或者另一种形式的保障？”

"没有，先生。"

"在那种情况下，你这一步走得非常冒失。"布罗汉语气愉快地说。

"布罗汉先生！"法官打断他。

"怎么，先生？"

"点明你的观点。"

"当然。这份馈赠契约"——布罗汉将它拿出来——"提名你，韦瑟雷尔小姐，为两千英镑的幸运继承人。契约日期为去年十月十一日。捐赠人为埃默里·斯坦斯先生，于一月十四日消失得无影无踪——而就在同一天，你，作为这笔巨款的幸运受惠人，决定不再游走街头，改邪归正，在没有诱因，而且没有未来计划的情况下，做了一个决定。现在——"

"我反对，"穆迪说着，站了起来，"布罗汉先生尚未能够确定韦瑟雷尔小姐不存在改变就业状况的诱因。"

法官默许了这次干预，布罗汉看上去十分恼怒，不得不询问安娜，"韦瑟雷尔小姐，在你决定终止卖淫生计时，是否有什么诱因？"

"有。"安娜说。她再次看着穆迪。穆迪微微点头，鼓励她说下去。她深深地吸了一口气，说道："我恋爱了。与斯坦斯先生。一月十四日那夜是我们在一起的第一夜，然后——嗯，从那以后，我不想继续为娼了。"

布罗汉皱起眉头，"就是你因为自杀未遂而被逮捕的那天夜里，是不是？"

"是的，"安娜说，"我以为他不爱我——他不可能爱我——我无法忍受——就干了一件可怕的事情。"

"这么说，你承认你企图结束自己的生命，在那天夜里？"

"我打算麻醉自己，"安娜说，"但绝对没想给自己造成真正的伤害。"

"当你因自杀未遂受审时——就在这个法院——你拒绝为自己辩护。你为什么会在这方面改变了态度呢？"

这个问题是穆迪和安娜没有事先准备过的，一时间穆迪担心安娜会感觉难以应答，没想到安娜平静地做出回答，说的是真相。"当时斯坦斯先生依然失踪，"她说，"我以为他只是去了河上，或进了峡谷，那样的话他必定会读到霍基蒂卡报纸上的新闻。我不想说什么话，怕他读了以后对我产生不良看法。”

布罗汉用手背的指关节捂住嘴，干咳了几声。“请描述一月十四日晚上发生了什么，”他说，“按照时间顺序，用你自己的话说。”

安娜点了点头，“大约七点钟，我与斯坦斯先生在金粉与金块酒吧见面。我们一起喝酒，然后他带我回到他在雷维尔街的住所。大约十点钟，我回到烤架，点燃我的烟枪。我当时感觉很奇怪，我已经说过，我抽得比平时多一点。我想我一定是在麻醉状态下离开了烤架，因为我记得的第一件事情就是在监狱中醒过来。”

“你说你当时感觉很奇怪，这到底是什么意思呢？”

“哦，”她说，“只是说我感觉忧郁——非常幸福——惆怅，百感交集。我无法确切地描述清楚。”

“就在那一夜的某个时刻，斯坦斯先生也失踪了。”布罗汉说，“你知道他去了哪里吗？”

“不知道，”安娜说，“我最后看见他是在雷维尔街他的住所里。他正在睡觉。他一定是在我离开之后失踪的。”

“换句话说，是在十点钟之后的某个时间。”

“对，”安娜说，“我等着他回来——他却没有——日子一天一天过去，没有他的任何踪影。当韦尔斯夫人向我提供在游人好运楼的住所时，我认为最好接受。至少暂时接受。每个人都在议论斯坦斯肯定是死了。”

“在一月十四日到三月二十日之间的任何时候，你是否见过斯坦斯先生？”

“没有，先生。”

“你与他有没有任何通信联络？”

“没有，先生。”

“你认为他去了哪里，在那段期间？”

安娜张开嘴刚要回答，穆迪迅速站起来，说道：“反对，不能强迫被告人做出猜测。”

法官再次批准了这项反对提议，并请布罗汉继续询问。

“三月二十日下午，斯坦斯先生被救回来后，他的肩膀里有一颗子弹。”他说，“在你们约会的一月十四日那天，斯坦斯先生是否已经负伤？”

“没有。”安娜说。

“那天晚上，他是否受伤？”

“据我所知没有，”安娜说，“我最后见到他的时候，他好好的。正在睡觉。”

布罗汉从大律师的桌子上拿起一支女士小手枪，“你认得这件武器吗，韦瑟雷尔小姐？”

“认得，”安娜说，眯眼看着那支枪，“那是我的。”

“你随身携带这件武器吗？”

“当我工作的时候，通常会带。我会把它放在我的衣服前胸里面。”

“你在一月十四日那天夜里有没有携带它？”

“没有，我把它留在了烤架。放在我枕头下面。”

“但是一月十四日那天夜里你在工作，不是吗？”

“我和斯坦斯先生在一起。”安娜说。

“这不是我的问题。”布罗汉说，“一月十四日那天夜里你是不是在工作？”

“是的。”安娜说。

“然而 正如你宣称的——你却把手枪留在了家里。”

“是的。”

“为什么？”

“我认为我不会需要它。”安娜说。

“但这违反常规，按理说你会一直随身携带。”

“是的。”

“那天晚上你的手枪在什么地方，有谁能为你担保吗？”

“没有，”安娜说，“除非有人看过我的枕头底下。”

“从斯坦斯先生肩膀里取出的子弹与这种类型的手枪吻合，”布罗汉说，“你是否朝他开过枪？”

“没有。”

“你知道那一枪是谁打的吗？”

“不知道，先生。”

布罗汉再次用手背的指关节遮着嘴咳嗽。“在一月十四日的晚上，你是否知道，斯坦斯先生作为探矿者的净资产是多少？”

“我知道他很富有，”她说，“这是众所周知的。”

“那天晚上，或者其他任何晚上，你们是否谈论过在克罗斯比·韦尔斯先生小屋里发现的那笔财富？”

“没有。我们从来没有谈论过钱的事情。”

“从来没有？”布罗汉说，挑了一下眉毛。

“布罗汉先生。”法官厌烦地说。

布罗汉低下了头，“你是什么时候首次得知他写下了刚才提到的这张馈赠契约的？”

“三月二十日的早上，”安娜说，她放松了一点，这些话是她已经记得很熟的，“监狱牧师把这张纸拿到游人好运楼给我看，我拿着它直接去了法院，想弄清它到底是什么意思。我与费罗斯先生坐下来，他确认这份馈赠契约是合法的，并且是有效的。他说这里面可能有点名堂——我的意思是，他说我有可能认领这笔财富。然后，他同意代表我把契约拿到银行去。”

“之后发生了什么？”

“他要我五点钟回法院面谈。所以我就在五点钟回来了，我们跟早些时候一样坐下来。可是后来我就晕倒了。”

“是什么引起的昏厥？”

“我不知道。”

“你当时是否受到任何毒品或酒精的影响？”

“没有，”安娜说，“我是完全清醒的。”

“是否有人可以担保你当天的清醒状态？”

“那天上午尊敬的德夫林牧师跟我在一起，”安娜说，“那天下午我是与克林奇先生共同度过的，在烤架。”

“在谢泼德监狱长给裁判官的报告中，描述当你昏厥时，空气中有强烈的鸦片酊气味。”布罗汉说。

“也许他弄错了。”安娜说。

“你对鸦片有依赖，不是吗？”

“自从我搬去与韦尔斯夫人同住后，就再也没有碰过一次烟枪。”安娜坚决地说，“自我从监狱被释放的那天起，就进入了哀悼期，放弃了鸦片。”

“请允许我澄清：你声称自从一月十四日你服药过量之后，就一直没有碰过鸦片，无论何种剂型？”

“对，”安娜说，“确实如此。”

“卡弗夫人可以担保这一点？”

“是的。”

“你能告诉法庭，在一月二十七日下午，卡弗夫人到达烤架旅馆前的几个小时里发生了什么事吗？”

“我在我的房间里，跟普里查德先生说话，”安娜背诵道，“我的手枪跟平常一样，掖在胸前的衣服里面。加斯科因先生突然闯入房间，我吃了一惊，就掏出了手枪，结果枪走火了。我们谁都搞不清楚到底哪里出了问题。加斯科因先生认为可能是枪坏了，就让我重新装上子弹，然后他朝我的枕头开了第二枪，检查那支枪是否功能正常。接着，他把枪还给了我，我把它放回我的抽屉里，那是我最后一次碰它。”

“换句话说，那天下午开了两枪。”

“是的。”

“第二颗子弹卡在你的枕头里，”这位律师说，“第一颗发生了什么情况？”

“它消失了。”安娜说。

“它消失了？”布罗汉说，两道眉毛都扬了起来。

“是的，”安娜说，“它没有卡在任何地方。”

“有没有可能当时窗户是开着的？”

“没有，”安娜说，“天正下着雨。我不知道子弹到哪儿去了。我们中间没有人能弄清是怎么回事。”

“它只是——消失了。”布罗汉说。

“确实如此。”安娜说。

布罗汉没有继续提问。他坐了下来，脸上露出淡淡的狞笑，法官邀请穆迪做盘诘。

“谢谢法官先生。”穆迪说，“韦瑟雷尔小姐，今天所有三项指控的提交者是乔治·谢泼德先生，霍基蒂卡监狱的监狱长。你与此人有私交吗？”

这段谈话他们已经练习过许多次，安娜毫不犹豫地回答：“完全没有。”

“然而，谢泼德监狱长除了今天对你提出诸项指控以外，还无数次就你的神智是否健全发出断言，是吗？”

“是的，他说我精神失常。”

“你是否与谢泼德监狱长有过长时间的谈话？”

“没有。”

“你们是否曾做过任何类型的交易？”

“没有。”

“据你所知，谢泼德监狱长是否有任何理由对你怀有恶意？”

“没有。”她说，“我没有对他做过任何事情。”

“然而，我知道你们有一个共同的熟人，”穆迪说，“这是否属实？”

“是的，”安娜说，“阿苏。一个中国佬。曾在卡尼里经营鸦片窟，他是我非常亲密的朋友。他于三月二十日被枪杀——被谢泼德监狱长所杀。”

布罗汉跳起来反对。“谢泼德监狱长有逮捕此人的通缉令，”他说，“在当时的情况下，他是以警局成员的身份行使他的正当职权。穆迪先生是在诽谤中伤。”

“我知道通缉令的存在，布罗汉先生。”穆迪说，“我之所以提出这个争议，是因为我相信这个共同的熟人在原告与被告的关系上至关重要。”

“继续，穆迪先生。”法官说，皱起了眉头。

布罗汉坐下来。

“谢泼德监狱长与苏先生关系如何？”穆迪问安娜。

“阿苏被指控杀害了谢泼德监狱长的哥哥，”安娜说，口齿清晰，“十五年前，在悉尼。”

顿时，法庭变得鸦雀无声。

“那次审判的结果是什么？”穆迪说。

“阿苏在最后时刻被无罪释放，”安娜说，“他获得自由，离开法庭。”

“苏先生是否对你说过此事？”穆迪说。

“他的英语不是很好，”安娜说，“但是他经常提到的字眼是‘复仇’，还有‘谋杀’。有时他说梦话。我当时不理解这一点。”

“在你提到的那些场合，”穆迪说，“苏先生在你看来是什么状态？”

“苦恼，”安娜说，“也许恐惧。我当时没有想太多，事后才意识到。我当时不知道谢泼德监狱长哥哥的事情，直到阿苏被杀之后。”

穆迪转向法官，举起一张纸，“被告向本法庭指出的是这项庭审记录，发表于一八五四年七月九日的《悉尼先驱报》上。原件可在码头街的对跖点档案馆找到，这是它目前的存档地址。同时，我将这份公证的副本上交本法庭。”

他将副本从长凳那头递交给法官，然后转身朝着安娜，“谢泼德监狱长知道你与苏先生是非常亲密的朋友吗？”

“这并不是什么秘密，”安娜说，“我大部分的日子里都会去鸦片窟，那是卡尼里唯一的鸦片窟。可以说这几乎是众人皆知的。”

“你的造访使你获得一个绰号，是不是？”

“是的，”安娜说，“每个人都叫我‘中国佬的安’。”

“谢谢你，韦瑟雷尔小姐。”穆迪说，“我的问话完了。”他向法官鞠躬，然后坐下，法官一直在快速浏览《悉尼先驱报》上的庭审记录。

对于布罗汉来说，这个含沙射影令他感到非常意外和惊讶，他请求在原告刚刚引入的这个主题上盘问安娜。然而，法官坎普驳回了他的要求。

“今天上午我们在这里是为了审讯三项指控，”法官说，将阿苏无罪释放的那篇报道小心翼翼地放在一旁，交叉起十指，“一是伪造，二是吸毒与扰乱秩序，三是人身伤害。我已经记录了这个事实，韦瑟雷尔小姐与苏先生的关系对原告具有个人意义；但是我并不判定这些新的情况值得重新审核。毕竟，我们来这里不是考虑原告的动机，而是要考虑韦瑟雷尔小姐的动机。”

布罗汉看上去垂头丧气，穆迪捕捉住安娜的眼神，给了她一个淡淡的笑容，安娜也报以一个类似的微笑。初战告捷。

第一个被传的证人是约瑟夫·普里查德，布罗汉询问他时，他对一月二十七日烤架旅馆发生事情的表述基本上与安娜如出一辙：手枪走火，第一颗子弹消失了，奥贝尔·加斯科因作为试验发射了第二颗子弹，是朝着安娜的枕头开的枪。

“普里查德先生，”穆迪被许可盘诘时说，“一月二十七日下午，你是出于什么目的拜访韦瑟雷尔小姐的呢？”

“我估计，在她自杀未遂的故事后面还有另一个故事，”普里查德说，“我认为她的那块鸦片也许被人下过毒，或是被别的什么东西毒化了，我想化验一下。”

“你是否如你打算的那样，检查了韦瑟雷尔小姐的存货？”

“是的。”

“你发现了什么呢？”

“我一看她的烟枪就知道有人刚刚用过它，”普里查德说，“但不管那个人是谁，都不会是她。因为她那天下午清醒得如同修女一般。我从她的眼睛也能看出，她有许多日子没有碰过毒品了。甚至从她用量过度那天起就没沾过毒。”

“那么鸦片本身呢？你是否检查了她的存货？”

“我没找到，”普里查德说，“我把她的抽屉翻了个遍，寻找那块烟土——但是它已经不见了。”

穆迪挑起他的两道眉毛，“烟土不见了？”

“是的。”普里查德说。

“谢谢您，普里查德先生。”穆迪说，“我的问题完了。”

哈灵顿俯身在笔记本上奋笔疾书。这时，他把刚写完的那张纸撕下来，从桌子底下传给其他人阅读。穆迪看见，布罗汉已经不再狞笑。

“传下一位证人。”法官说，他也在写着什么。

下一位证人是奥贝尔·加斯科因，他的证词证实了手枪走火、子弹消失，第二枪没出事故，射中了安娜的床头。布罗汉讯问时，加斯科因承认在一月二十七日的那天下午，他丝毫没有想到埃默里·斯坦斯会在烤架旅馆；穆迪讯问时，他同意这种想法完全有可能。加斯科因返回法官平台下的座位上，他入座后，法官传唤监狱牧师考埃尔·德夫林。

“尊敬的德夫林牧师，”牧师刚刚宣誓完毕，布罗汉马上就开口说道，一边举起那张馈赠契约，“这份文件第一次是怎么到你手中的？”

“是克罗斯比·韦尔斯死亡后的第二天早上，我在他小屋里发现的。”德夫林说，“劳德柏科先生把韦尔斯先生的噩耗带到霍基蒂卡，我受谢泼德监狱长的差遣，前往那个小屋，协助打理死者的遗体。”

“具体是在什么地方发现这份文件的？”

“在炉子底部的炉灰匣子里发现的，”德夫林说，“那天非常潮湿，那地方有一种很凄凉的气氛，我决定生火。我打开炉子的炉灰抽屉，看见这份文件躺在炉箅子上。”

“你接下来做了什么？”

“我没收了它。”德夫林说。

“为什么？”

“这份文件牵涉一大笔钱，”牧师平静地说，“我认为慎重的做法是不向公众披露消息，等韦瑟雷尔小姐的健康得到改善后再说。她头一天深夜被带入警察营地，涉嫌自杀，很显然她的状况不适合再受任何惊扰。”

“这是你没收它的唯一原因吗？”

“不是，”德夫林说，“我后来向谢泼德监狱长解释了，这份文件似乎不值得交给警察，因为它在当时属于无效文件。”

“为什么当时是无效的？”

“斯坦斯先生并没有签名授权该捐赠。”德夫林说。

“但我现在拿着的这份文件，确实有斯坦斯先生的签名。”布罗汉说，“请向本法庭解释这份文件是如何获得签名的。”

“我恐怕无法解释，”德夫林说，“我没有亲自见证签名过程。”

布罗汉迟疑了，“你是什么时候最早发现该契约已被签名的呢？”

“在三月二十日的上午，当我把契约拿到游人好运楼给韦瑟雷尔小姐看的时候。我们一直在讨论其他事情，在谈话过程中，我首次注意到这份文件已经有了签名。”

“你是否看见韦瑟雷尔小姐在这份契约上签字？”

“不，我没有。”

布罗汉显然被这个回答弄得仓皇失措，为了恢复镇定，他说：“你们当时在讨论什么？”

“我作为一名牧师，应该对我们那天早上讨论的内容保密。”德夫林说，“我不能按照要求把它说出来，或以此作为对她的指证。”

布罗汉感到惊讶。然而，德夫林的做法无可非议，经过大量的抗议与争论之后，布罗汉看上去非常恼火，只好将他的证人交给穆迪。穆迪花了片刻时间整理他的文件，才开始提问。

“尊敬的德夫林牧师，”他说，“您在发现这份馈赠契约之后，是否立刻将它拿给谢泼德监狱长看了？”

“不，我没有。”德夫林说。

“那么，谢泼德监狱长是如何发现它的存在的呢？”

“非常偶然，”德夫林回答，“我把契约夹在我的《圣经》里，想让它保持平整，谢泼德监狱长在翻阅我的《圣经》时，碰巧看见了。这大约是在韦尔斯先生死亡的一个月之后。”

穆迪点了点头，“当这件事偶然发生的时候，谢泼德先生是独自一人吗？”

“是的。”

“他当时做了什么？”

“他建议我把这份契约拿给韦瑟雷尔小姐看，我照办了。”

“立刻？”

“不是的，我等了几个星期。我想单独跟韦瑟雷尔小姐谈话，不让卡弗夫人知道，这样的机会很难得，因为这两个女人在一起生活，几乎总是形影不离。”

“为什么你想跟韦瑟雷尔小姐单独谈话，不让卡弗夫人知道？”

“当时我相信卡弗夫人是韦尔斯小屋里那笔财富的当然继承人，”德夫林说，“我不想在她和韦瑟雷尔小姐之间制造矛盾和争端，因为据我所知，这份文件很可能是别人开的一个玩笑。在三月二十日上午，你可能还记得，卡弗夫人被传唤到法院。我在晨报上读到法院的传唤，便立刻前往游人好运楼。”

穆迪点了点头，“在这期间，契约一直夹在您的《圣经》里吗？”

“是的。”德夫林说。

“在谢泼德监狱长首次发现馈赠契约之后，他是否还有什么机会单独与你的《圣经》在一起呢？”

“机会很多，”德夫林说，“我每天早上都带着《圣经》去警察营地，在执行其他任务的时候，经常把它留在监狱办公室里。”

穆迪停顿了片刻，让大家领会这句话里的暗示。然后他改变了话题，说道：“您认识韦瑟雷尔小姐有多久了，尊敬的牧师？”

“在三月二十日上午我到游人好运楼拜访她之前，我们之间素未谋面。但自从那天起，她一直在警察营地监狱里受到我的监护，我每天都见到她。”

“在此期间，你是否有机会观察她，并且与她谈话？”

“有大量的机会。”

“你能描述一下你对她品行的总体印象吗？”

“我的印象是好的，”德夫林说，“当然她一直受到剥削，当然她的经历错综复杂，但是一个人要改造自己的品行是需要极大勇气的，我对她所做的努力感到满意。她已经摒弃了对毒品的依赖，这是良好的开端，而且她决心永远不再卖身。对她的这些行动，我赞赏有加。”

“你对她的精神状态是什么观点？”

“啊，她的理智完全健全，”德夫林说，眨了眨眼睛，“对此我毫不怀疑。”

“谢谢，尊敬的牧师。”穆迪说，然后朝着法官，“谢谢，法官阁下。”

接下来是吉利斯医学博士的专家证词；一位从红薯镇请来的桑德斯医学博士，从医学角度提供了第二套有关安娜精神状态的论点；一位来自格雷茅斯监察局的沃尔沙姆先生作为警务督察出席做证。

最后，原告乔治·谢泼德被传唤。

正如穆迪预料的那样，谢泼德就安娜品行不良方面发表了长篇大论，为了证明安娜的伤风败俗，他援引了安娜对鸦片的依赖，她的不堪的职业，还有她先前的自杀未遂。他详细列举了安娜的行为如何浪费了警察资源，并且触犯了道德礼仪的标准，强烈建议将安娜关进海景新落成的救济院。但是穆迪把他的辩护方案制订得非常完善，在阿苏这个人物的曝光和德夫林的证词之后，谢泼德的告诫听上去只是充满敌意的抱怨，显得很小家子气。穆迪暗暗庆幸自己在原告没得到机会之前提出了安娜精神失常的话题。

布罗汉终于坐下后，法官俯视着大律师的长桌子，说：“穆迪先生，轮到你问了。”

“谢谢您，先生。”穆迪说。他转身朝着狱守，“谢泼德监狱长，凭你的眼光判断，这份馈赠契约上埃默里·斯坦斯签名是否属于伪造？”

谢泼德挺起下巴，“我会说它是十分逼真的复制品。”

“请原谅，先生——为什么是‘十分逼真’呢？”

谢泼德看上去一副恼火的模样。“这是一个质量很高的复制品。”他修正道。

“可以称它是与斯坦斯先生签名一模一样的复制品吗？”

“那得由专家们说了算，”谢泼德说着，耸了耸肩，“我不是研究赝品的专家。”

“谢泼德监狱长，”穆迪说，“您是否能够辨别这份签名与斯坦斯先生在其他文件上的签名有任何不同之处？储备银行里有他签名的大量文件，可以作为实证。”

“不，我不能。”谢泼德说。

“那么您是根据什么证据，宣称这个签名是伪造的呢？”

“我在二月份见过这份契约，当时它是没有签名的。”谢泼德说，“韦瑟雷尔小姐在三月二十日下午将这份文件拿到法院，它已有了签名。这只能有两种解释。要么她自己伪造了签名，我相信是这种情况；要么就是在斯坦斯先生失踪的那段时间内，她与斯坦斯先生串通舞弊——如果那样的话，韦瑟雷尔小姐在法庭上做的都是伪证。”

“事实上还有第三种解释。”穆迪说，“如果正如您这样强烈证明的那样，这个签名真是伪造的，那么有可能是除安娜之外的某个人做的签名。那个人知道这份文件在牧师手中，非常希望——不管出于什么原因——希望看到韦瑟雷尔小姐受到指控。”

谢泼德的表情冰冷，“我讨厌你的含沙射影，穆迪先生。”

穆迪摸出钱包，拿出一张小纸条。“我这里有一张承诺付款的票据，”他说，“日期是去年六月份，是由理查德·曼纳林先生提供的，上面有韦瑟雷尔小姐自己的手迹。您能看见韦瑟雷尔小姐在上面的签名是什么样吗，监狱长？”

谢泼德查看了那张票据。“她的签名是一个X。”他终于说。

“一点没错，她的签名是一个X。”穆迪说，“谢泼德监狱长，如果韦瑟雷尔小姐连自己的名字都不能签，您凭什么认为她可以完美地伪造他人的签名呢？”

所有的眼睛都注视着谢泼德。他依然盯着那张承诺付款票据。

“谢谢您，先生，”穆迪对法官说，“我没有其他问题了。”

“好吧，穆迪先生，”法官说，他的声音含糊表明他觉得有趣或反感，“你可以结束了。”

金星是颗启明星

在一番乔装打扮下，诱惑呈现在面前。

“幸运之风号”刚在查默斯港的泊位上停靠，舷梯就被放到码头上，安娜按照规定加入女子队列，接受医疗人员的检查。从检疫所出来后，接着走入海关，使她的入境文件得到盖章与审批。这些过程完成之后，她被引到仓库，提取箱子（她的箱子非常小，不比一个帽子盒大多少，几乎可以夹在胳膊下面携带），她在行李提取处又遭到延误，因为她的箱子被误装上了另外一位女士的马车。当这个错误被纠正，她寻回自己的行李时，时间已经过了正午。安娜终于从仓库走出来，四下张望，希望能看见早上在甲板上令她感到非常愉快的那个金发小伙子，然而没有看见任何她觉得脸熟的人。同船的乘客早已分散到这座城市的拥挤人群中。她把箱子放在码头上，花了片刻时间整理她的手套。

“打扰一下，小姐。”一个声音飘然而至。安娜转过身，见说话的人是一个棕红色头发的女人，体态丰满，皮肤润滑，身着一套非常精致的绿色锦缎衣裙。“打扰啦，”她再次说道，“你不是碰巧刚进城的吧？”

“确实如此，夫人，”安娜说，“我刚刚到——今天早上。”

“请问，乘的是哪一条船？”

“‘幸运之风号’，夫人。”

"好呀，"女人说，"好呀。嗯，如果这样的话，你也许能够帮助我。我在等一个名叫伊丽莎白·麦凯的年轻姑娘。她年龄跟你差不多，朴朴实实的，身材苗条，穿着打扮如同家庭教师，只身旅行……"

"恐怕我没有见过她。"安娜说。

"她今年八月就要满十九岁了，"女人继续说，"她是我表妹的表妹，我跟她从来没有见过面，但人人都说她干净利落，模样不差。她的名字是伊丽莎白·麦凯。你没有看见她吗？"

"很抱歉，夫人。"

"你那条船叫什么名字来着——'幸运之风号'？"

"是的。"

"你在哪里上的船？"

"杰克森港。"

"没错，"女人说，"就是它。'幸运之风号'，从悉尼来的船。"

"非常抱歉，'幸运之风号'上没有年轻姑娘，夫人。"安娜说着，把眼睛微微眯起，"有一位与丈夫同行的帕特森夫人，一位马德尔夫人，一位尤尔思夫人，一位库克夫人——但我估计她们都是四十多岁的年龄。没有哪位看上去是十九岁的样子。"

"哦，天哪，"女人说，咬着嘴唇，"天哪，天哪，天哪。"

"出什么问题了，夫人？"

"哦，"女人说着，伸出手压在安娜的手上，"你是多么温柔的羔羊啊，多亏你问起。你瞧，我在达尼丁这里经营一家女子招待所。几个星期前，我收到一封来自麦凯小姐的信，她做了自我介绍，并且预付了房租，承诺将于今天抵达！信在这儿。"女人拿出一封皱巴巴的信，"你能看见，她没有把日子写错。"

安娜没有接过那封信。"我很抱歉，"她一边说，一边摇了摇头，"我相信没有错。"

"哦，实在是对不起，"女人说，"你不识字。"

安娜脸红了，“识字不多。”

“没关系，没关系。”女人说，把那封信塞回衣袖里，“唉，我真为我可怜的伊丽莎白·麦凯感到担心啊。真是太担心啦！这到底是怎么回事呢——她保证会在今天到达——乘这一趟船——可是——就像你说的——她根本没有上船！你真的十分肯定吗？你真的肯定船上没有年轻姑娘吗？”

“我相信这件事一定很容易解释，”安娜说，“也许她在最后时刻生病了。或者她寄过一封道歉的信，被投错了地方。”

“你这么安慰我真是好心。”女人说着，再次按住安娜的手，“你说得对，我应该理智一些，不让自己胡思乱想。我一想到她可能会受到某种伤害，就会担心起来。”

“我相信一切都会平安无事的。”安娜说。

“可爱的孩子，”女人说，拍了拍安娜，“我很高兴认识这么一个可爱又漂亮的女孩子。我是韦尔斯夫人，莉迪娅·韦尔斯夫人。”

“我是安娜·韦瑟雷尔小姐。”安娜说，行了一个屈膝礼。

“你看我这人，担心一个独自旅行的女孩子，面前说话的这位不也是同样情况嘛。”韦尔斯夫人说，现在脸上露出了微笑，“你为什么在没有伴护的情况下旅行呢，韦瑟雷尔小姐？也许，你和这里的某个淘金汉有婚约？”

“我没有婚约。”安娜说。

“也许你在响应某种感召！你的父亲——或别的亲戚——已经先到了这里，写信要你过来——”

安娜摇了摇头，“我来这里只是为了开始新生活。”

“啊，如果是这样，那你算是选了一个完美的地方，”韦尔斯夫人说，“在这个国家，每个人都要重新开始。绝对无一例外！你就孤身一人吗？”

“孤身一人。”

“你真是很勇敢，韦瑟雷尔小姐——真是太勇敢了！你在漂洋过海的时候不要女性陪伴，着实令人感到鼓舞，但现在我想马上知道你在这里，在达尼丁，是否已经预订了住所。这座城市有太多声名狼藉的旅馆。你这么漂亮，必须得到可靠之人的指点。”

“感谢您善意的关心。”安娜说，“我打算下榻在彭尼斯顿夫人的招待所，我今天下午就去那儿。”

对面的女人好像被吓呆了，“彭尼斯顿夫人！”

“事先有人向我推荐的，”安娜说着，皱起了眉头，“您不赞成这个推荐吗？”

“哎呀——当然不能。”韦尔斯夫人说，“你可以回答说这座城市的任何一家旅馆，只要不是彭尼斯顿！她是个非常下贱的女人，韦瑟雷尔小姐。一个非常下贱的女人。你必须与她这一类人保持距离。”

“哦。”安娜说，感到迷惑不解。

“再告诉我一遍，你为什么要来达尼丁？”韦尔斯夫人说，口气变得非常热情。

“我来是因为淘金潮，”安娜说，“每个人都说营地里的金子比矿区还多。我想当一名跟营客。”

“你的意思是想找一份工作——也许做一名女招待？”

“我会在酒吧干活，”安娜说，“我曾经做过旅馆工作。我手脚稳当，而且人很诚实。”

“你有推荐信吗？”

“很棒的推荐信，夫人。是悉尼联盟街的帝国旅馆提供的。”

“棒极了。”韦尔斯夫人说。她上上下下地打量着安娜，脸上笑眯眯的。

“您为什么不赞成住彭尼斯顿夫人的旅馆——”安娜开口说，但是韦尔斯夫人打断了她。

“啊！”她大声地说，“我有一个两全其美的办法——一箭双雕——同时解决你的和我的困境！我刚想出来的办法！我的麦凯小姐预付了一个星期的房费，却没来住她已经付过费的房间。你一定要代替她。你一定要来，做我的麦凯小姐，直到我们给你找到一份工作，让你安稳落脚为止。”

“这真是太友善了，韦尔斯夫人，”安娜说，往后退缩着，“但是我不能接受这样慷慨的好意……不能强求您的慈善。”

“哦，快别说客气话了，”韦尔斯夫人说，拉着安娜的胳膊肘，“韦瑟雷尔小姐，当我们成为最好的朋友时，再回头来看今天，就会称之为机缘巧合——以这种方式巧遇对方。我特别相信机缘巧合！相信种种无巧不成书的事情。但是，瞧我这唠唠叨叨地浪费什么时间呢？你一定饿了吧——巴不得洗个热水澡。快来吧，我会好好照顾你的，等你休息好了，我就给你找份工作。”

“我没有乞求的意思，”安娜说，“我不会乞求的。”

“你根本没有乞求任何东西，”莉迪娅·韦尔斯说，“你是一个多么可爱的孩子啊。上这儿来——挑夫！”

一个扁平鼻子的少年跑了过来。

“将韦瑟雷尔小姐的箱子送到坎伯兰街三十五号。”韦尔斯夫人说。

扁平鼻子的少年听到这个命令，龇牙咧嘴地笑笑。他转身朝着安娜，上上下下地打量她，然后夸张地触摸自己的前额，向安娜行礼。莉迪娅·韦尔斯没有对这个鲁莽的行为做出评价，但是当她从钱包里掏出一枚六便士硬币递给少年时，用眼睛狠狠地瞪了他一下。然后她用胳膊搂住安娜的肩膀，微笑着，把安娜带走了。

在白羊座的强势

被告高谈阔论哲学；穆迪先生占据上风；劳德柏科朗读一封信；卡弗的谎言被当众揭穿。

下午的审讯于一点钟准时开庭。

“斯坦斯先生，”小伙子宣誓后坐定，法官说道，“你因三项指控而受到起诉。首先，你伪造了一八六六年一月份的季度收入报告。对此你有何申辩？”

“认罪，先生。”

“其次，你侵吞了你的雇员约翰·龙·桂先生从极光金矿依法上交的金矿石，那些金子后来在绿玉神舟谷中已故克罗斯比·韦尔斯先生的小屋中被发现。对此你有何申辩？”

“认罪，先生。”

“最后，你失踪超过八个星期，这段时间内，在需要日常管理的认领区和矿区渎职无为。对此你有何申辩？”

“认罪，先生。”

“全面认罪。”法官说，靠着椅背放松地坐着，“好吧。你可以暂时坐下，斯坦斯先生。我们还是这样，由穆迪先生代表被告一方，布罗汉先生代表原告一方，裁判法院的费罗斯先生和哈灵顿先生负责协助。布罗汉先生，请发表你的陈述。”

与先前一样，布罗汉陈述的目的是诋毁被告的名誉，而且与先前一样，他的发言过分冗长。他逐项列举斯坦斯失踪期间造成的诸多麻烦，并以韦尔斯的寡妇作为特例，把她塑造成一个悲剧人物，她得到虚假的承诺，一直错误地认为（却是合理的假设）一大笔横财应是她已故丈夫遗产的一部分。布罗汉谈到财富固有的腐败性，把诈骗与贪污两者都称为“睿智而冷血的罪行”。穆迪得到陈述的机会时，简明而有力地表明，斯坦斯十分清楚他的长期失踪会造成什么麻烦，非常愿意弥补与偿还因此造成的一切损失与债务。

“布罗汉先生，”穆迪的话音刚落，法官坎普说，“轮到你问了。”

布罗汉起身。“斯坦斯先生，”他举起一张纸，如同挥舞一张逮捕通缉令，说道，“我这里有一份文件，由代理商尼尔森合作公司提供，是已故克罗斯比·韦尔斯先生遗产的盘点清单。根据尼尔森先生的记录，该遗产包括一大笔纯金矿石，银行评估其价值为四千零九十六英镑。你能告诉我们这笔横财的来由吗？”

斯坦斯毫不犹豫地给出答案。“这些金矿石，是在名为极光的认领区上发现的，”他说，“在最近之前，该认领区曾属于我。金矿石是我的雇员桂先生于去年年中几个月中开采的。桂先生根据他的个人习惯，将金子冶炼成金条，然后将金条作为合法收入交给我。我收到这笔巨大的财富后，没有依照法律将它作为极光的收入上缴银行。相反，我把它揣入私囊，拿进绿玉神舟谷埋藏起来。”

他平静地说话，没有一点自负。

“为什么选择绿玉神舟谷？请具体说明。”布罗汉说。

“因为毛利人的领地里不允许探矿，而绿玉神舟谷的大部分都属于毛利人。”斯坦斯说，“我以为那是最安全的地方——至少在一段时期内，然后我再回去，把它挖出来。”

“你打算如何处置这一大笔财富？”

"我计划将它们一分两半，"斯坦斯说，"一半留给自己，另一半我本打算送给韦瑟雷尔小姐，作为礼物。"

"你为什么希望做这样一件事？"

斯坦斯看上去迷惑不解，"恐怕我不明白您的问题，先生。"

"斯坦斯先生，你送给韦瑟雷尔小姐这一大笔钱，打算达到何种目的呢？"

"什么目的都没有。"小伙子说。

"你根本不打算实现任何目的？"

"对，完全正确，"斯坦斯说着，情绪振奋了一点，"否则就不是礼物了，对不对？"

"那笔财富，"布罗汉说，不得不提高嗓门以盖过零星的笑声，"后来在属于已故克罗斯比·韦尔斯的小屋里被发现。这种地点的转移是如何发生的呢？"

"我不能肯定。我估计他把它挖出来，据为己有了。"

"如果真是这样的话，你认为韦尔斯先生为何没有把它拿到银行去呢？"

"这难道不是显而易见吗？"斯坦斯说。

"恐怕不是。"布罗汉说。

"当然是因为那些金矿石已被冶炼过，"斯坦斯说，"每一块金条上都刻着'极光'的字样——被我的桂先生刻在金条上！克罗斯比·韦尔斯总不能假装是他从地上捡的吧。"

"你为什么没有如你必须依法遵守的那样，把这笔财富作为极光的收入拿到银行申报？"

"极光股份的百分之五十属于弗朗西斯·卡弗先生，"斯坦斯说，"我对这个人看法不佳，不想看见他获得利润。"

布罗汉皱起眉头，"你将那一大笔财富从极光转移，只因为不想支付属于卡弗先生的百分之五十的合法股息。然而，你打算将这笔财富的百分之五十赠送给安娜·韦瑟雷尔小姐。是这样吗？"

"完全正确。"

"请原谅，我认为你的意图有些不合逻辑，斯坦斯先生。"

"有什么不合逻辑的呢？"小伙子说，"我希望安娜得到卡弗的股息。"

"出于什么原因呢？"

"因为安娜有资格得到它，而卡弗活该失去它。"埃默里·斯坦斯说。

法庭上又响起笑声，这一次范围更大。穆迪开始感到焦虑，他已经警告过斯坦斯说话不要太夸张，也不要太冒失。

全场再次安静下来后，法官说："斯坦斯先生，我相信你没有权利裁决一个人有没有资格得到什么。敬请你接下来克制自己，只做事实陈述。"

斯坦斯立刻清醒过来，"我明白，先生。"

法官点了点头，"继续，布罗汉先生。"

布罗汉突然改变了话题。"你有两个多月的时间不在霍基蒂卡，"他说，"是什么造成你的失踪呢？"

"说来惭愧，我一直处于鸦片毒瘾的控制下，先生。"斯坦斯说，"当我回来时，震惊地发现时间已经过去两个多月了。"

"你去过哪里？"

"我相信我大部分时间都在卡尼里中国城的鸦片窟里，"斯坦斯说，"但是我无法确切地告诉你。"

布罗汉停顿了一下。"鸦片窟。"他跟着说了一遍。

"是的，先生，"斯坦斯说，"店主是一个姓苏的家伙，阿苏。"

布罗汉不想在阿苏这个话题上纠缠。"三月二十日，"他说，"你在曾经属于克罗斯比·韦尔斯的小屋里被人发现。你在那里干什么？"

"我相信是在寻找我的那一大笔金子，"斯坦斯说，"只是我变得神志恍惚起来——感到身体不适——记不清我把它埋在哪里了。"

"你首次鸦片成瘾是在什么时候，斯坦斯先生？"

"我第一次接触鸦片是在一月十四日夜里。"

"换句话说，就是克罗斯比·韦尔斯死亡的那天夜里。"

“他们是这样告诉我的。”

“有点巧合，难道你不觉得吗？”

穆迪对此提出反对。“韦尔斯先生死于自然原因，”他说，“我看不出与某个自然事件的巧合会显示什么重大的意义。”

“事实上，”布罗汉说，“验尸结果表明，韦尔斯先生的胃里存在少量的鸦片酊。”

“少量。”穆迪重复道。

“继续你的审问，布罗汉先生，”法官说，“穆迪先生，坐下。”

“谢谢您，先生。”布罗汉对法官说。他转回身朝着斯坦斯，“斯坦斯先生，你能想出一种原因，解释为什么韦尔斯先生会在饮用大量威士忌的同时使用任何剂量的鸦片酊呢？”

“也许他感到疼痛。”

“什么样的疼痛呢？”

“我是猜测，”斯坦斯说，“恐怕我只能猜测：我本人并不知道这个人的习惯，那天晚上我没有跟他在一起。我只是说鸦片酊经常被当作镇痛剂——或者催眠药服用。”

“但是不会再加一瓶威士忌，不会。”

“我本人当然不会尝试这样的组合。但是我不能替韦尔斯先生回答。”

“你服用鸦片酊吗，斯坦斯先生？”

“只是根据医生的处方服用，不是因为习惯。”

“你目前有处方吗？”

“目前我有，”斯坦斯说，“但这是最近的处方。”

“最近是什么时候，请讲？”

“首次给我开处方时是三月二十日，”斯坦斯说，“作为镇痛剂，同时作为戒断毒瘾的手段。”

“在三月二十日之前，你是否曾从普里查德在科林伍德街的药店购买，或通过其他方式获得过一瓶鸦片酊？”

“没有。”

“克罗斯比·韦尔斯死亡的几天之后，有人在他的小屋里发现一瓶鸦片酊。”布罗汉说，“你知道它是怎么到那里去的吗？”

“不知道。”

“据你了解，韦尔斯先生是否对鸦片类毒品有依赖呢？”

“他是个酒鬼，”斯坦斯说，“我只知道这个。”

布罗汉仔细地打量他，“请你告诉本法庭，一月十四日那个夜晚你是如何度过的，请用你自己的话，按照顺序说。”

“大约七点钟的时候，我与安娜·韦瑟雷尔在金粉与金块酒吧见面，”斯坦斯说，“我们一起喝了一杯酒，之后回到我在雷维尔街的公寓房。我睡着了，当我醒来时——大约是十点三十分——安娜不见了。我不明白她为什么会如此突然地离开，所以就去找她。我到了烤架，前台空无一人，楼梯口也空无一人，她楼上房间的门没有锁。我进去后，看见她躺在地上，身旁摆放着她的烟枪、烟土和酒精灯。唉，我没法叫醒她，当我等着她醒来的时候，跪下来仔细看着烟具。我之前从来没有碰过鸦片，但是总渴望尝试一下。它具有那样一种神秘感，你知道，那烟雾是多么可爱、浓郁。安娜的烟枪还有点温热，酒精灯还在燃烧，一切似乎都是——机缘巧合，难以言喻。我认为我可以只尝一口。她看上去这样幸福无比，她甚至在微笑着。”

“接下来发生了什么？”斯坦斯没有接着说下去，布罗汉便催问道。

“我被麻醉了，当然，”斯坦斯说，“真是欲仙欲死。”

布罗汉看上去有些烦躁，“那以后呢？”

“嗯，我用她的烟枪好好享受了一番，然后我在她的床上躺下，睡了一会儿——或者做了一会儿梦，确切地说不是睡觉。当我醒来时，酒精灯已经凉了，烟枪的烟锅也空了，安娜不见踪影。说来惭愧，我当时根本没有考虑到安娜。我心心念念的只想再吸一口。多么强烈的渴望啊，从第一口开始，我就被迷得神魂颠倒。我知道必须再次尝到这种毒品，否则无法罢休。”

“这一切都发生在初次品尝之后。”布罗汉说，心生怀疑。

“是的。”斯坦斯说。

“你做了什么呢？”

“我立刻前往中国城的鸦片窟。天还很早——黎明刚过。我在路上一个人也没有碰到。”

“你在卡尼里的中国城待了多久？”

“大概两个星期吧——但是很难记得精确，每一天都浑浑噩噩，一天接着一天。阿苏对我那么好。他收容了我，给我吃的，确保我绝不吸食过量。他在一块小黑板上记下我欠的账。”

“在那段时间里，你见过其他人吗？”

“没有，”斯坦斯说，“可是说实在的，我根本记不清了。”

“你接下来记得的一件事情是什么？”

“我有一天醒来，阿苏不在那里。我顿时非常生气。他把鸦片带走了——他离开鸦片窟时，总是把鸦片随身带走——我把那里翻了个底朝天，寻找鸦片，我变得越来越绝望。后来我想起了韦瑟雷尔小姐的存货。

“我立刻前往霍基蒂卡——像疯了一样。那天早上的雨下得很大，外面没有多少人，我来到霍基蒂卡的途中没有碰上一个我认识的人。我从后门进入烤架，然后顺着后面的仆人楼梯上楼。我等到安娜下楼吃午饭时，悄悄溜进她的房间，找到她的烟土，还有她的所有烟具，都在她的抽屉里。可后来我被困住了——有人在楼道里说话，就在门外——我没法离开了。后来，安娜吃完午饭回来了，我听见她进来的声音，再次恐慌起来，就躲到了布帘背后。”

“布帘？”

“是的，”斯坦斯说，“当我被安娜手枪的那颗子弹射中时，就是藏在那里。”

布罗汉的脸变得通红，“你藏在布帘后面有多久？”

“几个小时吧，”斯坦斯说，“如果要我猜测，我会说大约从十二点到三点。但这只是估计。”

“韦瑟雷尔小姐那天知道你在她的房间里吗？”

“不知道。”

“那么，加斯科因先生呢——还有普里查德先生？”

“不知道，”斯坦斯再次声明，“我一声不吭，一动不动地站着。我敢肯定他们中间没有一个人知道我在那里。”

费罗斯正在专心地冲着哈灵顿的耳朵说悄悄话。

“你被枪击中后发生了什么？”布罗汉说。

“我一声没吭。”斯坦斯又说了一遍。

“你一声没吭？”

“对。”

“斯坦斯先生，”布罗汉说，以一种假装责骂他的语气，“你是想告诉本法庭，你被枪击中，而且是在毫无预警、距离很近的情况下，居然没有发出喊叫，或者动一动，就没有发出一点点声音，足以引起这三位证人中的任何一位的警觉，注意到你的在场吗？”

“是的。”斯坦斯说。

“你究竟为什么没有喊叫呢？”

“我不愿意放弃那块烟土。”斯坦斯说。

布罗汉仔细地打量着他。在接下来的停顿中，哈灵顿递给他一张纸条，布罗汉迅速瞄了一眼，然后抬起头来，说：“斯坦斯先生，在一月二十七日的那天下午，你认为韦瑟雷尔小姐是否有可能知道你在场，将她的手枪故意对准布帘方向，目的明确地要对你造成伤害呢？”

“不，”斯坦斯说，“我认为那是不可能的。”

法庭变得鸦雀无声。

“为什么呢？”

“因为我信任她。”斯坦斯说。

“我问你是否认为有那种可能，”布罗汉说，“而不是问你认为她会不会。”

“我明白你的问题。我的答案不会改变。”

“是什么诱导你信任韦瑟雷尔小姐的呢？”

“信任不是诱导出来的，”他大声高喊，“信任只能是给予的——自愿给予的！我怎么可能回答这个问题呢？”

“我简化一下我的问题，”律师说，“你为什么信任韦瑟雷尔小姐？”

“我信任她，因为我爱她。”斯坦斯说。

“你是怎么爱上她的呢？”

“当然是通过信任她！”

“你在做循环辩护。”

“是的，”小伙子大声喊道，“因为我必须这样！真实的感情总是循环的——要么是循环的，要么是矛盾的——因为其原因和表达是组成同一样东西的两半！爱情不能沦为一份原因清单，而一条条原因也不能拼凑出爱情。任何反对我的人都从来没有恋爱过——没有真正恋爱过。”

这个声明之后，全场鸦雀无声。从法庭远处的角落里传出一声轻轻的口哨声，响应它的是一阵没有憋住的笑声。

布罗汉显然很恼火，“恕我直言不讳，斯坦斯先生，从自称所爱的人那里偷走鸦片类药物，这真是非同寻常。”

“我知道这很不好，”斯坦斯说，“我为自己干的事情感到非常羞愧。”

“有谁能够确保你在过去两个多月里的行踪呢？”

“阿苏可以为我担保。”

“阿苏已经去世了。还有什么人呢？”

斯坦斯想了一会儿，然后摇了摇头，“我想不出其他人了。”

“我没有更多的问题了。”布罗汉简略地说，“谢谢您，法官先生。”

“轮到你讯问证人，穆迪先生。”法官说。

穆迪也感谢了法官。他花了一点时间把他的笔记放整齐，等待房间里交头接耳的声音平息下来，然后他说："斯坦斯先生，你表明你对卡弗先生的看法很糟糕。你的这个不佳看法是怎么形成的呢？"

"他殴打了安娜，"斯坦斯说，"他毒打她——非常残忍——当时她怀着身孕。那个孩子夭折了。"

法庭立刻安静下来。

"那一次人身伤害是什么时候发生的？"穆迪说。

"去年十月十一日的下午。"

"十月十一日，"穆迪回声道，"你见证了那一次人身伤害吗？"

"不，我没有。"

"你是怎么知道发生了这件事呢？"

"那天下午的晚些时候，从勒文塔尔先生那里得知的。是他在路上发现了安娜——惨遭毒打，血肉模糊。他可以证明他发现安娜时的状态。"

"你那天下午找勒文塔尔有什么事情？"

"一件无关的事情，"斯坦斯说，"我去见他，是想在报纸上登一条启事。"

"关于——？"

"我想购买一箱长臂洗砂床。"

"当你听到韦瑟雷尔小姐被殴打的消息时，"穆迪说，"你感到惊讶吗？"

"不，"斯坦斯说，"我已经知道卡弗是个畜生——已经为我们的合伙关系后悔了无数次。我刚到达尼丁的时候，他提出做我的赞助人——我就是这样认识他的，就在我刚下船的当天。我丝毫没有怀疑其中的猫腻。我非常缺乏经验。我们在诚恳的气氛中握手成交，就是这样，然而没过多久，我就开始听到有关他的种种传闻——还有关于卡弗夫人的事情，当然是他们狼狈为奸的传闻。当我听说他们对韦尔斯先生干的那些勾当，我感到很恐怖。我想，我竟然跟一个地地道道的骗子合伙做生意了。"

小伙子说话的顺序开始跳跃。穆迪咳嗽了一下，提醒他注意他们事先商定的陈述顺序，他说："让我们回到十月十一日那天晚上。当勒文塔尔告诉你韦瑟雷尔小姐被殴打之后，你做出了什么反应呢？”

“我直接前往绿玉神舟谷，去给韦尔斯先生报信。”

“你为什么认为这条信息对韦尔斯先生很重要呢？”

“因为他是韦瑟雷尔小姐肚里孩子的父亲，”斯坦斯说，“我认为他应该知道他的孩子遇害了。”

此时法庭里一片寂静，穆迪甚至能听见远处大街上的嘈杂声。“韦尔斯先生是如何对待他未出生孩子夭折这条消息的呢？”

“他很平静，”斯坦斯说，“根本没说什么。我们一起喝酒，坐了一会儿。我待到很晚。”

“那天晚上，你是否与韦尔斯先生讨论过其他事情？”

“我告诉他，我在他的小屋附近埋了一大笔金子。我说如果安娜能熬过那一夜——她被打得很惨——我会把卡弗的股息送给她。”

“你是否在当晚记录下了你的意向呢？”

“韦尔斯起草了一份文件，”斯坦斯说，“但是我没有签名。”

“为什么没有？”

“我记不清到底为什么没有签，”斯坦斯说，“我一直在喝酒，那时已经很晚了。也许我们把话题转到了其他方向——也许我打算签名，却忘记了。反正，我睡了一会儿，然后一大早就返回了霍基蒂卡，去查看韦瑟雷尔小姐的恢复情况。此后我再也没有见过韦尔斯先生。”

“你是否告诉过韦尔斯先生金子被埋的地点？”

“是的，”斯坦斯说，“我大致描述过那个地点。”

接下来，裁判法庭听取了以下证人的证词：曼纳林、桂、勒文塔尔、克林奇、尼尔森，以及弗罗斯特——对于克罗斯比·韦尔斯小屋里发现的那一大笔财富，他们每人都描述了它的发现和后续发展，仿佛这些被冶炼过的金子真是在极光发现的。曼纳林证实了极光被卖掉时的情况，桂陈述了金条冶炼的事实。勒文塔尔详细说明一月十四日夜里他对阿利斯泰尔·劳德柏科的采访，并在采访中得知了克罗斯比·韦尔斯死亡的消息。克林奇证明他在第二天购买了那处房地产。尼尔森描述了在克罗斯比・韦尔斯小屋里的金子是如何隐藏的，弗罗斯特确认了它们的价值。他们丝毫没有提及安娜的衣裙，也没有说到沉没的三桅帆船“一帆风顺号”，更是只字未提三个月前促成皇冠旅馆秘密会议的那些想法与发现。对他们的讯问顺顺当当通过了，似乎只花了很短时间，法官已经在传唤莉迪娅・卡弗夫人上庭了。

她身穿条纹图案的炭灰色衣裙，外面套着一件时髦的羊腿形泡泡袖式样的黑色骑马外套。一头红发油光锃亮，高高地盘在头顶，发髻上系着一条黑色天鹅绒飘带。当她在大律师的长桌前飘然经过时，穆迪闻到一股樟脑、柠檬和茴芹的气味——一种高调的气味，一时间使他回想起在游人好运楼通灵会之前的聚会。

卡弗夫人几乎是神采飞扬地登上证人席的台阶，但是当她看见埃默里・斯坦斯坐在栅栏后的台子上时，瞬间露出了惊慌的神色。但她的恍惚转瞬即逝，很快就恢复了镇定。她将后背朝着斯坦斯，冲着法警微笑，举起她奶白色的嫩手宣誓入庭。

“卡弗夫人，”布罗汉说，这时法警已经走下了证人席的台阶，“你是否熟悉被告埃默里・斯坦斯先生？”

“恐怕我从来没有荣幸结识一位埃默里・斯坦斯先生。”卡弗夫人说。

穆迪瞥了一眼小伙子，惊讶地发现他开始脸红。

“然而，我知道在二月十八日晚上，你办了一场通灵会，想要与他的亡魂取得联系。”布罗汉说。

“确实如此。”

“你为什么偏偏选择斯坦斯先生作为你通灵会的主宾呢？”

“恐怕实际上完全是从利益的角度考虑，”卡弗夫人说，脸上微微笑着，“当时，他的失踪是整个镇子的热门话题，我认为他的名字可以帮助提升人气。仅此而已。”

“你是否知道，当你为这次通灵会做广告时，你亡夫小屋里发现的那些金子是源自极光金矿？”

“不，我不知道。”卡弗夫人说。

“你是否有任何理由将斯坦斯先生与你亡夫联系在一起？”

“完全没有任何理由。他对于我来说仅仅是一个名字，我只知道他在峡谷中消失了，身后留下了许许多多的资产。”

“你是否知道你的丈夫卡弗先生在斯坦斯先生的金矿中拥有股份？”

“哦，”她说，“我跟弗朗西斯从不谈论投资。”

“你是什么时候首次获知这一大笔财富的真实来源的？”

“储备银行于三月下旬在报纸上发表公告，宣称实际上这些金子在被发现时已被冶炼过，因此可以追踪其来源。”

布罗汉转身朝向法官，“请法庭记录这份发表在今年三月二十三日《西海岸时报》上的公告。”

“记录完毕，布罗汉先生。”

布罗汉转回身朝着卡弗夫人，“你是一八六六年一月二十五日星期四乘坐蒸汽船‘怀卡托号’[①]初次到达霍基蒂卡的。”他说，“登陆后，你即刻前往法庭，预约商讨你已故丈夫的小屋与地产的销售事宜。这是否属实？”

“属实。”

“你是如何得知韦尔斯先生死亡消息的？”

“卡弗先生亲自将这个消息带给我，”卡弗夫人说，“不用说，我尽快赶往霍基蒂卡。我本愿意出席葬礼的，遗憾的是我来得太晚了。”

“在你离开达尼丁时，是否知道韦尔斯遗产中包含了一大笔来源不明的财富呢？”

“不知道，我是在到达霍基蒂卡，读了《西海岸时报》上的报道后才获知的。”

“然而，我知道你在离开达尼丁之前卖掉了你的房子和生意。”

---

① 怀卡托（Waikato，毛利语）是新西兰北岛的一个行政区，得名于新西兰最长的河流怀卡托河，毛利语的意思是活水河。

“是的，确实如此，”卡弗夫人说，“但这次搬家并不像您想象的那样激进过分。我是从事娱乐行业的，达尼丁的人口已经今非昔比。我几个月里一直在考虑搬到西海岸来，一直热切地阅读《西海岸时报》，心里抱着这种对未来的打算。当我读到克罗斯比死亡的消息时，觉得这是一个绝好的机会。我可以在一个生意注定会红火起来的地方重新开始——而且可以靠近他的墓地，这是我强烈希望的。我已经说过，在他去世之前，我们没有机会化解两人之间的隔阂，分居生活深深地伤害了我。”

“在韦尔斯先生去世时，你与他正处于分居阶段，是不是？”

“是的。”

“你们分居已经多久了？”

“我想大约九个月吧。”

“你们疏远的原因是什么？”

“韦尔斯先生辜负了我的信任。”卡弗夫人说。

她没有继续说下去，布罗汉紧张地瞥了一眼法官后，说道：“你能详细说明吗？”

卡弗夫人猛地扬了一下头，“有一个年轻姑娘由我监护，”她说，“韦尔斯先生极端可恶地享用了她。我和克罗斯比为此吵翻了天，在我们闹纠纷后不久，他就离开了达尼丁。我不知道他去了哪里，没有他的任何消息。当我读到《西海岸时报》上他的讣告时，才发现他当时都去了哪里。”

“你所说的那个年轻姑娘……”

“安娜·韦瑟雷尔小姐，”卡弗夫人斩钉截铁地说，“我为她做了一件善事，收容了她，她为此口口声声感恩戴德。韦尔斯先生玷污了这份慈善，韦瑟雷尔小姐滥用了它。”

“在韦瑟雷尔小姐和韦尔斯先生重新搬到霍基蒂卡来之后，他们之间是否继续保持联络？”

“这个我就不得而知了。”卡弗夫人说。

“谢谢你，卡弗夫人。我没有更多的问题了。”

“谢谢您，布罗汉先生。”她非常平静地说。

穆迪将他的椅子向后推开，等待法官请他起立。“卡弗夫人，”法官发出邀请后，他立刻开口道，“一八六四年三月，你已故的丈夫克罗斯比·韦尔斯先生在邓斯坦峡谷发现了富矿带，这是事实吗？”

卡弗夫人显然对这个问题感到吃惊，但是她只短暂地停顿一下，便说：“是的，这是事实。”

“但是韦尔斯先生没有向银行申报这一大笔财富，这也是事实吗？”

“也是事实。”卡弗夫人说。

“相反，他雇了一支私人护卫队，把金矿石从邓斯坦运输到达尼丁——你作为他的妻子，在那里做了验收。”

卡弗夫人脸上闪过一丝惊慌。“是的。”她语气谨慎地说。

“你能描述一下那些金矿石是怎么包装，怎么从矿区运输出来的吗？”

她犹豫了一下，穆迪的提问方向显然使她猝不及防，没有足够的时间编造不在场证明。

“装在一只办公室保险箱里，”她终于说道，“保险箱被装上一辆马车，一支护卫队押送那辆马车来到达尼丁——当然，是武装押送。我在达尼丁验收了保险箱，给搬运工付了工钱，立刻写信给韦尔斯先生，告诉他保险箱已经安全到达，他见信后便寄来了钥匙。”

“那支黄金护卫队，是由你还是由韦尔斯先生委托的？”

“是韦尔斯先生指定的，”卡弗夫人说，“他们很有能力，从来没有给我们带来一丝一毫的麻烦。那是一家私人公司，格雷斯伍德父子公司，好像是叫这个名字。”

“格雷斯伍德-斯皮尔斯，”穆迪纠正道，“那家公司后来已经迁到了卡尼里。”

“确实如此。”卡弗夫人说。

“那一大笔财富被安全交付给你之后，你是如何处置它的呢？”

“金矿石一直存在保险箱里。我把保险箱安置在我们在坎伯兰街的住所里，一直放在那儿。”

“你为什么没有把那些金子拿到银行去？”

“黄金价格每天都在浮动，黄金市场十分难以预测。”卡弗夫人说，“我们认为最好等一个好时机再脱手。”

“你们这样谨慎，我斗胆猜测那笔金子的价值相当可观。”

“是的，”她说，“估计有数千英镑。但我们从来没有拿去估价。”

“在碰到那条富矿带之后，韦尔斯先生是否依然待在矿区？”

“是的，他接着又探了一年的矿，直到第二年春天。他的成功使他备受鼓舞，以为还能再获得一次好运，但是没有。”

“现在那一笔财富在哪里？”穆迪问。

卡弗夫人再次犹豫了，然后说：“被盗窃了。”

“我谨致以我的安慰，”穆迪说，“你们一定为这笔损失感到十分痛苦。”

“是的。”卡弗夫人说。

“你是代表你自己和韦尔斯先生说这话的吧。”

“当然。”

穆迪停顿了一下，然后说：“假设，那个盗贼以某种方式获得了接触钥匙的机会。”

“有可能，”卡弗夫人说，“或许那把锁不牢靠。那个保险箱是现代款式，我们大家都知道，现代技术从来都不是绝对可靠的。也可能在我们不知道的情况下，有人复制了第二把钥匙。”

“你是否知道谁有可能偷走了那一大笔财富？”

“毫不知晓。”

“你是否同意这可能是你的一个熟人呢？”

“未必，”卡弗夫人说着，扬了扬头，“黄金护卫队里的任何一个成员都有可能背叛我们。他们知道这样一个事实，那就是坎伯兰街三十五号有一大笔金子，而且，他们知道保险箱的位置。谁都有可能。”

“你经常打开保险箱，检查里面的东西吗？”

"并不是经常。"

"你是什么时候首次发现那一大笔财富不见了？"

"克罗斯比第二年回来的时候。"

"你能否描述一下你们发现此事时的情形？"

"韦尔斯先生从矿区返回后，我们坐下来一同清点财务。他打开保险箱，看见里面是空的。不用说，他绝对是暴跳如雷——跟我一样。"

"这是几月份？"

"哦，我不知道，"卡弗夫人说，突然心慌意乱，"也许是四月。或者五月。"

"四月或五月——一八六五年。去年。"

"是的。"她说。

"谢谢你，卡弗夫人。"穆迪说，然后他朝着法官，"谢谢您，先生。"

他坐下来的时候，感觉法庭里的气氛变得紧张起来。哈灵顿和费罗斯停止了交头接耳，法官也不再记笔记。卡弗夫人离开证人席，走下台阶，坐下来时，房间里的每一双眼睛都在注视着她。

"本法庭传唤弗朗西斯·卡弗先生。"

卡弗潇洒地穿着一套深绿色夹克，领巾用别针固定好。他以一贯简洁的口气宣誓，然后转身，面对着大律师的长桌子，表情严肃庄重。

布罗汉从笔记本上抬起头来。"卡弗先生，"他说，"请为本法庭描述你是如何与斯坦斯先生首次相识的。"

"大约就是去年的这个时候，"卡弗说，"我在达尼丁遇到他。他刚下了从悉尼开来的船，寻找机会当一位探矿者。我提出做他的赞助人，他接受了。"

"这种赞助需要你们各自做些什么呢？"

"我借给他足够的钱，使他能够开始在矿区探矿；反过来，他有责任将他首次创业的一半股份归我，股息永久对半分享。"

"你的赞助资金具体价值多少？"

“我给他买了帆布背包和一系列必需品。还出钱给他买了去西海岸的船票。他当时在达尼丁欠下了一笔赌债，我也替他还清了。”

“你能估计一下总价值吗？”

“我估计我为他花了八英镑。大约是八英镑吧。他得到短期救助，我得到长期盈利。就是这个意思。”

“斯坦斯先生的首次创业是什么？”

“他在距卡尼里一英里处购买了一块两英亩的土地，”卡弗说，“名叫极光。买下之后，他就从霍基蒂卡写信告诉我，并附上从银行开出的所有证件。”

“极光的股息是如何支付给你的？”

“通过汇票，由储备银行转交。”

“这些支付的频率如何？”

“每季度一次。”

“你在一八六五年十月收到的股息，具体是什么数额？”

“八英镑加点零头。”

“那你在一八六六年一月收到的股息具体是什么数额？”

“六英镑整。”

“那么，在去年的最后两个季度里，你收到了总额约为十四英镑的股息。”

“确实如此。”

“在这种情况下，在那六个月内，极光记录的净利润一定是二十八英镑左右。”

“对。”

“斯坦斯先生是否曾对你提到中国佬约翰·桂在极光发现的那一大笔财富？”

“没有。”

“你是否当时就意识到，斯坦斯先生伪造了极光的季度报告？”

“没有。”

“你是什么时候最早意识到，在已故韦尔斯先生小屋里发现的那一大笔财富源于极光金矿的？”

“和其他人一样，”卡弗说，“当银行在报纸上公布了记录我才知道，报上说那些金子已被冶炼过，不是纯金矿石，冶炼过的金条上有印章。”

布罗汉点了点头，然后轻轻咳嗽一声，改变了话题，“斯坦斯先生在证词中说，他对你评价很低，卡弗先生。”

“也许确实如此，”卡弗说，“但他从来没跟我提过一个字。”

“你是否像斯坦斯先生指控的那样，在十月十一日伤害了韦瑟雷尔小姐？”

“我抽了她耳光，”卡弗说，“仅此而已。”

穆迪听见走廊那儿传来一声抗议的低吼。

“是什么刺激你抽了她耳光？”布罗汉说。

“她傲慢无礼。”卡弗说。

“你能够详细说明吗？”

“我向她问路，没想到她却嘲笑我，所以我就抽了她一耳光。那是我第一次也是唯一的一次对她动手。”

“你能够根据记忆描述你们冲突的经过吗？”

“我因为生意上的事情来霍基蒂卡，”卡弗说，“想骑马到卡尼里看一看极光，季度报告刚下来，我看到那个认领区收益不佳，所以想去探一探究竟。我在路旁碰见韦瑟雷尔小姐。她完全被鸦片弄迷糊了，满口胡言乱语。我无法从她嘴里掏出任何消息，就上马继续赶路。”

“斯坦斯先生做证说，韦瑟雷尔小姐在那一天流产了。”

“我对此一概不知，”卡弗说，“我最后看见她的时候，她还在大笑，脚步趔趄。也许是我离开以后，她才碰上了麻烦。”

“你还能记得那天下午你都问了她什么吗？”

“记得。我想找韦尔斯。”卡弗说。

“你为什么要打听韦尔斯先生的消息？”

“我有一件私事要与他商量，”卡弗说，“自从五月份我就没有见过他，不知道在哪里能找到他，也不知道向谁打听。正如莉迪娅说过的，他在夜里突然溜走。没有告诉任何人要去哪里。”

“韦瑟雷尔小姐当时是否向你透露了韦尔斯先生的去向呢？”

“没有，”卡弗说，“她只是大笑，所以我才抽了她耳光。”

“你认为韦瑟雷尔小姐知道韦尔斯先生的住处，却为了某种特殊的原因对你隐瞒信息，是吗？”

卡弗思忖片刻，摇了摇头，“不知道。不想说。”

“你希望与韦尔斯先生讨论的业务是什么性质？”

“保险。”卡弗说。

“哪些方面？”

他耸了耸肩，表明这个答案无关紧要。“三桅帆船‘一帆风顺号’是他的船，”他说，“我是船的执行主人。不是什么要紧的事情，我只是想谈谈。”

“你与韦尔斯先生的关系是否良好？”

“还行，”卡弗说，“可以说不好不坏吧。我喜欢他的妻子，这不是什么秘密，他一死我就立刻向他妻子表白，但我从来没有插足他们之间。我对韦尔斯有分寸，韦尔斯待我也得体。”

“谢谢您，先生。”布罗汉对法官说，“谢谢你，卡弗先生。”

“轮到你询问证人了，穆迪先生。”

穆迪立刻起立。“卡弗先生，”他说，“你是什么时候与卡弗夫人初次相识的？”

“我们相识差不多有二十年了。”卡弗说。

“换句话说，包括了她与已故韦尔斯先生的整个婚姻期间。”

“是的。”

“我想知道你能否描述一下你与卡弗夫人订婚的情形。”

“我从年轻时候起就认识了莉迪娅，”卡弗说，“我们总是认为我俩会结婚的。但后来我在鹦鹉岛待了十年，在那期间她爱上了韦尔斯。等我拿着船票离开那里时，他们已经结婚。我无法怪莉迪娅。十年的等待太漫长了。我也无法责怪韦尔斯。我知道莉迪娅这个女人有什么样的才干。但是我对自己说，如果他们的婚姻有走到尽头的那天，我就是排在最前头的那个。”

“你们在韦尔斯去世之后很快就结婚了，是这样吗？”

卡弗瞪着他，“这没有什么不合礼仪的。”他说。

穆迪低下头，“是的，这我相信。”他说，“如果我的话听上去带着其他暗示，我表示抱歉。请允许我退回去问一句。你是什么时候从监狱被放出来的？”

“六四年的六月，”卡弗说，“差不多是两年前。”

“你从鹦鹉岛被释放之后，做了什么？”

“我去了达尼丁，”卡弗说，“在一条横跨塔斯曼海的船上找了份工作。那条船就是‘一帆风顺号’。”

“你当时是那条船的船长吗？”

“船员，”卡弗说，“但在第二年成了船长。”

“韦尔斯先生当时在邓斯坦矿区淘金，是这样吗？”

卡弗犹豫了，“是的。”

“而卡弗夫人——彼时是韦尔斯先生的妻子——当时住在达尼丁。”

“是的。”

“在那段时期，你是否经常见到韦尔斯夫人？”

“我偶尔会在她那儿喝一杯。”卡弗说，“她在坎伯兰街上开了一家小酒馆。但我大部分时间都在海上。”

“一八六五年的五月，克罗斯比·韦尔斯回到了达尼丁。”穆迪说，“我知道他在那个时候完成了一项购置。”

卡弗很清楚自己被引入了一个圈套，但却无力挽回。“是的，”他生硬地说，“他购买了‘一帆风顺号’。”

“一项很可观的购置，”穆迪说着，点了点头，“关键的是，它完成得这么突然。面临诸多选择，他却决定在一条船上投资，这也令人感到非常蹊跷。我想知道，韦尔斯先生之前对航海有过兴趣吗？”

“无可奉告。”卡弗说，“他既然购置那条船，那一定是有兴趣的。”

穆迪停顿了一下，然后说道：“我知道那份销售票据目前在你手里。”

“是的。”

“请问，它是如何到你手里的呢？”

“韦尔斯先生交给我的。”卡弗说。

“他在什么时候将契约交给你的呢？”

“在购船的时候。”卡弗说。

“也就是……？”

“五月，”卡弗说，“去年五月。”

“换句话说，正好是在韦尔斯先生离开达尼丁，迁到绿玉神舟谷之前。”

对此卡弗无法抵赖。“是的。”他说。

“韦尔斯先生将这份销售契约交予你的原因是什么？”穆迪说。

“我可以为他行使代理权。”卡弗说。

“你的意思是，在他万一受伤，”穆迪说，“或者死亡的情况下。”

“是的。”卡弗说。

“啊，”穆迪说，“现在，让我看看我是否理解正确了，卡弗先生。在去年年初，韦尔斯先生是价值数千英镑的金矿石的合法拥有者，金矿石是在邓斯坦峡谷的一个认领区被开采到的。之后金矿石被储藏于他在达尼丁住所里的一只保险箱里，那是他的妻子——你喜欢的老相识——居住的地方。在五月份，韦尔斯先生从邓斯坦矿区返回达尼丁家中，没有通知他妻子，就清光了保险箱。他旋即把这一大笔财富用于购置一条名叫‘一帆风顺号’的三桅帆船，并委托你负责那条船的运作，他没有告诉任何人他的企图和目的地，便立刻逃往了霍基蒂卡。

“当然，”穆迪补充道，“我提出的只是假设，假定是韦尔斯先生，而不是另外一方，将金矿石从保险箱里取走……否则他怎么购买‘一帆风顺号’呢？他不拥有任何形式的股份或债券——对此我们十分肯定——因为当年五月十四日的《奥塔哥见证人》上刊登了所有权的变更，明确指出那条船是用黄金购买的。”

卡弗皱着眉头。“你忽略了那个妓女，”他说，“她是韦尔斯离开达尼丁的原因。她是韦尔斯跟莉迪娅翻脸的原因。”

“也许怪她——但是我会纠正你的说法，指出在那个时候，韦瑟雷尔小姐不是旧职业的一员。”穆迪说，“理查德·曼纳林先生起草的承诺付款票据，我今天上午已递交给该法庭，上面清楚地列出韦瑟雷尔小姐需要配备合适的衣裙、一支女士小手枪、香水、衬裙，以及所有‘她目前缺乏的’物品。日期是去年的六月。”

卡弗什么也没说。

“请你原谅，”片刻后穆迪说，“我的解释是，韦尔斯先生似乎没有在去年五月开展的这一系列事件中获得任何利益。而你，似乎获得了极大的利益。”

法官坎普等卡弗在他妻子身旁坐下后，便严厉地要求法庭恢复秩序。“好吧，穆迪先生，”他说，十指交叉，“我明白你有一个明确的方向，我会允许你继续你眼下的论证，但我注意到我们似乎偏离了今早公告预定的日程。好吧，你为被告递交了两位证人的名字。”

穆迪鞠了一躬，“是的，先生。”

“对于被告的证人，穆迪先生提出讯问，布罗汉先生盘诘。”法官说。他查看了一下备忘录，然后抬起头来，从眼镜上方看过去，“托马斯·鲍尔弗先生。”

托马斯·鲍尔弗立刻从等候室被传唤出庭。

“鲍尔弗先生，”他宣誓入座后，穆迪说，“你从事船运行业，对吗？”

“快十二年了，穆迪先生。”

“据我所知，你有劳德柏科先生的私人账户。”

“确实如此，”鲍尔弗心情愉快地说，“从一八六一年冬天起，我就一直打点他的业务。”

“你能否描述一下劳德柏科先生与鲍尔弗船运公司之间的最近一次交易？”

“没问题。”鲍尔弗说，“你可能记得，劳德柏科先生一月份首次到达霍基蒂卡时，是翻越阿尔卑斯山脉过来的。他的箱子和各类私人物品则是通过海运寄过来的。他从利特尔顿寄了一只货运板条箱到查默斯港，板条箱刚一到达查默斯港，我便安排了我的一条货运船——‘美德号’——把它提取出来，并运到西海岸来。嗯，船顺利地到了这儿——‘美德号’——板条箱就在船上。于一月十二日到达，比劳德柏科先生本人早了两天。第二天，板条箱从船上卸下——与其他货物一起摞在搬运码头上——我签收了，只待把它转运到我的仓库，劳德柏科先生到达后，就会到那儿去提货。但是事不如意，板条箱不翼而飞了，根本没有进入仓库。”

“板条箱外面是否有标志，说明它属于劳德柏科先生？”

“嗯，有的，”鲍尔弗说，“您一定见过货运码头上堆放的那些板条箱——您知道的，如果没有提货单的话，它们都没有什么区别。提货单会告诉你货物属于谁，货运商是谁，你有哪些货物，等等。”

“当你发现板条箱不见了时，又怎么样了呢？”

“你可以想象，我把我的头皮都抓破了，四处寻找。我对箱子的去向毫无线索。嗯，两个星期后‘一帆风顺号’在浅滩翻船了，在清理沉船的货物时，劳德柏科的板条箱居然从那里面冒了出来！看来，当‘一帆风顺号’最后一次从霍基蒂卡港起锚时，箱子被装了上去。”

“换句话说，是在一月十五日上午很早的时候。”

“正是。”

“当劳德柏科的箱子最终被追回来后，又发生了什么呢？”

“我四处打听，”鲍尔弗说，“问船员们一些问题，他们告诉我那个错误是怎么发生的。嗯，事情是这样的。有人看见了提货单——‘货主：

劳德柏科先生’——记得他们的船长——也就是卡弗——去年一直在寻找这样的一只板条箱。十四日晚上，他们在码头上看见了这只板条箱，心想，这是赢得主子一点欢心的机会。

“所以他们就把板条箱打开——只是出于好奇。那里面只有一个木箱子和一对毛毡旅行袋,没有别的东西。看上去不是什么特别值钱的玩意儿，可是他们想，这可说不定呢。他们去找船长卡弗，可是哪儿都找不到他。不在他的旅馆房间里，也不在酒吧，不在任何地方。他们决定把这件事放到早上再说，就都上床睡觉去了。后来卡弗火急火燎地匆匆回到码头，把他们所有的人都从吊床上弄起来，说‘一帆风顺号’要在天刚拂晓时起锚——也就是几个小时之后。他不肯说为什么。总之，那帮家伙做了个决定。他们把板条箱的盖子钉上，干净利落地把它搬上了船，当‘一帆风顺号’随着第一道曙光起锚时，板条箱已经被放在船舱里了。”

“船长卡弗随后得知船舱中有了新货物吗？”

“哦，知道，”鲍尔弗微笑着说，“那帮家伙快活得跟喝了潘趣酒似的——他们以为肯定能得到奖赏。所以一直等到‘一帆风顺号’稳稳当当地航行时，他们才把他叫了下来。卡弗看了一眼提货单，明白他们把事情搞砸了。‘鲍尔弗船运公司？’他说，‘应该是丹福斯船运公司，那才是我丢失的箱子。该死的你们搬上来一个搞错的东西——现在我们船上有了偷来的赃物。’”

“我们是否可以由此推断，”穆迪说，“卡弗船长丢失过一只货运板条箱，上面贴有阿利斯泰尔·劳德柏科的标签，发货方为丹福斯船运公司，里面装着对他有极大价值的东西？”

“看上去绝对是这样。”鲍尔弗说。

“非常感谢您的宝贵时间，鲍尔弗先生。”

“我很荣幸，穆迪先生。”

布罗汉显然摸不清穆迪这番讯问的来龙去脉，于是他放弃了盘问被告证人的权利，法官对此做了记录后，传唤上来第二位证人。

“尊敬的阿利斯泰尔·劳德柏科先生阁下。”

阿利斯泰尔·劳德柏科五大步就穿越了整个法庭。

“劳德柏科先生，”当他宣誓入座后，穆迪说，“您是三桅帆船‘一帆风顺号’的前任拥有者，这是事实吗？”

“是的，”劳德柏科说，“这是事实。”

“根据这份销售契约，你于一八六五年五月十二日售出该船。”

“是的。”

“你将该船出售给谁，那个人今天在本法庭里吗？”

“在。”劳德柏科说。

“你能辨认出他来吗？”穆迪说。

劳德柏科伸出胳膊，用食指不偏不倚地指着卡弗的脸。“这个人，”他说，回答穆迪的问话，“就是这个人，就在眼前。”

“会不会是弄错了？”穆迪说，“我注意到这份由卡弗先生本人提供给本法庭的销售契约，是一个名叫‘C.弗朗西斯·韦尔斯’的人签名的。”

“这是彻头彻尾的伪造，”劳德柏科说，手指依然指着卡弗，“他告诉我，他叫克罗斯比·韦尔斯，他在这份契约上签的名字是克罗斯比·韦尔斯，我卖船给他的时候，一直相信我是把船卖给了一个叫克罗斯比·韦尔斯的人。直到八九个月之后，我才意识到自己被当成傻瓜耍了。”

穆迪不敢看卡弗的眼神——面对劳德柏科的虚假陈述，卡弗的身体变得僵硬起来，虽然只是很微妙的变化。穆迪用眼睛的余光瞥见卡弗夫人伸出一只白嫩的手制止了丈夫，用手指捏住他的手腕。“你能够描述当时的情景吗？”穆迪说。

“他假装自己是个被甩的丈夫，”劳德柏科说，“他已经知道我与莉迪娅出双入对——在座的每个人都知道：我在《时报》上做了忏悔——他瞅准了获利的机会。他告诉我，他的名字是克罗斯比·韦尔斯，我与他的妻子出双入对。我做梦都没想到他会对我厚颜无耻地说谎。当时我想，我对这个人的所为有失，我把他的妻子拉下了水。”

卡弗一动也没动。穆迪依然没有看他们，他说："他究竟想问你要什么呢？"

"他想要那条船，"劳德柏科说，"他想要那条船，他得到了那条船。但我是被敲诈勒索，受到威胁才卖掉它的——并不是自愿的。"

"你能解释一下遭到敲诈勒索的情形吗？"

"在我们恋爱过程中，我一直提供莉迪娅的时髦穿着，"劳德柏科说，"每个月都把她的旧衣服寄到墨尔本加工改造，寄回来时都带着最时兴的花边、装饰，如此等等。我名下有一趟往返塔斯曼海的货运，当然我用'一帆风顺号'给我运货。哈，他截获了那只箱子。是卡弗干的好事。他打开箱子，拿出那些衣服，在底下藏进一笔金子。别忘了，箱子上写的是我的名字，墨尔本的那家裁缝店也是我安排的。那笔金子一旦离岸，我就死定了，白纸黑字，我将犯下盗窃、逃税等违法行为。当我看清他设下的圈套时，知道自己回天无力。我不得不把那条船给了他。所以我们像大男人那样握手，我再次道歉——然后，他继续行骗，在合同上签名'韦尔斯'。"

"那次遭遇之后，你是否又得到过卡弗先生——化名韦尔斯的任何信息？"

"音讯杳无。"

"你是否又见过那只箱子？"

"再也没有。"

"顺便提一下，"穆迪说，"你选用的运输卡弗夫人衣裙往返于墨尔本裁缝店的船运公司是什么名称？"

"丹福斯船运公司，"劳德柏科说，"我用的那个人叫杰姆·丹福斯。"

穆迪停顿了一下，让观众席里的人们理解其中的全部含义，然后说："你是什么时候意识到卡弗先生的真实身份的呢？"

"在十二月份，"劳德柏科说，"韦尔斯先生——我应该说真正的韦尔斯先生——过世前给我写了封信。只是作为一个选民，把自己介绍给一个搞政治的人，仅此而已。但是我从他信中立刻看出他根本不知道我与莉迪娅的往事——我就在那时搞清楚了来龙去脉，意识到我被骗了。”

“你是否带来了韦尔斯先生的信？”

“是的。”劳德柏科伸手从胸兜里掏出一封折叠的信。

“请本法庭记录劳德柏科先生手里这封信的邮戳是一八六五年十二月十七日。”穆迪说。

“记录完毕，穆迪先生。”

穆迪转身朝着劳德柏科，“请问你能否朗读这封信？”

“当然。”劳德柏科举起那张纸，咳嗽了一下，然后朗读道：

先生我在《西海岸时报》上注意到你有意从陆地旅行前来霍基蒂卡因此你将直接经过绿玉神舟谷除非你故意迂回绕开这里。我是一个选举投票人我愿以这个身份荣幸地在家中欢迎一位政治家虽然我的住所寒酸。我将它描述一番以便你到时候可以根据你的判断寻找它或避开它。这个房子是铁皮屋顶在绿玉神舟河的南岸从河岸向后三十码的地方。小屋两旁各有约三十码的空地那个锯木厂在再朝东南方向约二十码的地方。住所很小有一个窗户烟囱是用黏土烧结砖建造的。造得很普通。即便你不停下来我也能看见你骑马路过。我不期盼也不指望这样的好事发生但我依然希望你西行的旅程愉快选举活动大获全胜我向你保证我依然是——

怀着最深切的崇敬

克罗斯比·韦尔斯

一八六五年十二月

西坎特伯雷

穆迪谢过了他，转身对着法官。“本法庭会注意到，劳德柏科私人信件上的签名与克罗斯比·韦尔斯先生于一八六五年十月十一日起草的馈赠契约上的签名完全相似，该契约写到埃默里·斯坦斯先生将总值两千英镑的财富赠予安娜·韦瑟雷尔小姐，见证人是克罗斯比·韦尔斯。而且，这个签名还与莉迪娅·卡弗夫人——亦即前韦尔斯夫人——两个月前递交给裁判法庭的韦尔斯先生结婚证书上的签名完全相似。本法庭进一步注意到，这些签名与弗朗西斯·卡弗先生递交给本法庭的三桅帆船'一帆风顺号'销售票据上的签名毫无相似之处。因此，足以证明这张销售票据上的签名确属伪造。"

布罗汉目瞪口呆地看着穆迪。

"这究竟是什么意思，穆迪先生？"法官说。

"显然，卡弗先生通过敲诈、假冒和欺诈的方法获得了三桅帆船'一帆风顺号'。"穆迪说，"并利用同样的手段于去年五月盗窃了韦尔斯先生数千英镑的财富——可以假定他是在卡弗夫人的协助下得手的，因为她现在是他的妻子。"

布罗汉依然绞尽脑汁，挣扎着将刚才五分钟里发生的事情整理出头绪来，他请求休庭，但是观众席内一片骚动，他的要求几乎被噪音淹没。法官坎普将嗓门提高到嘶喊的地步，要求布罗汉先生和穆迪先生立刻到裁判官的办公室去。然后，他指示将所有的证人监护起来，暂时休庭。

众愿楼

莉迪娅·韦尔斯信守诺言；安娜·韦瑟雷尔接待一个不速之客；我们得知了伊丽莎白·麦凯的真相。

坎伯兰街三十五号面朝大街的门脸空无一物，护墙板的外墙十分苍白，直棂橱窗被糊上了一层屠夫用的牛皮纸，二楼有一对拉上窗帘的推拉窗。房子左右两旁的邻居——三十七号是一家制靴商，三十三号是一家船运公司——房子之间靠得很近，相互遮掩，从大街上看不出室内的规模。如果只是路过，人们甚至猜测这栋房子没有人住，因为门框上没有招牌和标识，门环上方的牌子上没有名片，门廊上什么也没有。

韦尔斯夫人用她自己的钥匙打开前门。她领着安娜走过沉寂的通道，来到房子后面，一条狭窄的楼梯通往楼上。二楼的楼梯口也和楼下一样干净而空旷，韦尔斯夫人从手提袋里掏出第二把钥匙，打开第二道门，微笑着，示意安娜步入房间。

比安娜更懂人情世故的人，可能会从面前这个场景立刻得出结论：繁复的花边窗帘，冗赘的室内装潢，烈酒和香水的浓烈而醉人的气味，串珠门帘此刻收拢着系在门框上，展现出里面朦胧光线下的卧房。但安娜不是一个懂人情世故的人，面对这般气味芳香、软垫豪华的女子宿舍，她即使倍感惊讶，也不会大声表达出来。从码头走到坎伯兰街的一路上，韦尔斯夫人表现出了涉猎广泛的高雅品位和独特见解，当她们到达目的地时，安娜感觉十分乐意听从对方的意见——相比之下，她自己的意见似乎突然间变得苍白无力。

“你看，我把我的女孩子们照顾得非常好。”她的女东道主说。安娜回答说这个房间绝顶漂亮，韦尔斯夫人受到鼓舞，提议在室内参观一番，她们慢慢踱步时，她为安娜指点出几个别出心裁的装饰和布置，使安娜的恭维具体地落到实处。

安娜的箱子已经按承诺送到，摆放在床脚处——她把这当成一个信号，表明这张床是给她安排的。这张床有一块漂亮的床头板，木床架被一大堆白色的枕头掩盖，三个枕头堆摞在一起，跟她平时在家睡的那张床比起来，要宽得多、高得多。安娜不知道是否需要与别人共用一张床，这张床一个人睡似乎太大了。床的对面放着一只高大的铜浴缸，毛巾搭在浴缸边缘，浴缸旁边是一根末端有穗须的、粗粗的铃铛拉绳。此刻，韦尔斯夫人拉动拉绳，楼下某处传来沉闷的叮当声。当女仆出现时，韦尔斯夫人命令她从厨房端热水上来，随后再送一盘午餐。女仆几乎没有瞥一眼安娜，安娜非常庆幸自己没有受到女仆的关注，当女仆离开这里，到厨房炉台去烧水时，安娜松了一口气。

女仆刚走，莉迪娅·韦尔斯就转身冲着安娜，再次微笑，请求告辞。

“我必须去镇子外面赴约，但会回来吃晚餐，希望我们能共同进餐。你不管想要什么，只管问露茜要。只要她能找到，都会给你找来。你想在浴缸里待多久就待多久，盥洗台上的任何东西，只要你看中的都可以尽情享用。你要就像在自己家里一样。”

安娜·韦瑟雷尔照办了。她用薰衣草香味的乳液洗头发，用商店买来的肥皂把全身每个地方都搓洗一遍，在浴缸里泡了将近一个小时。她穿好衣服——将长筒袜翻过来，露出干净的一面——在镜子面前花了大量时间整理头发。盥洗台上有几瓶香水，她挨个儿闻了一遍后，回过头拿起第一瓶，蘸了一点在自己的手腕和耳根上。

女仆在窗户下的桌子上留下一盘午餐，盘子上盖着一块布。安娜把布掀到一旁，看见一堆火腿，切成很漂亮的薄片，一块厚厚的豌豆布丁，一只黄色的甜饼，显然是油炸过的，已经抹好了黄油与果酱，还有两只腌蛋。她坐下来，立刻抓起为她摆放好的刀叉，大吃起来——经过海上那么多顿味同嚼蜡的饭菜后，她津津有味地享受着各种美味。

一盘食物吃干净后，她坐着犹豫了几分钟，拿不准是否应该摇响铃要求将餐具撤走。摇铃，还是不摇铃，哪种做法更傲慢无礼呢？最后，她决定不摇铃。她从桌旁站起来，走到窗口，拉开窗帘，站了一会儿，观看街上的车水马龙，感觉非常满足。楼下没有任何动静，时钟已经敲响三点。突然，走廊里响起了声音，接着是上楼梯的脚步声，随后门上响起两个指关节轻快的敲门声。

她几乎没来得及站起来，门就被猛地推开，一个身材很高、浑身脏兮兮的男人大步走了进来，他穿着黄色的鼹鼠皮裤子，一件褪色的外套。他看见安娜，突然停了下来。

“哦，”他说，“请原谅。”

“下午好。”安娜说。

“你是莉迪娅的一个姑娘？”

“是的。”

“新来的姑娘？”

“我今天刚到。”

“跟我一样。”男人说。他的头发是浅棕色的，微微有些斑白。“下午好。”

“有什么需要帮忙吗？”

男人咧嘴一笑，“咱们走着瞧。我找女主人。她在吗？”

“她去镇子外赴约了。”

“什么时候回来？”

“她说晚餐前。”安娜说。

“嗯，在那之前，你有预约吗？”

“没有。”安娜说。

“好，”男人说，“介意我预约下一支舞曲吗？”

安娜不知道该如何回答，“韦尔斯夫人不在，我不知道我是否应该接待客人。”

“韦尔斯夫人，”男人说着，大笑起来，“听你这样称呼，听起来简直蛮令人尊重的呢。”他伸出手，将身后的门关上，“我是克罗斯比。你叫什么名字？”

“安娜·韦瑟雷尔小姐。”安娜说，心里警惕起来。

男人已经走向餐具柜，“想来点儿喝的吗，安娜·韦瑟雷尔小姐？”

“不，谢谢你。”

男人拿起一只酒瓶，朝她倾斜着，“说‘不’是因为你不喜欢烈酒，还是因为你要摆出礼貌来？”

“我只是初来乍到。”

“这你已经告诉过我了，我的姑娘，总之，这还是没有回答我的问题。”

“我不愿滥用韦尔斯夫人的款待。”安娜说，微微强调一下反感的态度——似乎想表达他也不该如此。

克罗斯比拔出瓶塞，闻了闻，又塞上了瓶塞。“哼，根本不存在款待一说。”他说，把那瓶酒放回托盘，又选择了另一瓶。“你会为你在这个房间里触摸过的一切付钱，账单像盗贼一样说来就来。你记住我的话吧。”

“不，”安娜说，“这已经付过钱了。韦尔斯夫人一直是盛情款待。我在这里是受到她本人的邀请。”

男人觉得这很有意思，“哦，是吗？你们成了最亲最近的，是不是？老朋友？”

安娜皱起眉头，“我们今天下午在码头相遇。”

“我想那是凑巧吧。”

“是的。有一个年轻姑娘——一位麦凯小姐——她没有上船。那是她表妹的表妹。韦尔斯夫人没有接到麦凯小姐，就邀请我代替她。食宿都是预付过的。”

“唉嗨。”男人说着，倒了一杯酒。

“你是刚从矿区回来的吗？”为了拖延时间，安娜说道。

“是的，”男人说，“在高原山区。今天刚回来。”他喝了一口酒，长舒一口气，然后又说，“不成。如果我不告诉你，那就不对了。你已经被尤克了。”

“我被什么了？”

“被尤克了。”

“我不知道那是什么意思，克罗斯比尔先生。”

他对她的错误称呼一笑了之，没有纠正她。“永远有这么一位麦凯小姐，”他解释道，“这是她惯用的谎言。于是你相信了她，跟着她回了家，没等你回过神来，已经欠下了一屁股债。是不是，啊？她给了你一顿好饭，一个热水澡，都是善良的乳汁[①]，可你有什么可以给她的呢？啊——”他挥着手指——“但总会有某些东西，安娜·韦瑟雷尔小姐。总会有某些你能给的东西。”他似乎看出安娜的焦虑，用较为柔和的语气补充道，“这是你应该知道的事情。在黄金镇上没有慈善。如果看上去像是慈善，必须再仔细看一眼。”

“哦。”安娜说。

男人干了一杯，放下酒杯，“你想来一杯吗，还是不来？”

“今天不了，谢谢你。”

男人把手伸进衣兜，掏出点什么，握在手心里，“你能猜出我拿的是什么吗？”他说。

“猜不出。”

“来吧。猜一次。”

“一枚硬币？”

---

① 这个典故来自莎士比亚的《麦克白》，善良的乳汁表示人类对他人天生的善良与同情。

“比硬币还好。再猜。”

“我想不出。”她说，内心有了恐慌。

男人张开手掌，露出一块形状和大小都如同板栗的金块，看见安娜的表情，他再次大笑，然后将金块抛给了她。安娜用双手的掌跟接住金块。“这块黄金足够买下这个托盘上的每一瓶酒，绰绰有余。”他说，“如果你能陪伴我直到女主人回来，它就归你了。怎么样？等债台高筑的时候，你就会变机灵了。”

“我从来没有摸过金子。”安娜说，将金块在手里翻转着。它比她想象的更重，更有金属性。金块似乎在她手里变得暗淡了。

“过来。”克罗斯比说。他把白兰地酒瓶拿到小沙发上，坐下来，拍了拍身旁的空位。“陪我这个伙伴喝一杯吧，我的姑娘。我已经走了两星期的路，渴得要命，我想看着养眼的东西。过来。我会跟你说说你需要知道的关于莉迪娅·韦尔斯的一切。”

南十字座

宣布两项法庭判决；天道正义，罪有应得。

两次庭审，泰老·老居都没有得到出庭做证的邀请。他一直在法庭后面旁听这一整天的进程，后背依靠着墙，表情阴沉。当法官坎普命令将当天所有的证人都收留监护，并宣布法庭进行当天的最后一次休庭后，老居随着人流离开了法庭。在外面，他看见一辆武装的四轮载人马车等着把罪犯运回监狱，便前去与站在马车旁的值班警官打招呼。

“你好，老居先生。”警官说。

“你好。”

“你的朋友斯坦斯怎么样啦？在那里面大出风头了吧？”

“是的。”老居说。

“我朝里面探了探头。听不清多少。演了一场好戏，是不是？”

“很好。”老居说。

“谢泼德监狱长今天上午被教训了一通，是不是？”

“是的。”

“我倒很想看一看那一幕。”警官说。

正在这时，法院的后门打开了，法警出现在门口。“德雷克！”他大喊。

“是，先生。”警官立正说道。

“法官要把弗朗西斯·卡弗押送到海景。”法警说，“特殊命令。你把他送上山，然后立刻返回。”

德雷克跑过去打开马车的门，“只是卡弗？”

“只是卡弗。”法警说，“注意，你必须在宣判结果时赶回来。直接去海景，直接赶回来。”

“没问题。”

“快点——他现在出来了。”

弗朗西斯·卡弗被带到院子里，塞进了马车的车厢。他双手被铐在背后。在车厢里，德雷克从皮带上取下第二副手铐，用它把弗朗西斯手腕上的手铐固定在驾驶员座位车厢壁上的一根索具圆环上。

“这下子可是哪里都跑不了啦，”德雷克兴高采烈地说，摇了摇那个圆环来证明他的观点，“在你和这个世界之间隔着一英寸厚的铁呢。嚯！你都干了些什么，他们为什么偏偏不信任你？刚才我还看见你是个该死的证人呢，没过一分钟，你就戴上了铁铐！”

卡弗什么都没说。

“一小时就回来。”法警说，然后返回了法庭。

德雷克跳出车厢，关上了门。“嗨，老居先生，”他插上门闩的时候说，“愿意跟着冲上山再回来吗？你会及时赶回来听宣判结果的。”

老居犹豫了。

“你说怎么样？”那位警官说，“兜风的好天气——下山的时候，咱们可以玩点儿速度。”

老居依然在犹豫。他盯着车厢门上的门闩。

“怎么样啊？”

“不。”老居终于说。

“随你便吧。”德雷克说着，耸了耸肩。他爬上驾驶座，拿起缰绳，催促马儿，马车嘎吱嘎吱上路了。

Φ

“埃默里·斯坦斯先生。你承认伪造极光金矿的收入记录，以逃避支付欠弗朗西斯·卡弗先生的股息，其价值为每年净利润的百分之五十，逃避支付欠约翰·龙·桂的奖金，其价值尚未确定。你承认贪污了约翰·龙·桂在极光采集到的大量生金，其价值已被确定为四千零九十六英镑。你承认从极光偷窃了这笔黄金，将它埋藏在绿玉神舟谷，以达到隐瞒的目的。你还对渎职供认不讳，承认因过量和长期食用鸦片而丧失工作能力达两个月之久。”

法官将文件放在一旁，交叉起十指。

“斯坦斯先生，”他说，“你的辩护律师今天下午出色地揭露了卡弗先生的劣行。尽管有这番出色的辩护，然而，受到违法的挑衅，并不等于就拿到了违法的许可证，你对卡弗心存不满，并不能授权你去裁决他该不该受到惩罚，受到怎样的惩罚。

“你没有亲眼见证韦瑟雷尔小姐受到攻击，似乎也没有其他直接证人，因此，你无法毫无疑问地确认卡弗先生是那次人身伤害的真正肇事者，或者，断定那场攻击真正发生过。当然，失去任何一个孩子都是悲剧，而且悲剧不能因具体情形而得到减轻。但是，斯坦斯先生，在裁判你的罪行时，我们必须暂不考虑这个事件的悲剧性，只考虑一个单纯的起因——应该说，是一个非直接的起因——你为了报复，犯下了更加冷血的贪污和欺诈罪行。是的，你有理由不喜欢卡弗先生，憎恨卡弗先生，甚至蔑视他，但是我觉得有必要指出一个十分明显的观点，我要告诉你，你本可以向霍基蒂卡警察申述，那会省下我们大家诸多的麻烦。

“你的认罪答辩为你赢得了信用。我对你今天下午的回应中表现出的礼貌与谦让也表示赞许。这一切都表明了你的痛悔，以及对法律正确执行的尊重。然而，你的罪行，表现在自私地无视合同义务，反复无常，性情颓废，不仅对自己的认领区，而且对自己的同胞的渎职。你对卡弗的不满，无论有着多么正当的理由，却在不止一种场合、不止一个方面，引导你将法律捏在自己手心里。鉴于这一点，我认为你应该暂时撇开你的堂皇哲学，学会换位思考，这样会对你大有好处。

“卡弗先生是极光股份长达九个月的持有者。他履行了对你的合同职责，却没有得到恰当的回报。埃默里·斯坦斯，我在此判你九个月的奴役与劳动。”

斯坦斯的脸上没有流露丝毫表情，“是，先生。”

法官转身朝着安娜。

“安娜·韦瑟雷尔小姐，”他说，“你拒不承认受指控的所有罪状，在民事法庭上，我们坚持的原则是一个人在被证明有罪之前是清白的。我意识到，穆迪先生对谢泼德监狱长的谤议，只是谤议而已，它们已被本法庭充分记录下来，可能会在未来有实际价值，这有待于对谢泼德监狱长及其他人再做进一步调查。目前，我看不到有足够的证据证明你有罪。你将被解除所有控告，从狱中释放，立刻执行。我相信从此你将沿着清醒、贞洁以及其他文明美德的道路继续前进。当然，我不希望在这个法庭再看见你，无论受什么指控，更不用说在公共场合吸毒和扰乱秩序。我讲得够清楚的吧？”

“是的，先生。”

“好，”法官转身朝着大律师的长桌，“现在——”他沉重地说，但是话没说完，大街上传来一阵喊叫，一声可怕的碰撞，还有马儿惊慌的高声嘶鸣——然后，法院大门上响起可怕的扑通一声，似乎有人用身体的重量撞击大门。

“出什么事啦？”法官皱着眉头说。

穆迪吃惊地站起来，他听见门廊传来的喊声，还有大量的嘈杂声。

“谁去把门打开。看看出了什么事。”法官说。

大门被猛地打开。

“德雷克警官，”法官惊呼，“什么事？”

警官一副惊慌失措的眼神，大喊："是卡弗！"

"他怎么啦？"

"他死了！"

"什么？"

"从这里到海景途中的某个时刻——一定是有人打开了车厢门——我一直没有注意到。我在驾驶马车。我打开门让他下车——不料他——他已经死了！"

穆迪快速地张望四周，认为卡弗夫人多半已经昏厥。但是她没有。她看着德雷克，脸色苍白。穆迪迅速地扫视她周围的人的脸。所有的证人在休庭期间都被要求留下来，包括今天上午已经做证的那些人，他们中间没有一个离开法庭。谢泼德在那里——还有劳德柏科——弗罗斯特——勒文塔尔、克林奇、曼纳林、桂、尼尔森、普里查德、鲍尔弗、加斯科因，以及德夫林。缺了谁呢？

"他就在外面！"德雷克举起胳膊大喊，"他的尸体——我立刻返回来了——我不能——不是——"

法官提高嗓门以盖过骚动声，"他结束了自己的生命？"

"不可能，"德雷克大喊，声音发劈，带有哭腔，"不可能！"

人群开始拥挤着出门，从他身旁拥了过去。

"德雷克警官，"法官大喝，"弗朗西斯·卡弗到底如何丧命的？"

德雷克已经陷入人群的包围。他的声音在上空飘浮着，"有人砸碎了他的头！"

法官的脸涨成了紫色，"谁？"他咆哮着，"谁干的？"

"我告诉你我不知道！"

街上传来一声可怕的尖叫，然后是大喊大叫的声音，法庭里的人都走光了。卡弗夫人看着最后一群人争先恐后地走过门口，用双手捂住了嘴。

消耗

韦尔斯夫人得到错误印象；弗朗西斯·卡弗传达重要消息。

当安娜·韦瑟雷尔在坎伯兰街的众愿楼陪伴“克罗斯比尔先生”消遣时，莉迪娅·韦尔斯也在从事她的某种娱乐活动。她习惯于在下午带着她的历书和星图到乔治街的山楂旅馆，她在那里的餐厅一角开了个买卖，为淘金汉们和初来乍到的旅行者们算命。这天下午，她唯一的顾客是个戴圆顶毡帽的金发小伙子，后来发现，他也是乘蒸汽船“幸运之风号”到达的。他是个健谈的好客户，韦尔斯夫人与神秘事物的密切关系令他既兴奋又沉醉，而他的热情也让莉迪娅感到快慰，令她做预言时表现得比较慷慨大度。等到小伙子的出生星图被绘制好，他的过去和现在都被详细讨论过，他的未来也被做了预言时，已经快四点钟了。

莉迪娅抬起头，看见弗朗西斯·卡弗正穿过餐厅朝她走来。

“爱德华，”她对金发小伙子说，“讨喜的人儿，劳驾啦，去让招待给打包一只烫面酥皮馅饼好吗？告诉他记在我的账上，我要带回家当晚餐。”

小伙子去照办了。

“我刚得到好消息。”小伙子走了以后，卡弗说。

“什么消息？”

“劳德柏科已经在路上了。”

“啊。”莉迪娅·韦尔斯说。

“他一定是终于看见了来自丹福斯的船运收据。我听比利·布鲁斯说，他已经买了从长港起航的‘积极号’的船票。他将于五月十二日到达，而且他提前送信给‘一帆风顺号’，不得在那之前离开。”

“还有三个星期。”

“我们搞定他了，格林韦。他就像一条落网的鱼，被我们搞定了。”

“可怜的劳德柏科先生。”韦尔斯夫人含义暧昧地说。

“你这个星期可能要到海军俱乐部去，给小伙子们发个邀请。免费玩一夜花旗骰，或让头奖额翻倍，或每次摇动轮盘都得有个姑娘。想一个花招，那天晚上把拉沃斯从船上引开，让我有机会单独对付劳德柏科。”

“我明天上午就去俱乐部。”韦尔斯夫人说。她开始收拾她的那些书和图片。“可怜的劳德柏科先生。”她又说了一遍。

“他这是自己铺床给自己睡。”卡弗看着她说道。

“是的，是的，可是你和我都帮他暖好了床。”

“不要对一个懦夫心生歉意，”卡弗说，“尤其是一个有钱乱扔的懦夫。”

“我可怜他。”

“为什么？因为那个私生子？我倒是很快就会为那个私生子感到抱歉呢。劳德柏科从头到尾除了好运没别的。他是一个成功人士。”

“没错，可他还是令人怜悯，”韦尔斯夫人说，“他感到那么羞愧，弗朗西斯。为克罗斯比，为他父亲，为他自己。我禁不住可怜一个为自己感到羞愧的人。”

“韦尔斯不会碰巧突然冒出来吧，会不会？”

“听你说话的口气，好像我和他还很亲密似的。”韦尔斯夫人贸然地说，“我可不能替他回答，我当然无法掌控他的一举一动。”

“他最后一次回城已经有多久了？”

“几个月。”

“他回来之前会写信吗？”

"天哪，"韦尔斯夫人说，"不，他不写信。"

"你有什么办法能确定他不在这里碍手碍脚吗？他要是跟劳德柏科碰上就糟了——可别功亏一篑。"

"酒总是能把他引开的——不管什么时候。"

卡弗露齿一笑，"给他送一箱各种各样的酒？给他在淘金汉枪械酒吧开一个户头？"

"这倒真是个很好的主意。"她看见小伙子拿着用纸包裹的馅饼从厨房回来，便站起了身，"现在我必须回去了。我明天会来看你。"

"我会等着。"卡弗说。

"谢谢你，爱德华。"韦尔斯夫人接过馅饼，对小伙子说，"再见了。我可以祝愿好运降临于你，但你的命用不着我浪费一次许愿，对不对？"

小伙子大笑。

卡弗也微笑着，"这么说，你已经给他算过运势了？"

"啊，是的，"韦尔斯夫人说，"他将变得极度富有。"

"是吗，啊？像所有其他人一样？"

"不像所有其他人那样，"韦尔斯夫人说，"他是异常富有。再见，弗朗西斯。"

"我会等着你的。"卡弗说。

"再见，韦尔斯夫人。"小伙子说。

韦尔斯夫人飘然离开了房间，两个男人凝视着她的背影。她走了以后，卡弗偏着头打量那个小伙子，"你的名字叫爱德华？"

"其实——不，不是的，"小伙子说，看上去有点惭愧，"旅行时我选择隐姓埋名，可以这么说吧。我父亲总是告诉我，跟妓女和算命人打交道时，永远不要给出你的真实姓名。"

卡弗点了点头，"有道理。"

"妓女这方面我不知道，"小伙子继续说，"想到父亲会找妓女就令我伤心——我对此有一种厌恶感，可能是出于对我母亲的忠诚吧。但算命这方面我很喜欢。用另一个人的名字，给人一种强烈的刺激。不知怎的，使我感到自己变得隐身了，或者翻倍了——似乎自己分裂成了两个人。”

卡弗瞥了他一眼，又过了片刻，伸出手去，“我叫弗朗西斯·卡弗。”

“我叫埃默里·斯坦斯。”小伙子说。

水星落下

一个陌生人踏上霍基蒂卡的海滩；横财被分配；沃尔特·穆迪终于离开皇冠旅馆。

即便穿着最好的礼服，头发梳得整整齐齐，抹了头油，靴子擦得漆黑，手绢喷了香水，阿德里安·穆迪也远远不如他的小儿子英俊。他脸上带着一辈子酗酒成瘾的特征——眼袋浮肿，鼻子膨胀，脸色永远是酒糟潮红——行为举止没有丝毫风度或舒展性。他走起路来臀部僵硬，外形笨重；他目光焦躁不安，心存戒备，双手被香烟熏得发黄，总是悄悄插在衣兜里，或是焦躁地拉扯他的衣服翻领。

一条小船将他从蒸汽船摆渡到海边，老穆迪从小船里爬出来后，花了一点时间伸展腰板，抖掉身上的酸痛和痉挛，上上下下地拍了拍身子。他指挥人将他的行李搬到营盘街的一家旅馆，跟站在一旁的海关官员握手，粗声粗气地谢过了桨手们，最后，双手交叉在背后，走上了雷维尔街。他走完整条大街，从这一边走过去，又从那一边走回来，皱着眉头使劲打量他经过的每一个橱窗，凑得很近地扫视大街上的每张面孔，对谁都没有笑脸。这个时候，聚集在法院外面的人群已经散去，运载弗朗西斯·卡弗尸体的武装马车已经返回海景，法院的两扇大门已经关闭并上了锁。老穆迪路过这座建筑时，几乎没有瞥它一眼。

最后，他踏上了霍基蒂卡邮局的台阶，走进邮局后，他在邮政管理员的窗口前排队，他一边等候，一边从钱包里拿出一张纸，用一只手靠着胸口将纸展开。

“我要把它寄给沃尔特·穆迪先生。”他排到队伍前头时，说道。

“没问题，”邮政管理员说，“知道他住在哪儿吗？”

他说话时，卫斯理教堂的钟敲响了五点钟。

“我只知道他过去几个月一直在霍基蒂卡。”老穆迪说。

“在镇上？还是在峡谷里？”

“在镇上。”

“住旅馆？还是搭帐篷？”

“我猜是一家旅馆，但我无法确定。他的名字是沃尔特·穆迪。”

“是你的搭档，对吗？”

“他是我儿子。”

“我会派一个小伙子去做调查，一旦找到他，我们会向您收费。”邮政管理员说，记下他的名字，“您需要交一先令的定金，但如果明天就能找到他，我们可能会退还你六便士。”

“那好。”

“您是选择信封，还是蜡封？”

“信封。”对方说，“但等一等，我想再仔细读一遍。”

“那么请站在一边，等准备好了再过来。我将在半小时后关闭窗口。”

阿德里安·穆迪照办了。他在台面上铺开那封信，用手指推了一下，离光线更近些。

沃尔特：

我请求你从头到尾阅读这封信，等读完信后再对我做出评价。你从我的邮戳能看出我在霍基蒂卡，跟你一样。我暂住在营盘街的禁欲旅馆，这个地址无疑会引起你的某种诧异。你早就知道我有享乐主义的气质。现在却成了一个禁欲主义者。我已经发誓终生滴酒不沾，自从发誓以来，从无打破承诺。我正是在忏悔的精神下，简要写下我的真实心愿，而这些年来，我因为被酒精奴役，一直糊涂闭塞，甚至思维扭曲。

我离开英伦三岛是因为债务问题，债务是唯一的原因。你的哥哥弗雷德里克有一个朋友在奥塔哥劳伦斯的金矿上，根据他的报告，那里的前景似乎非常好；弗雷德里克决心去找他。你当时在罗马，打算在欧洲大陆过冬。我决定秘密前行，希望年底之前就能衣锦还乡。坦白地说，我这个决定是在可耻的动机下做出的，因为在伦敦和利物浦有几个我很想逃离的人。我离开前，给妻子留下二十英镑——那是我最后的积蓄。我后来才得知这笔钱根本没有到它的受益人手中，它被偷走了，偷窃者正是送信者本人（那个流氓皮尔斯·霍兰德，愿他在耻辱中活着，在贫穷中死去）。我发现这件事情的时候，已经到了奥塔哥，离家乡半个地球之遥，而且，我不能冒被追踪，甚至被定罪的危险与家人接触，因为我有罪在身，并欠有债务。我什么都没有做。我只当我的妻子被遗弃了，继续与弗雷德里克待在金矿上，愿上帝原谅我。

在奥塔哥的第一年，我们只是勉强维持。我听说家境优渥的人在金矿上的运气最糟糕，因为他们不像底层的人那样善于忍受穷困。这种说法对于我们的情况肯定是一点不假。我们艰难地挣扎着，经常陷入绝望。但是我们坚持下来了，七个月前，你的哥哥碰上一块鼻烟壶大小的金块，卡在一条小溪拐弯处的两块大石头之间。正是靠了这块金子，我们终于开始创建我们的财富生活。

你可能会问，我们为什么没有把这块金子连同我们的道歉与祝福一同寄回家，这个问题问得好。长期以来，你的哥哥弗雷德里克一直主张给你写信。他催促我与被抛弃的妻子联系，甚至请她来这里与我们团聚，但我都予以反对。他还暗示我，要我远离酗酒的恶魔，改邪归正，我也未予理会。我们在这个问题上多次争执，最终以不够文明的方式分道扬镳。说来遗憾，我不知道现在弗雷德里克究竟在哪里。

沃尔特，你一直是这个家庭里的学者。我为我生活中的许多方面感到非常惭愧，但是从来没有为你感到过羞愧。我已经发誓戒酒，正视自己的真实灵魂。我看到自己确实是一个胆怯懦弱的人，容易成为各类恶习和罪恶的牺牲品。如果说我有一件值得骄傲的事情，那就是我的两个儿子都没有像我一样堕落。当一个父亲评价他的儿子时说："这个男人比我强。"这真是一种痛苦的喜悦。我向你保证，我已经双倍地感受到这种痛苦的喜悦。

我只能真诚地乞求你的原谅，我也乞求弗雷德里克的原谅，如果你开恩与我见面，我承诺在我们相聚时，我将"不举杯"地庆祝。祝你好运，沃尔特。你要知道我已经正视了自己的真实灵魂，我是作为一个清醒的人写这封信的。你要知道哪怕是最简短的回信都将极大地鼓舞这颗心，它属于

你的父亲

阿德里安·穆迪

一八六六年四月二十七日

霍基蒂卡

他把信仔细地读了两遍，然后折叠起来，放入信封，用大字体在信封上写下儿子的名字。盖上笔帽时，他的手在颤抖。

Φ

"一位弗罗斯特先生来见斯坦斯先生。"

"请他进来。"德夫林说。

查理·弗罗斯特手里拿着一张纸。"财政支出。"他说，面露歉意。

"请坐。"德夫林说。

"损失如何，弗罗斯特先生？"斯坦斯说。他看上去非常疲倦。

"恐怕损失面很大。"弗罗斯特说，拉过来一张椅子，"法官坎普裁决，必须承兑弗朗西斯·卡弗两千零四十八英镑的股息。这里面有个条件——加里蒂社团对'一帆风顺号'的索赔需要全额返还——但其余部分将归卡弗夫人，她是卡弗的遗孀。"

"她情况如何？"德夫林说。

"服了镇静剂，"弗罗斯特说，"我相信吉利斯医生和普里查德先生正在照看她。我最后一次看见她时，她正被护送回游人好运楼。"他转身朝着斯坦斯，将那张纸在桌上捋了一下，"我可以简略地逐项清点支出吗？"

"好的。"

"作为被判有罪的一方，你要承担所有的法律费用，包括过去几个月里费罗斯先生列举的费用，还包括尼尔森先生的佣金，因为这笔佣金已被投资在海景监狱上——你可能还记得，它作为善款被捐赠出来，因此裁判官裁决不予退回。这一切的总和是五百英镑多一点。"

"折半了，再折半。"斯坦斯说。

"是的，恐怕你会发现这是关于法律费用的常见话题。还不止这些。你还被来自卡尼里和霍基蒂卡峡谷两个地区的许多淘金汉起诉。我还没有给你拿到具体数额，但恐怕会有几十英镑，或几百英镑。"

"全部就这些吗？"

"就正式开支而言，是的，"弗罗斯特说，"但是还有几项非正式的开支需要讨论。我们有时间吗？"

"我们有时间吗？"斯坦斯对德夫林说。

"还有时间，在马车到达这里之前。"德夫林说。

"我很快就完。"弗罗斯特说，"你可能意识到，从安娜的橙色衣服里抽取出来的黄金，依然放在加斯科因先生的床底下。安娜欠了曼纳林先生约一百二十英镑的债务，她已经考虑用橙色衣服里取出的黄金矿石支付这笔款项。但我有一个主意，那就是你如果愿意承担她欠曼纳林先生的债务，利用属于你的这笔财富偿还曼纳林先生，将它列为一笔分项费用。这样，在你坐牢期间，安娜便有了某种生活来源。”

“好，”斯坦斯说，“没问题——就这么办。照你说的。”

弗罗斯特把这点记录下来。“第二项事宜，”他说，“是欠桂先生的奖金。我们必须继续假装这笔财富源自极光，这样，每个接触到这笔财富的人都应得到一份奖赏。”

“当然，”斯坦斯说，“发奖金。”

“我的理解是，”弗罗斯特继续说，“桂先生希望，一旦他的国有公司契约到期，他就返回中国，而且，他希望回去时衣兜里揣着整整七百六十八先令。据曼纳林先生说，他早就在心里设定了这个精确的数字。我相信这对他来说有某种个人或精神上的意义。”

在通常情况下，埃默里·斯坦斯的好奇心会让他对此兴趣盎然，但他连笑也没笑一下。倒是德夫林惊叹道：“七百六十八先令？”

“对。”弗罗斯特说。

“多么特定的一个数字啊。”德夫林说，“也许是个吉利数字——你知道吗？”

“我恐怕不知道，”弗罗斯特说，“但是我不妨提个建议”——他朝斯坦斯转过身——“你支付桂先生的奖金应该足以帮他实现这个理想。”

“总共多少，以英镑算？”

“三十八英镑八先令，”弗罗斯特说，“大约是四千的百分之一，百分之一对于金矿奖金来说是个合理的利率，尤其考虑到桂先生是中国人。为了表示善意，你还可以考虑买断他的契约，帮他购买回家的船票。”

斯坦斯摇了摇头，“我从来没有想到过他，是不是？”

“谁？”

"桂先生，"斯坦斯说，"我根本没有想到过他。"

"嗯，他今天下午为我们保密，给我们大家提供了巨大的支持，现在我们有了一个机会回报他。我已经跟曼纳林先生谈过了。曼纳林先生愿意提前终止桂先生的合同，并已在我的要求下计算了成本。你只要支付桂先生六十四英镑的奖金，所有的费用就都应该被充分覆盖了。"

斯坦斯把肩膀耸到脸颊那儿，叹了一口气，"是的，"他说，"好吧。"

"好，第三项财政事宜。"弗罗斯特轻轻地咳嗽了一声，"回到一月份，当我们首次——呃——发现这笔财富的时候，克林奇先生给了我三十英镑作为馈赠。我恐怕已经把它花光了。而我没有一分钱的偿还能力。我不知道是否可以强迫你慷慨大度，将这三十英镑列为银行费用。"他语速很快地一口气说完这番话，然后补充道，"当然是作为贷款，我会在你被释放之前还清。"

"马车到了。"德夫林说，站了起来。

"好的，"斯坦斯对弗罗斯特说，"付吧——就照你说的。没关系。"

弗罗斯特吐出一口气，感到彻底放松了。"非常感谢你，斯坦斯先生。"他看着德夫林护送斯坦斯走出拘留室。他们走到门口时，他略微提高嗓门，说："明天一早，我会给你送一份明细的收据。"

Φ

沃尔特·穆迪将他最后一件精致的衣服叠起来，放入箱子，关上箱盖，扣好搭扣，这时教堂正在鸣响七点钟的钟声。他站起身，检查了身上那条黄色鼹鼠皮裤子的裆扣，系紧腰带，触摸了一下系在脖子上的红领巾，最后，伸手拿起外套和帽子——外套是一件朴素的羊毛外衣，几乎长至膝盖，帽子是一顶厚实的软顶阔檐帽。他穿戴好后，将帆布背包甩在后背上，离开了房间，顺手将钥匙从门锁上取下来。

他不在的这段时期，他的箱子将被送到吉布森码头的克拉克仓库里储存，如果他有任何私人信件，也被交送上述地址。为支付搬迁费用，他在皇冠前台留下三枚银先令，还有他的钥匙。他将第四枚先令塞进皇冠女仆手中，将她蜡黄的小手握在自己的双手里，非常热情地感谢她在过去三个月对他的服务与款待。离开皇冠之后，他走上通向海滨的狭窄小径，立刻朝北方徒步而去，帆布背包在后背上咣当作响，每走一步，帐篷卷都会碰打着他的后腿。

离开霍基蒂卡不超过两英里时，他察觉到另一个男人在他身后约十步的距离内走着，穿着相似的淘金汉行头。穆迪朝身后瞥了一眼，他们相互点头致意。

“嗨，你好，”那个人说，“你是朝北走吗？”

“是的。”

“朝海滩，是不是？去查尔斯顿？”

“我希望如此。我们是去同一个地方吗？”

“看来是的，”那个人说，“我可以跟你一起走吗？”

“当然可以，”穆迪说，“我很高兴有人同行。我叫沃尔特·穆迪。沃尔特。”

“我叫帕迪·瑞安。”那个人说，“你有苏格兰乡音，沃尔特·穆迪。”

“这我无法否认。”穆迪说。

“我跟苏格兰人从来没有什么过节。”

“我也从来没有跟爱尔兰人闹过别扭。”

“你们中间有好人。”帕迪·瑞安说，露齿一笑，“但我的话不假：我从来没有跟苏格兰人有过任何过节。”

“对此我很高兴。”

他们默默地走了一会儿。

“我猜想我们都是离乡背井。”帕迪·瑞安随后说。

“我是远离了我的出生地。”穆迪说，眯起眼睛看着辽阔海面上的浪花。

“嗯，”帕迪·瑞安说，“如果家不是你出生的地方，那么家就是你要去的地方。”

“这是一句很好的格言。”穆迪说。

帕迪·瑞安点了点头，似乎很得意。“那么，你打算在这个国家待下去了，沃尔特？在你给自己找到一片矿区，淘了一桶金之后？”

“我期待我的运气能为我回答这个问题。”

“你是说有运气待下来，还是有运气离开呢？”

“我会说是有运气去选择。”穆迪说。他为自己感到惊讶，若是三个月前，他是给不出这样的答案的。

帕迪·瑞安从侧面瞥了他一眼，“我们说说自己的故事如何？使我们的路程显得短一些。”

“我们的故事？你是说我们的历史？”

“对——或者你听说过的其他故事，或者你喜欢的任何故事。”

“好吧，”穆迪说，有一点勉强，“是你先说呢，还是我先说？”

“你先说吧，”帕迪·瑞安说，“给咱讲个故事，敞开来说，好让咱忘记自己的脚，不再留意自己在走路。”

穆迪沉默了一会儿，心想从何说起呢。“我在考虑是说出全部的真相呢，还是纯粹的真相，”他随后说，“恐怕我的历史无法两者兼顾。”

“嗨——根本没必要讲出真相。”帕迪·瑞安说，“谁说要讲真相来着？你在这个国家是个自由人，沃尔特·穆迪。你可以告诉我任何你想说的陈芝麻烂谷子，只要在我们走到红薯镇的交叉口前，你能编出一大箩筐的话，我就算它是个很好的故事。”

太阳和月亮合相（新月）

韦尔斯夫人有了两个十分有趣的发现。

七点钟刚过，莉迪娅·韦尔斯回到众愿楼时，女仆告知她，安娜·韦瑟雷尔在她不在家时接待了一位到访者：克罗斯比·韦尔斯先生，他离家几个月后出人意料地从奥塔哥高原回来了。女仆报告说，韦尔斯先生晚上在乔治街有预约，但他保证第二天早上回来，希望能与妻子见面。

韦尔斯夫人若有所思地听着这条消息。

"你说他待了多久，露茜？"

"两个小时，夫人。"

"从什么时候到什么时候？"

"三点到五点。"

"那韦瑟雷尔小姐……"

"我还没有打扰过她，"露茜说，"韦尔斯先生走后，她没有摇过铃铛，先生在这里的时候，我没有去打扰他们。"

"好姑娘。"韦尔斯夫人说，"好，如果克罗斯比明天真的回来，如果我出于某种原因不在这里，你要照样带他去韦瑟雷尔小姐的房间。"

"是，夫人。"

"你明天要办的第一件事就是去葡萄酒和烈酒商那里，订一批货。要一箱各种品种的就可以。”

“是，夫人。”

“这里有一个晚餐吃的馅饼。一定要把它热透，然后送上来。我们八点开饭。”

“好的，夫人。”

莉迪娅·韦尔斯将怀里的历书和星图整理了一下，审慎地凝视着大厅镜子里面的身影，然后走上楼梯，去了安娜的房间，她轻快地敲门，没有等回答就把门推开了。

“是不是舒服多了——吃饱了，烘干了，洗净了？”她说，代替了问候。

安娜一直坐在窗前的长座上。韦尔斯夫人大步走进屋时，她跳了起来，满脸通红，她说：“好多了，夫人。你太好了。”

“哪有太好了这么一说呢。”韦尔斯夫人大声说，把书放在长靠背椅旁边的桌子上。她快速地瞟了一眼餐具柜，在心里清点了一下那些酒瓶，然后转向安娜，微笑着，“我们今晚将会多么开心啊！我要为你画一张星图。”

安娜点了点头。她的脸依然绯红。

“我每次认识一个新人，都会画一张星图。”韦尔斯夫人继续说，“我们会过得很开心，看看未来为你准备了什么。我带回一只馅饼给我们当晚餐，这是达尼丁全城能找到的最好的馅饼。好不好？”

“很好。”安娜说，垂下目光，看着地板。

韦尔斯夫人似乎没有注意到她的不安。“好。”她说，坐在长靠背椅上，将最大的那本书拉到自己面前，“你的生日是哪天，我亲爱的？”

安娜告诉了她。

韦尔斯夫人往后一退，用手捂住心口，说：“不可能！”

“什么？”

“多么奇怪啊！”

“奇怪什么？”安娜说，看上去很害怕。

“你的生日与一个年轻小伙子的一样，我刚才……”莉迪娅·韦尔斯的声音渐渐低了下去，然后突然说，“你多大了，韦瑟雷尔小姐？”

“二十一岁。”

“二十一岁！而且你出生在悉尼？”

“是的，夫人。”

“就在城里？”

“是的。”

莉迪娅·韦尔斯脸上的表情非常奇妙。“你不会碰巧知道你出生的具体时间吧？”

“我相信我是在夜里出生的，”安娜说，再次红了脸，“我母亲是这么说的。但我不知道具体的时辰。”

“真是令人震惊，”韦尔斯夫人大声说，“我感到震惊！一模一样的生日！甚至有可能是在完全相同的天空下！”

“我不明白。”安娜说。

莉迪娅·韦尔斯压低了声音，神秘兮兮地做了解释。她下午是在乔治街一家旅馆度过的，收点小钱帮别人做星象预测。她的顾客大部分是要在金矿上发大财的年轻人。那天下午——当安娜正在享受盆浴时——她正在给这样一个人算命。这个求卜者（她这样描述他）同样是二十 岁，同样是出生于悉尼，恰好与安娜出生在同一天！

安娜不理解韦尔斯夫人的兴奋。“这能意味着什么呢？”她说。

“意味着什么？”莉迪娅·韦尔斯的声音降低到轻声的耳语，“这意味着你们可能有同样的命运，韦瑟雷尔小姐，你与另一个人！”

“哦。”安娜说。

“你可能有一个星界中的灵魂伴侣，他的人生轨迹与你自己的如同照镜子一样吻合！”

安娜的感觉没有韦尔斯夫人希望的那样强烈。“哦。”她又说了一遍。

“这种现象太罕见了。”韦尔斯夫人说。

“可是我有一个表亲跟我同一天生日，”安娜说，“我们的命运并不相同，因为他已经死了。”

“同一天出生还不够，”韦尔斯夫人说，“必须出生在同一分钟——完全一样的经纬度，也就是说，在完全相同的星空下。只有这样你们的星图才是一模一样的。哪怕是双胞胎，出生时间相差几分钟，在这期间星空可能移动了一点点，星图就已经改变了。”

“我不知道我出生的具体时间。”安娜说，皱着眉头。

“他也不知道，”韦尔斯夫人说，“但是我敢打赌，你们的星图是一模一样的——因为我们已经知道你们俩有一个共同之处。”

“什么？”

“我，”韦尔斯夫人得意扬扬地说，“在一八六五年四月二十七日，你们俩到达了达尼丁，你们俩都由克罗斯比·韦尔斯夫人绘制了你们的生日星图！”

安娜用一只手捂住喉咙。“什么？”她悄声地说，“姓什么的——夫人？”

莉迪娅·韦尔斯热忱不减地继续说：“还有其他的相同性！他独自旅行，跟你一样；他今天上午到达，跟你一样。或许，他也在某种偶然的情况下交了一个朋友——就像你遇到了我！”

安娜看上去仿佛要呕吐了。

“他的名字是爱德华。爱德华·沙利文。哦，多么希望我把他带回来呀——多么希望我早点儿知道这个！难道你不渴望做他的朋友吗？”

“是的，夫人。”安娜轻声说。

“多么不同寻常的一件事啊，”莉迪娅·韦尔斯说，凝视着安娜，“真是极不寻常。我真想知道，你们如果见面，会发生什么呢？”

第五章

重量与钱财

1865年5月12日

南纬45° 52'0"/东经170° 30'0"

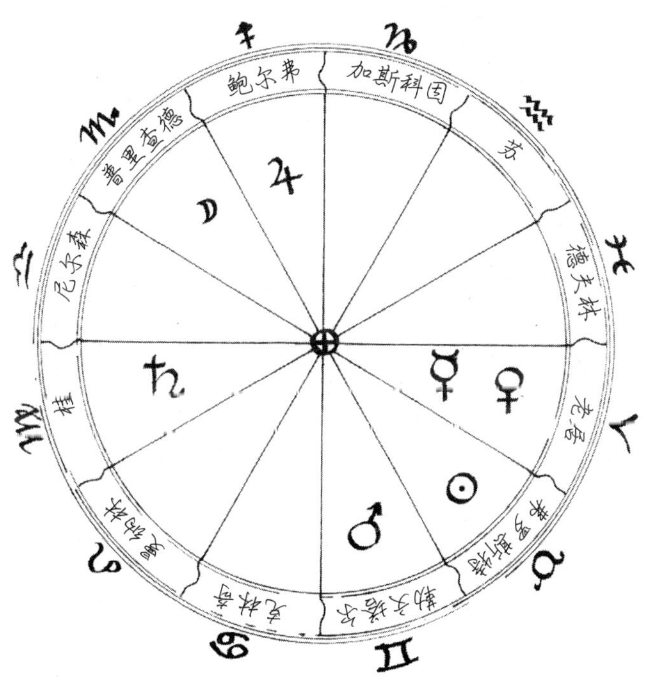

银

克罗斯比·韦尔斯提出要求；莉迪娅·韦尔斯考虑欠周；安娜·韦瑟雷尔在一个十分丑陋的场合中充当见证人。

安娜·韦瑟雷尔发现，她刚到达尼丁的当天下午招待的那个男人，事实上就是这里的一家之主，在接下来的几个星期，她蒙受的屈辱只是更变本加厉了。克罗斯比·韦尔斯已在坎伯兰街三十五号的后卧室里安顿下来，其结果是他们每天见面。

安娜·韦瑟雷尔时刻痛苦地意识到自己给别人留下的印象，而如此强烈的自我意识，使她对自己的自尊心苛刻到了疯狂的地步。她察觉到自己性格中显然有某种东西是她自己看不到的，对此她感到非常痛苦，这种焦虑无法通过说服、证明或赞美而得到安抚。她确信在谈话的时候，周围的人会形成无声的结论，虽然都是吹毛求疵，但完全贴切，由于这些臆想的责难所产生的羞辱感是十分真实的，所以她加倍努力地追求别人的好感——但是当她这样做的时候，她能感觉到自己的这个意图未免也太明显了。

安娜以为自己会遭到别人一致的批评，却非常惊讶地发现，她给别人造成的印象千差万别。她说话时总是带着天真烂漫的质朴，在某些人眼里，这表明她拥有许多令人震惊的个人看法，其坦率的表达更是不像女性到令人吃惊；而在其他人眼里，她说话时毫不矫揉造作，正是这点令人感到清新自然。同样，她喜欢眯起眼睛来看世界的习惯，某些人认为是害怕的表现，而其他人则认为是老谋深算。而在克罗斯比·韦尔斯看来，她只是非常纯朴和温柔：他觉得她经常性的尴尬十分有趣，并不止一次这样告诉她。

“你在营地里会干得不错的，我的姑娘，”他说，“你就是一股新鲜空气，未受污染。没有什么比事事皆有答案的女人更糟糕。没有什么比一个忘记怎么脸红的女人更糟糕。”

莉迪娅·韦尔斯——是一个事事皆有答案的女人，而且极少脸红——她丈夫出乎意料地回来之后，就一直难得在坎伯兰街三十五号看见她。她在上午十点左右离开家，经常要到黄昏才回来，这时客厅的赌场便开始夜间营业。她不在家的时候，韦尔斯大部分时间都待在一楼自己的卧室里，那里餐具柜上的玻璃酒樽每天都会重新斟满。酒精使他变得温和。安娜发现她最喜欢他的时候是下午四五点钟，三四杯威士忌使他变得忧郁，但还没有感到悲哀。

韦尔斯已经公开表明，他不想再返回邓斯坦矿区。安娜得知他去年碰到了一条高品位富矿带，现在希望将那笔财富派上某种用场，正在考虑各种各样的投资，投在达尼丁和其他地方，他花大量时间研究当地报纸，比较黄金价格，跟踪各种股票的涨落。“韦瑟雷尔小姐，依你看，我更像是牧场主呢，还是木材主？”他说，瞪眼看着她脸红起来，便轻松地开怀大笑。

韦尔斯夫人是否理解安娜的尴尬，是否知晓其中原因，安娜不得而知。与她们首次见面的情景相比，这个年长些的女人的热情并没有削弱，说话时还是那样神秘兮兮，但是安娜感觉她的态度似乎多了一层隔阂——仿佛她在内心深处做好准备，以坚强地面对她们即将破裂的关系。对她的丈夫，她也同样保持距离。每当韦尔斯开口说话，她只是呆望着他，面无笑容，然后将谈话转换成无关的话题。安娜难以承受这些令人不悦的微妙信号，便加倍地去讨好女主人。到目前为止，她完全明白自己被“尤克了”——这是克罗斯比·韦尔斯的说法，但是她没有找女主人对质那个虚构的伊丽莎白·麦凯（这个名字再也没有被提起过），而是将这种力量转为恶心的自我谴责。她在内心深处相信，她要独自为她与克罗斯比·韦尔斯做的事情承担后果。

众愿楼的运行被慢慢地、一步步地展示给安娜。她到达达尼丁后的第二天早晨，韦尔斯夫人向她展示了楼下的客厅，安娜立刻就喜欢上了那里：天鹅绒的小隔间，酒吧后面的绿色玻璃瓶，牌桌，赌博轮盘，有酒吧风格小门的小告解室，韦尔斯夫人偶尔在里面给人收费算命。在日光下，这个房间似乎被莫名其妙地凝固了：细细的灰尘被困在透过高高窗户照射进来的光柱中，给人一种耐心而有力的感觉。安娜感到十分震撼。在女主人的邀请下，她走上平台，转动赌博轮盘——看着橡皮指针咔嗒、咔嗒、咔嗒地朝着头奖转去，然而随着最后咔嗒的一声，落在了错过头奖的地方。

韦尔斯夫人没有立刻邀请安娜出席晚间的聚会。安娜从她的卧室窗口，看着到来的人们从马车上下来，摘下手套，阔步踏上台阶后敲门。无须多久，雪茄的烟雾就开始从地板渗透上来，钻入她的房间里，使空气中带上一丝辛辣、刺鼻的气味儿，将煤油灯的光线变成灰色。到九点钟时，谈话的嗡嗡声已经发展成一片喧哗，时而被笑声和掌声打破。安娜只能听见隔着地板传上来的声音，每次有人打开楼梯过道的门，噪音就变得更响，她能够分辨出某个人的声音。她的好奇心被刺激着，简直到了焦虑的地步，几天后，她试探性地、满怀歉意地询问韦尔斯夫人，是否能让她到酒吧里干活。现在每天晚上她都在酒吧服侍，但韦尔斯夫人定下两条规矩：不许任何顾客直接跟她说话，不许她跳舞。

“她是在哄抬你的价值呢。”韦尔斯解释道，“等候的时间越长，你上市时的价格就越高。”

“唉，克罗斯比，”韦尔斯夫人断然地说，“没有人要上市。不要胡说。”

“务农，”韦尔斯说，“也是一项事业。我可以做个农民——你可以做我的农妇老婆。”他对安娜说，“一点也没关系。我老妈过去就是妓女，愿上帝保佑她安息。”

“他只是在吓唬你，”韦尔斯夫人说，“别听他的。”

“我没有被吓唬住。”安娜说。

“她没有被吓唬住。”韦尔斯说。

“没有什么可害怕的。”韦尔斯夫人说。

实际上，安娜认为跳舞的姑娘们很了不起。她们对安娜没有什么好奇心，如果不得不叫她，便称呼她为“悉尼”或“杰克森港”，安娜没有什么傲气，并不觉得受了冒犯。总之，她们那副厌倦而冷漠的气质，在她心中是值得崇拜的聪明世故。她们从玩牌的男人那里拿来酒水订单，等着安娜摆好酒杯，斟酒。她们说“美酒四溅”，要的是兑水的威士忌；说“干魂”，要的是纯威士忌。酒水倒好后，她们将托盘卡在腰上，或者举过头顶，迈着轻盈的舞步穿梭在人群中，在身后留下化妆油彩与香水的雾霾般呛人的气味。

五月十二日，坎伯兰街三十五号的居民都起了个大早。众愿楼将于当晚举办一场晚会，款待那些海军军官和“与海洋有关系的绅士”，这样盛大的活动有许多准备工作要做。韦尔斯夫人已经雇了一个小提琴手，在商店里预订了柠檬、云杉酒、朗姆酒，还有几百码绳子，计划将它们剪成一定长度，编成辫子，制成打结的花环，作为每张桌子的中央装饰。

“我做好第一个花环，作为样本，”她对安娜说，“其余的你今天下午可以做。我会手把手地教你，给你看怎么把绳子的两头藏在花环里面。”

“浪费好端端的马尼拉麻绳。”韦尔斯说。

韦尔斯夫人继续说话，仿佛他根本没说什么，“我认为，花环看上去十分惹人注目。主题仪式的装饰怎么做都绝对不会过分。如果绳子有剩余，可以别在酒吧的后面。”

他们正在一起吃早餐——这种情况比较罕见，因为韦尔斯极少在中午前起床，而韦尔斯夫人通常在安娜醒来时就已离开。韦尔斯夫人似乎神情紧张，也许在为晚会能否成功感到担心。

“它们看上去会很漂亮的。”安娜说。

“接下来搞什么？”韦尔斯说，他心情烦躁，“为淘金汉举办聚会——每张桌上放个分离器，从酒吧借一套放水管？‘向普通人致敬。’你可能会说，‘为无名小卒举办聚会。没有任何关系和后台的绅士。’选这个主题吧。”

“你的烤面包片够了吗，安娜？”韦尔斯夫人说。

“够了，夫人。”安娜说。

“今晚的一位客人是获过勋章的。”韦尔斯夫人继续说，改变了话题，“怎么样？我想我还是第一次招待海军英雄呢。我们必须好好地问一问他——是不是，安娜？”

“是的。”安娜说。

“拉沃斯船长。有一枚维多利亚勋章。真希望他会佩戴着它来。把黄油递给我，劳驾。”

韦尔斯递给她黄油。片刻后，他说：“你有今天的《见证人》吗？”

“有，我已经读过了，没有什么值得一谈的内容。”韦尔斯夫人说，“星期五的报纸总是没什么新闻。”

“在哪里？”韦尔斯说，“报纸。”

“哦——我把它烧掉了。”韦尔斯夫人说。

韦尔斯瞪着她看。“这还是早上啊。”他说。

“我很清楚地知道这还是早上，克罗斯比！”韦尔斯夫人说，发出一声短促的笑，“我用那份报纸给我的卧室生火用了，就这样。”

“这才九点钟，”韦尔斯抱怨道，“你不能在九点钟就烧掉当天的报纸。我还没有看完呢。我还得出去再买一份。”

“省下你的六便士吧，”韦尔斯夫人说，“报上除了嚼舌头没别的。没有值得一谈的内容——我已经告诉过你了。”她瞥了一眼座钟——安娜观察到，在几分钟内，她是第二次做这个动作了。

“我喜欢看点嚼舌头。”韦尔斯说，“不管怎么说，你知道我正在找一个投资项目。没有报纸，我怎么跟踪股票市场？”

“是的，嗯，既然已经这样了，等着看明天的也无大碍。你的烤面包片够了吗，安娜？”

安娜微微皱了一下眉头，这个问题韦尔斯夫人已经问过她了。“够了，夫人。”

“好。”韦尔斯夫人说。她用脚打着节拍。“我们会过得多么开心啊，今晚！我喜欢期待晚会。海军总是那么意气风发。而且是精彩的说书高手。他们的故事从来都不枯燥乏味。”

韦尔斯闷闷不乐地说：“你明明知道我上午都在看报纸。天天如此。”

“你可以用《社论版》来弥补，”韦尔斯夫人说，“或者上个星期的《利特尔顿时报》，就在我的写字台上。”

“那么，你为什么没有烧掉它们呢？”

“哦，我哪知道，克罗斯比！”韦尔斯夫人口气强硬地说，“我相信你有很多事情可以让自己忙碌起来，那对你只有好处。读一读移民小手册。楼下的桌子上有的是。”

韦尔斯一口喝干咖啡，将空杯子重重地摔在桌上。“我需要保险箱的钥匙。”他大声说。

安娜似乎看见韦尔斯夫人的身体微微僵硬了一下。她没有看着丈夫，只是全神贯注地给她的烤面包片抹黄油。片刻之后，她说：“为什么呢？”

“你这是什么意思，为什么？我想看看我的黄金。”

“我们已经商量好了，等有了更加合适的机会再出手。”韦尔斯夫人说。

“我没说要卖什么。我只是想清点一下我的财物。仅此而已。整理我的文件。”

“我认为它们很难算是什么‘文件’。”韦尔斯夫人说，微微一笑。

“那叫什么？”

“哦——听你的口气，好像那是很了不起似的。”

“我的矿采权。那是文件。”

“你要你的矿采权到底做什么用呢？”

他皱着眉头，“这是干什么——皇家审判？”

“当然不是。”

“我觉得就是。”韦尔斯说，“文件。那里面还有一封信，我想再读一遍。”

“唉，够了。”韦尔斯夫人说，“那玩意儿你准是读过不下千万次了，克罗斯比。我甚至可以背出每一句话！‘亲爱的孩子——你不认识我——’”

韦尔斯将拳头重重地捶在桌上，震得所有的瓶瓶罐罐都跳动起来。“闭上你的嘴。”他说。

“克罗斯比！”韦尔斯夫人说，惊呆了。

“玩笑归玩笑，玩笑也有原则。”韦尔斯说，“你刚才越界了。”

一时间，韦尔斯夫人似乎要反驳，但想了想最好还是不要。她用餐巾擦了擦嘴，恢复了常态。“请原谅。”她说。

“原谅有什么用。我要钥匙。”

韦尔斯夫人又试图笑了笑，“真的，克罗斯比，今天不是时候。今天晚上有海军晚会，实在不行——要组织的事情太多了。推迟到明天吧。我们可以一起坐下来，你和我——”

“我不要推迟到明天。”韦尔斯说，“给我钥匙。”

韦尔斯夫人从桌旁站起来。“你应该听见了我在这件事情上的最后决定。”她说，“原谅我。”

“原谅我——你恐怕没有听见我的话。”韦尔斯说，他将椅子从桌旁推开，也站了起来，“在哪里——在你的项链上？”

韦尔斯夫人绕过桌子，离他而去。“事实上，钥匙在银行的一个保险盒里。”她说，“家里一把也没留。你只要等到——”

“胡说，”韦尔斯说，“它就挂在你脖子上。”

韦尔斯夫人又远离他一步，似乎第一次显得惊慌起来，“拜托，克罗斯比，不要大吵大闹。”

他朝她走去，“交出来。”

韦尔斯夫人试图微笑，但嘴唇在颤抖。“克罗斯比，”她又说了一遍，“要讲道理。我们已经——”

“把它交给我。”

“你在无理取闹。”

“我要比这闹得更凶呢。交出来。”

韦尔斯夫人试图朝门口跑，但是韦尔斯动作太快了。他迅速地伸出手抓住了她。韦尔斯夫人扭动身体要挣脱——他们扭打了一会儿——然后韦尔斯一只手在她紧身胸衣上乱抓，找到了他想要的东西：一条细细的银项链，上面挂着一把粗粗的银钥匙。他猛地把钥匙拉出来，攥在手里，试图扯断项链。链子在韦尔斯夫人的脖子上吃着劲儿，就是不断，她大声喊叫。韦尔斯又扯了一次，动作更猛。韦尔斯夫人用双拳捶打他的胸口。他咕哝着，拼命地遏制她，项链依然绕在他拳头上。他再次拉扯项链。“克罗斯比，”韦尔斯夫人上气不接下气，“克罗斯比。”终于，项链断了，钥匙落入他手里，韦尔斯夫人发出一声抽泣。韦尔斯立刻转身，微微气喘地走向保险箱。他将钥匙插进锁眼，摇动几下把手，最后机关咔嚓一声，沉重的门被打开了。

保险箱里空空荡荡。

“我的钱在哪里？”克罗斯比·韦尔斯说。

韦尔斯夫人摇摇晃晃，双手抚摸着脖子。她眼里噙着泪水。“如果你安静下来一会儿，”她说，“我可以解释。”

“谁需要安静？”韦尔斯说，“我只是问了一个简单的问题，就一个问题。我的财宝在哪儿？”

“好，克罗斯比，你听我说。”韦尔斯夫人说，“我可以给你拿回来——财宝。我只是把它们存起来了。一个安全的地方。我可以给你拿回来，但要等到明天。好吗？今晚有很多尊贵的绅士到家里来，我没有时间去——去——去我藏它们的地方。只是因为要做的事情太多了。”

“我的文件在哪儿？”韦尔斯说，“我的采矿权。我的出生证明。我父亲的来信。”

“它们都和财宝在一起。”

“是吗，啊。究竟在哪儿呢？”

“我不能告诉你。”

“为什么不呢，韦尔斯夫人？”

“这很复杂。”她说。

“可以想象。”

“我会给你找回来的。”

“会吗？”

“明天。晚会之后。”

“为什么不是今天？为什么不是今天早上？”

“你可以别再吓唬我啦，”韦尔斯夫人怒气冲冲地说，“我今天就是做不到。你必须等到明天。”

“你在争取时间。”韦尔斯说，“我不明白为什么。”

“克罗斯比，晚会。”她说。

韦尔斯盯着她看了很久。然后他穿过房间，猛地拉响铃铛。女仆露茜片刻后出现了。

“露茜，”韦尔斯说，“到乔治街去，给我买一份今天的《奥塔哥见证人》。韦尔斯夫人似乎不小心把我们的报纸烧掉了。”

金

弗朗西斯·卡弗收到一条消息；斯坦斯独自留守。

一阵突如其来的好心情，使埃默里·斯坦斯在抵达达尼丁的当天下午，便花钱让通灵人、招魂人莉迪娅·韦尔斯夫人给他绘制了本命盘，其预测结果令他更加开心，这种一边倒的天赐恩惠，使他情绪高涨得一发不可收拾，因此他想要庆祝一番。第二天早晨，他在剧烈的头痛和负债的内疚感中醒来。在与旅馆老板办手续时，他才惊恐地发现他欠了旅馆大约八英镑的债务，他将两个星期的生活费压在一场扑克牌的赌博上，结果输了个精光，接着又输掉了五英镑。他是怎么陷入这般负债累累的落魄境地的，具体情形在记忆中变为一片模糊，他哀求旅馆老板赊给他一杯咖啡，让他坐一会儿，考虑下一步该怎么办。这个要求被恩准了，四十五分钟过去了，他依然坐在酒吧里，直到弗朗西斯·卡弗出现，手里拿着赞助合同。

卡弗简洁明快、开门见山地提出他的建议。他将提供足够的资金为斯坦斯购置矿采权、帆布背包，以及前往最近的可赚钱的矿区的船票。他还随意地补充道，愿意偿还斯坦斯从昨天抵达达尼丁后可能欠下的一切债务。反过来，斯坦斯必须同意交出他的第一个认领区的一半股份，股息永久对半分享，这笔收入将通过私人账号打到卡弗在达尼丁的一个账户上。

埃默里·斯坦斯立刻明白自己被当傻瓜玩弄了。他清楚地记得，头天晚上的早些时候，卡弗一直对他过分殷勤，保证他的赌注总是匹配到位，他的周围总是有人愉快相伴，他的酒杯总是满着。同时他隐约感觉自己的赌债是通过某种方式强加于他的，因为他对扑克牌的嗜好只是非常普通，偶尔开开心之类的，之前从未在一个晚上扔掉这么一大笔钱。令他感到好笑的是，他的冒险历程刚刚开始，这么快就被骗了，他的惊愕使他对卡弗产生了一种特殊的情感，如同棋手在下棋时对老谋深算的对手怀有的那种感觉。他决定将整桩事情当成经验，以他特有的好心情接受了卡弗资助的条款。但他暗暗打定主意，在未来的日子里要提高警惕。被击败一次可以说是误入歧途，但他发誓不会再次受骗上当。

斯坦斯不太善于分辨人格的善恶。他喜欢陶醉于仙境中，经常被具有悲剧性、浪漫性或神话性的人物吸引。即便他怀疑卡弗身上有一系列的卑鄙劣迹，这些素质也是透过他那荒诞的、海盗式的幻想演绎过的，如果进一步把玩这种印象，只会发现这令他感到十分有趣罢了。卡弗比他年长二十多岁，一个典型的皮肤黝黑的壮汉，恰与斯坦斯的白净秀气相反。他的举止好像随时可能对人造成伤害，说话粗声粗气，不苟言笑。斯坦斯认为他很了不起。

合同签好后，卡弗的态度变得更加粗暴。他说奥塔哥这里的矿区已是明日黄花。斯坦斯到西海岸新建立的霍基蒂卡镇会干得更漂亮，根据谣传，那里一个人可以在一天之内就发大财。然而，霍基蒂卡码头之险峻早已臭名远扬，已有两条蒸汽船在港口浅滩遇难。出于这个原因，卡弗坚持斯坦斯乘帆船而不是蒸汽船前往西海岸。如果斯坦斯愿意与他一同办手续，先去海关，再去王子街的户外用品商店，最后去储备银行，那么中午之前他们就能完成一切安排。斯坦斯同意了，三个小时之内，他就拥有了一份矿采权、一只帆布背包，还有一张船票，将乘水上飞帆船“布兰奇号”前往霍基蒂卡，预定于五月十三日上午离开查默斯港。

在接下来的两个星期，斯坦斯和卡弗经常见面。卡弗工作的那条三桅帆船正在整修和重新铆接，他因此获得了一个月的上岸休假。他和斯坦斯一样，住在乔治街的山楂旅馆。他们经常一起吃早餐，斯坦斯偶尔陪卡弗在城里四处跑，办琐事，谈业务，两人没完没了地聊天。卡弗并没有劝阻他，虽然卡弗在交谈时总是一种沉闷的、心事重重的状态，斯坦斯却沾沾自喜地觉得，自己的陪伴是对方急需的一种开心解闷的方式。

埃默里·斯坦斯非常清楚，自己给遇见的每个人都留下一种与众不同的印象。随着时间的推移，这种自我认识已经成为自然而然的期望，结果使他的与众不同变得更加明显。他的风格是一种渴望与热情的奇怪混合，也就是说，他的热情中总是充满渴望，而他的渴望总是热情的。他会为不可能或不实际的东西感到开心，并且带着孩童游戏般的欢心去追求。他说话时非常有创意，带着一种理想主义者的苦恼，足以令最严格的批评家哑然失笑。当他沉默时，看着他的人便可感觉到他的想象力无疑正在飞翔和遨游，因为他时而叹气，时而点头，仿佛正在与一个别人看不见的对话者达成协议。

他天性中的阳光似乎是坚不可摧的，然而，这种态度是在未与任何道德准则磨合的情况下形成的。总的来说，他的信念是本能的而不是审慎的，他对社会阶层没有选择倾向——他本能地相信，每个有思想的人都有责任将自己展示于形形色色的人物、环境以及观点中。他读书万卷，但最钟爱的是浪漫主义，他不厌其烦地讨论崇高境界的属性，但严格地说，他并非这一学派的弟子，或者实际上，根本不属于任何学派。孤单而不受拘束的童年，大部分的时间都是在父亲的图书馆里度过，这使埃默里·斯坦斯有准备面对各式各样的前途，而不必刻意选择某一种。他可能穿着晨礼服，侃侃而谈西塞罗与塞内卡，也可能马上换成靴子和羊毛裤登山寻景，无论是哪一种情形，他都真心感受，其乐无穷。

在二十一岁生日那天，他被问及希望去全世界的什么地方，他不假思索地回答“奥塔哥”——因为他知道维多利亚的淘金热潮已经降温，而他一直迷恋探矿的生活理念，这都是他以堂吉诃德和炼金术士之类的模式幻想出来的。他看见这种特殊的金属闪亮发光，不为人见，未被发现，沉睡在未知的寂寞海滩上。他看见圆月高升，黄色的光芒洒满无垠的海面。他看见自己骑在马背上穿越小溪的浅水滩，直接在大地上卧眠，让水在木制洗砂床上流淌，将淘金汉面团缠绕在一根木棍上，架在篝火的余烬上烘烤。他想，黄金这种财富的来历要比人类及其历史还要悠久，一个人要是能发现它，仅凭自己的双手就将它从地里淘出来，这该是多么惬意啊。

他的要求被恩准后，如期购买了蒸汽船“幸运之风号”的船票，前往查默斯港。出发的那天，父亲建议他保持警醒，待人友善，一旦看够了世界，知道自己在其中的位置就回家。异乡旅行，父亲说，是最好的教育，亲眼见识并理解世界是一位绅士的责任。两人握完手，父亲交给年轻的斯坦斯一只装着纸币的信封，嘱咐他不要立刻把钱花光，然后跟他道了早安，仿佛这个男孩只是出门散步，会按时回家吃晚餐一般。

“他做什么职业为生？”卡弗说。

“他是一位裁判官。”斯坦斯说。

“清官？”

小伙子叹了口气，将头稍微向后一扬，“嗯……是的，我想他是个清官。我该怎么描述我的父亲呢？他是个读书人，在职场中备受尊重，但他看事情有一些奇怪的观念。比如，他告诉我，我将得到的遗产只有他的小提琴和他的剃须刀——他说如果一个人要闯世界，需要的只是一张刮得干干净净的脸和某种制造音乐的乐器。我相信他的遗嘱真是这么写的，将其余的一切都给我的母亲。他是有一点奇怪。”

“噢。”卡弗说。

他们这是最后一次在山楂旅馆共进早餐。第二天早上，水上飞帆船“布兰奇号”将按时启航，前往霍基蒂卡，而三桅帆船“一帆风顺号”刚刚铆接装配好，也将在同一天中数小时后驶向墨尔本。

“你知道吗，”斯坦斯敲破他的鸡蛋时，又说道，“自从我在达尼丁登陆后，这还是第一次有人问我父亲是做什么职业的，但已经不下十几次被人问到要去哪儿发大财，我得到过各式各样的赞助提议，我说不清有多少次被问到，在积累了一定财力之后，我要拿钱做什么！多么奇怪的字眼啊——‘财力’。好像太低估这个概念了。”

“是。”卡弗说，眼睛依然盯着《奥塔哥见证人》。

“你在等什么人吗？”斯坦斯说。

“什么？”卡弗说，没有抬起头来。

“在刚才这十分钟里，你一直在读航运新闻，”斯坦斯说，“几乎没有碰一下你的早餐。”

“我没有等任何人。”卡弗说。他翻过一页报纸，开始读矿区通信。

他们陷入一阵沉默。卡弗的眼睛一直盯着报纸，斯坦斯吃完了他的鸡蛋。斯坦斯刚要站起来告别时，前门被打开了，走进来一个便士邮递员。“弗朗西斯·卡弗先生。”他大声说。

“是我。”卡弗说着，举起了手。

他撕开信封，草草地扫视纸条。斯坦斯透过薄薄的纸张看见这封信只有一行字。

“希望这不是坏消息。”他说。

卡弗久久没有动弹一下，然后将信在手里揉成一团，侧身扔进火炉里。他伸手从衣兜里掏出一便士，等邮递员匆匆转身而去后，他转身朝着斯坦斯说：“你会对一个金币说什么？”

“我好像从来没跟金币说过话。”斯坦斯说。

卡弗瞪着他。

“你需要帮助吗？”斯坦斯说。

“是。跟我来。”

斯坦斯跟着他的赞助人走上楼梯。他等着卡弗打开他私人房间的门锁，然后跟在卡弗身后进了房间。他之前从来没有进过卡弗的房间。这比他自己的房间大得多，但是家具摆设大致相似。房间里依然弥漫着昨夜睡觉的体味儿，卡弗的床单皱皱巴巴地堆在床垫中间。房间中央有一只铁皮加固的木箱。箱盖上有一张黄色的提货单：

货主：阿利斯泰尔·劳德柏科

船运商：丹福斯船运公司

载运船：一帆风顺号

“我需要你看管这个。”卡弗说。

“里面是什么？”

“别管里面是什么。我只需要你看管它，直到我回来。也许两个小时或三个小时。我要到城外办点事。完事后给你一个金币。”

斯坦斯挑起眉毛，“整整一个金币——就看三小时箱子？可这是为什么呢？”

“你这是帮我一个忙。”卡弗说，“我不会忘记别人帮的忙。”

“它一定非常有价值。”斯坦斯说。

“对我来说是的。”卡弗说，“你愿意接下这个活吗？”

“嗯——好吧。”斯坦斯笑微微地说，“作为帮忙。我很乐意。”

“你最好有一支手枪。”卡弗说，走向办公桌。

斯坦斯吃惊得大笑起来，“手枪？”

卡弗找到一支单发的左轮手枪，打开枪膛，朝里面瞄了一眼。然后他点了点头，关上枪膛，把枪递给斯坦斯。

“我会用得上它吗？”斯坦斯说，将枪翻转过来。

“不，”卡弗说，“只是如果有人进来的话，拿在手里挥一挥。”

“挥一挥？”

“对。”

“谁会进来呢？”

“没人，”卡弗说，“没人会进来。”

“箱子里有什么？”斯坦斯又问了一遍，“我真的觉得我应该知道。我能保密。”

卡弗摇了摇头，“你知道得越少越好。”

“这不是知道多少的问题，而是根本不知道！我是同谋犯吗？这是某种抢劫吗？真的，卡弗先生，我能保密。”

“还有一件事，”卡弗说，“今天我的名字暂时不叫卡弗。叫韦尔斯。弗朗西斯·韦尔斯。如果有人来问，就说我是弗朗西斯·韦尔斯。别管为什么。”

“天哪。”小伙子说。

“什么？”

“你搞得那么神秘兮兮的。”

卡弗突然逼近他，“如果你逃跑，就是撕毁我们的合同。我将有理由以我认为合适的方式寻求赔偿。”

“我不会逃跑的。”小伙子说。

“你看管着这个箱子，直到我回来，然后就拿着一个金币走人。我的名字叫什么？”

“韦尔斯先生。”小伙子说。

“你好好地记住它。我需要三个小时。”

卡弗离开后，斯坦斯就将手枪放在办公桌上，枪口朝外，跪下来查看箱子。箱子的搭扣上有一把挂锁。他托起挂锁，检查锁眼的轮廓——研究着，令他满意的是锁的设计非常简单。他突然微笑起来，拿出他的折叠刀，展开刀片，将刀尖插入锁孔。他花了将近一分钟，巧妙地拨动了挂锁的机关。

铜

韦尔斯的怀疑加深；安娜变得警觉起来；一只包裹被送到众愿楼，收件人是韦尔斯夫人。

在绝对的沉默中，克罗斯比·韦尔斯从头到尾读着《奥塔哥见证人》。他读完后，将报纸抖开，沿着折缝干净利落地叠好，从椅子上站起身。韦尔斯夫人坐在对面。她的表情冰冷。韦尔斯朝她走去，将报纸扔在她腿上——她微微退缩了一下——然后，韦尔斯双手叉腰，打量着她。

"到港名单吸引了我。"他说。

她什么都没说。

"特别是一个名字。名叫'积极号'的蒸汽船。潮水最高时到达。那是什么时候呢？日落时分。"

她依然什么都没有说。

"真奇怪你没有告诉我，"韦尔斯说。"我已经等了——多久——十二年？整整十二年啊，没有回音。这些年来，我一直在高原上淘金。现在这个人要到城里来了，你明明知道，却只字不提。不，比闭口不提更严重。你狠下心来骗我。你在该死的炉子里把报纸烧掉了。这是黑心欺骗啊，韦尔斯夫人。这是冷酷的欺骗。"

她不动声色。"你说得很对，"她说，"我根本不该欺骗你。"

“你为什么烧掉它？”

“我不想让这条消息破坏了聚会。”她说，“如果你发现他在今晚到达，你就可能会去码头——他可能对你不屑一顾——你可能会变得非常苦恼。”

“而这正是我一直困惑的，韦尔斯夫人。”

“什么？”她说。

“这次聚会。”

“只是一场聚会而已。”

“是吗？”

“克罗斯比，”韦尔斯夫人说，“别傻了。如果你硬说有阴谋，就会找到阴谋。这只是一场聚会，仅此而已。”

“‘与海洋有关的绅士’，”韦尔斯说，“海军之类。你怎么会关心起海军来了？”

“我看重他们都是有相当地位和影响力的人，因为我在乎我的生意，聚会对我的生意有好处。每个人都喜欢主题。给夜晚增添一点趣味。”

“我想知道阿利斯泰尔·劳德柏科先生是否得到了邀请？”

“当然没有，”韦尔斯夫人说，“我怎么会邀请他呢？我这辈子都没见过他一眼。不管怎么说——我已经告诉你了——确切地说，是因为我不想让你感到苦恼，所以把今天早上的报纸烧掉了。你说得很对，我不该这么做，我为欺骗了你而感到非常抱歉。但是这次聚会，我向你保证，仅仅是一场聚会。”

“那么那笔财宝呢？”韦尔斯说，“还有我的文件呢？它们是棋盘中的哪一颗棋子呢？”

“恐怕它们什么都不是。”韦尔斯夫人说。

“我没准儿要到查默斯港去散散步，”韦尔斯说，“大约日落时分。适合散步的美好夜晚。也许略带凉意。”

“只管去吧。”韦尔斯夫人说。

“不用说，我会错过聚会。”

“那该多么可惜啊。”

“是吗？”

韦尔斯夫人叹了口气，“克罗斯比，”她说，“你这是在做蠢事。”

他进一步凑近她，“我的钱在哪儿，韦尔斯夫人？”

“在储备银行的金库里。”

“骗子。在哪儿？”

“在储备银行的金库里。”

“在哪儿？”

“在储备银行的金库里。”

“骗子。”

“这么侮辱我，”韦尔斯夫人说，“也不会——”

他抽了她一记耳光，狠狠地、不偏不倚地打在脸颊上。“你这个卑鄙的骗子，”他说，“一个烂贼，我还会用更难听的话骂你，直到跟你算完账。”

接下来一片寂静。韦尔斯夫人没有伸手触摸被打的脸颊。她一动不动地坐着——而韦尔斯突然恼怒起来，转身离开她，穿过房间来到摆着斟酒瓶和酒瓶的银托盘旁。他给自己倒了一杯，一口喝干，然后又倒了一杯。安娜目不转睛地盯着绳子编结的花环，在她颤抖的手指下，花环已经变了形。她不敢看韦尔斯夫人一眼。

正在这时，前门响起快速的敲门声，然后一个声音冲着邮件插槽喊道：“莉迪娅·韦尔斯夫人的包裹。”

韦尔斯夫人刚要站起来，但听克罗斯比·韦尔斯大喊：“不。”他满脸涨得通红，“你休想动一步。”他用拿酒杯的手指着安娜，“你，”他说，“去，看一看。”

安娜照办了。原来是一只裹在牛皮纸里的一品脱容量的瓶子，盖有乔治街药剂师的印章。

“那是什么？”韦尔斯从楼上大喊。

“是药剂师递来的一只包裹。”安娜大声回答。

片刻停顿之后，韦尔斯夫人吐字十分清晰地说："哦，我知道那是什么。是护发素。我上个星期预订的。"

安娜回到楼上，手里拿着那只包裹。

"护发素。"韦尔斯说。

"真的，克罗斯比，"韦尔斯夫人说，"你变得偏执了。"她冲着安娜说，"你可以把它放在我的房间里。放在床头柜上，拜托。"

韦尔斯依然朝妻子吹胡子瞪眼，"你哪儿都不许去，"他说，"直到跟我坦白交代。你老老实实待在这里——我要看守着你。"

"如果这样的话，这肯定是一个非常枯燥乏味的下午。"韦尔斯夫人说。

克罗斯比·韦尔斯听了，怒气冲冲地还嘴，他们继续争吵。安娜很高兴有了离开的理由，拿着纸包的瓶子穿过楼道，走进韦尔斯夫人寂静而昏暗的卧室。她准备把瓶子放在床头柜上，却发现有什么地方不对劲：护发素的瓶子只有她手里这只瓶子的一半大，而且根本不是这种形状。她皱着眉头，看着手里的包裹——然后，在突然的冲动下，她用一根手指在包装纸下轻轻滑动，褪掉包装纸。瓶子没有标签，塞着软木塞子，有蜡封口。安娜冲着光线举起瓶子，里面是黏稠的糖浆般的液体，呈铁锈色。

"鸦片酊。"她喃喃自语。

五行

埃默里·斯坦斯执行卡弗的指令，阿苏被成功地蒙骗。

斯坦斯冲着光线举起女式礼服，心中纳闷。总共五套礼服——一套橙色丝绸的，其余都是细纱的——但除了这些衣服以外，箱子里别无他物。这到底说明了什么呢？也许这些衣服对卡弗有某种情感价值……可即便如此，为什么在斯坦斯看管它们时，要给他配备一支手枪呢？也许是偷来的赃物，虽然它们看上去根本没有什么价值……也或许，斯坦斯想，卡弗精神不正常了。这个想法令他感到快活。他咯咯大笑，然后摇了摇头，将衣服放回箱子里。

门上响起急速的敲门声。

“是谁？”斯坦斯说。

没有回答。片刻后，来访者再次敲门。

“是谁？”斯坦斯再次问道。

来访者第三次敲响了门，更加急切。斯坦斯感觉他的心跳加快了。他走到办公桌旁，拿起手枪，将它平贴在大腿上。他走到门口，打开门闩，推开一道门缝。

“干什么？”他说。

楼道里站着一个三十来岁的中国人，穿着长衫，披着羊毛披风。

“弗朗西斯·卡弗。”他说。

斯坦斯记得卡弗的指示。“恐怕这里没有叫这个名字的人。”他说，“你不是说韦尔斯先生——弗朗西斯·韦尔斯先生吧？”

中国人摇了摇头，“卡弗。”他从胸兜里掏出一张纸，递过来。斯坦斯好奇地接过那张纸。是来自鹦鹉岛监狱的一封信，信中感谢永盛先生的询问，并且通知他弗朗西斯·卡弗先生已从监狱刑满释放，乘坐蒸汽船“斯巴达号”前往新西兰的达尼丁。这封信的底部——是墨水颜色深了许多的不同笔迹——有人写下了山楂旅馆。斯坦斯盯着那张纸看了很久。他不知道卡弗曾经是个囚犯，对他来说这是个惊人的消息，但是仔细想想，他发现这并不完全出乎意料。最终，他虽然极不情愿，但还是摇了摇头，“很抱歉，”他将那张纸还给了中国人，满含歉意地微笑着，“这里没有叫弗朗西斯·卡弗的人。”

铁

克罗斯比·韦尔斯拼起了碎片。

在坎伯兰街三十五号，一个度日如年的下午总算过去了。安娜与韦尔斯夫人一同用绳子编织了十五个花环，将花环布置在楼下的客厅中。韦尔斯一直虎视眈眈，他只是不停地喝酒，并不说话。在讲台的背后，用一根船桨和一张白床单制成一张“主帆”，照着麻绳的长度将风帆收缩折叠；在酒吧柜台的后面，悬挂着一串海军旗帜。花环布置好以后，她们就开始摆放柠檬和云杉酒，修剪蜡烛，擦亮玻璃杯，给酒精灯添满燃料，然后掸除灰尘——尽量拖延做每件事的时间，并找一切借口上楼或去厨房，以躲避那个满腹怨恨的人制造的可怕寂静。

四点刚过，前门响起的轻快敲门声打破了沉寂。

“会是谁呢？”韦尔斯夫人皱着眉头说，“姑娘们要七点才来。我从来没在这个钟点接待过客人。”

“我去看一看。”韦尔斯说。

门口站着一个穿长衫、披羊毛披风的中国人。

“瞧瞧谁来咱们这儿了？”韦尔斯说，“你又不是一位海军人士。”

“午安。”对方说，“我找弗朗西斯·卡弗。”

“什么？”克罗斯比·韦尔斯说。

“我找弗朗西斯·卡弗。”

“你是说卡弗？”

“是。”

“从来没听说过他。”

“他住在这里。”中国人说。

“恐怕不对，伙计。这地方属于莉迪娅·韦尔斯夫人。我是她幸运的丈夫。我叫克罗斯比。”

“没有卡弗？”

“我不认识叫卡弗的人。”韦尔斯说。

“弗朗西斯·卡弗。”那个男人提示道。

“恐怕没法帮助你。”

中国人皱起眉头。他伸手从衣兜里掏出约两个小时前交给埃默里·斯坦斯看过的那封信。他把信递给韦尔斯。山楂旅馆的字样已被划掉，在它下面，有人用不同的笔迹写着：坎伯兰街，众愿楼。

“有人给了你这个地址？”韦尔斯说。

“是。”中国人说。

“谁？”韦尔斯说。

“港长。”中国人说。

“恐怕港长搞错了，伙计。”韦尔斯说，把信还给中国人，“这个地址没有叫这个名字的人。你找他有什么事呢？”

“讨还公道。”中国人说。

“公道，”韦尔斯说，露齿一笑，“好吧。嗯，我希望他罪有应得。祝你好运。”

他关上了门——接着，突然怔住了，手还扶着门框。他猛然转身，三步并作两步直奔楼上的闺房，折叠的《奥塔哥见证人》放在那里的办公桌上。他一把抓起报纸。经过几分钟的快速扫描栏目，他看见“次日离港名单预告”中有如下一段：

四号码头：“一帆风顺号”，目的地：菲利普港。船员包括 J. 拉沃斯（船长），P. 洛根（大副），H. 彼得森（二副），J. 德拉芬（后勤），M. 杜威（厨师），W. 科林斯（水手长），E. 科尔，M. 杰里森，C. 索伯格，F. 卡弗（水手）。

“刚才是谁在门口？”

安娜来到他身后。她双手各拿着一支黄铜烛台，“是露茜吗，刚从商店回来？韦尔斯夫人正找她。”

“是一个中国佬。”韦尔斯说。

“他想干什么？”

“他在找人。”

“找谁？”

韦尔斯仔细地打量她，“你知道谁在鹦鹉岛蹲过监狱吗？”

“不知道。”

“我也不知道。”

“那是苦役，”安娜说，“鹦鹉岛是苦役。”

“不是懦弱之辈能承受的，我早该想到。”

“他在找谁呢？”

韦尔斯迟疑了，随后说道：“你有没有听说过一个叫弗朗西斯·卡弗的人？”

“没有。”

“见过有前科的人吗？”

“我怎么看得出来呢？”

“我猜想你也看不出来。”韦尔斯说。

停顿片刻后，安娜说：“我应该告诉韦尔斯夫人吗？”

“不，”韦尔斯说，“等一等。”

“我只是上来拿这些东西。”安娜说，举起手里的烛台，“我真的该回去了。”

韦尔斯将《奥塔哥见证人》卷成一个圆筒，说：“她是个没有心肝的女人。莉迪娅·韦尔斯夫人的骨子里没有一点点人情味儿：无利可图，就置人于死地。她已经拿走了我的钱，还会拿走你的，我们都会被毁掉——我们俩。我们都会被毁掉。”

“是的，”安娜悲哀地说，“我知道。”

韦尔斯挥舞着那卷报纸，“你知道这里说了什么吗？一个名叫卡弗的人在一条私营包租船的船员名单上。明天涨潮时离港。换句话说，他是一位与海洋有关的绅士。”

“我想这意味着他要来参加聚会。”安娜说。

“还有另外一件事，那条船的船长。拉沃斯。”

“韦尔斯夫人在早餐时提到过他。”安娜说。

“她的确提到过。”韦尔斯说，用报纸拍打着腿，“一切都开始明朗起来。只是我还看不太清楚整个画面。”

“什么开始明朗起来？”

“这一整天，”韦尔斯解释道，“我都在琢磨一件事：她拿走我的证件，到底会去干什么呢？我的矿采权，我的出生证明，我可以肯定是她偷的，因为那笔财宝也是她偷的。但是除非能派上用场，否则她是不会劳神的，那么，她拿着一个老头子的证件到底要干什么呢？根本没有用，我想。因此，她一定是把它送到某个地方，给了别人。但是会给谁呢？什么样的人会需要别人的证件呢？就在这个时候，我回过神来。我认为，是一个想摆脱前科的人。一个名声扫地、想重新开始更美好生活的人。一个想把某些往事抛在身后的人。”

安娜皱起眉头，等待着。

“有一件该死的事是可以肯定的，”韦尔斯说，如同举起王杖一般举起那卷报纸，“我不知道所为何来，我不知道前因后果，但是此时此刻我告诉你，小安娜，今晚我要见识见识这位弗朗西斯·卡弗先生。”

锡

卡弗采用化名，劳德柏科签下自己的名字。

“韦尔斯。”劳德柏科说，突然停下脚步。

“晚安。”弗朗西斯·卡弗说。他面朝舷梯坐在一张椅子上。手里握着一支手枪。

“这是干什么？”劳德柏科说。

“请进来。”

“这是干什么？”他又问道。

“谈话。”卡弗说。

“谈什么呢？”

“我建议你进入船舱里，劳德柏科先生。”

“为什么？”

卡弗没有说话，但是枪口抖动了一下。

“自从我们上次说话之后，我就再也没有看她一眼，”劳德柏科说，“以我的名誉保证。你告诉我靠边站，韦尔斯先生，我就靠边站了。过去这九个月里，我一直在长港。我今晚刚进城——事实上是刚到，就是刚才。我一直在回避——完全按照你的要求。”

“这是你说的。”卡弗说。

“是，是我说的！你怀疑我的话吗？”

“不。”

“那你是什么意思——是我说的？”

“只是跟白纸黑字的说法不符。”

劳德柏科迟疑了。“我丝毫不明白你说的什么白纸黑字。”片刻后又说，“我若大胆猜测，你是以某种方式暗指丹福斯收据吧。”

“是的。”卡弗说。

劳德柏科迅速回头张望了一下，踏进船舱，将身后的舱门拉上。“好吧。”进入船舱后，他说，“有阴谋。或者阴谋已经得逞。”

“是的。”卡弗说。

“是关于克罗斯比吗？”劳德柏科说，“这跟克罗斯比有关吗？”

“你知道，”卡弗说，“我为老克罗斯比担忧。”

他没有继续说下去。片刻后，劳德柏科以一种恐惧的声音说：“是吗？”

“是的，是的。”卡弗说，“总有一天，那个可怜的人会把自己喝死。”

劳德柏科开始出汗，“拉沃斯在哪儿？”

“在坎伯兰街一醉方休呢，我相信。”

“那丹福斯呢？”

“同样。”卡弗说。

“他们都是被你捏在手心里的，是不是？”

“不，”卡弗说，“你是。”

焦油

卡弗回来搞定一切；克罗斯比·韦尔斯做出反击；鸦片酊开始生效。

约两个小时之后，当弗朗西斯·卡弗轻轻敲响坎伯兰街三十五号的大门时，海军聚会正开展得如火如荼，他可以听到有节奏的拍手和跺脚声，还有喧闹的笑声。他再次敲门，声音更响亮些。女仆露茜在他第四次敲门后才出现，她一看清楚是卡弗，立刻请他进屋，飞也似的跑过走廊去叫韦尔斯夫人。

“啊，弗朗西斯，”韦尔斯大人看见他，说道，“谢天谢地。”

“办妥了。”卡弗说。他拍了拍胸脯，销售契约就叠放在衣服内兜里。“一切都签订了，即刻生效。我派了个男孩监视他——劳德柏科——直到早晨。但我不相信他会开口说什么。”

“你没有伤害他吧，有没有？”

“没有。他为自己感到很伤心，仅此而已。这里情况如何？”

韦尔斯夫人将声音压低成耳语，“嗯，经过今天早上那场可怕的争吵——再加上极不痛快的白天之后——我们碰上了最不可思议的好运气。克罗斯比勾搭上了我那新来的姑娘。也许他是想伤我的心，把那姑娘给弄上了床……今晚没有什么比扫除这两个障碍更符合我的心愿了。一发现他们俩单独在一起，我就派露茜给他们送去了一樽新鲜的。”

“掺上了？”

“当然。”

“多强？”

“用了半瓶。”

“有什么效果？”

“我还没听到什么动静，”她说，“一点动静都没有。”

“好吧，”他说，“我上去。我需要十五分钟。”

“他已经气急败坏。他知道了金子的事情——我告诉过你——他还发现了劳德柏科要来。你一定要小心啊。”

“他要是烂醉如泥，哪还用得着我小心。”

“你不会向他开枪吧——会不会，弗朗西斯？”

“不用劳神去担心这个。”

“我想知道。”

“我只会敲一下他的脑袋，”卡弗说，“仅此而已。”

“不能在这里！”

“不——不在这里。我会把他带到别的地方去。”

“那个姑娘还在上面，你知道。她有可能已经跟着他下楼了。我不清楚。”

“我会对付那姑娘的。我会在事情发生之前让她走开。千万不要担心。”

“我该做什么呢？”

“接着去搞聚会。给拉沃斯再倒杯酒。”

Φ

卡弗把耳朵贴在门上，没有听见任何动静，他灵活地转动门把手，小心翼翼地不弄出声响。门被悄然无声地打开了。房间里很暗，但是在里间的卧室内，燃着一盏小煤油灯。有人躺在床上，铺盖下面鼓鼓囊囊的，他能看见枕头上散落着深色的头发。他把手一直放在臀部后面，慢慢地移动着，进了房间。

他听见某个沉重的东西飞速划破空气产生的哨声，刚要转身——就在他能够转身之前，后脑勺上吃了一记闷棍，他趺撞着跪在地上。他头晕目眩地摇晃着，将按着手枪的手攥紧——但是克罗斯比·韦尔斯再次挥动拨火棍，打得他指关节皮开肉绽，再一下，打在他的下巴颏上。卡弗痛苦地缩成一团。他本能地举起双手保护自己的脸。第四下打在他胳膊肘上，第五下啪的一声打在他太阳穴上方。他突然浑身发软，侧身瘫倒在地板上。

韦尔斯冲上前，试图用他的另一只手从男子的腰带里抽出手枪。卡弗抓住他的胳膊，他们剧烈地搏斗了一会儿，直到韦尔斯再次用拨火棍猛击了一下卡弗的头部一侧。卡弗的手失去了力量，身体瘫倒在地。韦尔斯最终抓住手枪，猛地夺了下来。他把枪拿在手里，打开保险，用枪口对准卡弗的脸，气喘吁吁地站了一会儿。卡弗呻吟着，将双臂举到面前。他感到天旋地转，仿佛房间里的灯光开始有节奏地闪烁。

“你是谁？”

卡弗凝视着他，满嘴鲜血。

韦尔斯左手握着手枪，右手持着拨火棍。他将拨火棍举得高一点，威胁要再次出击。“你是弗朗西斯·卡弗吗？说话，否则我开枪打死你。你的名字是卡弗吗？”

“过去是。”卡弗说。

“现在是什么？”

卡弗冲着他咧嘴一笑，露出血淋淋的牙齿，说：“克罗斯比·韦尔斯。”

韦尔斯靠得更近一些，“我要杀了你。”

“杀吧。”卡弗说，然后闭上了眼睛。

韦尔斯再次举起拨火棍，问：“我的财宝都在哪儿？”

“没了。”

“在哪儿？说！”

“海运走了。”

“谁运走的，你？”

卡弗睁开眼睛，“不，是你。”

韦尔斯将拨火棍向下一击，拨火棍打在对方太阳穴上被反弹回来——卡弗昏了过去。韦尔斯观察了一会儿，看他是否在假装。昏迷显然是真实的，卡弗的眼白翻了出来，一只手在抽搐。

韦尔斯放下拨火棍，放在卡弗够不着的地方。他把手枪换到右手里，试着把枪口戳在卡弗的脸颊上，推了推他。男人的头向后滚了一下。

“他死了吗？”安娜说，站在门口，脸色苍白。

“没有，他还在呼吸。”

韦尔斯用左手从靴子里抽出鲍伊猎刀，拔刀出鞘。

“你会杀了他吗？”安娜耳语道。

“不。”

“你要怎么办？”

韦尔斯没有回答。他用枪顶着卡弗的脑袋，不让它滚动，将刀尖插入卡弗左眼外角的正下方。血瞬间涌出，黏稠地顺着脸颊往下流。韦尔斯手腕猛然一抖动，扭转刀刃，从眼角一刀划到下巴颏处。他跳起来退回一步——但是卡弗没有醒来，只是喉咙里发出咯咯声。他的脸颊已经鲜血淋漓，血流淌过下颏，浸透了他的衣领。

“C代表卡弗。”韦尔斯盯着他，平静地说，“你现在是个让人记住的人了，弗朗西斯·卡弗。你是一个带着伤疤的人。”

他抬起头，碰到了安娜的目光。安娜用双手捂住嘴，看上去吓坏了。韦尔斯用下巴颏朝餐具柜上的斟酒瓶指了一下。“喝一杯，”他说，“过一分钟，你就会睡着。只是动作最好快点。”

安娜瞥了一眼那只斟酒瓶。鸦片酊已使威士忌的颜色微微变深了些，给这种液体平添了一丝铜色光辉。“喝多少？”她说。

“能承受多少就喝多少，”韦尔斯说，“然后侧身躺下——不要仰着。否则，你会让自己窒息。”

“要多久生效？”

“几乎立刻生效。”克罗斯比·韦尔斯说。他在地毯上把刀擦干净，放回刀鞘，然后站起来，准备离开。

“等一等。”安娜跑进卧室。片刻后，她手里拿着一块金块回来，这是他们第一次相遇那天下午他给她的。“给，”她说，把金块塞进他手里，“拿着。你逃跑时用得上。”

补重

克罗斯比·韦尔斯寻求帮助；一位海关官员变得恼怒；一张提货单被撤销。

“嘘——比尔！”

低头看报纸的官员抬起头来，“是谁？”

“是韦尔斯。克罗斯比·韦尔斯。”

“出来，让我能看得清你。”

“在这儿。”他出现在光亮中，手心向上。

“你在干什么——在黑暗里偷偷摸摸的？”

韦尔斯又朝前迈了一步，依然手心向上，说：“我需要帮个忙。”

“哦？”

“我需要在黎明第一时间上船离开。”

官员的眼睛眯了起来，“你去哪儿？”

“无所谓，”韦尔斯说，“随便什么地方。只是需要悄悄地走。”

“我能有什么好处？”

韦尔斯张开他的左拳，掌心里是安娜还给他的那个金块。那位官员看着它，默默估算着它的价值，然后说：“犯法没有？”

“我站在法律一边。”韦尔斯说。

“那么谁在追你？”

“一个名叫卡弗的人。”韦尔斯说。

“他把你怎么着啦？”

“我的证件，”韦尔斯说，“还有一大笔金子。他从我的保险箱里偷走了一大笔金子。”

“你什么时候发的大财？”

“在邓斯坦，”韦尔斯说，“大约一年前。十五个月前。”

“你他妈的倒是守口如瓶呢。”

“那是当然。除了莉迪娅，我谁都没有告诉。”

那人大笑起来，“这么说，这是你犯的第一个错误。”

“不，”韦尔斯说，“我的最后一个。”

他们对视。随后比尔说：“也许不值当。对我来说。”

“我今晚上船，藏起来，一大早就启航。你得块金子，我保条命。仅此而已。你不必带我上船——只需告诉我哪条船要离港，我过去时，你睁一只眼闭一只眼。”

官员犹豫了。他放下报纸，身体前倾，检查钉在他桌上的时刻表。“有一条水上飞帆船明天一大早前往霍基蒂卡。”片刻后他说，“‘布兰奇号’。”

“告诉我它的泊位，”韦尔斯说，“给我一些指点，我就拜托你这些，比尔。”

官员噘起嘴唇，思忖着。他又低头看时刻表，似乎最佳方案会在不知不觉中以书写的方式自动呈现出来。然后，他目光变得犀利，说道：“等一等——韦尔斯！”

“什么？”

“这款货运说是经你授权的。”

韦尔斯皱着眉头，上前一步，“让我看看。”

可是比尔将日志朝自己面前一拉，不让韦尔斯够到。“这里有一只板条箱前往墨尔本，”他浏览着记录，说道，“已经装上了‘一帆风顺号’——

而且是你签的字。”他抬起头，顿时怒气冲冲，“这究竟是这么回事？”

“我不知道，”韦尔斯说，“我能看一看吗？”

“你在给我编瞎话。”比尔说。

“没有，”韦尔斯说，“我从来没签过那个该死的东西。”

“你的钱在那只板条箱里，”比尔说，“你在把你的金子运出海岛，而你却想跑到霍基蒂卡，以掩盖你的踪迹，一旦金子安然无恙地到达，你再悠然地穿越塔斯曼海，让自己过去，免纳税。”

“不，”韦尔斯说，“那不是我。”

官员厌恶地挥着手，“去吧。留着你这该死的金块。我不想参与任何阴谋诡计。”

韦尔斯一时间什么话都没说。他盯着那艘泊船的黑影，水面上断针一般的灯光，在风中吱吱作响的悬挂着的灯笼。然后，他认真地说：“那不是我签的字。”

比尔怒视着他。“好了，”他说，“别来这套。不要把我当傻瓜。”

“我的出生证明，”韦尔斯说，“我的矿采权——我的文件——所有的一切，都放在坎伯兰街的保险箱里。我向你发誓。这个叫卡弗的人。他是个有前科的人。在鹦鹉岛蹲过监狱。他把这些都偷走了。除了这身衣服，我一无所有，比尔。弗朗西斯·卡弗正在冒用我的名字。”

比尔摇了摇头。“不，”他说，“那只板条箱不能运到海外。明天一大早，我就要把它从出货单上追回来。”

“现在就撤下来，”韦尔斯说，“我会把板条箱带走——去霍基蒂卡。这样就不会有任何东西流往海外了，对不对？这样就一切都合法了。”

官员看着货单，然后看着韦尔斯，“我不愿参与任何骗局。”

“你一点都没有做错什么，”韦尔斯说，“绝对没有。如果你把它发往海外，那才是逃税。我甚至可以签字。我会照你说的任何方式签字。”

比尔沉默良久，韦尔斯知道他在考虑。“我没法把它调到‘布兰奇号’上，”他终于开口道，“那条船天一亮就启航，而且帕里什已经签毕所有的货物。没有时间了。”

“那就之后再发送。我现在可以签转运单。求你了。”

“没必要求我。”比尔说着，皱起眉头。

韦尔斯走上前，将那个金块放在桌上。一时间，那东西似乎在颤动，像罗盘的指针。

比尔盯着金块看了很长时间。然后，他抬起头来，说：“不。你留着你的金块，克罗斯比·韦尔斯。我不愿参与任何阴谋诡计。”

第六章

寡妇与黑衣

1865年6月18日

南纬42° 43'0"/东经170° 58'0"

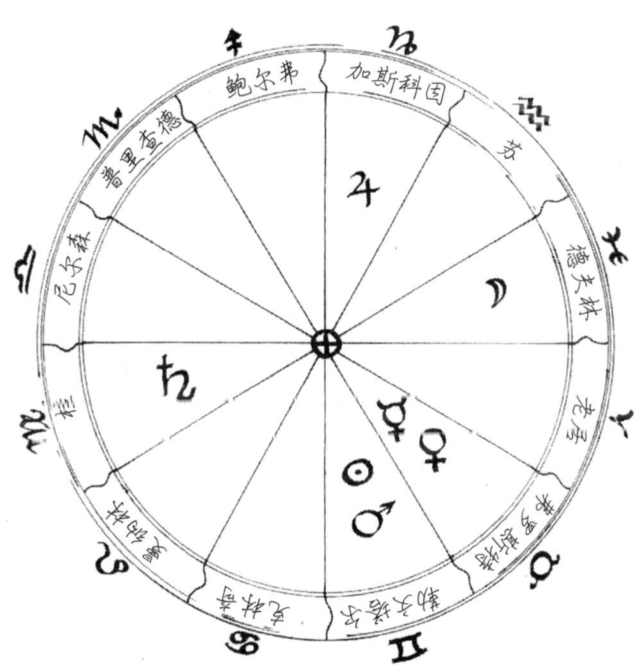

固定宫土象

埃默里·斯坦斯拿着金矿石去银行；克罗斯比·韦尔斯提议蒙骗；斯坦斯开始怀疑他的第一印象，但为时已晚。

埃默里·斯坦斯在霍基蒂卡还没有发大财。他至今没有发现令人满意的投资矿区，确切地说，还没有找到足够合意的加盟伙伴。他已经积累了一小笔“财富”，是小金粒子，但都是在河流北部与南部的沙滩上，以及霍基蒂卡峡谷深处的小冲沟里采集到的，产量不稳定，而且大部分已被花费掉了。斯坦斯天性好挥霍，只要花的都是自己的时间与金钱就行，他非常喜欢在社交圈里吃与睡，而不愿孤单地躺在星光下的帐篷里，他发现，宿营的浪漫在初次体验后便消失殆尽了。他没有为西坎特伯雷艰辛的冬天做好准备，十分频繁地被雨驱赶到室内。他以恶劣气候为借口，每天晚上都喝葡萄酒，吃咸牛肉，玩扑克牌，第二天早上又出去冒险，让他的手帕重新包上金子。如果不是因为他与弗朗西斯·卡弗有协议在先，他可能会无限期地继续这种随意的生活方式，也就是说，重复这种放纵和休整的循环模式，好在他还没有忘记对方的资助条件，因此，他不久将被迫“下锚”，这是淘金汉的说法，意思是去投资。

在六月十八日的早晨，斯坦斯早早醒来。他在卡尼里的一家廉价旅馆里过了一夜，一间低矮的长条隔板棚屋，带着一个披屋厨房，绑成串的上下铺吊床。空气中弥漫着潮湿和阴冷，他穿衣服时呼出的气都是白色的。在外面，他花半个便士买了一盘麦片粥，用长柄勺从热气腾腾的大桶里舀出来，站着吃，一边凝视着东方。阿尔卑斯山脉的群峰高耸，在冬日天空的衬托下，轮廓清晰。把盘子里的东西吃干净后，他将它还到厨房的小窗口里，向伙计们点帽致礼，然后朝霍基蒂卡走去，在那里，他打算约见一位黄金买家，准备购买一块认领区。

他来到河口附近的沙嘴，注意到一条船正在庄严地进入港口的峡道。它滑动着驶入锚地，似乎在徘徊，在浅滩外的深水区里，船舷对着河边。斯坦斯沿着码头的长曲线行走时，钦佩地欣赏着那条船。那是一条漂亮的三桅帆船，个头不算太大，船头的破浪神雕刻成鹰的形状，尖叫的宽喙，张开的翅膀。有一个女人站在船左舷的栏杆旁，从这个距离，斯坦斯无法看清她的脸庞，更看不清她的表情，但他猜想她此刻正沉浸在遐想中，因为她一动不动地站着，双手紧握住栏杆，裙子抽打着她的腿，那顶室外软帽的飘带拍打着她的胸脯。他想知道是什么占据了她的心神——她是否陷入回忆，是想起了过去的一幕，还是在展望未来，是在希望什么，还是在害怕什么。

在储备银行里，斯坦斯拿出装着碎金粒子的小羊皮袋子，在银行经理的要求下，将里面的东西交出检查并称重。估价用了一些时间，好在最终的报价很不错，斯坦斯离开银行时，在贴着心脏的马甲兜里揣着一张折叠好的二十英镑纸币。

“停下你的脚步，小伙子。”

斯坦斯转身。在银行的台阶上，刚站起来一个金棕色头发的男人，年龄约五十岁。他的皮肤饱经风霜，鼻子很红。他留着因一个星期没有刮脸而长出的斑片状胡子，胡子茬雪白。

“有什么事吗？”斯坦斯问。

“你可以回答我几个问题。”男人说，“第一个，你是国有公司的人吗？”

“我不是国有公司的人。”

“好吧。第二个，诚实与忠诚？”

“什么？”

“诚实与忠诚，”男人说，“哪个价值更高？”

“这是在搞恶作剧吗？”

“是诚恳的咨询。希望你别介意。”

“嗯，”斯坦斯说，稍微皱起眉头，“这个很难说——哪个价值更高。诚实还是忠诚。从某种角度上讲，一个人可以说诚实就是一种忠诚——忠诚于事实……然而很难说忠诚是一种诚实！我猜想归根结底——如果必须在忠诚但不诚实与诚实但不忠诚之间做出选择的话——我宁愿站在我的人民、我的国家或我的家庭一边，而不是站在真相一边。所以我猜想我会选择忠诚……这是说我自己。但是要说别人……如果是别人，我会有完全不同的感觉。我宁愿要一个诚实的朋友，而不是一个仅仅忠诚于我的朋友；而我宁愿忠诚于一个诚实的朋友，而不是一个阿谀奉承的人。也就是说，我的回答是有附加条件的：对于我自己，我重视忠诚；对于他人，诚实最要紧。”

“好，”男人说，“这很好。”

“是吗？”斯坦斯说，脸上露出笑意，“我是否通过了某种测试？”

“差不多吧。”男人说，“我寻求帮忙。诚信至上——条件你开。看看这个——”

他伸手从衣兜里掏出一个金块，大约一支短雪茄那么大。他举起金块，好让它在阳光下闪亮。“漂亮，是不是？”

“非常漂亮。”斯坦斯说，但已经不再微笑。

男人继续说：“在克鲁萨峡谷里捡到的。奥塔哥方向。一直揣着它有一个来月了——两个月吧——但我打算把它变成土地，你看——我看好了一块地——地产经纪人除了纸币之外，不愿碰任何东西。这就是问题。我遭到了抢劫，没有任何身份证明。我的证件，我的矿采权，统统都没了。所以我不能亲自去银行兑换这块金子。”

“噢。”斯坦斯说。

“我要找人帮个忙。你拿着这块金子去银行，说它是你自己的——你找到的，在英帝国的土地上。帮我把它兑换成纸币。不会占用你超过半小时的时间，就能完事。你可以开个价钱。”

“我明白了。”斯坦斯说，他左右为难，犹豫了片刻，说：“当然，你可以直接跟里面的家伙解释你的情况。可以告诉他们你遭到了抢劫——就像你刚才告诉我的那样。”

“我不能这样做。”男人说。

“那里总会有档案记录。”斯坦斯说，“即便你没有证件，他们也有其他办法查到你的身份，航运新闻，等等。”

男人摇了摇头，“我持的是奥塔哥的证件，我来的时候，根本没有经过海关。我在这里没有记录。”

“哦。”斯坦斯说，开始感觉很不自在。

男人走上前一步，“我告诉你的是一个真实的故事，小伙子。这金块是我的。在克鲁萨峡谷里捡到的。我会给你画出那个地点。我会画出一份该死的地图。我说的都是实话。”

斯坦斯再次看着金块，“有人能为你担保吗？”

“我没有拿着它四处招摇。”男人厉声说，晃了晃他的拳头，“这是什么道理？我已经遭到一次打劫，不想再被打劫了。在地球上除了我，只有另一个人触摸过这块东西。一个名叫安娜·韦瑟雷尔的年轻女人。她可以担保我告诉你的都是实话，但她在达尼丁，是不是？而我无法闲待着等候邮件。”

安娜·韦瑟雷尔这个名字对斯坦斯来说毫无意义，当他考虑如何全身而退时，不由自主模糊地记住了这个名字。这个男人的故事根本不可信（在斯坦斯看来很明显，这块金子是偷来的，那个贼担心被抓，正企图利用一个无辜的第三者把赃物兑换成难以追查的现金，掩盖自己的罪行），而且他的面容也令人不安。他双眼布满血丝，一副早就被酒精毁掉的疲惫相，即使隔着几步远，斯坦斯也能闻到他衣服上和呼吸中散发的隔夜的酒气。为了拖延时间，他说："你刚才提到地产经纪人？"

男人点了点头，"有一个地方我很感兴趣。绿玉神舟那边。木材，这是个营生。我已经不再追逐金子了。我发过一笔财，现在全没了，对我来说，这个游戏结束了。木材——是一份实在的工作。"

"你叫什么名字？"

"克罗斯比·韦尔斯。"那位男人说。

斯坦斯顿住了，"韦尔斯？"

"是的。"男人刚说完，突然怒目圆睁，"这让你想起了什么？"

斯坦斯想起一个月前弗朗西斯·卡弗在乔治街的山楂旅馆给他的奇怪命令："只是今天，"当时他说，"我的名字叫韦尔斯。弗朗西斯·韦尔斯。"

"克罗斯比·韦尔斯。"斯坦斯此刻又说了一遍。

"就是这个，"韦尔斯说，依然吹胡子瞪眼，"没有中间名，没有小名，没有化名，只有简单的老克罗斯比·韦尔斯，自从我出生的那天起就是这样。当然，这没法证明。该死的什么都没法证明，我的证件没了。"

斯坦斯再次犹豫了。片刻后，他伸出手，说："我叫埃默里·斯坦斯。"

韦尔斯把金块换到另一只手里，他们握手。"愿意报个价吗，斯坦斯先生？我会不胜感激。"

"听着，"斯坦斯突然说，"你不会碰巧认识——我的意思是，请原谅，但是——你不会碰巧认识一个叫弗朗西斯·卡弗的人吧？"

斯坦斯依然不知道自己离开达尼丁的头一天发生的整个故事——卡弗那天下午去了哪里，卡弗为什么采用化名，卡弗为什么对装有五套毫不起眼的衣服的小箱子如此重视。

韦尔斯的身体变得僵硬起来，声音里也添了几分生硬，说："为什么？"

"我非常抱歉，"斯坦斯说，"也许没什么要紧的。我只是问问，因为——嗯，大约一个月前，一个名叫卡弗的人用了你的姓——只用了一下午——从来没告诉我为什么或干什么。"

韦尔斯的双手捏成了拳头，“卡弗与你是什么关系？”

“我跟他不是很熟悉，”斯坦斯说着，往后退了一步，“他给我垫过一些钱，仅此而已。”

“什么类型的钱？多少？”

“八英镑。”斯坦斯说。

“什么？”

“八，”斯坦斯说，“八英镑。”

韦尔斯朝他逼近，“你们是朋友，对吗？”

“绝对不是，”斯坦斯说，再次后退一步，“我后来才发现他是有前科的——在监狱里蹲了十年，苦役——但为时已晚，我已经签了字。”

“签了什么？”

“资助协议。”斯坦斯说。

“他用我的名字签的。”

“不，”斯坦斯说，举起双手，“他只是用过它——我是指你的名字——但我不知道有什么目的。瞧，我很抱歉给你带来了苦恼——”

“就是他，”克罗斯比·韦尔斯说，“就是他拿走了我的文件。骗走了我的一大笔纯金矿石。勾结我的妻子对抗我。他夺走了我的名字，我的钱，还想要我的命——只是没有得手，是不是？我逃了出来。我还在这里。挣点小钱，勉强糊口，埋头提防着，每时每刻都要回头张望，都快把我逼疯了。这个——”他挥舞着那个金块，“就是我剩下的一切。”

“为什么你不去告他？”斯坦斯说，“所有这些听上去都证据充分。”

韦尔斯没有立刻回答，片刻之后，他问：“他在哪儿？”

“我相信他仍在达尼丁。”

“你敢肯定这一点吗？”

“十分肯定。”斯坦斯说，“我有他的地址。我一旦开始第一个探矿项目，就马上给他写信。”

“你是他的搭档。”韦尔斯吐出这句话。

“不，我和他有约定，仅此而已。他给我垫了八英镑的钱，反过来，我要为他做一项投资。”

“你是他的搭档。你是他的人。”

“你瞧，”斯坦斯说，再次警觉起来，“不管卡弗对你做了什么，韦尔斯先生——不管他出于什么原因——我对此一概不知。真的。是啊——如果我知道什么事，我刚才就绝对不会对你提到他的名字了，是不是？我就会闭上我的嘴了。”

韦尔斯没有说什么。他们盯着对方看了一会儿，各自都在探究对方的表情。然后，斯坦斯说：“我去办。我会把你的金块拿到银行去。”

火星在巨蟹座

卡弗开始寻找克罗斯比·韦尔斯；埃德加·克林奇提供服务；安娜·韦瑟雷尔下定决心。

“一帆风顺号”在潮水最高的时候驶过霍基蒂卡的浅滩。船长卡弗在河口航道上折腾了将近一个小时，因为有好几条船在离港，而他在船驶入装运码头之前，必须等候来自吉布森码头的信号。安娜·韦瑟雷尔独自站在甲板上，有足够的时间审视眼前的景色。霍基蒂卡比她预想中的更小，更无遮拦。达尼丁那座城市被奥塔哥港的长臂呵护着，被群山环抱。相比之下，霍基蒂卡如此临近海洋，看上去几乎令人生畏。在安娜看来，这里的建筑都是死气沉沉、遭人遗弃的样子，那些挂在海滨旅馆屋顶和檐篷上的纵横交错的红、黄色彩旗，不知怎么使它们显得更加凄惨。

突然，一阵叮当声将她的注意力吸引到码头上，一个留着小胡子的红发男人站在码头上，摇动着手中的铜手铃，迎风呼唤。他显然是在兜揽某种生意，可他那连珠炮一般的介绍因铃铛声变得模糊不清，那只铜手铃的口大得足以放进一个圆面包，铃锤如同一块金锭，又粗又沉。铜铃发出忧伤而倔强的声音，因距离和大风而变得发闷。

由达尼丁出发的这次航程，是“一帆风顺号”在弗朗西斯·卡弗指挥下的第一次出航，他在五月十二日夜晚的多处受伤使他丧失了工作能力，未能在第二天下午按照“一帆风顺号”的预定计划启程前往墨尔本，因此错过了通知船长拉沃斯轮船已易主的机会。而拉沃斯生性守时，不会因为一个迟到的水手而延误这条三桅帆船的启航。他尽管自己头疼欲裂，但还是按期出发了，当“一帆风顺号”在查默斯港起锚之后，卡弗除了等候它回来，别无他法。他利用接下来的四个星期疗养，韦尔斯夫人忧心忡忡地照料他，她每次看见他被毁的面容，都深感绝望。伤口缝过针，然后拆了线，现在形成了一条丑陋的粉红色疤痕，厚如剑麻叶片，两端起着褶皱。卡弗经常用指尖触摸伤疤，并且习惯于在说话的时候用自己的手掩盖它。

当“一帆风顺号”于六月十四日从菲利普港返回时，卡弗会见了詹姆斯·拉沃斯，通知他船长任期就此结束。根据新船主韦尔斯先生的命令，这条三桅帆船已由卡弗经手售出，他本人已被晋升为船长，这份荣誉赋予他解散拉沃斯的船员、组建他自己队伍的权利。卡弗与他的前船长的会面时间很长，毫无亲切友好的气氛。当卡弗发现一个月前“一帆风顺号”货运物品中的某样东西被召下船时，两人的关系进一步紧张起来。他向拉沃斯申诉，可对方只是耸了耸肩，在他看来，那只箱子被召回并没有违反任何规定或协议。卡弗的愤怒变成了极度痛苦。他奔走于海关，查遍了码头一带的各家航运公司，询问过水手区的每家廉价客栈。他的调查一无所获。后来查阅那天晚上《奥塔哥见证人》的航运新闻时，他发现在五月十三日离开查默斯港的船舶中，除了“一帆风顺号”之外还有一条船：水上飞“布兰奇号”，目的地是霍基蒂卡。

“这很难算是一条线索，”他对韦尔斯夫人说，“但我无法忍受无所作为。如果袖手旁观，我会疯掉的。毕竟，我手里还捏着他的出生证明——还有矿采权。我就说我的名字叫克罗斯比·韦尔斯，我就说我丢了一只板条箱。我要悬赏把它找回。”

“可你怎么对付克罗斯比本人？”韦尔斯夫人说，“很有可能——”

“如果我看见他，”卡弗说，“我就杀了他。”

“弗朗西斯——”

“我会杀掉他。”

“他会预料到你去追杀他。他不会不设防——没有第二次。”

“我也不会掉以轻心。”

“一帆风顺号”离开的头一天，安娜·韦瑟雷尔被叫到楼下的客厅里，她发现韦尔斯夫人在等着她。

“现在卡弗先生已经恢复了健康，”韦尔斯夫人说，“我有心思考虑一些不是很紧急的事了，比如说你的未来。你在我的家里一刻都不能久留了，韦瑟雷尔小姐，你知道原因是什么。”

“是，夫人。”安娜低声道。

“我对你的背叛可能会视而不见，”韦尔斯夫人继续说，“在沉默中忍受，因为这是女人的命运。但是，对卡弗先生施以暴力，我无法听之任之。你与我的丈夫狼狈为奸，已经超越了道德沦丧的界限，达到了邪恶的地步。卡弗先生已经被永久毁容。伤得这么严重，他能捡回一条命就算幸运了。他脸上将永远带着那道伤疤。”

“我睡着了，”安娜说，“什么都没看见。”

“韦尔斯先生在哪儿？”

“我不知道。”

“你在跟我说实话吗，韦瑟雷尔小姐？”

“是的，”安娜说，“我发誓。”

韦尔斯夫人挺直身体，“卡弗先生明天就要启航，前往西海岸，这你是知道的。”她改变了话题，“我碰巧认识一个霍基蒂卡人。他的名字是迪克·曼纳林。他会以他认为合适的方式将你安置在霍基蒂卡，你将成为一名跟营客，因为那是你最初的志向，你和我的生活轨迹不会再交叉了。我已经自作主张，计算了你过去两个多月的全部花销，将你欠下的债务转给了他。我看得出你感到惊讶。也许你相信酒是从树上长出来的。你相信酒是从树上长出来的吗？”

“不，夫人。”安娜低声道。

“那么你就不应该感到惊讶，在过去这一个月，单是你酗酒这一个习惯就花了我不少的钱。”

“是，夫人。”

“看来，你虽然邪恶，倒还不算愚蠢。”韦尔斯夫人说，“但是从你邪恶的范围和程度来说，很难把它看成一项智力上的成就。我应该告知你，曼纳林先生未婚，所以你没有令他的家庭蒙羞的危险，不会像给我的家庭蒙羞那样。”

安娜哽咽了，她说不出话来。当韦尔斯夫人允许她离开时，她飞跑到闺房里，走到桌子前，拔出掺有鸦片酊的那只威士忌斟酒瓶的瓶塞，用嘴直接对着酒樽，在绝望与痛苦中喝了两口。然后，她扑倒在自己的床上，抽泣着，直到鸦片开始起效。

安娜十分清楚在霍基蒂卡等待她的是什么，可她的内疚和自责使她强硬起来，准备面对任何即将到来的命运，就如同用身躯抵御疾风一般。她可以抗议韦尔斯夫人的任何安排或全部方案，她可以乘夜幕逃离，她可以想出自己的计划。但是她对自己的身体状况已不再有任何疑问，知道用不了多久,她的肚子就会显露出来。她需要尽快离开韦尔斯夫人的家，在这个女人猜出她的秘密之前，她要采取任何可行的办法达到这个目的。

一只海鸥长距离地低空掠过吉布森码头，刚飞到沙嘴便立刻转身，顺着上升的气流高飞，盘旋而归，然后再次低空掠过。安娜用披肩把肩膀裹得更紧一些。这时“一帆风顺号”已经得到了抛锚的许可。一条缆绳被抛到岸上，风帆已在卡弗的指挥下被收拢和折叠起来，慢慢地，这条三桅帆船朝着码头滑行。一小群码头工人已经聚集起来，协助装卸。安娜猛地一眨眼，发现他们中间的几位正指点着她，绘声绘色地谈论着。当发现她也在朝他们看时，工人们便摘掉帽子，鞠躬行礼，大笑，抓住皮带扣把裤子提高。安娜脸红了。她突然一阵心酸，越过甲板，走到右舷栏杆旁，双手紧紧地抓住栏杆，深深地呼吸，眺望沙嘴之外的海洋，那里翻滚的大浪拍出一层淡淡的白雾，使地平线变得模糊。她一直站在那里，直到卡弗用严厉的声音喊她的名字，让她下船到码头去。一位埃德加·克林奇先生，作为烤架旅馆的执行业主，为她的住宿提出了报价，卡弗已经代替她接受了。

神舟之帆[①]

克罗斯比·韦尔斯前往绿玉神舟谷；蒸汽船“仙后号”在浅滩失事。

韦尔斯的金块被斯坦斯送到银行兑换后，拿到了一百多英镑的现金。当买方完成估价，银行经理进行记录时，斯坦斯受到来自四面八方的询问，打听金块的来源。他回答这些询问时语焉不详，朝着东边的方向挥挥手，泛泛地描述一些地标，比如“一条山沟”和“一座丘陵”，但他试图淡化产量的努力均告失败。当那块金子的价值被写在买家桌子上方的黑板上时，银行经理带头给了他一阵雷鸣般的掌声，淘金汉们高呼着他的名字。

“如果你愿意，在金子被冶炼前，我们可以给你拓印一份副本。”斯坦斯要离开时，银行经理弗罗斯特说，“你可以将副本涂成金色，以资纪念——或者可以把它寄回家，送给你的心上人，作为一个信物。它是非常漂亮的一块金子。”

“我不需要复制品。”斯坦斯说，“不管怎么说，谢谢啦。”

“你也许想做个纪念，”弗罗斯特说，“这是你最幸运的一天。”

“我希望我最幸运的日子还在后头。”斯坦斯说——再次引发一阵雷

① 神舟之帆（Te-Ra-O-Tainui，毛利语）是毛利人根据自己的天文知识命名的星座，包括猎户座、毕星团、昴宿星团等，与六月有关。

鸣般的掌声，以及更多的钦佩之情，至少有六七个人提议“入伙”。等斯坦斯从人群中脱身，回到外面时，已经感觉十分烦躁。

“他们宣称我是霍基蒂卡最幸运的人。”他说，将那个信封交给了克罗斯比・韦尔斯，“他们建议我抓住好运和大家分享我的好运，坦白我交好运的秘密，不知道还会有什么。我猜你告诉我的故事不是全部的真相，韦尔斯先生。你完全明白，一个人傻乎乎地拿着这么大一块金子，在大白天这个时候大摇大摆地走进储备银行，会遭遇到什么样的情况。”

韦尔斯嘻嘻笑着，“霍基蒂卡最幸运的人，这么大的期望，我相信你能承担起来。”

“我会尽一切努力。”这位小伙子说。

“嗯，我对你感激不尽。”韦尔斯说，一边迅速用手指翻数着纸币，然后将信封塞进他的马甲里。“我打算购买的地方在绿玉神舟谷。大约向北十英里处。那条河横穿沙滩——你肯定会看到它的。不管什么时候，不管什么原因，你都会受到欢迎。”

“我会记住。”斯坦斯说。

韦尔斯停顿下来，“你还是不怎么相信我的故事，对吗，斯坦斯先生？”

“恐怕是这样，韦尔斯先生。”

“也许你会向你的同伙卡弗告密。”

“卡弗不是我的同伙。”

“但你也许会提到我的名字。随便提到。只是试探。”

“我不会。”

“那就等于谋杀，斯坦斯先生。他要找我算账。他要置我于死地。”

“我能保密，”斯坦斯说，“我不会告诉任何人。”

“我相信。”韦尔斯说。他伸出他的手，“祝你好运。”

“是的——祝你好运。”

“也许我会再见到你。”

“也许会的。”

克罗斯比·韦尔斯走下储备银行的台阶走上大街后，斯坦斯依然在台阶上站了很久。他看着那个男人在人群中穿梭，走向地产经纪人的办公室，他走上台阶，摘掉帽子，没有回头张望，步入室内。十五分钟过去了。斯坦斯将胳膊肘靠在栏杆上，继续观察。

“沉船了——沉船了——浅滩沉船了！”

斯坦斯看着那位街头公告员走过来。“沉船的名字叫什么？”他说。

“‘仙后号’。”街头公告员说，“一条蒸汽船，搁浅了。”

斯坦斯从来没有听说过“仙后号”。“它是从哪儿来的？”

“达尼丁，经过奥克兰。”街头公告员回答。斯坦斯点了点头，放他离开。

他继续喊叫着：“沉船了——沉船了——浅滩沉船了！”

地产经纪人办公室的门总算打开了，两个人走了出来：克罗斯比·韦尔斯和另一个男人，想必是那位地产经纪人，他正在把胳膊伸进外套里。他们花了几分钟的时间站在廊台上说话，随后，伴着一阵马蹄声，一辆两匹马的小出租马车从房子的另一边绕过来，停下来，让韦尔斯和地产经纪人爬了上去。他们坐定后，车门被关上，赶车人向马发出命令，小马车咔嗒咔嗒地向北行驶而去。

得势尊贵

两位曾经偶遇的相识再次重逢；埃德加·克林奇心中不爽。

埃德加·克林奇先生既热心又周到。从吉布森码头走过来的那点距离里，他不停地对他们路过的一切进行丰富而详细的评论：每个店面，每间仓库，每家供应商，每匹马，每辆轻便马车，以及张贴的每张告示。安娜没有多少反应，几乎没怎么说话。然而，当他们快要走到储备银行时，她突然一声惊呼，打断了克林奇的唠叨。

“怎么回事？”克林奇说，神情张皇。

靠在门廊栏杆上的正是“幸运之风号”上的那个金发小伙子——他同样带着难以置信的表情看着安娜。

“是你啊！”他大喊。

“是的，”安娜说，“是的。”

“信天翁！”

“我记得。”

他们彼此羞涩地注视着对方。

“多好啊，又见到你了。”安娜片刻后说。

“完全是意外之喜。”小伙子说着，走下台阶，来到大街上，“真奇怪呀——我们第二次相遇！当然我一直盼望如此，朝思暮想——但都是徒劳的愿望，是那种在朦胧幻梦中做出的幻想，你知道，镜花水月。我清楚地记得我们绕过港口岬湾时你说的话——在曙光中，你说，‘我想看到它在暴风雨中飞翔。’从那以后，我多次想起这句话，这是最令人愉快的独到见解。”

安娜脸红了，她从未听别人把自己说成是一个有独到见解的人，而且绝不会认为自己的话可以被定性为“见解”。“那只是一个幻想。”她说。

克林奇正等着被引见，他清了清嗓子。

“你到霍基蒂卡很长时间了吗？”小伙子问。

“我今天上午到的。事实上，刚刚到——不到一小时之前船刚抛下锚。”

“刚到啊！”小伙子似乎更惊讶了，仿佛安娜的刚刚到来，使他们的偶然团聚对他来说显得更加意味非凡。

“你呢？”安娜说，“你到这里有多久了？”

“我到这里一个多月了。”小伙子说。他突然变得喜形于色，“看见你是多么美好——多么美妙啊。我已经很长时间没有看到一张熟悉的面孔了。”

“你是一个——一个跟营客吗？”安娜说着，再次脸红起来。

“是的。我要在这里发大财，或至少碰碰运气，坦白地说，我不大清楚其中的差别。啊！”他猛然摘掉帽子，“我真是太冒昧无礼啦。我还没有介绍自己。我叫斯坦斯。埃默里·斯坦斯。”

克林奇抓住这个机会插嘴，“你认为霍基蒂卡怎么样呢，斯坦斯先生？”

“我真的非常喜欢这里，”小伙子回答，“这里真是一个充满矛盾的闹市区！有一份报纸，却没有可以坐下来看报的咖啡店；有一位药剂师给你配药，却永远找不到一位医生，或一家名副其实的医院。商店里要么缺靴子，要么缺袜子，从来没有两样齐全的时候；雷维尔街边的所有旅馆都只提供早餐，而且一整天都是早餐！”

安娜微微笑着。她刚张开嘴想回答，克林奇打断了她。

“烤架提供热晚餐，”他说，“我们有三便士套餐和六便士套餐——六便士的包括啤酒。”

“哪一家是烤架？”斯坦斯说。

“在雷维尔街。”克林奇说，似乎这就足以说明旅馆地址。

斯坦斯转身朝着安娜，问：“是什么把你带到了西海岸的？你是应某人的邀请来的吗？你要在这里开创新生活吗？你会留下来吗？”

安娜不想提曼纳林的名字。“我打算住下来。”她谨慎地说，“我会应克林奇先生的善意要求，下榻在烤架旅馆。”

“就是鄙人，”克林奇说着，伸出了手，“克林奇。我的教名是埃德加。”

“很高兴见到您。”斯坦斯说，草草地与克林奇握了握手，然后，他转身朝着安娜，“我还不知道你的名字……但也许我不该问这个问题，暂时不问。你是否想保密——这样一来我就得四下打听，把你给找出来呢？”

“她的名字叫安娜·韦瑟雷尔。”克林奇说。

“哦。”小伙子说，表情突然变成惊讶。他非常好奇地打量着安娜，仿佛她的名字含有深刻意义，但出于某种原因他不能说出来。

“我们最好接着赶路。”克林奇说。

小伙子闪到一旁，“哦——是啊，当然。你们最好接着赶路。祝你们二位早安。”

“再次见到你真是非常高兴。”安娜说。

“我可以去看你吗？”斯坦斯说，“等你安顿下来之后？”

安娜感到惊讶，她谢了斯坦斯。克林奇抓住安娜已经被夹在他胳膊肘下的那只手，坚定地拉扯着，使它更贴近自己的胸膛。安娜本想多说几句，但是克林奇已经领着她走开了。

白羊座，被火星主宰

弗朗西斯·卡弗向泰老·老居打听消息，但老居此时还不认识克罗斯比·韦尔斯先生，所以无法帮他。

那个毛利人腰间携带着一把绿玉棍器，它穿过腰带挂着，就像人们携带猎鞭或手枪那样。棍棒雕刻成船桨的形状，打磨得闪闪发亮。这块玉石呈橄榄绿色，带着波纹，散射着一丝丝浓郁的黄色，仿佛细细的寇槐花束被熔化，然后被压入玻璃中一般。

卡弗说完了他的要求，正要与对方道别，这时候玉石反射出一道光芒，似乎突然在他眼前一亮。出于好奇，他指着玉石，说："这是什么——船桨？"

"绿玉棍器[①]。"老居说。

"让我看看。"卡弗说着，伸出手去，"让我拿着。"

老居把棍器从腰带上取下来，但并没有递给对方。他站着一动不动，凝视着卡弗，棍器松垮地握在他的手里，然后，他突然一跃向前，像哑剧表演般用棍器猛刺卡弗的喉咙，接着是他的胸膛。最后，他将棍器高高举过肩膀，然后劈下来，动作十分缓慢，在武器刚要与卡弗太阳穴接

① 绿玉棍器（patu pounamu，毛利语）。

触的一刹那停了下来。“比钢还硬。”他说。

“是吗？”卡弗说。他丝毫没有退缩，“比钢还硬？”

老居耸了耸肩。他退后一步，将棍器插回腰带里。他审视了卡弗很长时间，下巴高抬，牙关紧咬。然后，他冷冷地微笑着，转身离去。

太阳在双子座

本杰明·勒文塔尔察觉一个错误，斯坦斯心血来潮采取行动。

“讨厌。”勒文塔尔说。他眉头紧锁地看着报纸的印版——从右向左、反向地阅读那段文字，因为活字排版既是镜像的，又是反向的。“多了个寡妇。”

“一个什么？”斯坦斯说，他刚走进工作室。

“这叫寡妇。一种排版术语。多出一个词，无法排进那一行文字里。当有一个词剩下来时，就叫寡妇。讨厌，讨厌，讨厌。我今天早上忙得焦头烂额——没有数清那个人的字数，就让他预付了两英寸广告的钱，结果他的启事根本塞不进两英寸的版面。唉！我只能把它放在一边，回头再用新的眼光琢磨一下。当一个人头脑犯糊涂时，也只能这么办了。我能帮你做些什么，斯坦斯先生？”勒文塔尔将那个印版推到一旁，微笑着伸手拿起一块抹布，擦掉手指上的墨水。

斯坦斯解释道，他那天上午在银行把他的资产兑换成了纸币。“我本来打算投资一个认领区，”他说，“但是又不想那么做——暂时不想。我仍然——嗯，仍然对许多事情拿不定主意。我倒是很想知道营地里有什么机会。旅馆、食堂、仓库、商店……随便什么转让的生意。”

“没问题。”勒文塔尔说。他走向文件柜，打开最顶上的抽屉，开始翻阅里面的档案。随后他抽出一张纸，递给斯坦斯，“这个。”

斯坦斯快速浏览这份文件。读到列表的底部时，他的表情稍微迟疑了一下。他惊讶地抬起头来。

“烤架。”他说。

勒文塔尔摊开双手，“这个生意不错，不比任何项目差。”他说，“目前的业主是麦克斯韦先生，克林奇先生是执行业主。他们俩都是好人。”

“我要了。”斯坦斯说。

“哦？”勒文塔尔说，“我是否应该通知麦克斯韦先生，你想先去看一看？”

“我不想去看。”斯坦斯说，“我想一次付款买断——说办就办。”

天蝎座，被火星主宰

弗朗西斯·卡弗在帝国旅馆结识了一个人。

那天上午在《西海岸时报》刊登的启事能否带来好的结果，卡弗不抱什么希望。他不相信有人会傻乎乎地未加开封，就把一只悬赏的箱子交回来，寻物启事里提出的五十英镑悬赏使箱子不被开封的希望变得更加渺茫。他能期待的最好结果就是那个人打开箱子后，把里面的东西匆匆翻了一遍，以为那些衣服只有情感价值，在那种情况下——如果他或她读了《时报》，发现了那笔悬赏——才有可能归还箱子。但这种偶然性本身就不大可能，而且还取决于另一个更不可能的偶然性，那就是在大千世界的诸多目的地中，那只箱子偏偏被送到了西坎特伯雷！不，五月十二日夜里箱子被从“一帆风顺号”货舱中撤出，这只能意味着一件事情：一定有人已经意识到箱子里装着巨大财富。箱子在最后时刻被召回，很难说只是为了胡乱运到其他地方。如果是克罗斯比·韦尔斯在最后时刻召回了那只箱子——目前这是最有可能的猜测——那么他肯定会尽快离开这个国家，用金子贿赂海关官员，或花钱购买另一个人的证件和名字。那笔财富永远消失了。卡弗大声地咒骂，以发泄他的无奈，将酒杯重重地摔在酒吧台面上。

“阿门。”靠他最近的那个男人说。

卡弗转身瞪着他，男人正在朝酒保招手。

“给这位老兄再倒一杯。”他说，“我们俩都再来一杯。记在我的账上。”

酒保拔开白兰地酒瓶的塞子，斟满了卡弗的酒杯。

“我叫普里查德。”男人说，看着酒保倒酒。

卡弗瞥了他一眼，“我叫卡弗。”

“看你像是个水手，”普里查德说，“外套上有盐。”

“船长。”卡弗说。

“船长，”普里查德说，“嗯，你是好样的。我从来不喜欢航海，否则可能早就回家了。我一想到航海就不得不打消念头。宁愿死在这里也不想再受那种罪了。这里是世界的屁股尖儿，是不是？”

卡弗哼了一声，两人默默喝酒。

“不过，船长是不错的。”普里查德随后说。

“那你呢？”卡弗说。

“药剂师。”

卡弗惊讶了，“药剂师？”

“镇上唯一的一个，”普里查德说，“我是真正的首创者。”

他们在沉默中坐了一会儿。酒杯空了以后，普里查德再次朝酒保做手势，酒保和先前一样给他们俩斟满了酒杯。突然，卡弗逼近普里查德，说：“你通过什么方式弄鸦片呢？有现货吗？”

“恐怕我帮不上忙。”普里查德说，摇了摇头，“只有鸦片酊，我只有这个，效力很差。还不如威士忌强，倒会引起双倍的头疼。你在格雷之南不会找到什么的。如果你真有需求，这里不行，要到北方去。”

“我不是要买。”卡弗说。

第七章

守护宫

1865年7月28日

南纬42° 43'0"/东经170° 58'0"

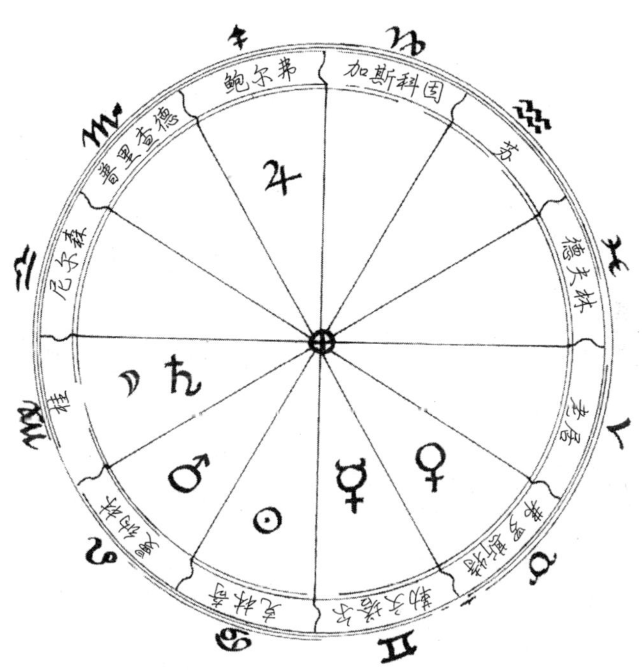

巨蟹座和月亮

埃德加·克林奇试图行使权威，因为他推断安娜近期的健康不佳主要归咎于一种新的依赖，这种依赖得到了她的雇主曼纳林的帮助与怂恿；安娜·韦瑟雷尔的固执不亚于克林奇，对他并非言听计从。

"我并没有什么跟中国人过不去的，"克林奇说，"只是不喜欢他们的长相，仅此而已。"

"他们长什么样又有什么关系呢？"

"我就是不喜欢这种感觉。我就是这个意思。不喜欢这个现状。"

安娜向下抚平她的衣裙——这套薄纱质地、奶油色的长裙，胸衣配有钩花装饰，是五套衣服中的一套，都是几个星期前"仙后号"失事后，她从打捞商手里购买的。其中两套衣服已经染上黑色的霉点，无论怎样清洗都洗不掉的那种。这些衣裙都沉甸甸的，紧身胸衣十分坚固，她认为这说明衣服的款式属于更加守旧、古板的时代。打捞商用纸把卖出的货物包裹起来时，他告诉安娜，非常奇怪的是，"仙后号"搁浅那天，船上并没有任何女乘客。更加奇怪的是，当所有的货物都被打捞上来后，唯独这一只箱子没有人来认领。没有任何航运公司知道有关它的任何消息。提货单上的字迹已被海水浸泡，无法辨认，而货物清单上也没有主人的名字。这里面肯定有蹊跷。打捞者最后说，他希望安娜穿用它们时不会遇到任何尴尬或困难。

克林奇越说越来劲儿，“在麻醉的情况下，如何保持你的头脑清醒？你怎么保护你自己，如果——如果——哎，如果你遇到什么——不测？”

安娜叹了一口气，“这事跟你无关。”

“当我清楚地看到他占你便宜，并且恶意利用你的时候，这事就跟我有关。”

“他会永远占你便宜，克林奇先生。”

克林奇变得非常恼火，“这都是怎么造成的呢——你的烟瘾？回答我！难道你就是拿起烟枪，就这么简单吗？要不是被曼纳林先生本人逼迫，你为什么要那样做呢？他知道该如何控制你：让你没有任何回旋余地，就是这样。你以为我没见识过这种伎俩？别的女孩子都不碰那玩意儿。他知道这一点。但他在你身上试用。他给你设了圈套，把你逼到了这一步。”

“埃德加——”

“怎么？”克林奇说，“怎么？”

“请别管我，”安娜说，“我受用不起。”

狮子座的太阳

埃默里·斯坦斯与大亨曼纳林享用一顿漫长的午餐，在过去一个月里，曼纳林一直在做全方位的努力，以获得对方的友谊。他摆出一镇之主的架势，因为他喜欢这种姿态，仿佛所有金矿的得失都由他来裁决，由他来评价。

“你是一个佩戴成功勋章的男人，斯坦斯先生，”曼纳林说，“这是我喜欢的制服。”

“恐怕，”斯坦斯说，“我的运气是被十分可怕地夸大了。”

“这是谦虚的话。找到它真是绝对的好运气，你知道，那块金子。我看见银行经理的报告了。它换了多少——一百英镑？”

“差不多吧。”斯坦斯不自在地说。

“你说你是在峡谷里捡到它的！”

“靠近峡谷。”斯坦斯纠正道，“具体位置我记不清了。”

“嗯，那真是好运气，不管是从哪儿来的。”曼纳林说，“你是想吃完这些贻贝呢，还是这就开始吃奶酪？”

“我们吃下一道吧。”

“一百英镑！”曼纳林说着，把侍者招呼过来，清走他们的盘子，“好家伙，它的价值绝对超过烤架旅馆的价钱，不管你为那份不动产付的是什么价。你付了多少钱？”

斯坦斯不由自主地摇头叹气，“烤架？”

“二十英镑，是不是？”

他几乎无法掩饰，“二十五。”

曼纳林拍了一下桌子，“关键就在这里。你坐在一堆闲钱上，在四个星期内，竟然一分钱没花。为什么？你如何解释？”

斯坦斯没有立刻回答。“我一直认为，”他终于说，“在为自己保密和替别人保密之间，存在巨大的差别。这两种保密的内涵差距之大，令我希望有两个不同的专用名词来表达。也就是说，一种保密是保住自己的秘密；另一种保密是保住他人的秘密，也许根本不是出于自己的愿望，却最终选择了保密，反正都是一样。我对爱情的感觉也是如此：一个人给予或想给予的爱情和他渴望或接受的爱情，这之间有着天壤之别。”

他们默默地坐了一会儿。然后，曼纳林粗声粗气地说：“你这是在告诉我，这不是全部实情。”

“运气从来就不是全部实情。”斯坦斯说。

水瓶座和土星

苏永盛最近落户于卡尼里的中国城，来到霍基蒂卡镇上为自己购买各类五金器具，在那里被狱守乔治·谢泼德监视。此人正是苏永盛曾被指控谋杀的那名男子的弟弟，也是谋杀那名男子的真正凶手——玛格丽特——的丈夫。

玛格丽特·谢泼德站在五金店门口，等候丈夫买完东西并结账。苏永盛离她虽然不足八英尺的距离，但是她的视线被干货柜台挡住了。谢泼德转过柜台的一边，首先看见了苏永盛。他立刻停下来，表情变得冷酷起来，但却以十分平淡的声音说："玛格丽特。"

"是，先生。"她细声细气地说。

"回营地去，"谢泼德说，眼睛依然死死地盯着苏永盛，"立刻。"

玛格丽特没有问为什么。她无言地转身，逃离。当门在她身后砰的一声关上时，谢泼德的右手十分缓慢地移动着，落在他的枪套上。他的左手拿着一个纸袋子，里面装着一卷纸、两只铰链、一团麻线和一盒喇叭头钉子。苏永盛跪在石蜡罐旁边，掰着手指在计算什么；他自己的包裹就搁在身旁的地板上。

谢泼德隐约意识到商店里的气氛变得凝重起来。他身后某个地方有人问："有什么问题吗，先生？"

谢泼德没有立刻回答。片刻之后，他说："我要这些东西。"他举起那只纸袋子，等待着。过了一会儿，他听见窃窃私语，然后是战战兢兢地接近他的脚步声，接着他手里的袋子被拿走了。差不多一分钟过去了，苏永盛继续掰着手指计算，没有抬起头来。随即，那个声音又说话了，几乎是悄声耳语地对他说："总共一先令六便士，先生。"

"记在监狱的账上。"谢泼德说。

常占优势的木星

阿利斯泰尔·劳德柏科相信，他的同父异母兄弟克罗斯比·韦尔斯，也是流氓弗朗西斯·卡弗的同母异父兄弟，因此，他相信克罗斯比·韦尔斯以某种方式参与了对他的敲诈勒索，害得他交出了心爱的三桅帆船“一帆风顺号”，但是当他收到一封盖着霍基蒂卡邮戳的信后，他感到迷惑了，信的内容显然表明他之前的理解是完全错误的，明白这点之后，他经过反复的深思，亲自写了一封信。

如果说克罗斯比·韦尔斯先生再次来信是阿利斯泰尔·劳德柏科决定竞选韦斯特兰议会席位的唯一原因，未免有些夸张，然而，这封信确实影响了选择的天平，使这个特区受到青睐。劳德柏科将这封信读了六遍，然后，叹了一口气，将它抛在办公桌上，点燃了烟斗。

先生你从我的邮戳上会注意到我已经不是奥塔哥省的居民了我已经照俗话说的“连根拔了”。你很可能没有什么原因会来山脉的西部所以我告诉你西坎特伯雷与南部草原相比完全是两个不同的世界。海岸线上的日出是奇迹般的猩红色雪峰蕴含着天空的颜色。丛林潮湿枝藤纠缠水流白花花的。这是一个孤独的地方却并不安静因为鸟儿的歌声不断而不断的歌声令人愉快。你可能猜到了我已经将过去的生活抛在身后。我和妻子分居了。我本来应该告诉你的但是我在信中隐瞒了很多唯恐你了解到我婚姻的苦涩真相后可能会瞧不起我。我就不具体讲述我逃避到这个地方的细节来打扰你了因为这是一个悲哀的故事回想起来都会令我感到寒心。我这是一朝被蛇咬十年怕井绳比起其他人来算不上一个值得夸耀的经历但我可以说我是吸取了教训。这个话题说得够多的了我应该反过来说一说现在和未来。我不想再淘金了虽然西坎特伯雷到处闪烁着金光人们每一天都在发财。不啦我不再探矿不想让我的财富再被盗窃。我准备尝试木材业。我已经结识了一个好朋友名叫泰老·老居的毛利人。这个名字在他的当地语言中是“百年居所”的意思。与这个名字相比我们英国人的名字多么差劲啊！我幻想这可能是一首诗歌里的一句。老居是一个血缘纯正的高贵的本土人我们很快就结为朋友。坦白地说再次有人陪伴的确令我的精神振奋起来。

您的

克罗斯比·韦尔斯

一八六五年六月

西坎特伯雷

先天尊贵

埃默里·斯坦斯到烤架旅馆拜访安娜·韦瑟雷尔，稍作寒暄之后，他乞求安娜从她的角度讲述克罗斯比·韦尔斯逃生的故事；而安娜为他恳求时的那份迫切和坦诚感到好奇，认为没有理由不重述整个故事。

埃默里·斯坦斯没有认出安娜现在穿的这套衣服，就是他于五月十二日下午在山楂旅馆，手持手枪，负责看守的那五套衣服中的一套。但是，他打量安娜第一眼时就的确注意到，这套衣服穿在她身上因为不合体而显得有点奇怪——它分明是为一个比她丰满得多的女人定制的——不过他很快就将这个念头放在一旁。他们热情地招呼对方，但双方都带着共同的迟疑，在片刻的尴尬之后，安娜邀请他进入客厅，他们在面对壁炉的两张直背椅上坐了下来。

“韦瑟雷尔小姐，”斯坦斯立刻说，“我有一件事情要问你——要向你提一个很不恰当的问题——如果——如果你不愿给出答案——如果你不愿意纵容我，我应该说——无论出于什么原因——你一定要立刻制止我。”

“哦。”安娜说——她深深地吸了口气，仿佛是让自己坚强起来，然后，将头扭向一边。

“怎么啦？”斯坦斯问，把身子缩了回来。

安娜突然从椅子上站起来，穿过房间。她站了一会儿，深深地呼吸着，脸朝墙壁扭转。“太傻了，”她含混不清地说，“太傻了。不用管我。过一会儿我就好了。”

惊讶之中，斯坦斯也站起来。“我是否已经冒犯你了？”他说，“如果是这样，我感到万分抱歉——但这是怎么回事呢？可能会是怎么回事呢？”

安娜用手抹了一下脸颊，“没什么，”她说，依然没有转过身来，“这来得太突然了，仅此而已——可是我太傻了，竟然以为不会是这样。这不怪你。”

“什么来得突然？”斯坦斯说，“什么不会是这样？”

“只是你——”

“什么？快告诉我吧——让我弄个明白。拜托了。”

安娜终于恢复了常态，转过身来，“你可以问你的问题了。”她说，勉强微笑着。

“你真的没事了吗？”

“真的。”安娜说，“请问吧。”

“嗯，好吧。”斯坦斯说，“是这样。是关于一个名叫克罗斯比·韦尔斯的人。”

安娜楚楚可怜的表情变为震惊，“克罗斯比·韦尔斯？”

“我认为，他是我们共同的朋友。至少——也就是说——我对他忠诚；同时我有一个印象，你对他也是忠诚的。”

安娜没有回答。她眯眼凝视他片刻，说道：“你是怎么认识他的？”

“我不能具体告诉你，”斯坦斯说，“他责令我为此保密——我指的是他的去向，还有我们相见的情形。但是他说到一块金子，一个名叫弗朗西斯·卡弗的人，还有某种盗窃时，提到了你的名字。如果你不认为我太无礼——确实无礼，我知道很无礼——那么我很想听一听整个故事。我不能说这关系到生与死，因为它不是；也不能说我知晓与否有多么重要，因为说真的，那其实无关紧要，只不过是我和卡弗先生成了某种合作伙伴——我这样做真是个傻瓜，我现在知道了——我有一种感觉，可怕的感觉，我错看了他。他果然是个坏蛋。”

“他在这里吗？”她说，“克罗斯比。他在霍基蒂卡吗？”

“我恐怕也不能告诉你这个。”斯坦斯说。

她的双手移向自己的肚子，“你不必告诉我他在哪里，”她说，“但是我需要你给他捎个信。一条重要的信息——我给他的。”

升点星座

泰老·老居没有向克罗斯比·韦尔斯提起弗朗西斯·卡弗的名字，更没有描述一个月前他们之间简短接触的情形，他之所以没说，一是由于某种隐秘的天性，二是由于在金钱利益方面的某种精明算计。老居想，下次再见到弗朗西斯·卡弗时，可以轻而易举地赚一先令，也许更多。

克罗斯比·韦尔斯购买了四块玻璃，要做一扇有四个框格的窗户，但他还没有在墙上开口，设置窗台。目前，这些玻璃靠墙放着，隐约映射着闪烁的煤油灯灯光，还有炉子的方形炉栅。

“我曾经认识一个在邓斯坦洪水中失去一条手臂的男人。”韦尔斯说。他躺在他的长垫枕上，胸口放着一瓶烈酒。老居坐在对面，慢慢地饮着自己手里的一瓶酒。“碰上了急流，你看，手臂被卡住了，谁都救不了。他有一个简单的名字。史密斯，也许是斯通，诸如此类的名字。不管怎么说——关键是——他事后说起来，说起那场事故，他说，他真正感到悲哀的，是他失去的那只手臂上有文身。图案是一条扬帆的帆船——是他过了合恩角之后给自己的礼物——丢失了它令他感到非常难过。不知怎的，我记住了这件事——这个故事，丢失文身。我问过他，是否要在另一条手臂上再刺个文身，可是他对此反应十分奇怪。他说，我绝对不干喽。绝对不干喽。”

“那是很痛苦的，”老居说，“文身[①]。”

韦尔斯仔细地看着他。“有时，你看见自己是否会感到吃惊？”他说，“我的意思是，在很久都没有照镜子之后。你会忘记吗？”

“不，”老居说，“绝不。”他的脸在阴影中，煤油灯的灯光突显了他嘴巴的轮廓，给他的表情平添了一分严肃和迫人的气势。

“我想我会的。”

“我们有一种说法，”老居说，“将你的文身当成终生的朋友[②]。”

“我用刀划破了一个人的脸，”韦尔斯说，依然凝视着他，“给他留下一道伤疤。就在这儿，从眼睛到嘴。那血流得啊。你文身时，血流得厉害吗？”

“是。”

“你有没有杀过人，老居？”

“没有。”

“没有，”韦尔斯说，扭头朝着他的酒瓶，“我也没有。”

① 文身（tamoko，毛利语），毛利人的文身具有深刻的文化意义和上千年的悠久历史，是家谱和历史的反映，也象征着毛利人的身份，记录人生个性以及旅程中的重要里程碑，如美丽、力量，以及婚姻，等等。

② 原文为毛利语。

第八章

极光的真相

1865年8月22日

南纬42° 43'0"/东经170° 58'0"

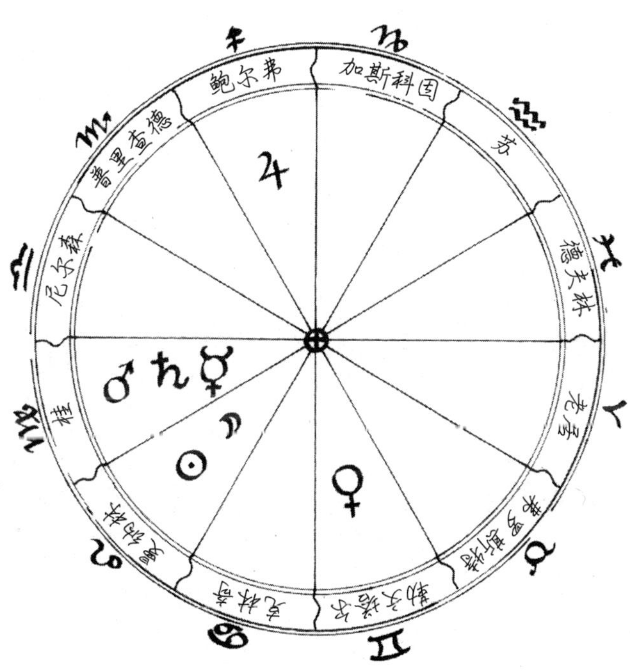

土星在处女座

桂龙提出法律诉讼；随着时间的推移，乔治·谢泼德对苏永盛的私仇，已经发展成对所有中国人的仇恨，因此他拒绝审理此案，面对这样的不公平，无论是当时还是后来，他都没有感到丝毫内疚。

“我不明白你在说什么。”

阿桂叹了口气。他第三次指着他的契约证书，证书此刻放在他们俩之间的谢泼德的办公桌上。在证书的“就业现址”一栏中，写着“极光”二字。

“骗人货，”他解释道，“极光是个骗人货认领区。”

“极光是个骗人货认领区,而你为极光工作,是的。这些我已经明白了。”

“曼纳林，”阿桂说，“曼纳林变骗人货不是骗人货。”

“曼纳林变骗人货不是骗人货。”谢泼德跟着说了一遍。

“很好，”阿桂说，点了点头，“很坏的人。”

“他究竟怎样——很好还是很坏？”

阿桂皱起眉头，然后说：“很坏的人。”

“他是怎么将骗人货变成不是骗人货的？怎么做的？怎么做的？”

阿桂拿出钱包，举起来。他的动作一板一眼，让谢泼德能够看懂他的表演，他从钱包里拿出一枚银便士，把它转移到他左边的衣兜里。稍等片刻后，他从衣兜里拿出那一枚便士，像刚才一样放回钱包里。

谢泼德叹了口气，“桂先生，”他说，“我明白你的契约还要几年才能期满，但我的耐心在几分钟前就已经达到了极限。我既没有能力，也没有心思，去根据某人口齿不清的告密对曼纳林先生的财务展开调查。我建议你回到极光去，你好歹有份工作，这就算够幸运的了。”

木星在射手座

阿利斯泰尔·劳德柏科正式宣布竞选第四届新西兰国会韦斯特兰席位的意图，这个野心不仅会使他已然显赫的政治生涯更上一层楼，而且还会在未来几个月里带他翻越阿尔卑斯山脉，进入韦斯特兰地区，从而使他的同父异母兄弟得到长期渴望的见面机会。现在他把心思转到实际问题上，更准确地说，是恳求一位老熟人，代表他，劳德柏科，把心思放在实际问题上。

我亲爱的汤姆：

我料想你已经得知我要为韦斯特兰席位竞选的雄心。这个消息对你来说也许是个惊喜，因此我特意附上一篇来自《利特尔顿时报》的文章以解释我为何宣布这项决定，以及我竞选的理由，因为其中的更多细节我没有时间在这里赘述。你可以相信，我十分渴望亲眼看到西坎特伯雷的美好风光。我计划在一月十五号前到达霍基蒂卡，这个估计取决于气候状况，因为我将在陆地旅行，而不是走海路，为的是沿途考察未来的基督城路。你也知道，我喜欢轻装上路。我已经安排好，将一只装有个人物品的箱子在十二月最后几天从利特尔顿转运出来。“美德号”是否可在一月十日离开达尼丁之前将箱子验收，并运到西海岸来？作为西坎特伯雷的异乡人，我将依靠你这位行家来处理霍基蒂卡的住宿、餐饮、租车、俱乐部会员资格等事宜。我完全信任你的品位与能力。

你的

劳德柏科

八月二十二日

长港

月亮在狮子座，新月

曼纳林在让安娜·韦瑟雷尔搭车去卡尼里的路上，察觉到安娜身上有了一种新的特质，一种强硬，一种疏离；他发现这点后深受触动，在内心产生了怜悯。然而，当他开口说话时，已经自他最初察觉这点之后又走出了约三英里路程，他没有说安慰她的话，其间这段路程已经使他自己也变得硬下心来。

"痛苦是没有用的。痛苦对生意不利，不管是什么生意。别人不会相信你的痛苦，也不会不相信你的痛苦——你看，在我们这一行里，不是前者就是后者。你明白吗？"

"是的，"安娜说，"我明白。"

他驾车带她去中国城，阿苏准备好了烟土和烟枪，在那里等候着她。

"我手下的姑娘们，从来没有一个被杀害的，也从来没有一个被殴打过。"他说。

"我知道。"安娜说。

"所以你可以信任我。"他说。

太阳在狮子座

斯坦斯向曼纳林透露，他在与弗朗西斯·卡弗先生签了赞助协议后感到万分懊悔，并解释说，他，斯坦斯，对卡弗的性格和经历所形成的最初判断，一直是一个重大的错误，现在他认为卡弗是一个地地道道的坏蛋，根本不配得到什么好运；听到这里，曼纳林轻声笑着，提出了一个因为卑鄙而令人感到刺激的解决方案。

“在矿区只有一种真正的犯罪。”曼纳林对斯坦斯说，此时他们正步履艰难地穿过大树下的小灌木丛，朝极光认领区的南部边缘走去。“不要自寻烦恼地考虑什么谋杀、偷窃，或叛逆。不，欺骗才是罪恶中的罪恶。玩弄淘金汉的希望，你明白吧，因为希望是淘金汉所拥有的一切。淘金汉一般有两种骗局：一种是在认领区里埋金矿，一种是谎称废矿。”

“哪一种被认为更严重？”

“取决于你指的严重性是什么。”曼纳林说着，用力拉开一条藤蔓，“埋金矿骗人被抓住，你可能会在睡觉时遇害；谎称废矿被抓住，你多半会遭受私刑绞死。冷血，热血。由你自己选择。”

斯坦斯微笑了，“我这是在与冷血男人做生意吗？”

“你可以自己做决定。”曼纳林说，张开他的手臂，“这就是：极光。”

“啊！”斯坦斯说，也停下了脚步。两人都因为步行而有点气喘吁吁。“嗯——很好。”

他们一起视察这片土地。斯坦斯发觉一个中国人蹲在约三十码远的地方，手里灵活地拿着他的淘金浅盘。

“衣锦还乡发大财的反义词是什么？”曼纳林随后说，“永远回不了家？甩不脱卡弗？”

“那是谁？”斯坦斯说。

“那是桂，”曼纳林说，“他会留下来。”

斯坦斯压低了声音，“他知道吗？”

曼纳林大笑，“‘他知道吗？’我刚才怎么告诉你来着？我可不盼着让别人把我打死在自己床上，拜托。”

“他肯定认为这是一份糟糕透顶的产业。”

“我丝毫不在意那个人会想什么。”曼纳林轻蔑地说。

另一种破晓

阿桂将手放在安娜紧身胸衣那盔甲般的曲线上，感觉很奇怪，他也不明白这到底意味着什么，直到八天以后，当安娜的四套薄纱衣服全都轮流穿过来之后，他才在心里估算了它们含有的巨额财富价值。当然，这还没有包括那套橙色丝绸衣服里的金子，因为安娜从来没有穿着它到卡尼里来过。

安娜纹丝不动地躺着，当阿桂用双手抚摸着她的衣服时，她闭着眼睛。阿桂用手指轻轻叩击着安娜紧身胸衣的每一个部分；抚摸着每一条花边；抬起沉重的裙摆，让布料掠过他的双手。他有条不紊地触摸着，似乎将安娜定格在时间与空间中。在触摸安娜之前，他首先要触摸她衣服的每一部分，她以为这是必要的步骤，这种必然性使她心中充满了一种明朗的以及强烈的宁静感。当阿桂把手伸到她肩膀下面，将她翻转成侧身时，她一声不响地顺从着，绵软的双手放在嘴前，好像是个婴儿，她把脸转向阿桂的胸膛。

第九章

变动宫土象

1865年9月20日

南纬42° 43'0"/东经170° 58'0"

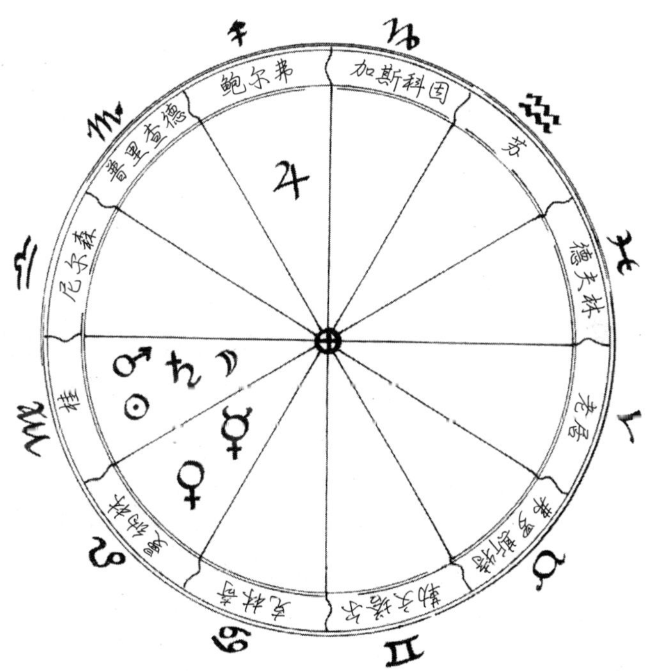

月亮在处女座，新月

阿桂在燃烧室里放上木炭，打算冶炼从安娜衣服里发掘出的最后一批金矿石，并在熔炼过的金条上刻上他签约的金矿的名字：极光；安娜在睡梦中发出痛苦的喃喃自语，将手移到脸颊上，仿佛有意抚摸伤口一般。

安娜醒来时，已经是早上。阿桂将她转移到了棚屋的角落里。他将叠好的毛毯放在她的脸颊下面，把自己的羊毛披风盖在她身上。安娜醒来时知道自己一直说梦话，因为她感觉自己脸发烫，情绪不安，热得要命；她头发湿漉漉的。阿桂没有注意到她已经醒来。安娜静静地躺着，注视着他，而他一直在精心地做早餐，检查他的手指甲，然后点点头，低声哼唱着，弯腰去耙煤炭。

太阳在处女座

埃默里·斯坦斯听了克罗斯比·韦尔斯叙述他遭受弗朗西斯·卡弗背叛的完整故事之后，两人互相赢得了对方的信任和忠诚，他在瞬间决定伪造季度收入报告，从金矿记录中删除发现富矿带的所有证据。他这样做的时候，完全忘记了那个意志坚定的工人桂，根据协议，桂虽然签了卖身契，仍应得到一份奖金。

埃默里·斯坦斯来到营地分行，惊讶地发现极光的保险箱上插了小旗，表明有金矿上交。他要求黄金护卫打开保险箱的锁。里面整整齐齐地摞着冶炼过的金条。斯坦斯拿起一块金条。“如果我要你背过身去一会儿，”他随后说，“让我把这个箱子里的东西转移到别的地方，你想开个什么价？”

那个护卫想了一会儿，用手指上上下下抚摸着来复枪的枪筒。“二十英镑我干，”他说，“英镑。不要金矿石。”

“我给你五十。”斯坦斯说。

日偏食

埃默里·斯坦斯进入绿玉神舟谷，手里提着一只口袋，打算把一大笔金子埋在毛利人的专用保留地里，在那里藏一段时间，他没有考虑到一种可能性，那就是弗朗西斯·卡弗很快就会返回霍基蒂卡，调查为什么极光金矿这样一个有前途的投资竟然变成了名副其实的废矿。

斯坦斯的肩膀上方有一簇剑麻，一只蜜雀在上面点点头，发出轻快的叫声——在他听来，这声音就像一根木棍在板条栅栏上拖过，同时混杂着芦苇哨的乐声。这种奇怪的声音是多么美妙啊！他张开手掌，抚摸剑麻光亮的叶片，满心欢喜地注意到鲜艳夺目的色彩。叶片边缘的紫色，在叶子正中心融化为泛着白光的绿色。

那只蜜雀拍打着翅膀飞走了，四下里寂静下来。斯坦斯伸出手，拿出冶炼过的金条。他小心翼翼地将金条摆放在他挖的地洞里。埋好之后，他把几块平顶石头按一定的顺序摆放，以便日后能准确地辨认出来，然后抹去自己的脚印。

大地母亲[①]

在河下游距离刚才掩埋黄金的地点约半英里的地方，克罗斯比·韦尔斯和老居坐在窖炉前，将食物用土埋在火坑里烹制，熟后挖掘出来，打开裹肉的叶子，里面是肉质鲜嫩的美餐，散发着烟熏和鞣酸的丰富味道，以及肥沃土壤的浓郁香气。

“我是说这实际上没什么。你们有你们的绿玉，我们有我们的黄金。反过来可能也是一样。我们可以称它为绿玉热。也可以称它为淘绿潮。”

老居想了想，依然咀嚼着。片刻后，他把食物咽下，摇了摇头，“不。”

“没有区别。”韦尔斯坚持他的说法，又伸手拿了一块肉，“你可能不喜欢——但你不得不承认——没有区别。只是一种矿物质或另一种矿石。一种石头或另一种石头。”

“不。”老居说，他看上去很生气，“根本不一样。”

① 大地母亲（papa-tu-a-nuku，毛利语）。

第十章

演替事宜

1865年10月11日

南纬42° 43'0"/东经170° 58'0"

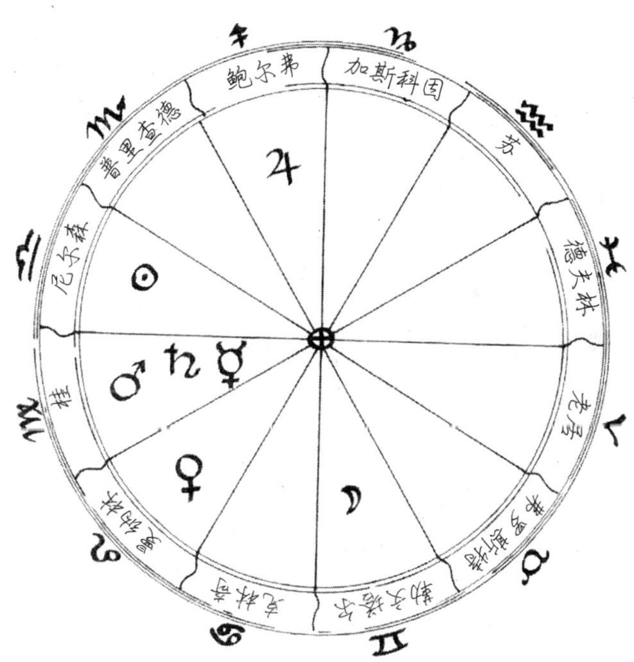

失势星运

安娜·韦瑟雷尔记得五月十二日夜里在达尼丁众愿楼闺房中发生的袭击事件，那记忆栩栩如生，令她感到惊恐与恶心。日复一日，她被那记忆折磨得痛苦不堪，即便她承认多亏自己的配合与默契才帮助一个无辜的人逃过一劫，但她的悲哀仍得不到慰藉。当她看见那个被毁容的人出现在眼前时，她大为惊讶，一时软弱，失魂落魄。

弗朗西斯·卡弗骑马行进在内陆的卡尼里路上，突然看见路旁一个熟悉的身影。他勒住缰绳，下了马，朝她走近，看见她步履蹒跚，面颊绯红。她在微笑。

“他逃掉了，”她咕哝道，“是我帮了他。”

卡弗靠得更近些。他将手指放在她的下巴颏下面，托起她的脸庞，“谁？”

“克罗斯比。”

卡弗立刻变得严厉了，“韦尔斯，”他说，“他在哪儿？”

她打了个嗝，突然显得害怕起来。

“在哪儿？”他扬起手，掴了她一巴掌，狠狠地打在她脸上，“回答我。他在这里吗？”

“不！”

“在奥塔哥？坎特伯雷？在哪儿？”

绝望中，她转身就跑。卡弗抓住她的肩膀，猛地拉住她——可就在这时，附近传来一声枪响——

“吁。”卡弗喊道，猛地转过身体——

那匹马惊了——

弱势星运

安娜·韦瑟雷尔撒了个谎来保护克罗斯比·韦尔斯，试图以这个迟到的忠诚为先前的背叛赎罪，那段不完整的记忆不断变化，渐渐淡去，充满不确定性。因为她脑子曾受到三次冲击，首先是大烟，然后是暴力，最后是吉利斯医生给予的麻醉剂，为最令人忧伤的手术做准备。手术期间，安娜抽泣，呻吟，抓挠自己，她是那样痛不欲生。吉利斯医生不得不找人帮忙把她摁住。在面对伤痛与变乱时，勒文塔尔通常是个刚毅的汉子，但当他将安娜的手撬开时，这条汉子竟然泪流满面。

安娜睁开眼睛时，勒文塔尔站在她面前，一只手拿着一块白布，另一只手拿着一瓶鸦片酊，站在他身旁的是脸色苍白的埃德加·克林奇。

“她醒过来了。”克林奇说。

“安娜，”勒文塔尔说，“安娜，亲爱的。”

“嗯。”她说。

“告诉我们发生了什么。告诉我们是谁干的。”

“卡弗。”她口齿不清地说。

“什么？”勒文塔尔说，身体前倾。

她绝不能出卖克罗斯比·韦尔斯。她已经发誓不会出卖他。她绝不能提到他的名字。

“卡弗……”她又说了一遍，脑子一阵清醒，一阵迷糊。

“是吗？”

“……是父亲。”安娜说。

降点星座

埃默里·斯坦斯从本杰明·勒文塔尔那里得知安娜遭遇伤害后，立刻给马套上鞍，策马前往绿玉神舟谷，他紧咬牙关，两眼热泪模糊，而这只是感情饱受折磨的外部表现。在向北旅行的过程中，他不敢承认其中的真正原因，更无法试图用言语阐明，因为遭受强烈情感刺激的人都不可能立刻说清或理解自己的情绪。他听着勒文塔尔对受伤情况的直白叙述，看见那条从胸部到臀部被鲜血湿透的印刷工围裙，感到如此撕心裂肺。结果当他骑着马冲出来时，把钱包和帽子都忘在了马厩里，并且差点撞倒了刚从泰格林五金店出来、胳膊底下夹着一个纸袋的哈拉尔德·尼尔森。

韦尔斯打开门。门口那个人弯腰捂着肚子，他正是埃默里·斯坦斯。

“孩子没了，”他泣不成声，“你的孩子没了。”

韦尔斯扶他进屋，听完了整个故事。然后，他拿出一瓶白兰地，给两人各斟一杯，一饮而尽，接着再为每人斟满一杯，又一饮而尽，随后倒了第三杯。

那只酒瓶被喝空了后，斯坦斯说：“我要给她一半。我要跟她分享。我有一大笔黄金——是保密的——埋藏在地里。我要把它挖出来。”

韦尔斯盯着他看。片刻后，他说："一半是多少？"

"啊，"斯坦斯咕哝道，"我猜想大概有两千吧。"他把头靠在桌上，闭上了眼睛。

韦尔斯从他的架子上取了一只锡盒，打开盒子，拿出一张白纸和一支钢笔。他写道：

> 一八六五年十月十一日，现将一笔总额为两千英镑的款项赠予前新南威尔士人安娜·韦瑟雷尔小姐，捐赠人为前新南威尔士人埃默里·斯坦斯先生，见证人及主持人为克罗斯比·韦尔斯先生。

"好。"韦尔斯说。他签好自己的名字，将那张纸推给斯坦斯，"签名吧。"

但是小伙子睡着了。

第十一章

猎户座落于天蝎座升起时

1865年12月3日

南纬42° 43"0"/东经170° 58'0"

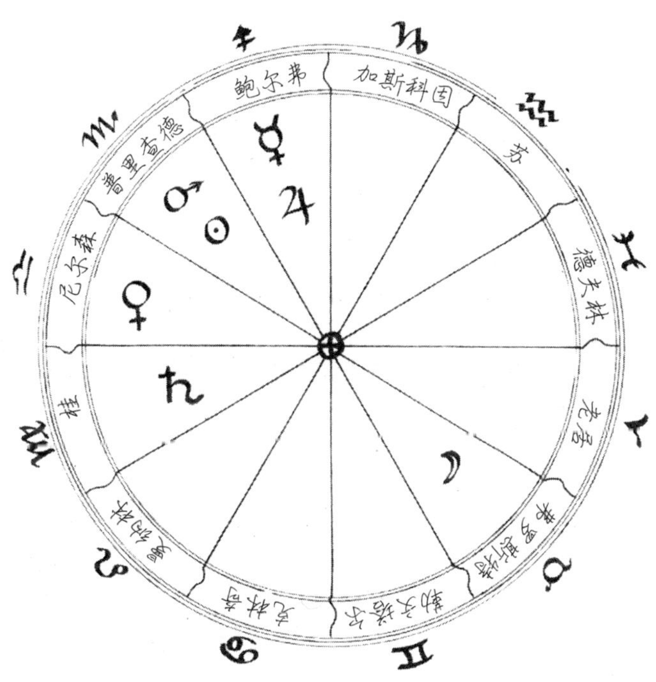

月亮在金牛座（猎户座的触角）

安娜·韦瑟雷尔陷入沉思，计算她欠下的债务，这件事令她感到如此郁闷，她不得不将思绪转向另一个稍微轻松些的主题，不可避免地想到了面带微笑、眼睛明亮的埃默里·斯坦斯。在安娜认识的所有人中，他曾是她最希望获得好感的人，然而这种频繁流露的渴望都被压制了下去，因为安娜知道他的境况与自己有天壤之别，他的前途一片光明，而她的却黯淡无望。也许他对她的看法同样矛盾，也就是说，正好与她对他的看法相反，她相信是这样。尽管事实上，自从她痊愈后，他已经来看过她三次，最近还送给她一瓶安达卢西亚白兰地做礼物。这是整个霍基蒂卡最后一瓶这种酒，然而当她从他手里接过那瓶酒时，他突然变得惊慌失措，并恳求收回它，另带一件更合适的礼物来。对此，她诚实地回答说，得到一件不是刻意为了合适而挑选的礼物，她很荣幸，而且，它是整个霍基蒂卡最后一瓶这种酒。正因为如此，它比她以前收到过的任何小礼物或饰品都更稀罕、更珍奇。

安娜欠曼纳林的债务在过去一个月翻了一番。一百英镑！这个数目她要花十年才能还清，如果考虑到高利贷的利率，还有鸦片的价格，还债时间甚至会更长，而事实上她自己的价值，不可避免地会随着年龄增长而逐渐下跌。她的呼吸把窗户的一角蒙上了雾气，她伸手去触摸。脑海里突然想起一段话，一句格言。堕落的女人没有前途，发迹的男人没有过去。她是在哪儿听说过这句话吗？还是自己刚刚想出来的呢？

太阳在天蝎座

埃默里·斯坦斯陷入沉思，开始怀疑自己的意图，虽然率真的天性使他非常爽快地接受他真实的欲望、喜悦，以及轻松获得的愉悦和并不令他脸红的表白，但他仍停下来反思。因为他觉得，无论他与安娜·韦瑟雷尔的处境有多大差异，他们之间存在某种纽带，某种关联，这使他感到自己不是更加完整，而是更有缺失。因为安娜的天性与他自己的既是对立的，又是相辅相成的，似乎照亮了他性格中的内在特质，而这些特质是他的外在态度没有也不能流露的。因而他感觉既是减半，又是增倍，换句话说，没有安娜的时候减少了一半，有安娜的时候增加了一倍。其结果是，他突然开始怀疑自己的坦率和善意的好奇等诸多特性，这些都是他行事的一贯作风，毫无疑问，毫不犹豫。他的这些思绪被约瑟夫·普里查德的一句话频频打断——“如果不是因为她欠了债，染上了毒瘾，早就有十几个男人向她求婚了”——这句话一成不变地在他脑海里反复回响，令他深感不安。

也许他可以包她一夜。第二天早上，他可以带她到绿玉神舟谷，给她看他埋在那里的财富。他可以解释说，他打算把整整一半送给她。如果他为她的愉快陪伴付出了金钱，那会使这份礼物失去意义吗？也许会的。但是别的男人以那种方式了解她，而他，斯坦斯，却没有，对此他能忍受吗？他不知道。他用手掌碾碎一片树叶，然后把掌心伸到鼻子前，嗅吸叶浆的气味。

第十二章

残月在新月的怀抱里

1866年1月14日

南纬42° 43'0"/东经170° 58'0"

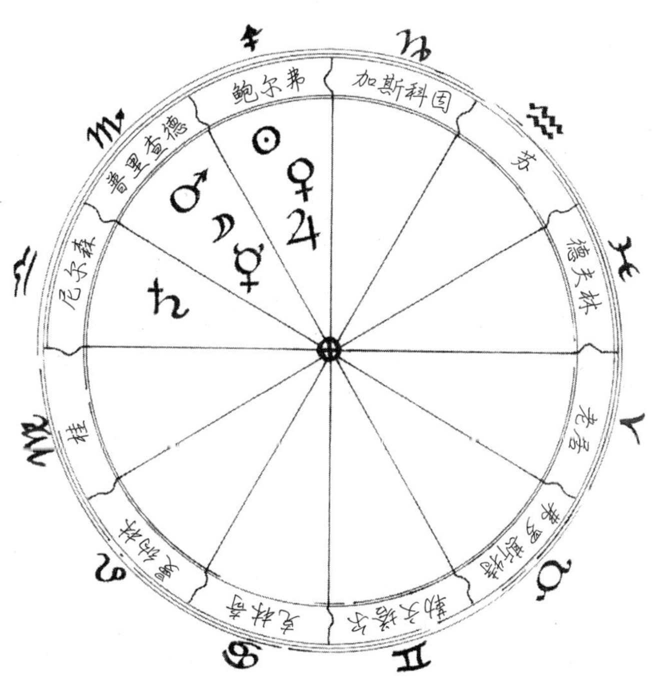

明

安娜·韦瑟雷尔被包了一夜；阿利斯泰尔·劳德柏科骑马前去会见他同父异母的兄弟；弗朗西斯·卡弗买通消息后，前往绿玉神舟谷；沃尔特·穆迪踏上新西兰的土地；莉迪娅·韦尔斯转动命运之轮；乔治·谢泼德坐在监狱里，来复枪横在膝头；在吉布森码头，一只货运板条箱被打开；一对情人躺在一起；卡弗打开一小瓶鸦片酊的瓶塞；穆迪仰望不熟悉的夜空；一对情人睡着了；劳德柏科练习道歉的话；卡弗偶然碰到被挖掘的财富；莉迪娅·韦尔斯再次转动命运之轮；埃默里·斯坦斯醒来时发现身旁空无一人；安娜·韦瑟雷尔需求安慰，点燃烟枪；斯坦斯摔倒，磕坏了脑袋；安娜得了脑震荡；在鸦片麻醉的懵懂中，斯坦斯进入夜幕中；在遭受脑震荡的懵懂中，安娜进入夜幕中；劳德柏科在山脊上窥探他兄弟的小屋；克罗斯比·韦尔斯喝掉半瓶鸦片酊；穆迪登记入住一家旅馆；斯坦斯在吉布森码头失足，昏厥过去；安娜在基督城路上失足，昏厥过去；一只货运板条箱的盖子被钉上；卡弗把一张纸扔进炉膛；莉迪娅·韦尔斯欢快地纵情大笑；谢泼德吹灭他的手提灯；隐士的灵魂从他的肉体中分离，多么轻柔啊，它向上开始了孤独的旅程，在群星中寻找它最终的安息之地。

"今晚将是真正的开始。"

"不是吗？"

"今晚才是。对我来说。"

"我的开始是信天翁。"

"那个开端不错，我很高兴那是你的。今晚将是我的。"

"我们应该有不同的开端吗？"

"不同的开端？我认为必须。"

"还会有更多的开端吗？"

"很多很多。你的眼睛是闭着的吗？"

"是的。你的呢？"

"也是闭着。但这么黑，几乎没有任何区别。"

"我感觉——自己升华了。"

"我感觉——仿佛我心中有一个新的密室被打开了。"

"听。"

"什么？"

"雨。"

图书在版编目（CIP）数据

明 /（新西兰）埃莉诺·卡顿（Eleanor Catton）著；马爱农，于晓红译．—南京：译林出版社，2018.1

书名原文：The Luminaries

ISBN 978-7-5447-6306-6

Ⅰ.①明… Ⅱ.①埃… ②马… ③于… Ⅲ.①长篇小说－新西兰－现代 Ⅳ.①I612.45

中国版本图书馆 CIP 数据核字（2017）第 104434 号

著作权合同登记号　图字：10-2016-463 号

明〔新西兰〕埃莉诺·卡顿／著　马爱农　于晓红／译

责任编辑　陆元昶
特约编辑　肖飞燕　刘文硕　王　锦
装帧设计　Metis 灵动视线　李　莹
校　　对　肖飞燕　王兰英
责任印制　贺　伟

原文出版　Granta Books, 2013
出版发行　译林出版社
地　　址　南京市湖南路 1 号 A 楼
邮　　箱　yilin@yilin.com
网　　址　www.yilin.com
市场热线　010-85376701
排　　版　Metis 灵动视线
印　　刷　三河市延风印装有限公司
开　　本　960 毫米 ×640 毫米　1/16
印　　张　53
版　　次　2018 年 1 月第 1 版　2018 年 1 月第 1 次印刷
书　　号　ISBN 978-7-5447-6306-6
定　　价　76.00 元（上、下册）